FABBRI
EDITORI

Janeth G. S.

Chi ha ucciso Alex?

Vol. 2
Il segreto svelato

Traduzione di Denise Zani

FABBRI
EDITORI

Pubblicato per

FABBRI EDITORI

da Mondadori Libri S.p.A.

Original Spanish language edition first published in 2017 under the title
¿Quién mató a Alex? El segreto desvelado
by Oz Editorial

ISBN 978-88-915-8044-3

Titolo originale dell'opera:
¿Quién mató a Alex? El segreto desvelado

Prima edizione Fabbri Editori: marzo 2018

Chi ha ucciso Alex?
Il segreto svelato

Capitolo uno

Accadde tutto molto rapidamente. Dopo il funerale di Cara ero debole e stanca e avevo gli occhi secchi come il deserto. Mi mancava l'aria: mi sentivo soffocare, come se qualcuno stesse cercando di strangolarmi.

«Hannah, cos'è successo?» mi chiese una voce dal fondo della stanza. Ero distesa sul letto a occhi chiusi. Non vedevo che oscurità. Il mio corpo era immobile.

Alex si era finalmente deciso a tornare e non sembrava più arrabbiato.

«Cara è morta» sussurrai a stento.

Un rumore di passi si avvicinava.

Mi faceva male tutto. Anche l'anima.

«Che cosa?» mi chiese in tono grave.

«Cara è morta» ripetei con voce spenta. Il mio corpo era scosso da un leggero tremito.

«Quando? Come?» volle sapere lui. Non volevo guardarlo negli occhi: si sarebbe accorto dello stato pietoso in cui mi trovavo. Non risposi.

«Hannah?» insistette.

Non volevo parlarne. Ogni volta che qualcuno nominava Cara rivivevo a rallentatore la sequenza di quella notte: un poliziotto che interroga i testimoni, un altro che delimita la zona, io che corro verso il corpo di Cara e, infine, il suo viso coperto di sangue.

Era stato orribile, soprattutto perché sapevo che avrei potuto evitarlo. Non riuscivo a liberarmi dal senso di colpa.

Avevo un nodo alla gola.

«Hannah?» tornò a chiedere Alex. Non mi mossi. Anche il più impercettibile dei movimenti era un supplizio.

«Hannah? Guardami...» ringhiò disperato. Gemetti di dolore e sentii che il nodo in gola aveva cominciato a sciogliersi. «Per favore...» supplicò.

Aprii piano gli occhi e li sentii bruciare. Era come se li avessi tenuti aperti in una piscina piena di cloro, li sentivo gonfi e rossi.

Alex aveva la fronte corrugata e mi guardava preoccupatissimo.

«Stai bene?»

Non riuscivo a parlare. Lui si avvicinò con cautela e quando alzai gli occhi incrociai il suo sguardo terrorizzato.

«Ehi...» disse sdraiandosi al mio fianco, «mi dispiace tanto.»

Tornai a sentire quel nodo in gola. Volevo piangere.

«Non devi scusarti» mi tremò la voce. Lui fece di no con la testa.

«Sono un idiota. Me ne sono andato senza avvisarti e mi sono arrabbiato senza motivo. Chiederti scusa è il minimo che posso fare» sussurrò.

Cercavo di trattenere le lacrime, ma le sue parole non erano molto d'aiuto.

«Cara è morta» dissi di nuovo, come una specie di mantra.

«Mi dispiace» ripeté.

A quel punto abbassai di nuovo le palpebre.

«Era venuta da me dieci minuti prima...» sussurrai prima di prendere fiato. «L'avevano minacciata... il tuo assassino le aveva mandato un avvertimento e lei... lei aveva paura. Alex... e io... io non mi sono resa conto del rischio che correva...» Mi si spezzò la voce.

«Va tutto bene Hannah, hai fatto quello che potevi» disse cercando di consolarmi.

Scossi il capo.

«È morta per colpa mia. Non avrei dovuto lasciarla andare via a quell'ora. Avrebbe dovuto restare qui. Forse, se avessi insistito di più...»

A quel punto mi fu impossibile non scoppiare a piangere. Alex fece scivolare un braccio sulle mie spalle e mi strinse a sé. Mi appoggiai al suo petto lasciandomi andare a un pianto sempre più disperato. Alex era freddo e profumava di limone.

«Non preoccuparti, Hannah. Sfogarti ti farà stare meglio. Piangi tutte le lacrime che servono.»

Alle sue parole gli occhi mi bruciarono ancora di più e i singhiozzi risuonarono per la stanza.

Le lacrime non smettevano di scendermi lungo il viso, non riuscivo a fermarle, sembravano una cascata. Dopo poco la maglietta di Alex era zuppa.

«Non preoccuparti.» Mi accarezzava il braccio per consolarmi. «Non sei sola.»

La mia migliore amica era morta. Assassinata. E tutto per colpa mia. Per la mia mania di voler scoprire chi avesse assassinato Alex. Perché? Perché l'avevano ammazzata?

Ricordai quando l'avevo conosciuta. Mi ero appena trasferita in città e lei, il primo giorno di scuola, mi aveva difesa da un paio di bulli. Era popolare e non si lasciava mettere i piedi in testa da nessuno. Cara sapeva sempre tutto quello che succedeva nell'istituto e mi teneva aggiornata, in cambio io la aiutavo in biologia e matematica. Non ci mettemmo molto a diventare migliori amiche. A dire il vero, Cara era la mia unica amica. E non meritava di morire.

Piansi così tanto che alla fine mi addormentai sul petto di Alex.

Al risveglio lui era ancora al mio fianco. Avevo la gola secca e le palpebre pesanti. Mi schiarii la voce.

«Non andartene più» dissi tutto d'un fiato.

Alex rispose subito: «Mai più, te lo prometto».

Appena vidi i suoi occhi mi resi conto che era terrorizzato.

«Che succede?» chiesi preoccupata, mentre mi facevo forza per mettermi a sedere.

«Niente» rispose.

«Alex, dimmelo!»

«Non è niente Hannah, davvero» cercava di minimizzare.

Mi scostai da lui per fissarlo. «Che succede, Alex? Va tutto bene?»

«Ti ho detto di sì...» confermò con voce stridula.

Non era vero. Il suo sguardo non mentiva.

«Non ti credo.» Lui deglutì a fatica, si mosse appena sul letto e un rumore attirò la mia attenzione. «Che cosa è stato?»

«Cosa?» chiese corrucciato. Era teso come la corda di un violino.

«Che cos'hai lì sotto?»

«Che cosa ho dove?» Tergiversava e non smetteva di fissarmi.

Mi misi in piedi. «Alzati, Alex» gli ordinai con un sussurro.

«Hannah...» rispose.

«Ti ho detto alzati» insistetti mentre sentivo crescere la preoccupazione.

Cosa mi stava nascondendo? E perché agiva così?

«Non ho intenzione di farlo» mi disse in tono di sfida.

Strizzai gli occhi, furiosa.

«Mi stai nascondendo qualcosa, Alex?»

«No.» Una ciocca di capelli gli era caduta sugli occhi ma non si preoccupò di spostarla.

«Ok, lo hai voluto tu» dissi. A quel punto mi buttai su di lui cercando di immobilizzarlo.

«Hannah!» gridò.

Infilai le mani sotto la sua schiena e con le gambe gli strinsi i fianchi. Essere sopra di lui mi metteva in una condizione di vantaggio. Cercò di resistermi ma feci in tempo a sentire... qualcosa.

«Hannah!» gridò di nuovo infastidito. Non appena cercai di tirare fuori ciò che aveva nella tasca dei jeans, reagì con forza. Mi ribaltò sull'altro lato del letto e si lasciò cadere su di me. Un calore soffocante si impossessò del mio corpo. Alex mi guardò vittorioso. Sorrideva.

«Lasciami!» strillai, ridendo e tentando di liberarmi dalla sua presa. Non rispondeva ai miei strattoni, cercava solo di contenerli.

«Hannah... calmati» disse cercando di sembrare rilassato.

«Che cos'hai lì sotto? Perché me lo nascondi?» chiesi a voce bassa.

Non appena mi calmai, il calore che mi invadeva si fece più evidente. I nostri corpi si trovavano *molto* vicini.

«Non ti nascondo niente» sussurrò a un soffio dalla mia bocca. La tentazione di baciarlo era irresistibile. Sentivo il suo respiro sulle labbra secche.

«Lasciami, traditore» esclamai. Girai la testa dall'altra parte e lui si allontanò un poco.

«Non sono un traditore!» disse spalancando gli occhi. Mi teneva ferme le mani e mi stringeva con le gambe all'altezza delle costole, senza lasciarmi possibilità di difesa.

«Lasciami!» dissi mentre scalciavo per liberarmi.

«Prima datti una calmata!»

«Traditore!» gridai più forte.

In quell'istante sperai che mia madre entrasse dalla porta.

«Non sono un traditore! Non sai quello che dici!»

«Lasciami, Alex! Lasciami, maledizione!» esclamai.

«Calmati, Hannah» mi sussurrò all'orecchio.

«Non toccarmi!»

Era evidente che nascondesse qualcosa: lo avevo toccato! Ne ero sicura e non sopportavo che mi mentisse.

Dov'era mia madre quando avevo bisogno di lei?

Alex mi sfiorò l'orecchio con le labbra, facendo vibrare tutto il mio corpo.

«Ok...» sospirai, cercando di sembrare tranquilla, anche se il cuore mi batteva all'impazzata. «Ho capito, adesso liberami.»

Avevo voglia di urlare, ma se lo avessi fatto non mi avrebbe lasciata andare.

«Solo a una condizione.»

«Quale?»

Trasse un respiro, era affannato.

«Fidati di me.»

Non potevo, ma annuii comunque.

Alex allentò per un attimo la presa solo per tornare a stringermi forte i polsi, e cominciò ad avvicinarsi. Mi sentivo ardere. Non riuscivo a distogliere lo sguardo dalla sua bocca carnosa e umida.

«Adesso ti bacio» disse. Le sue labbra quasi sfioravano le mie.

Feci cenno di no: aveva forse dimenticato che eravamo parenti?

«Sei un bugiardo» sussurrai.

«Hannah, adesso ti bacio.» Ignorò le mie parole e si avvicinò con una lentezza esasperante. Poi mi poggiò le labbra sulla guancia. Sentii un brivido e non riuscii a trattenere un gemito. «Non sono...» si interruppe per avvicinarsi alla mia bocca. Mi tremavano le gambe e morivo dalla voglia di baciarlo. Lui invece mi stava torturando. Sapevo che stava giocando con me. Mi baciò con dolcezza gli angoli della bocca e sentii un fremito all'inguine. Una goccia di sudore mi spuntò sulla fronte. «Non sono un bugiardo» concluse con voce grave. E le sue labbra umide e calde si posarono sulle mie.

Se voleva giocare, lo avrei fatto anche io.

Ci baciammo e lui lasciò la presa. A quel punto, per dissimulare le mie intenzioni, gli misi una mano sulla nuca e gli passai le dita tra i capelli fino a che non si lasciò andare abbandonandosi su di me. Feci allora scivolare l'altra mano sulla parte posteriore dei suoi jeans ed ebbi la conferma che quello che avevo sentito prima era ancora lì.

Afferrai il contenuto della tasca piano, perché non se ne accorgesse. Lui si mosse e io lo tirai con forza verso di me mentre con un rapido gesto nascondevo sotto la camicia quello che gli avevo sottratto. Cercai di concentrarmi sul bacio, ma Alex si accorse subito che qualcosa non andava. Si allontanò e mi fissò.

«Tutto bene?» domandai fingendo di essere sorpresa.

«No» rispose.

Chiuse gli occhi e riprese a baciarmi. Al principio adagio, poi... con sempre maggiore intensità e ardore. Con desiderio. Con disperazione. Mi mancava l'aria, ma quello poteva essere il nostro ultimo bacio e volevo approfittarne fino in fondo.

A un certo punto si scostò da me e si infilò una mano in tasca. Spalancò gli occhi e li piantò nei miei. Si era accorto che ciò che voleva nascondermi non era più lì. Senza pensarci due volte lo spinsi via facendolo cadere a terra.

Balzai giù dal letto e schizzai fuori dalla stanza.

«Hannah!» gridò prima di alzarsi di scatto per corrermi dietro. «Fermati!»

Entrai in bagno e chiusi la porta a chiave.

Alex rimase fuori.

«Non farlo» disse.

«Sei un bugiardo» lo accusai.

«Posso spiegarti tutto» ripeté disperato.

Con la schiena attaccata alla porta mi lasciai scivolare sul pavimento. La maniglia si alzava e abbassava freneticamente.

«Vattene!» gli ordinai.

«Lasciami almeno spiegare, per favore!»

Tirai fuori dalla camicia l'oggetto sottile che gli avevo sottratto e vidi cos'era: un foglio di carta piegato in due. Alex lasciò la maniglia e restò in silenzio.

Mi tremavano le mani e mi venne la pella d'oca. Che cos'era? Perché non voleva che lo vedessi?

Sentii che si lasciava cadere a terra con la schiena attaccata alla porta, come me.

Aprii il foglio e riconobbi lo stesso collage di lettere che aveva ricevuto Cara. Lo stesso messaggio di minaccia, differente solo nei contenuti.

Inspirai profondamente e cominciai a leggere:

> Hannah Reeve le mie condoglianze per la perdita della tua migliore amica. Posso dirti però che eri stata avvertita. Indovina chi è il prossimo nella mia lista? Visto che ti piace tanto giocare a fare il detective, ti do un indizio: non è ancora arrivata la tua ora. Presto riceverai una telefonata.

«Posso spiegarti tutto» grugnì Alex dell'altro lato della porta.

Mi schiarii la gola e mi sforzai di parlare.

«Vorrei ben vedere» mi tirai in piedi a fatica, afferrai la maniglia con la mano tremante e aprii la porta.

Alex ora si trovava a un metro e mezzo di distanza, con le mani nelle tasche dei pantaloni. Sospirò.

«Credi che lo abbia scritto io?» mi chiese con gli occhi lucidi.

Merda, pensai.

«Non lo so...» risposi.

«Sì o no?» insistette con un tono duro. A quel punto tirò fuori le mani dalle tasche e le lasciò cadere sui fianchi. Era un fascio di nervi.

«No, non penso lo abbia scritto tu» risposi sincera. Alex accennò un sorriso più triste che gentile.

«L'ho trovato sotto il tuo cuscino, e non volevo che ti preoccupassi ancora di più. Hai già sofferto abbastanza per la morte di Cara e questa lettera non fa che peggiorare le cose. Stai attraversando un periodo difficile. Volevo solo proteggerti» disse con le lacrime agli occhi.

«E perché non l'ho vista prima?» mi appoggiai allo stipite con le braccia incrociate.

Alex alzò lo sguardo.

«Non lo so, immagino fossi troppo stanca e non te ne sia accorta. Però ti giuro che non avevo intenzione di nasconderti una cosa così importante.»

«Da quanto tempo era lì?» chiesi confusa.

«Non lo so, però non credo che l'altra sera la tua finestra fosse aperta per caso» mi disse.

«Già...»

«E ricordi quando siamo arrivati in camera tua e abbiamo avuto una sensazione strana? Sono sicuro che... era questa la cosa strana» disse indicando il biglietto che avevo ancora in mano.

Alex aveva ragione. La sensazione di quel giorno era stata molto particolare ed entrambi eravamo sicuri che qualcuno fosse entrato nella stanza, e finalmente ne avevamo la prova.

«Fidati di me, non ti chiedo altro.»

«Mi stai dicendo la verità?» chiesi di nuovo.

Alex prese fiato e poi lasciò andare l'aria molto lentamente. Gli tremarono le labbra.

«Sì» rispose senza esitazione e senza smettere di guardarmi con i suoi occhi a mandorla.

Gli passai accanto e mi lasciai cadere sul letto.

«Mi spiace» dissi, «è tutto confuso, incomprensibile e... non ci sto capendo niente.»

«Non avrei dovuto tenertela nascosta. Avevi tutto il diritto di leggerla. Mi dispiace» si scusò mentre si avvicinava al letto.

«Chi sarebbe capace di...?» La domanda restò sospesa nell'aria. Sapevo che non avrei ottenuto una risposta. L'enigma era come l'amore: non sapevi mai che cosa sarebbe potuto accadere. Almeno su quello non c'erano dubbi.

«E quindi...» disse Alex cercando di cambiare discorso, «sei figlia di Eric?»

«Sì.»

«Questo vuol dire che...» si fermò a riflettere se doveva proprio dirlo. Alzò le spalle.

«Siamo parenti. Cugini, a essere precisi. E mi hai appena baciata» aggiunsi perché non dovesse dirlo lui.

Sorrise.

«Tu non sei mia cugina» rispose con sicurezza e una certa noncuranza.

«Sì, lo sono. C'eri anche tu, lo hai sentito con le tue orecchie» gli ricordai.

Alex iniziò a camminare per la stanza.

«Ottimo!» esclamò. «Se le cose stanno così credo di essermi perdutamente innamorato di mia cugina.»

Sorrisi, ma l'allegria sfumò subito. *Perfetto*, pensai, *Alex è morto ed è pure mio cugino*. Cos'altro doveva succedere perché ci rendessimo conto che non potevamo stare insieme?

La faceva facile, lui... neanche fosse un gioco, o un sogno. Ma non era così. Era vero.

«Alex, credo che... sia tutto sbagliato» balbettai. Non volevo fare la guastafeste, ma fino a quel momento non mi ero mai messa in casini troppo grossi.

«Stai parlando di noi, giusto?» chiese mentre si sedeva sul bordo del letto.

«Sì.»

Scoppiò a ridere.

«Cosa c'è da ridere?» corrugai la fronte e lo guardai dritto negli occhi.

«È ridicolo, Hannah. Sono morto. Immagina semplicemente di essere la fidanzata di qualcun altro e fine della storia.»

A quel punto fui io a scoppiare in una risatina nervosa, aveva detto "fidanzata" e mi aveva fatto diventare rossa.

«Già mi immagino quello che si dirà in giro: "Hannah Reeve, la tipa col fidanzato fantasma", questo sì che è ridicolo» risposi con una punta di sarcasmo.

«Chi se ne frega della gente!»

«Be', per te è facile dirlo» chiusi gli occhi e accartocciai il pezzo di carta nella mano.

A quel punto calò un silenzio di tomba. Un uccellino appollaiato sull'albero di fronte alla mia finestra cinguettava allegro. Era un suono dolce e tranquillizzante. La carta crepitò quando strinsi il pugno senza rendermene conto.

Alex sapeva che avevo ragione.

«Cosa ti ha detto Cara quando è venuta qui?» chiese.

«Che l'assassino voleva uccidere anche me. Mi ha chiesto di smettere di investigare. Ho dovuto promettergliело.»

«E lo farai?» domandò abbattuto: sapeva che io ero l'unica persona a poterlo aiutare. Ero la sua unica speranza.

«No. Anche se devo fare ancora più attenzione. Anche se non capisco il motivo... Perché Cara? Credi che sapesse qualcosa?»

«Ovvio» rispose sicuro, «non l'avrebbero ammazzata senza motivo. Cara sapeva qualcos'altro. Il punto è scoprire cosa. Quali segreti si è portata nella tomba?» scosse la testa, era molto confuso.

«Le ho chiesto se sapeva chi fosse l'assassino, ma non ne aveva idea» gli spiegai brevemente.

«Allora sarà stato qualcos'altro... ma cosa? Che cosa non ti ha detto?» chiese guardandomi corrucciato. Il suo petto si gonfiava al ritmo del respiro.

«Ha detto qualcos'altro... che avrei dovuto smetterla di fidarmi tanto degli altri e cominciare a credere in me stessa, perché non si sa mai chi può pugnalarti alle spalle.»

«Chiunque sia l'assassino» rispose rassegnato, «non è un idiota. Si sta nascondendo molto bene.»

«Già...» E all'improvviso ricordai un'altra cosa.

«Alex, che tipo di disturbo ha avuto tua madre?» chiesi con cautela mentre mi sedevo accanto a lui.

Alex sospirò.

«Era convinta che suo figlio, che in realtà era morto alla nascita, fosse vivo. Ne aveva rimosso la morte, per il dolore. Si fissò con questa idea e con il tempo il suo squilibrio divenne sempre più evidente. Cominciò persino a vedere il figlio che non esisteva, fino a quando, da un giorno all'altro, mia madre sparì. Quando ero piccolo non capivo cosa stava succedendo, poi mi spiegarono dov'era.

Mio padre l'aveva portata in una clinica. Rimase in cura a lungo da diversi specialisti, non ricordo di aver parlato molto con lei da piccolo. Rimasi un sacco di tempo senza vederla, cosa che successe anche con mio padre: era sempre al lavoro e appena aveva un attimo andava a trovarla. Fu lo zio Eric a prendersi cura di me fino a che, dopo un paio d'anni, mamma tornò a casa come se non fosse successo niente. Uno dei suoi medici ci aveva assicurato che era sotto controllo. Adesso sta bene. È una mamma fenomenale, ha lottato per uscire da quell'inferno e ora sta bene.»

«Sta prendendo ancora i farmaci?»

«No, figurati. Non ha più messo in bocca una pastiglia in vita sua» rispose orgoglioso.

«È una persona dolcissima.»

«Sì, lo è» rispose.

Quella conversazione ci lasciò immersi nei nostri pensieri.

«Alex, che ne sarà di noi?» dissi dopo un po'.

«Possiamo continuare a stare insieme, se vuoi.»

Posò con cautela il suo sguardo dolce su di me in attesa di una risposta.

«E poi? Quando scopriremo chi è il tuo assassino? Che succederà? Sparirai? Te ne andrai?» domandai mentre vagavo nella profondità dei miei pensieri.

Alex sollevò un sopracciglio.

«Perché non lasciamo che sia il tempo a rispondere?» disse.

«Il tempo? Il tempo non risponderà alle mie domande.»

«Devi avere pazienza.»

«Non lo sopporto, sei così buono con me che io...»

Squillò il telefono.

Schizzammo fuori dalla stanza e scendemmo di corsa le scale. Il messaggio diceva: «Presto riceverai una telefonata».

Gli squilli si diffondevano in tutta la casa, io mi precipitai sulla cornetta scavalcando una delle poltrone. Mi schiarii la gola e risposi: «Pronto?».

«Margaret?» chiese qualcuno all'altro capo del filo.

«Mi spiace, ha sbagliato...» poi mi ricordai che Margaret era mia madre. Per un attimo lo avevo dimenticato. «Sono Hannah» recuperai velocemente, «chi parla?»

«Ciao Hannah, sono George» disse prima di fare un pausa, «puoi passarmi Margaret? Voglio dire, Emma...»

«Mmm, sì, un attimo...»

Alex mi guardò.

«È George, vuole parlare con mia madre...» sussurrai mettendo una mano sul ricevitore.

Appoggiai la cornetta sul tavolino e corsi verso la sua camera.

«Mamma?» chiesi, «c'è George al telefono, vuole parlare con te...»

Non ricevetti risposta.

Presto riceverai una telefonata.

Il cuore mi balzò in gola.

«Mamma?» insistetti.

No. No. No. No. Non sta succedendo davvero...

Cercai di aprire la porta, ma era chiusa a chiave. Era molto strano. Mia madre lo faceva solo quando usciva e non usciva mai senza avvisarmi, senza bussare alla porta della mia camera per dirmi che mi aveva lasciato il pranzo nel forno o per svegliarmi. Come minimo mi lasciava un biglietto sul frigo.

«Mamma? Ci sei?» chiesi disperata. Non ricevetti risposta. «Mamma?!»

Per calmarmi mi dissi che forse era andata al supermercato, o a scuola, o a fare qualsiasi altra cosa mi aiutasse a reprimere la paura che le fosse successo qualcosa.

Mi allontanai dalla porta e tornai giù. Alex mi venne incontro e si accorse che ero bianca come un cencio.

«Tutto bene?» mi chiese preoccupato mentre scendevo le scale.

«Mia madre non apre e non risponde... la porta è chiusa a chiave. Quando esce me lo dice sempre» risposi affannata.

«Non preoccuparti, sarà solo uscita senza dirtelo» cercava di rassicurarmi. Mi accarezzò una guancia dolcemente prima che con un cenno gli ricordassi che George stava aspettando una risposta.

«George...» balbettai «non è in casa, credo.»

«Me lo immaginavo» disse serio. «Grazie, Hannah.»

«Va tutto bene?» chiesi.

George rimase in silenzio e sospirò.

«Le hai detto qualcosa di Eric?»

«No!» esclamai. «Che cosa è successo?»

«Qualcuno è entrato in casa nostra.»

«Cosa? Come state?» chiesi quasi urlando. Attivai il vivavoce per Alex.

«Sì, be', io...» si interruppe «è stato stanotte, c'eravamo solo io e Rosie... i domestici stavano dormendo tutti. Qualcuno è entrato nella nostra stanza e be'... l'hanno picchiata...»

Alex sobbalzò intimorito. Entrambi spalancammo gli occhi.

«Che cosa?! E come sta?»

«Siamo all'ospedale, hanno detto che si rimetterà presto.»

«Che ospedale?» chiesi mentre tiravo fuori un taccuino su cui annotare l'indirizzo.

«Non venire, Hannah, non importa. Rosie sta bene, la dimetteranno nel pomeriggio. Le hanno dato un colpo in testa e uno allo stomaco, ma sta bene. Non è niente di grave.»

«E tu come stai, George?»

«Mi hanno dimesso stamattina, ho preso solo un brutto colpo in testa. Non devi preoccuparti...»

«Ed Eric? Come sta?»

«Per fortuna non era in casa» disse piano.

Sospirai per la frustrazione: Rosie... Come avevo fatto a non pensarci prima?

«Non avete visto in faccia nessuno?» chiesi.

Io e Alex ci scambiammo degli sguardi disperati. Senza pensare mi misi a mordermi l'unghia. Dovevo smetterla, mangiarmi le unghie non faceva che rendermi più nervosa.

«Io stavo dormendo e Rosie era accanto a me. Ricordo solo di aver preso un forte colpo in testa prima di perdere i sensi. Poi si sono accaniti su di lei. È piena di ematomi e graffi. È ancora sotto shock. Non ha mai smesso di piangere. Non riesco a capire chi può averlo fatto e perché.»

«Hanno portato via qualcosa?»

«Assolutamente niente» rispose.

«Dio mio...» mormorai.

«Hannah, tua madre compra il giornale?» mi chiese all'improvviso.

Perché mi faceva una domanda del genere?

«No, non lo legge. Perché?»

«Niente, era solo una curiosità.»

Non risposi.

«Allora» disse, «ti dispiacerebbe avvisarmi quando torna a casa?»

«Certo, mi piacerebbe passare a trovarvi, se non disturbo.»

«No, ci fa piacere» rispose, «anzi, Rosie vuole vederti.»

«Sarò lì appena torna mia madre.»

«Perfetto.»

«A presto.»

«Ciao, Hannah.»

Non appena riattaccai, Alex mi chiese: «Stai pensando quello che sto pensando io?».

Annuii. Sapevamo tutti e due che George sospettava di mia madre per quello che era successo.

«Non può essere stata lei. È rimasta a casa ieri...» cercai di difenderla.

«Ti ha chiesto se legge il giornale...»

Annuii di nuovo.

«Credo che anche i miei abbiano ricevuto una minaccia. Che sappiamo di Seth?»

«Impossibile. Era al funerale di Cara, non avrebbe avuto il tempo di andare a casa dei tuoi a lasciare una lettera di avvertimento» spiegai.

Seth mi aveva ignorato durante tutta la cerimonia. C'era anche Kate con il suo fidanzato Ryan e il gruppo delle cheerleader al completo. Avevo visto anche Karen... Sarah era arrivata più tardi, ma la ricostruzione non quadrava, perché l'aggressione era avvenuta dopo mezzanotte. E poi c'era Tom...

No.

Un momento.

Tom non c'era al funerale.

Capitolo due

«Tom non è venuto al funerale» dissi d'un fiato.

Alex corrugò la fronte.

«Tom? Chi è Tom?» chiese confuso.

«Il tizio che mi chiese una matita, quella volta in classe... quello con i capelli scuri.» Sapeva perfettamente di chi stavo parlando.

«Ah, sì...» mormorò come se non gli interessasse, contraendo la mandibola.

Poi voltò la testa e lo vidi fare un'espressione schifata. La luce proveniente dall'esterno illuminava il suo viso pallido. Quando i raggi del sole lo colpirono in faccia, socchiuse gli occhi.

Sì, forse era gelosia, e a quell'idea mi spuntò un sorrisetto sulle labbra, che cercai di nascondere quando il suo sguardo tornò a posarsi su di me. Mi schiarii la voce.

«Dobbiamo andare a casa sua per scoprire che cosa ha fatto ieri» dissi alzandomi dalla poltrona e dirigendomi verso le scale. Alex mi seguì.

«Hannah, non credo sia stato lui. Non lo conosco nemmeno. Perché dovrebbe immischiarsi in questa storia?»

Avanzavamo all'unisono. Mi passai una mano tra i capelli e mi voltai.

«A volte il colpevole è la persona più insospettabile.

Ho la sensazione che in qualche modo abbia a che fare con quello che è successo: non ti sembra strano che non sia venuto al funerale di Cara nonostante fosse presente a quella cavolo di riunione?»

Cercai i suoi occhi color caramello che risposero fissandomi impassibili. Si grattò il naso e lasciò cadere le braccia lungo i fianchi. Era preoccupato.

«Hai ragione, ma non credo sia stato lui. È molto strano che non sia venuto al funerale, ma non significa che sia il responsabile di tutto questo» disse.

«Può darsi. Ti ricordo però che Cara mi ha detto che in realtà portava quella sciarpa perché l'avevano picchiato, non perché fosse malato» contrattaccai.

Alex corrugò di nuovo la fronte.

«L'hanno picchiato?»

«Sì. Non te l'avevo detto?»

«No» rispose brusco scuotendo la testa. I suoi capelli castani si agitarono nell'aria prima di riprendere il loro posto.

«Accidenti, pensavo di sì.» Mi nascosi il viso tra le mani, esasperata.

Da quando era morto Alex mi dimenticavo un sacco di dettagli, anche i più importanti, ma avevo stampato in mente il volto di Cara coperto di sangue: quando pronunciavo il suo nome, o parlavo di un argomento che la riguardasse, ricordavo tutto. Il suo corpo steso sull'asfalto con la pozza di sangue che lo circondava era un'immagine che non avrei mai dimenticato.

«Ok» rispose, «sai dove abita?»

«No, ma possiamo chiederlo a Kate. Adesso è dalla nostra parte» dissi mentre mi avvicinavo di nuovo al telefono.

Ero ancora in castigo, non potevo uscire e tantomeno

usare il cellulare. Ma mia madre non c'era, quindi... ora o mai più. Al rientro avrebbe controllato le chiamate effettuate, ma non mi importava. Se volevo scoprire cos'era successo dovevo agire.

«Da quando vi parlate?» chiese Alex inquisitivo.

«Non ci parliamo. Immagino solo che se le chiediamo dove abita ce lo dirà.»

«E se ti domanda perché vuoi saperlo?»

Presi il taccuino appoggiato sul tavolino e mi sedetti sul divano.

«Nessun problema, le diciamo che deve darmi ripetizioni di letteratura» risposi mentre scorrevo le pagine. «Le bugie più semplici sono le più credibili.»

«Ti dà ripetizioni?!» mi chiese senza togliermi gli occhi di dosso.

«No! È solo una scusa per avere il suo numero!» mi affrettai a rispondere.

«Oh... certo» Alex sospirò sollevato.

«Non sarai geloso...» chiesi con un sorrisetto. «Vero?» aggiunsi alzando le sopracciglia.

«No, per niente» rispose distogliendo lo sguardo e strappandomi una risatina.

Trovai il numero di Kate e lo digitai.

«Sai che ti dico? Forse sarebbe meglio non andare a casa sua. Chiedile il numero e chiamalo. Puoi dirgli che ieri sei passata da lui con Sarah e vedi cosa ti risponde» disse mordendosi il labbro inferiore.

«Non è una cattiva idea» dissi. Dall'altro lato il telefono squillava.

«Così non perdiamo tempo» aggiunse.

«Certo» sussurrai con la cornetta attaccata all'orecchio.

Qualcuno rispose e la prima cosa che sentii fu il brusio di un televisore.

«Pronto» aveva preso la chiamata qualcuno con una voce dolce e delicata: non poteva essere Kate.

«Ciao. C'è Kate?»

A quanto pareva Kate aveva una sorella più piccola.

«Sì, un attimo...» disse, prima di prendere fiato. «Kate! Ti vogliono al telefono!» gridò.

Dovetti allontanare la cornetta un paio di centimetri per evitare che mi si spaccassero i timpani. Kate rispose qualcosa che non riuscii a distinguere.

«Chi la cerca?» chiese la bambina con voce monocorde.

«Hannah Reeve.»

«Ok. Aspetta un attimo» disse prima di allontanarsi dal telefono e urlare di nuovo: «È Anna Reeve».

«Mi chiamo *Hannah*, non Anna» dissi, anche se evidentemente la bambina se n'era andata. Sentii dei passi che si avvicinavano e infine qualcuno che prendeva l'apparecchio.

«Hannah?» chiese una voce stridula che riconobbi immediatamente.

«Ciao Kate, sì sono io. Mi dispiace romperti le scatole. Volevo solo sapere se avevi il numero di Tom» dissi senza esitazione.

Kate rimase in silenzio un paio di secondi.

«Tom?» sembrava confusa. «Quale Tom?»

Guardai Alex in cerca di aiuto, che però non conosceva né lui né il suo cognome. Non potevo dirle che stavo cercando il Tom della riunione a casa di Seth.

Come cavolo si chiamava? James, no era un altro... Jason? Nemmeno. Ero convinta che il suo cognome iniziasse con la J. Ce l'avevo sulla punta della lingua e una parte di me si sforzava di ricordarlo, mentre l'altra sembrava rifiutarsi.

«Stai parlando di Tom Jones?» mi venne incontro Kate.

«Sì! Esatto! Potresti darmi il suo numero, per favore?» chiesi gentilmente.

«Per cosa?» rispose brusca.

«Be', vedi... è che...» cercai di mantenere i nervi saldi. «Tom mi aiuta con la letteratura» risposi d'un fiato prima che potesse accorgersi che stavo mentendo.

Alex annuì.

«Non sapevo che Tom ti desse ripetizioni» rispose decisa.

Mi limitai a deglutire e a rispondere la prima cosa che mi venne in mente.

«Mi aiuta per gli esami finali» affermai seria.

«Ah...» rispose Kate. «Aspetta un attimo.»

Annuii come se potesse vedermi, mentre Alex accennava un sorriso. «Ragazza in gamba...» sussurrò orgoglioso. Scossi la testa e rimasi in attesa.

«2793900» disse rapidamente, mentre io lo annotavo veloce come un razzo.

«2793900?» ripetei per avere conferma.

«Sì.»

«Grazie Kate» dissi mentre segnavo accanto al numero anche il nome completo di Tom.

«Non c'è di che, ma non dirgli che sono stata io a darti il suo numero, d'accordo?»

Volevo chiederle perché, ma riattaccò prima che potessi farlo.

Rimasi a fissare il telefono.

«Tutto bene?» chiese Alex vedendo la mia reazione.

«La tua ex mi ha appena riattaccato in faccia» borbottai senza darci peso mentre riponevo la cornetta. Alex rise. Dopodiché digitai il numero di Tom.

«Se gli dici che l'hai cercato non avrà via di scampo»

disse Alex fiducioso prima di lasciarsi cadere su una poltrona. Annuii.

Non mi toglieva gli occhi di dosso e mi sentivo a disagio. Non mi ero nemmeno fatta una doccia, i miei occhi erano rossi e gonfi e i capelli sporchi e appiccicosi: dovevo essere orribile. Non avevo neanche avuto il tempo di tentare di sistemarmi davanti a uno specchio. Cercai di nascondermi tra i cuscini del divano, il suo sguardo mi innervosiva.

Il telefono prese a squillare una, due, tre, quattro volte...

«Non risponde» sussurrai con una mano sul ricevitore. Mi mossi inquieta sul divano.

«Prova di nuovo» mi disse mentre si protendeva in avanti. Poggiò i gomiti sulle gambe aperte e intrecciò le dita, una posizione comunissima, ma che lo rendeva particolarmente bello.

Provai di nuovo e questa volta qualcuno alzò subito la cornetta.

«Pronto...» dissi, accorgendomi che non rispondeva nessuno. «Pronto?»

«Sono la signora Jones, chi parla?» La madre di Tom sembrava frustrata. Dal tono di voce pensai che si fosse appena svegliata.

«Mi scusi, signora...» risposi pensando che probabilmente l'avevo costretta ad alzarsi dal letto, «sono una compagna di Tom, è in casa?»

La donna, invece di rispondermi, si lamentò a mezza voce e poi sentii un tonfo sordo, come se avesse dato un calcio a un mobile. Forse era inciampata contro qualcosa.

«No, Tom non c'è. È con suo padre» disse scocciata.

Mi schiarii la voce per l'ennesima volta.

«E sa dove posso trovarlo?»

«Sono partiti due giorni fa e tornerà lunedì» disse con

indifferenza. Non aveva risposto alla mia domanda, ma questa informazione mi bastava. A quanto pareva la madre di Tom aveva un carattere, come dire... forte.

In ogni caso, se Tom si trovava con suo padre da due giorni non poteva aver lasciato il biglietto nella mia stanza né in quella di George. Inoltre, supponendo che fosse l'assassino, non avrebbe avuto il tempo di uccidere Cara, e che avesse pagato qualcuno perché lo facesse al posto suo e lasciasse l'auto in mezzo alla strada era improbabile.

«Grazie mille, signora Jones, mi scusi per il disturbo.»

La donna rispose sbuffando.

«Sì, sì... va bene», e per la seconda volta di seguito mi riattaccarono in faccia.

Riagganciai e guardai Alex delusa.

«Non può essere stato Tom. È fuori città con suo padre da due giorni.»

A quel punto capii perché non era venuto a scuola il giorno prima.

«Molto bene, adesso che sappiamo che non è stato lui, dobbiamo andare a casa mia.»

«E mia madre?»

Alex sembrava non ricordare che ero in punizione e non potevo uscire. Ero già scappata un paio di volte e non volevo che mia madre mi beccasse e smettesse una volta per tutte di fidarsi di me. Alex mi guardò senza capire.

«Ricordi? Sono in punizione.»

La sua espressione si rilassò all'istante.

«Non se ne accorgerà» rispose, «finora non se n'è resa conto e sarà così anche questa volta. Devi solo fare quello che fai sempre.»

Quello che "facevo sempre" era appallottolare delle lenzuola sotto le coperte in modo che sembrassero il mio corpo e bloccare la porta con la sedia. Dopodiché avremmo potuto concentrarci su Rosie. Forse aveva riconosciuto i suoi aggressori. Ancora una volta era lei ad avere la risposta.

Salii in camera e sistemai le lenzuola, per sicurezza chiusi anche le persiane della finestra: non volevo trovarmi un'altra lettera sotto il cuscino.

Mi tolsi il vestito nero che avevo messo per il funerale di Cara e di Alex ed entrai in bagno, infilandomi subito sotto la doccia: in cinque minuti mi lavai i capelli e mi sciacquai il viso dalle lacrime secche.

La ferita che mi ero fatta a casa di Seth stava sparendo. Per il funerale di Cara l'avevo coperta con delle calze nere mai usate prima. Mia madre per fortuna non si era insospettita e non aveva fatto domande. La pelle si stava rimarginando e non sentivo più le fitte di dolore. Sapevo però che avrebbe potuto tornare a farmi male in qualunque momento. Con le ferite è sempre la stessa storia: più ci pensi, più ti torturano.

Mi infilai un paio di jeans e misi un filo di trucco nel tentativo di nascondere i miei occhi gonfi. Se Rosie mi avesse visto in quello stato si sarebbe preoccupata e non volevo darle altri pensieri.

«Pronta?» mi chiese Alex, che nel frattempo mi aveva raggiunta.

Presi la felpa grigia appoggiata sul letto per ripararmi dal vento insopportabile di quei giorni.

«Ci sono» dissi. Uscimmo dalla stanza mentre finivo di infilarmi la felpa quando un rumore proveniente dalla camera di mia madre ci fece trasalire.

«Lo hai sentito anche tu?» chiese Alex confuso.

«Sì» risposi.

«Che cosa è stato?» aggrottò la fronte e si diresse verso la porta chiusa a chiave. Tendemmo le orecchie:

all'intero della stanza risuonava una melodia attutita dalle pareti.

Non ci misi molto a riconoscerla. Era *Closer* dei Kings of Leon: la canzone che avevo selezionato come tono delle chiamate.

«È il mio cellulare» dissi sicura. Com'era possibile che la batteria avesse resistito tanto?

«Non c'è tempo. Dobbiamo andare» disse Alex strattonandomi verso le scale.

Aveva già bloccato la porta della mia stanza dall'interno con una sedia e mi fece sobbalzare quando mi prese per mano. Le sue dita fredde si intrecciarono con le mie, più calde, ma non mi ritrassi. Entrare in contatto con la sua pelle era meraviglioso, ogni volta sentivo le farfalle nello stomaco.

Scendemmo le scale di corsa, sperando che mia madre non rientrasse giusto in quel momento. Arrivati in fondo, Alex mi lasciò la mano e mi fece cenno di aspettare. Dopodiché aprì la porta e si affacciò per controllare se c'era via libera.

«Vieni» disse riprendendomi per mano e conducendomi fuori con dolcezza.

Chiusi la porta alle mie spalle e ci allontanammo a passi rapidi. Per strada non c'era nessuno, ma non mi stupii: nel quartiere vivevano soprattutto anziani e coppie mature. I ragazzi della mia età erano pochissimi e quei pochi non erano mai in giro.

Camminammo per qualche minuto. La mano fredda di Alex mi gelava tutto il corpo e il vento aveva cominciato a soffiare con forza. Dicembre era un mese glaciale ed era strano che quest'anno non avesse ancora nevicato. Una raffica mi entrò sotto la felpa e mi raffreddò la schiena. Mi chiesi come cavolo avessi potuto mettermi un vestito per il funerale di Cara senza congelarmi.

«Tutto bene?» chiese Alex vedendomi tremare.

«Sì» rabbrividii senza volere.

«Hai freddo?»

«No.»

«Ti darei il mio maglione, ma se lo facessi qualcuno potrebbe vederlo fluttuare per aria» disse con un sorrisetto.

Risi anch'io.

«Lo so, non preoccuparti» risposi senza dare troppa importanza alla cosa.

Alex strinse di nuovo la mia mano dolcemente, facendomi accelerare i battiti del cuore.

In realtà non avevo tanto freddo, ma il mio corpo era stato esposto a bruschi sbalzi di temperatura, dal calore della casa al freddo esterno, e continuava a rabbrividire. Dovevo solo abituarmi.

Arrivati a casa sua, Alex mi lasciò la mano. Suonai il campanello e le dita mi si congelarono all'istante. Il vento soffiava ancora più forte.

La porta si aprì in meno di un secondo.

«Signorina Reeve, che bella sorpresa vederla di nuovo» disse Marina, la governante dei Crowell.

«Salve» dissi con tono gentile. «La signora Rosie è in casa?»

Mi facevano male i muscoli della bocca e le guance, sorridere era diventato un autentico supplizio ma mi sforzai di farlo. Non riuscivo a smettere di pensare a Cara. Mi sentivo così sola...

«È nella sua stanza, prego, entri. La sta aspettando» disse precedendomi verso la doppia scalinata.

La casa dei Crowell profumava sempre di limone, mi sembrava lo stesso odore di Alex.

Salimmo le scale e mi diressi verso il corridoio. Alex mi seguiva. Mi disturbava che camminasse dietro di me perché sentivo addosso i suoi occhi e la cosa mi innervosiva.

«Come sta Rosie?» chiesi cercando di non pensare ad Alex.

«Piuttosto male. Ieri qualcuno è entrato in casa e ha aggredito il signore e la signora. È stato terribile» disse Marina.

«Lo so. Non vi siete accorti di niente?»

Marina scosse la testa mentre mi faceva strada. I suoi capelli corti sembravano più lucidi e setosi del solito.

«No, stavamo dormendo tutti.»

«A che ora è successo?» domandai mentre mi sfregavo le mani per scaldarmi.

«Le grida del signor George ci hanno svegliati intorno alle quattro.»

«Ha detto alle... quattro?» chiesi senza smettere di fissare la sua chioma rossa. Cara era stata aggredita alla stessa ora.

Marina si voltò e annuii.

«La signora è qui» disse fermandosi davanti a un'altissima porta bianca con una sottile cornice dorata come le maniglie. Sembravano proprio d'oro, ma non poteva essere... oppure sì?

Marina bussò alla porta.

«C'è Hannah Reeve» annunciò.

«Falla entrare» fu la risposta e Marina aprì la porta.

George era seduto su un divano di pelle scura e Rosie riposava in un letto a baldacchino con una stoffa elegante che cadeva ai quattro lati. Il piumone in tinta era bianco e soffice. Quando la vidi inorridii. Sembrava così stanca e debole... Aveva gli occhi chiusi, come se dormisse. Da sotto le bende spuntavano delle ferite in via di guarigione. Il suo dolce volto era senza trucco e segnato da sottili rughe, ma non per questo sembrava più vecchia della sua età. Le mani appoggiate sul piumone erano piene di graffi come se avesse dovuto tenere a bada un gatto.

«Ciao Hannah» mi salutò George.

Mi avvicinai al divano e mi accorsi che aveva un enorme bernoccolo rosso sulla fronte.

«Come stai?» chiesi mentre gli stringevo la mano. Era gelata.

«Credo bene» rispose senza energia.

Alex si preoccupò appena vide la madre in quello stato. Quando mi voltai era in piedi di fianco a lei.

Dio mio... perché l'hanno aggredita?

«Sei sicuro di sentirti bene?» insistetti.

«Meglio di Rosie senz'altro. Vuoi qualcosa da bere?» chiese brusco.

Scossi la testa. George era molto preoccupato e non faceva niente per nasconderlo.

«Raccontami», e nel dirlo provai un'intenso senso di nausea.

Lui mi invitò a sedere e lo feci il più rapidamente possibile. Non mi ero resa conto che Marina era uscita dalla stanza e aveva chiuso di nuovo la porta.

«È stato orribile... Rosie ha cercato di difendersi ma non ci è riuscita. Credo che abbia colpito me per primo mentre dormivo, poi ha continuato con Rosie» spiegò senza staccare un attimo lo sguardo dalla moglie. Era a pezzi. «Quella persona...» aggiunse con disprezzo «l'ha attaccata quando era più indifesa. Ti giuro che se riesco a mettergli le mani addosso... lo ammazzo. Chiunque sia stato la pagherà...» disse prima di bere un sorso dal bicchiere che aveva in mano.

«Rosie non ha visto niente?»

«Non glielo abbiamo chiesto. Ha dormito tutto il giorno. Il medico le ha dato degli analgesici per il dolore. Si sveglierà presto» disse. «All'ospedale ha mormorato il tuo nome nel sonno.»

«Il mio nome?»

Perché ha fatto il mio nome?

George bevve un altro sorso.

«Sì, immagino avesse bisogno di vederti. Grazie per essere venuta.»

A quel punto mi lanciò un'occhiata incuriosita.

«Hai già visto Eric?» mi chiese titubante.

«No, credevo non fosse in casa» risposi sistemandomi meglio sul divano.

Cercai Alex con la coda dell'occhio. Intravedevo la sua schiena con i muscoli contratti: capii che era teso come una corda di violino. Si era seduto su uno dei bordi del letto e stava stringendo la mano di sua madre.

«Credi che potrebbe essere un buon padre per te?»

Esitai. All'improvviso George era diventato mio zio e l'intera faccenda mi faceva sentire a disagio.

«Non saprei... voglio dire, non lo conosco» dissi in tutta sincerità. Cercai i suoi occhi e solo allora mi resi conto... li avevamo dello stesso blu intenso.

«Eric è una brava persona e si è pentito di quello che ha fatto. Forse non lo sai, ma da quando ve ne siete andate non ha mai smesso di cercarvi. E adesso è tornato da noi come per magia» disse. Aveva le labbra umide.

«Non lo metto in dubbio. Sembra una brava persona.»

George assentì e mi sembrò che avesse capito come mi sentivo.

«Si guadagnerà la tua fiducia, vedrai, è un brav'uomo» disse aprendosi in un sorriso.

A quel punto Rosie si mosse nel letto e gemette di dolore. George si alzò di scatto.

«Vado a prendere le medicine... le ho dimenticate in macchina. Marina starà cucinando. Puoi restare con lei un momento?» mi chiese avvicinandosi alla porta.

«Sì, certo.»

Mentre mi avvicinavo, Rosie si lasciò sfuggire un altro lamento. Alex mi piantò gli occhi addosso.

«Guarda come l'hanno ridotta...» Era furioso.

«Hannah?» chiese Rosie con voce rauca.

«Sono qui» dissi, mentre mi sedevo sul letto accanto ad Alex che mi aveva fatto spazio.

«È stato orribile, Hannah» Rosie era ancora terrorizzata. Aveva gli occhi chiusi e sembrava che il più piccolo movimento la facesse soffrire in maniera atroce.

«Va tutto bene. Ci siamo noi qui» le dissi per tranquillizzarla.

«Ho ricevuto una lettera... George diceva che era solo uno scherzo di cattivo gusto e che non dovevo dargli troppa importanza» mi raccontò con uno sforzo titanico.

«Non parlare Rosie, ti farà solo stare peggio.»

«Era una minaccia, Hannah» gemette di nuovo. «L'ho trovata in quel cassetto» disse muovendosi appena e indicando il comodino. Alex mi guardò. Sapevo cosa voleva dirmi.

Aprii il cassetto ed effettivamente al suo interno si trovava una lettera come quelle che avevamo ricevuto io e Cara: stessa carta, stessi ritagli di giornale. Il cuore cominciò a battermi nelle orecchie.

«Sai chi può avertela lasciata?» dissi mentre la stringevo tra le mani. Tremavo. Il conto delle lettere ormai arrivava a tre. Forse contenevano un messaggio nascosto, come nei film...

Rosie cercò di scuotere la testa, ma il movimento le causò solo altro dolore.

«Cerca di stare tranquilla, Rosie. Agitarti non ti aiuterà.»

Mi ignorò.

«Ho visto chi mi ha aggredito, Hannah» mormorò con un filo di voce.

Spalancai gli occhi e rimasi senza fiato, mentre nella mia testa ripetevo: *Cosa? Lo ha visto?! Cazzo!*

«Chi è stato?» balbettai. E a quel punto mi resi conto che qualcuno mi stringeva il braccio con forza. Feci un balzo, era Alex: sembrava volermi dire qualcosa che mi stava sfuggendo. Vedendo che non capivo mi strinse ancora di più e mi guardò con aria preoccupata, ma non riuscii a cogliere.

«Non so chi sia, Hannah, però...» Rosie deglutì e si lasciò sfuggire un grido soffocato «... l'ho vista!» Rimase in silenzio un secondo. «Era una donna!»

Finalmente capii che cosa voleva dirmi Alex: i graffi sulle mani di sua madre poteva averli fatti solo una donna.

«Non sei riuscita a vedere com'era fisicamente? Com'era vestita, se aveva tatuaggi o altri segni particolari...» chiesi con voce soffocata.

La madre di Alex gemette nel tentativo di tirarsi su, ma riuscì a muoversi solo di un paio di centimetri sotto le lenzuola. Spostava le gambe con una certa agilità e pensai che probabilmente l'aggressore si era limitato a scagliarsi contro braccia e volto.

«Non l'ho vista in faccia. Però ho visto che aveva i capelli scuri. Ricordo perfettamente che erano lunghi e ricci, mossi. Portava un passamontagna e non l'ho vista in volto. Era alta, magra... un fisico sottile.» Tossì con violenza e aprì gli occhi un secondo. Lo sforzo la lasciò senza energia e li richiuse subito dopo. Mi ribolliva il sangue nelle vene. «Era vestita di nero» continuò, «non aveva tatuaggi, o non li ho visti. Ma ho visto i suoi occhi... scuri, pieni di odio. Non li dimenticherò mai. Mi ha guardato e poi ha cominciato a graffiarmi. Ho cercato di difendermi, ma ha avuto la meglio. Poteva andare peggio, siamo stati fortunati» aggiunse atterrita.

Non credevo si trattasse di fortuna, ero convinta che chi li aveva aggrediti avesse voluto lasciarli in vita per continuare a tormentarli.

«Rosie, chi potrebbe aver interesse a farvi del male?» La guardai. Sembrava stanca, forse per effetto delle medicine.

«Non saprei, non abbiamo mai avuto problemi con nessuno... solo con...» si fermò e finse di tossire.

Aggrottai la fronte. Solo con chi? Perché si è fermata?

Immaginai cosa avrebbe risposto e mi si gelò il sangue nelle vene.

«Con chi?» insistetti a mezza voce. Mi accorsi di aver serrato la mascella.

«Con Margaret» mormorò. Le sue parole sembravano lontane ma in un attimo mi arrivarono al cuore e mi risuonarono in testa come un'eco. «Ma non può essere stata lei. Ne sono certa» aggiunse forse per stemperare la tensione.

Ero rimasta senza fiato e inspirai a fondo per tornare in me.

Andiamo Hannah, magari Margaret ti ha mentito, ma non farebbe mai una cosa del genere. Non può essere stata lei. È solo una coincidenza. Ignorala. Fa' come se non l'avessi mai sentito, pensai nel tentativo di liberarmi da quella idea assurda. Cercai con tutta me stessa di stare calma. Respirai profondamente così come mi consigliava sempre Alex quando sentivo che il panico stava per prendere il sopravvento. Il più delle volte funzionava.

«Hai ragione» risposi subito, «non può essere stata lei.»

Rosie annuì lentamente.

Guardai Alex. Fissava sua madre con uno sguardo pieno di rabbia e angoscia.

Rilessi il messaggio:

> Alex è stato sfortunato. Mi dispiace fare ancora del male alla vostra famiglia, o a quello che ne resta. Ma non dovete preoccuparvi: tutto si risolverà presto.

Ovviamente in quelle parole c'era solo cinismo e sarcasmo. Le cose peggioravano di giorno in giorno. Prima una banda di delinquenti aveva malmenato Tom, che in tutta risposta aveva deciso di nascondere l'aggressione fingendosi malato. Era un ragazzo forte e poteva tener testa tranquillamente a tre aggressori. Allora perché nascondere i colpi ricevuti? Forse per paura?

Poi era stata la volta di Cara: l'avevo persa nel peggiore dei modi e sentivo che era tutta colpa mia. Perché non avevo insistito che restasse da me? Perché non l'avevo fermata nonostante quella lettera di minacce? Era evidente che qualcuno voleva farla fuori. E così era stato. Comunque Cara mi aveva detto quello che doveva, ciò che avevo bisogno di sapere. E ora era come se fosse ancora qui, come se non mi avesse mai lasciata. Forse anche lei era diventata un fantasma? Comunque ero d'accordo con Alex: Cara si era portata sicuramente qualche segreto nella tomba, ma quale?

L'ultima a essere aggredita era stata Rosie. Non riuscivo esattamente a capirne il motivo. Era davvero strano. La casa dei Crowell era un posto abbastanza sicuro, non poteva entrare un mosca senza che se ne accorgessero. Dopo aver letto la lettera, per prima cosa avevo pensato che l'assassino volesse eliminare tutta la famiglia. Poi avevo anche pensato che l'aggressione a Rosie fosse una sorta di avvertimento diretto a me: voleva dirmi che non stava scherzando, come se non mi fosse stato già chiaro. In ogni caso, Rosie non si meritava quello che le era successo, lei, che era tutta amore e dolcezza. Tantomeno se lo meritavano Cara e Tom. La mia teoria era che l'assassino volesse vendicarsi dei Crowell e che stesse cercando di dissuadermi dal ficcare il naso.

Rosie si mosse di nuovo.

«George è andato a prendere le medicine. Andrà tutto bene, Rosie» la rassicurai mentre le stringevo dolcemente la mano cercando di non farle male.

«Lo spero con tutto il cuore» sussurrò stremata.

Le lasciai la mano, e poggiai la mia vicino alla sua. Aveva le dita fredde come quelle di Alex. I capelli, normalmente di un biondo dorato, avevano perso lucentezza e risultavano spenti, color cenere. Non riusciva a tenere gli occhi aperti e continuava a gemere di dolore.

Ero furiosa. Chi l'aveva ridotta in quello stato non provava pietà per niente e per nessuno. Non sapevo chi fosse, ma gli indizi che mi aveva dato Rosie mi sarebbero stati molto utili: oltre a sapere che l'assassino era disposto a eliminare chiunque intralciasse la sua strada, avevamo scoperto che era una donna.

Nella mia mente visualizzai il volto di Alex. Il suo sorriso dolce e timido che si apriva, lasciando i raggi del sole riflettersi sui denti bianchissimi. Vidi anche il volto della mia migliore amica con i capelli che si agitavano al vento. Cara era sempre felice e aveva una capacità tutta speciale di trasmettere allegria a chiunque le stesse vicino. Mi mancava tanto... Ricordai anche quando Tom mi aveva chiesto quella matita con tutta la gentilezza del mondo. I suoi bellissimi occhi verde smeraldo, i capelli scuri e lucidi pettinati all'indietro... E poi rividi Rosie che mi prendeva entrambe le mani e mi guardava con i suoi occhi azzurri con la stessa dolcezza con cui avrebbe guardato una figlia. La immaginai con i capelli raccolti in uno chignon mentre mi parlava con voce morbida... perché era successo a loro?

Mi si chiuse lo stomaco. In quel momento la porta si aprì e George entrò nella stanza. In una mano aveva un sacchetto bianco e nell'altra le chiavi della macchina. Nonostante il bernoccolo, la fronte di George non era arrossata come mi era sembrato al principio, era più violacea.

A quel punto un'altra persona fece capolino dalla porta. Lo riconobbi subito. Era Eric.

«Guarda chi ho trovato fuori» disse George mentre si avvicinava a Rosie.

La madre di Alex tentò di dire qualcosa ma riuscì solo a gemere.

«Ciao Hannah» mi salutò Eric. Era spettinato e sembrava scosso. Immaginai che tutta la faccenda avesse preso alla sprovvista anche lui.

«Ciao» dissi prima di soffermarmi a pensare se avrei dovuto chiamarlo Eric o papà. Mi ero ritrovata con un padre dalla sera alla mattina ed era tutto piuttosto strano. Decisi di voltarmi di nuovo verso Rosie e mi accorsi che Alex era ancora più teso.

«Come va?» chiese mentre si avvicinava.

Il nervosismo di Alex aveva su di me un effetto immediato. Quando mi accorgevo che era agitato non riuscivo a non farmi prendere dall'ansia.

«Bene... credo» dissi.

Non era vero. Andava tutto malissimo, ma non mi sarebbe mai venuto in mente di dirgli che avevano appena ucciso la mia migliore amica e che con tutta probabilità l'aggressione a Rosie e George era colpa mia.

George appoggiò il sacchetto delle medicine sul comodino. Vidi delle scatole bianche con dei nomi strani e un flacone arancione con alcune pastiglie dello stesso colore. Mi domandai se Rosie doveva prenderle tutte insieme. George aprì una delle scatole ed estrasse una compressa.

Eric sbuffò. Era appoggiato allo stipite, le mani in tasca, e mi fissava, nello stesso modo in cui lo faceva Alex.

«Ho saputo di Cara, mi dispiace molto» sussurrò.

Inspirai profondamente. Il nome di Cara mi avrebbe perseguitato per molto tempo e mi sforzai di non scoppiare a piangere.

«Grazie» riuscii a dire.

Le sue parole mi avevano fatto piacere sul serio. Lo guardai con la coda dell'occhio. Indossava un paio di pantaloni neri eleganti, senza giacca né cravatta. La camicia era fuori dai pantaloni e le maniche tirate su fino ai gomiti. Al polso aveva un orologio grande, ma raffinato. Per un millesimo di secondo spostai lo sguardo sul taschino e riconobbi la forma di una fiaschetta rettangolare e sottile. Eric aveva bevuto?

Alex si voltò verso di me, ma distolse lo sguardo non appena capì che cosa stavo pensando. I suoi occhi si spostarono allora sul corpo robusto e muscoloso dello zio.

«Come sta Margaret?» chiese con voce grave. Rosie gemette di dolore e corrugò la fronte. Eric si corresse: «Volevo dire Emma».

Dio santo, dovevo abituarmi ad associare il nome di Margaret a mia madre. Osservai Eric: anche lui sembrava stremato, i suoi occhi trasmettevano... qualcosa. Aveva lo sguardo spento, forse era triste. Sì, era tristezza, alcol e tristezza.

Non sopportavo di vedere le persone soffrire in quel modo. Poi capii: aveva bevuto per mia madre. Era ancora innamorato di lei. E ancora, in questo caso, significava davvero da molto tempo.

«Sta bene» dissi, pensando di cavarmela senza aggiungere altro, ma per Eric quella risposta non era sufficiente. Mi morsi il labbro e sospirai. «È un po' arrabbiata con me, ma sta bene» aggiunsi, rendendomi conto di non essere stata molto convincente.

George riempì un bicchiere d'acqua e si avvicinò a Rosie, dopo aver ascoltato il nostro breve scambio di battute.

«Prendi questo, tesoro. Ti farà sentire meglio.» Le alzò dolcemente il viso. Rosie si mosse appena e si lamentò di dolore, ma George non la lasciò. «Piano» aggiunse, prima di avvicinarle il bicchiere alle labbra.

Lei lo ringraziò con un gesto appena accennato e bevve un lungo sorso mentre la pastiglia scendeva per la gola. George sospirò sollevato.

Alex si alzò dal letto.

«Hai bisogno di un passaggio per tornare a casa?» chiese una voce alle mie spalle. Mi girai e vidi il volto supplicante di Eric. Aveva le pupille dilatate.

Che cosa nascondevano i suoi occhi azzurri? Un desiderio? O forse una speranza? Voleva parlare con me, era evidente. I suoi occhi brillavano di incertezza...

«Mmm...»

Pensai a una risposta sensata. Non era ancora buio, vivevo a pochi passi da lì e sarei tornata a casa con Alex. Non avevo bisogno di un passaggio, ma non mi veniva in mente nessuna scusa gentile per declinare l'offerta e una parte di me voleva dargli un'opportunità. In fin dei conti era mio padre.

Non feci in tempo ad aprire la bocca che George ci interruppe.

«Sei ubriaco, Eric» disse senza voltarsi mentre sistemava le lenzuola di Rosie. Mi cominciarono a sudare le mani e capii che era arrivato il momento di togliere il disturbo. «Non puoi guidare in questo stato» aggiunse autoritario.

«Sto bene» mormorò Eric.

Era ancora appoggiato allo stipite: spettinato, la camicia stropicciata, i pantaloni spiegazzati e larghi sui fianchi, lo sguardo deluso perso nel vuoto. Non si era mosso dalla porta perché non si reggeva in piedi.

«No, non puoi. Dirò a Josh di accompagnarla. Puoi andare anche tu, se vuoi. Ma non ti permetterò di guidare in questo stato e men che meno di portare Hannah.» Si era tolto la cravatta e la durezza della sua voce si era attenuata, ma il tono era sempre fermo. Sembrava vecchio e stanco.

«George, non ho bevuto neanche un goccio» rispose Eric attonito. Poi lanciò un'occhiataccia al fratello maggiore. «Giuro. Non ho bevuto niente» aggiunse cercando di apparire sincero.

Né io né George gli credemmo.

«Va bene. Lasciamo decidere a Hannah.»

Il modo in cui George riusciva a intimidire suo fratello con lo sguardo mi stupiva. Certo, era il maggiore, ma erano comunque due adulti che sembravano rispettarsi.

Alex mi guardò con un misto di esitazione e impazienza. Aspettava la mia risposta. Cercai di ignorarlo, ma era impossibile. Avrei voluto rimanere a guardare il suo viso, perché sapevo che un giorno, all'improvviso, se ne sarebbe andato per sempre. Il cuore cominciò a battermi all'impazzata, sentivo un'enorme pressione sul petto, mi sentivo soffocare dentro. Sapevo che sarebbe stato dalla mia parte qualsiasi decisione avessi preso. Era semplicemente straordinario e il pensiero di perderlo mi dilaniava.

Guardai Eric che mi restituì l'occhiata. Mi pregava con gli occhi di andare con lui. Dovevo dargli un'opportunità.

«Ok» risposi, «andrò con Eric a patto che guidi piano.»

Eric sorrise rinvigorito e schioccò le labbra. George scosse la testa e Alex baciò sua madre sulla fronte. Sarebbe venuto con noi.

Prima di uscire mi avvicinai a Rosie. «Si risolverà tutto, te lo prometto» le sussurrai all'orecchio.

George tornò a sedersi sul divano e accavallò le gambe in una posa autoritaria. Mi sforzai di sorridere a Rosie, anche se non poteva vedermi. Annuì con le sue poche forze.

«Verrò a trovarti» aggiunsi prima di infilarmi in tasca, senza essere vista, la lettera di avvertimento: per fortuna scivolò piano nei jeans quasi senza fare rumore.

«Pronta?» mi chiese Eric appena mi girai. Non era più appoggiato allo stipite e il suo sguardo non era più perso nel vuoto. Forse era vero che non aveva bevuto.

«Ci vediamo presto, George» dissi con un cenno di saluto. Il padre di Alex mi rispose con un sorriso.

«Ciao Hannah, abbi cura di te.»

Né George né Eric si erano resi conto che avevo tenuto la lettera in mano tutto il tempo e che adesso la nascondevo in tasca. A ogni passo la sentivo strusciare contro il tessuto dei miei pantaloni e avevo paura che si sentisse. Ma non fu così.

Eric e Alex uscirono dalla stanza dopo di me. Eric aveva affrettato il passo per raggiungermi e si era messo alla mia destra, Alex allora si era affrettato e si era messo alla mia sinistra. Un'improvvisa folata di aria fredda mi percorse la schiena avvolgendomi le gambe. Pregai perché non fossi di nuovo solo io a sentirla.

Mentre camminavamo lungo il corridoio del secondo piano, osservai per qualche attimo il volto afflitto e stanco di Eric prima di abbassare lo sguardo sul tappeto che si allungava sul pavimento di marmo. Di colpo mi sentii inquieta. Qualcosa non andava... Non c'era nessun altro con noi ma ero certa che qualcuno stesse osservando ogni mio movimento.

Sentii che mi prudeva la nuca e cominciai a grattarmi, poi il prurito si estese alle gambe.

Tra di noi era calato un silenzio imbarazzante, scomodo addirittura. Facevo fatica a respirare e aspettai invano che Eric dicesse qualcosa, ma non pronunciò una parola. Continuò a camminare tradendo un certo nervosismo.

I nostri passi erano l'unico suono che rompeva quel silenzio di tomba. Eric sbuffò con forza e un odore di uva mi invase le narici... uva fresca e umidità, sì. O forse mora? No, no... era più pungente, più forte... più...

Eric si schiarì la voce e drizzò la schiena. Si irrigidì e quando parlò cercai di capire meglio che cosa fosse quell'aroma.

«Non sai da quanto aspetto questo momento» la sua voce era un sussurro grave.

Mi si gelò il sangue nelle vene e a quel punto riconobbi l'odore. Chiusi gli occhi strizzando le palpebre con forza. Non c'erano dubbi. Eric era ubriaco.

Capitolo tre

«Sali» mi disse con gentilezza mentre apriva lo sportello del passeggero. Alex era già entrato e si era seduto dietro. Non feci obiezioni.

«Grazie» mormorai prima che chiudesse lo sportello. I sedili erano freddi, di pelle color crema. L'odore di sigaretta impregnava tutto il veicolo.

Mi sistemai con un certo nervosismo e con la coda dell'occhio guardai Alex, che mi restituì un sorriso stanco.

Quando Eric entrò in macchina l'aria nell'auto si fece tesa. Mise rapidamente in moto e sospirò.

«Ti va di andare a cena?» mi chiese con uno sguardo penetrante ancor prima di uscire dal parcheggio.

Esitai.

No, decisamente no. A quell'ora mia madre probabilmente stava già bussando alla porta della mia stanza. Se avessi fatto ancora più tardi si sarebbe accorta che ero uscita e mi avrebbe uccisa. Lo guardai sentendomi in colpa.

«In realtà, preferisco andare a casa. Sono in punizione e non voglio che mia madre si arrabbi.»

«Capisco. Un altro giorno, allora» rispose con voce rauca.

Annuii. Non riuscivo a spiccicare una parola. Eric

accelerò, per fortuna non troppo, e notai che la sua auto non aveva il cambio automatico come quella di George.

«Certo» dissi mentre gli offrivo un timido sorriso che subito scomparve. In meno di cinque minuti sarei stata a casa.

«Che cosa è successo a Cara?» chiese nervoso. A quanto pareva, faceva fatica a iniziare una conversazione con me.

«Cara è... è stata investita» dissi.

«Si sa chi è stato?» ripeté senza togliere gli occhi dalla strada.

Mi soffermai a osservarlo. Aveva un'espressione corrucciata e teneva entrambe le mani appoggiate con tranquillità sul volante, e non riusciva a guardami in faccia. Sarebbe stato un viaggio infinito.

«No, era una macchina senza targa» spiegai.

Eric mi lanciò uno sguardo rapido, ma tornò subito a concentrarsi sulla strada.

Il mio respiro si condensava sul finestrino. Faceva un freddo terribile.

«E la gente? Nessuno ha visto niente?»

«No» risposi sbuffando, «erano le quattro del mattino, non c'era nessuno.»

«Be', magari qualcuno c'era» mi disse.

Mi limitai a rispondere con un cenno. Aveva ragione: c'era sempre qualcuno per strada, anche se di solito a quell'ora erano vagabondi o delinquenti, o forse le due cose insieme. In realtà, non si poteva mai sapere. Avevo imparato a diffidare della mia stessa ombra.

Eric si schiarì la voce. Viaggiavamo con i finestrini chiusi, l'odore di alcol era sempre forte, ma in fondo mi stavo addirittura abituando a quell'aroma dolce, quasi piacevole.

«Le volevi bene?»

«Sì, era la mia migliore amica.»

Si voltò per un millesimo di secondo. Sembrava perplesso, come se non capisse bene il significato di quella frase. Dal riflesso sul finestrino mi accorsi che aveva aggrottato la fronte. Poi buttò l'occhio allo specchietto retrovisore, come se fosse in ansia per qualcosa.

«Davvero?» chiese confuso.

Arricciai le labbra. Cara era stata l'unica persona a capirmi e con cui avevo potuto parlare senza remore. Non era frequente che qualcuno mi piacesse. Avevo l'abitudine di analizzare le persone appena le conoscevo, e se qualcosa del loro carattere non mi quadrava per qualche ragione, le classificavo subito tra i conoscenti, non tra gli amici.

«È stata la prima persona con cui ho parlato quando ci siamo trasferite.»

«Ah» sbuffò.

Silenzio.

«Dove sei stato tutto questo tempo?» sbottai incapace di trattenermi. «Non sei mai passato per Seattle?» Mi voltai verso di lui contemplandone il profilo. Stringeva le labbra e aveva gli occhi piantati sulla strada.

«Vi ho cercato dappertutto. Ma... non sono mai riuscito a trovarvi» mormorò. «È stato un incubo. Non avevo la minima idea di dove potevate essere finite: e adesso... so che ci ho messo un sacco di tempo, ma Margaret aveva cambiato nome. Immagino sia stato per questo che non sono riuscito a trovarvi prima.»

«E la polizia?» sussurrai.

Eric scoppiò a ridere.

«Sapevo che Margaret se ne era andata portandoti con sé. È stata dura. Il giorno prima avevamo discusso e aveva minacciato di lasciarmi ma non credevo facesse sul serio. Non pensavo potesse fare davvero una cosa simile, poi il giorno dopo tornai a casa e...» s'interruppe «non c'eravate più. Non c'era nemmeno un messaggio d'addio, una lettera, un avviso... niente.» Deglutì. «Non puoi immaginare quanto ho sofferto, soprattutto perché sapevo che era tutta colpa mia. Margaret non si era portata via niente, né vestiti, né foto, non aveva preso nemmeno i tuoi documenti. Non le hai mai chiesto di vedere il tuo certificato di nascita?»

All'improvviso avevo la gola secca come il deserto e ricordai quando Alex mi aveva esposto la sua teoria, che non eravamo fratellastri, ma cugini. Ora dovevo assolutamente costringere mia madre a farmi vedere il certificato di nascita. Non sapevo nemmeno chi fossi in realtà. E se il mio nome fosse stato un altro? Se mia madre aveva cambiato il suo poteva averlo fatto benissimo anche col mio.

«No, mi fidavo di lei. Non gliel'ho mai chiesto. Non credevo fosse necessario. Adesso però...»

«Ascoltami. Margaret è una brava persona» mi interruppe, «non voglio metterti contro di lei. So che mi odia. E ha ragione, è stata colpa mia» disse. Stringeva il volante come se volesse stritolarlo.

«Ti odia?» chiesi alzando un sopracciglio. «Non credo. Non è fatta così. Non odierebbe mai nessuno» dissi, cercando di farlo sentire meglio.

«Adesso non capisci, ma un giorno tutto ti sarà chiaro. So... che le ho fatto del male» sospirò.

«E io? Mi chiamo davvero Hannah, o non è vero nemmeno il mio nome?» chiesi confusa.

Eric scosse la testa. «Ti chiami Hannah Crowell, non Hannah Reeve» rispose.

Il cuore mi balzò in gola e mi accorsi che anche Alex era nervoso. Hannah Crowell. Mi sarei mai abituata?

Al primo incrocio trovammo il semaforo rosso, Eric si fermò e mi guardò con occhi stanchi. Mi stava esplodendo il cuore.

«Quindi sei davvero mio padre» dissi con un filo di voce.

Lui annuì e vidi un lampo di speranza attraversargli lo sguardo. «Sì» rispose infine.

In quell'istante una motocicletta ci sfrecciò davanti a tutta velocità facendo un baccano tremendo. Il motociclista aveva il verde e non si era preoccupato di rallentare, anzi aveva accelerato. Fu una fortuna che passasse giusto in quel momento, perché alzando lo sguardo per seguirlo vidi qualcosa che mi lasciò di sasso.

«Che... che...» balbettai. Non credevo ai miei occhi. Era... impossibile. Eric guardò nella stessa direzione. Quella maledetta macchina era ferma all'angolo tra le due strade. Il parabrezza era ancora pieno di crepe e macchiato di sangue. Mi sentivo come la protagonista di un horror, con la differenza che non ero in un film: era tutto vero. Fui presa dal panico.

«Hannah?» mi chiese Alex inquietato dalla mia espressione.

«È l'auto...» mormorai con gli occhi spalancati. Il cuore mi batteva a più non posso. «È l'auto che ha investito Cara!» gridai. Cercavo di riprendere il controllo ma non ci riuscivo.

«Non è possibile!» gridò Alex. «Metti la cintura» mi ordinò.

Avrei voluto farlo ma ero paralizzata. Mi si era annebbiata la vista e non riuscivo a smettere di tremare.

Non era possibile che stesse succedendo ancora... no!

Pensai a Cara, a Rosie e a Tom. Eric non aveva ricevuto nessuna minaccia ma non potevamo escludere che potesse accadergli qualcosa.

«Sei sicura?» chiese angosciato Eric guardando l'auto con gli occhi sbarrati.

«Sì» riuscii a rispondere.

Non c'erano dubbi, era la stessa auto che aveva travolto Cara.

Il semaforo diventò verde. Non c'era nessun altro per strada e stava diventando buio. Eric si mise a frugare nelle tasche cercando freneticamente qualcosa e imprecando a voce bassa.

«Non ho il cellulare!» sbottò.

Il cuore prese a battermi con ancora più forza. Nemmeno io avevo il cellulare, ero ancora in punizione. Eric si allungò verso di me e aprì il cruscotto da cui tirò fuori un oggetto avvolto in una fazzoletto bianco.

«Che cos'è?» chiesi agitata.

Eric cominciò ad aprire il fazzoletto.

«Eric! È una pistola!» gridai spaventata.

Lui afferrò l'arma con naturalezza, come un vero esperto.

«Resta qui, ok?» disse mentre scendeva dall'auto.

Mi sfuggì un gemito e mi portai le mani alla bocca.

«No! Non andare! No!» mi era impossibile dissimulare il panico, ero disperata e tremavo come una foglia.

«Merda» gridò anche Alex. «Non ti muovere.»

«Alex! No!»

Ovviamente Alex mi ignorò e un attimo dopo era già fuori. Sentii una fitta allo stomaco e capii che rischiava di non finire bene. Sapevo che nessuno avrebbe potuto fargli del male, ma non volevo che dovesse assistere alla morte di suo zio.

Eric s'incamminò con cautela verso la macchina. Nascondeva la pistola dietro la schiena e si muoveva con circospezione. Poi si mise a correre. Saltai sul sedile con un grido sordo.

No, no, no.

I fari della macchina erano spenti. Nessuno aveva messo in moto o era sceso. Tutto sembrava tranquillo, eccetto il mio respiro.

Eric rallentò il passo. Sembrava gli tremassero le gambe, ma teneva in mano la pistola con fermezza: non era la prima volta che ne impugnava una. Aveva l'aria del poliziotto.

Alex lo raggiunse e si avvicinò per primo al finestrino del posto di guida. Scosse la testa per dirmi che dentro non c'era nessuno. Non appena fu sufficientemente vicino, Eric puntò la pistola e aprì lo sportello di scatto.

Cosa ci faceva quella macchina senza targa in mezzo alla strada? Perché la polizia non l'aveva sequestrata? Chi poteva averla lasciata lì?

Anche Eric si voltò verso di me e mi fece cenno di tranquillizzarmi, poi lanciò un ultimo sguardo all'interno dell'abitacolo, mise la sicura alla pistola e se la infilò nella cintura.

Tirai un sospiro di sollievo, come Alex, che rilassò le spalle e lasciò andare tutta l'aria trattenuta nei polmoni. Eric però era ancora teso: si guardava intorno come in cerca di qualcosa di insolito.

A un certo punto spalancò gli occhi.

Un'improvviso stridere di pneumatici risuonò nell'aria. Non riuscivo a capire da dove, ma qualcuno stava arrivando a tutta velocità. C'era puzza di gomma bruciata e benzina.

«Hannah!» gridò Alex sopraffatto.

Mi voltai verso di lui, poi seguii la traiettoria del suo sguardo e venni accecata dai fari di un'auto.

«Hannah! Esci di lì!» gridò Eric prima di lanciarsi verso di me.

Un'auto puntava a tutta velocità verso quella di Eric, mentre il resto del mondo attorno a me aveva preso a muoversi al rallentatore, un attimo ancora e quel veicolo si sarebbe schiantato contro la porta del passeggero, dove c'ero io.

È una trappola, fu l'unica cosa che riuscii a pensare. Tremavo tutta e cominciai a sentire uno strano formicolio alle gambe, come se si fossero addormentate. Non mi obbedivano.

Stavo per morire.

La luce era sempre più vicina. L'auto era a pochi metri e gli abbaglianti mi accecarono completamente. Mi rannicchiai e strinsi le ginocchia al petto continuando a gridare di paura, nascondendo la testa tra le gambe.

A quel punto chiusi gli occhi e sentii un urto fragoroso. Avevo sempre creduto che la morte fosse silenziosa, oscura e tranquilla. Che avrei rivisto tutti i momenti più importanti della mia vita, uno a uno, tra cui anche il compleanno dei miei dodici anni e quell'orrendo maglione rosso che mia madre mi aveva regalato pensando che avrei potuto indossarlo a Natale. Ero certa che avrei riascoltato la risata di Cara quella volta che cadde dalle scale perché non sapeva camminare su dei tacchi altissimi che, per altro, facevano un rumore infernale. O forse avrei rivisto i compagni di tutte le scuole che avevo frequentato che mi sorridevano gentili quando mi chiedevano qualcosa in prestito o mi invitavano ad andare a casa loro. Mi sarei vista rossa come un peperone quel giorno in cui confusi il bagno delle ragazze con quello dei ragazzi. Sarei tornata a sentire la mia risata su un aereo in uno dei tanti viaggi che avevo dovuto affrontare con mia madre per l'ennesimo trasloco. O forse avrei rivissuto i fiumi di lacrime di quando non volevo trasferirmi nell'ennesima città.

Invece ora ogni cosa era rumore, e provavo solamente terrore.

Ma il mio cuore batteva ancora. Aprii gli occhi: la macchina di Eric era intatta e non si era spostata di un millimetro. Lo sportello era ancora lì, e io... io ero ancora viva, o almeno mi sembrava. Avevo il respiro affannato e la pelle d'oca per l'adrenalina.

Se stavo bene e l'auto era esattamente come prima, cos'era stato quel boato?

Riaprii gli occhi e vidi che l'altra macchina era andata a sbattere contro una caffetteria all'angolo della strada. Proprio davanti a me. Che cosa cavolo era successo?

«Hannah, stai bene?! Hannah?!» mi chiese Alex materializzandosi accanto a me.

«Sì» risposi con un filo di voce.

Eric stava correndo verso l'auto che si era schiantata: la parte anteriore era completamente distrutta, con il cofano accartocciato. Sembrava più piccola di quanto fosse in realtà. Era grigia e, sì, aveva un targa. I vetri erano oscurati ed era impossibile vedere all'interno, ma il guidatore doveva essere lì, sicuramente ferito. Eric non aveva abbassato un secondo la pistola. Tutto era immobile e silenzioso.

«Cosa è successo?» sussurrai con la voce spezzata dalla paura.

Mi girava la testa. Ero viva per miracolo.

«Eric gli ha sparato alle ruote e la macchina è andata a sbattere contro la caffetteria. Sei sicura di sentirti bene?» chiese di nuovo.

Mi stava accarezzando delicatamente le guance. Era spaventatissimo.

«Sì» risposi.

«Ho creduto che...» si fermò. Sapevo che non l'avrebbe mai detto, ma i suoi occhi non riuscivano a nascondere l'angoscia.

«Lo so... io... Eric...» Non sapevo cosa dire. Mi tremava

il labbro inferiore e il nodo che avevo in gola mi impediva di esprimermi. «Sto bene.»

«Per fortuna. Vado da Eric. Ok?»

«Vengo anch'io.»

Alex mi fermò. «No Hannah, stavi per morire. Non so cosa sarebbe successo se.... No. Tu resti qui.»

«Stai bene?!» mi gridò nel frattempo Eric. Ancora non si era avvicinato del tutto alla macchina grigia. «Riesci a raggiungermi?»

«Fai attenzione, Hannah. Ti amo, non voglio che ti succeda niente.» Alex sembrava disperato.

Non avevo nessuna intenzione di restare dov'ero. Volevo sapere chi diavolo c'era in quell'auto. Volevo sapere chi aveva cercato di uccidermi.

Annuii. Non volevo che Alex si preoccupasse per me, ma avevo il diritto di sapere chi aveva appena cercato di farmi fuori, e lui lo sapeva. Cercava solo di proteggermi. Cercai di rispondere ma... ero diventata muta. La mia gola era secca come se non bevessi da giorni.

«Hannah, ce la fai a venire qui?» mi chiese di nuovo Eric.

Aprii lo sportello e scesi. Ero un fascio di nervi. Alex era al mio fianco.

Inspirai a fondo e l'aria scese nei polmoni. Mi tremavano le gambe ma la tensione iniziava a diminuire.

«Vieni qui» mi intimò Eric risoluto. Stringeva la pistola nella mano destra e si muoveva con disinvoltura, nonostante fosse evidentemente scosso. Sapevamo entrambi che la persona nell'auto era senza scrupoli.

Mi avvicinai con passi lenti e incerti. Il vento mi agitava i capelli e lasciava che mi sfiorassero le guance. Li scostai dal viso e mi resi conto che non avevo pianto.

Eric volle sapere se riconoscevo l'auto. Una piccola

colonna di fumo aveva cominciato a uscire dal motore che puzzava di bruciato. Da un momento all'altro sarebbe potuta esplodere.

«No» risposi.

«Ok. Non allontanarti da me» sussurrò.

Eric mise allora una mano sullo sportello, lo aprì di scatto e puntò la pistola contro il posto di guida. Aspettò un paio di secondi, ma l'aggressore non reagì.

Quel silenzio inquietante mi fece pensare al peggio. Mi misi in punta di piedi per sbirciare dentro. Chi guidava aveva perso i sensi. Era vestito di nero e, a giudicare dal fisico, poteva essere una donna. Alzai lo sguardo e mi accorsi che da sotto il passamontagna alcune ciocche rosso carota le cadevano sulle spalle. Spalancai gli occhi e aprii così tanto la bocca che rischiai di slogarmi la mandibola.

«Sarah...» mi lasciai sfuggire.

La donna era incosciente ed Eric le tolse il passamontagna rivelando un inconfondibile volto pieno di lentiggini.

«No... non è possibile» sussurrai terrorizzata. Era proprio lei.

«Sarah...» disse Alex.

«La conosci?» mi chiese Eric.

«Sì» risposi. Mi faceva male la testa e vedevo tutto girare.

Sarah? Era lei l'assassina? E aveva cercato di uccidermi?

«Torna in macchina, ora chiamo la polizia» disse Eric mentre infilava di nuovo la pistola nella cintura dei pantaloni.

«È viva?»

«Sì. Torna in macchina» mi ordinò brusco. Guardai un'ultima volta il volto di Sarah. Le lentiggini sembravano piccoli petali posati sulla sua pelle chiara, che risplendeva nei riflessi della sera gelida. Le palpebre riposavano sugli occhi chiusi. Era piccola e indifesa.

«Andiamo, Hannah» mi sussurrò Alex all'orecchio.

«Si riprenderà?» chiesi.

«Sì, non preoccuparti» mi rispose dolcemente.

Annuii sperando con tutta me stessa che avesse ragione.

«È stata lei, Alex?» balbettai. Questa volta non rispose.

Salii in macchina con le gambe che mi tremavano ancora. Eric nel frattempo si era diretto a una cabina telefonica per chiamare la polizia. Parlava in modo concitato e ogni tanto mi guardava con la coda dell'occhio. Che ore saranno state? Mise giù e si diresse verso di noi con passo deciso.

«Ti porto a casa» disse mentre si sistemava sul sedile.

«E Sarah?» chiesi atterrita.

«È svenuta, la polizia arriverà in pochi minuti. Ho chiesto a uno dei miei agenti di venire subito qui. Io devo portarti a casa» disse mentre metteva in moto. Avevo ragione: Eric era un poliziotto, o qualcosa del genere.

«E se scappa? Magari sta fingendo!»

Eric scosse la testa e accelerò.

«È svenuta, Hannah. Non andrà da nessuna parte.»

* * *

Un paio di minuti dopo eravamo a casa.

«Puoi lasciarmi qui» dissi.

«No, ti accompagno alla porta.»

«No. Posso andare da sola.» Ero in castigo, se mia madre mi avesse vista rientrare, per giunta con Eric, sarebbe impazzita. Ma lui ignorò la mia richiesta.

«Non arrabbiarti. Sto cercando solo di proteggerti.»

Non risposi. Non ne avevo le forze. Riuscivo solo a pensare a quello che aveva fatto Sarah.

Alex non credeva fosse lei l'assassina e io ero della stessa opinione. Non aveva mai avuto alcun tipo di relazione con lui, non si erano mai parlati e in più era presente al funerale di Cara. Non avrebbe nemmeno potuto ordinare a qualcuno di dare una lezione a Tom. Erano troppo amici. Ed era improbabile che fosse entrata in camera mia in piena notte per lasciare la lettera. Oltretutto Rosie aveva detto che la donna che l'aveva aggredita era alta, con i capelli neri e con gli occhi scuri, per cui non poteva essere Sarah. Ma poteva essere una complice.

In quel caso, avrebbe potuto tenersi al corrente di ogni mia mossa durante le riunioni che organizzavano Cara e gli altri ed era possibile che poi spifferasse tutto all'assassino.

Ma chi le stava dando ordini? Era una donna, su questo non c'erano dubbi, e avevo già un sospetto... mia madre. Non capivo per quale razza di motivo fosse andata a casa di Seth e perché non avesse preso la sua macchina. Non potevo più fidarmi di lei. Mi aveva mentito sul suo nome, sulla morte di mio padre e non la smetteva di nascondermi la verità... Solo lei sarebbe potuta entrare in camera mia a mezzanotte! Forse aveva aperto la finestra perché non sospettassi di lei...

No. Era impossibile. Mia madre non avrebbe mai fatto una cosa del genere. Era una brava madre, perfino secondo Eric, che aveva sofferto le pene dell'inferno a causa sua.

In ogni caso non sarei più riuscita a fidarmi di lei. Le sue bugie avevano costruito un muro invalicabile tra di noi e non riuscivo a darmi pace. La descrizione che Rosie aveva fatto dell'aggressore coincideva quasi perfettamente con la sua fisionomia ed ero decisa a starle addosso. All'improvviso era diventata la principale sospettata, dovevo farmene una ragione. Mi faceva male perché era mia madre, ma si era trasformata in un'estranea. Non sapevo più chi fosse.

«Bene. Siamo arrivati» disse Eric interrompendo i miei ragionamenti. Aprii e chiusi gli occhi un paio di volte cercando di tornare alla realtà. La strada era deserta.

«Grazie... voglio dire... grazie per avermi salvato la vita» risposi con un sorriso appena accennato.

Eric annuì. «Di niente. Dovrei...» Eric fu interrotto dal fragore della porta di casa che si aprì e si richiuse sbattendo con forza. Mia madre si dirigeva a passo deciso verso di noi. Era fuori di sé.

«No» sussurrai. Mi tolsi la cintura e scesi il più velocemente possibile dalla macchina.

Adesso mi uccide.

«Hannah Reeve, si può sapere dove diavolo eri?!» urlò su tutte le furie. Aveva la faccia rossa come un pomodoro. Quasi le usciva il fumo dalle orecchie.

E ora?

«Mamma...» cercai di spiegarmi, ma non mi lasciò proseguire.

«Credi di potermi prendere in giro?!» gridò.

Quando urlava le si gonfiava sempre una vena sulla fronte. Aveva i capelli raccolti in una coda spettinata e mi resi conto che aveva scoperto già da un po' che l'avevo ingannata. Indossava ancora i vestiti con cui era andata al lavoro: la gonna a tubino blu e la camicia bianca con un solo bottone aperto. Aveva messo un paio di scarpe con i tacchi alti che le davano un'aria minacciosa. Si appoggiò le mani sui fianchi. Mi ero messa in un bel casino.

«Non dovresti essere in castigo?! Che cosa ci fai fuori?!»

La osservai attentamente. Era lei l'assassina di Alex? No, in quel momento era solo una madre qualsiasi molto arrabbiata con sua figlia.

Sospirò e riprese, cercando di sbirciare oltre le mie spalle per vedere chi ci fosse in quella macchina. «E soprattutto... vorresti dirmi con chi sei stata in giro fino a quest'ora?»

Aspettavo con ansia il momento in cui Eric avrebbe abbassato il finestrino sporgendosi per farsi vedere. Come avrebbe reagito mia madre davanti all'uomo da cui era scappata per anni? Gli avrebbe mollato un ceffone? Lo avrebbe abbracciato?

«Rispondi. O ti hanno tagliato la lingua?»

Mi guardava minacciosa e non vedevo l'ora che Eric tirasse giù quel maledetto finestrino. Mi schiarii la voce.

Andiamo Eric, adesso tocca a te.

«No, mamma.» Deglutii. Eric non aveva messo in moto e non poteva che voler dire una cosa. «Vorrei che salutassi una persona» dissi, senza credere alle mie orecchie.

Mia madre batté le ciglia sbigottita, e ancora più infuriata.

«E chi sarebbe?» chiese incrociando le braccia sul petto.

Cercava di mostrarsi impassibile, ma ero sicura che morisse dalla curiosità di sapere chi si nascondeva in auto. Poi finalmente Eric abbassò il finestrino del passeggero e per poco non mi scoppiò il cuore.

«Ciao, Emma» disse come se fosse sorpreso di vederla lì. Non la chiamava Margaret per cercare di mantenere le apparenze, come se io non sapessi che era mio padre.

Mia madre inclinò la testa e sgranò gli occhi. Era scioccata. Non pareva più lei. Sembrava disorientata, come se il suo mondo si fosse capovolto in un attimo. Era passata dalla rabbia al panico alla sorpresa, in un millesimo di secondo. Faceva fatica a respirare, era immobile, a bocca aperta... mi sembrava di sentire i battiti del suo cuore.

«Tu» sussurrò. Per un momento rischiò di cadere a terra, ma in qualche modo riuscì a mantenere l'equilibrio. Il suo petto si gonfiava e sgonfiava senza sosta e il suo volto era privo di espressione.

Se Eric non fosse stato mio padre, non avrebbe mai reagito così.

«Il mondo è proprio piccolo, vero?» disse Eric con un timido sorriso. «A volte facciamo di tutto per evitare certe persone, ma prima o poi ci si rincontra sempre.»

Capitolo quattro

«Eric?» Le tremava la voce. Lo scrutò velocemente e posò subito lo sguardo confuso su di me. Per un attimo pensai che avrebbe perso i sensi, ma ancora una volta mi sbagliavo: riuscì a restare in piedi, come sempre.

«Possiamo parlare?» chiese Eric.

Mia madre non aveva il coraggio di guardarlo in faccia ed ero certa che si stesse chiedendo se non fosse tutto un brutto sogno. Era rimasta senza parole e mi guardava terrorizzata.

«Io...» balbettò. Sembrava sconvolta.

«È il minimo che puoi fare, Emma» disse lui con calma, nonostante i suoi occhi trasmettessero tutt'altro. Aveva pronunciato il suo nome con intensità, come a lasciare sottintesa una vita di cose non dette. Eric non era sceso dalla macchina e si allungava per riuscire a parlare con mia madre dal finestrino. Mi accorsi che gli somigliavo tantissimo, più che a chiunque altro. I nostri lineamenti non mentivano.

Mia madre si schiarì la voce e raddrizzò la schiena.

«Che cosa le hai detto?» chiese.

La rabbia aveva di nuovo preso il sopravvento. I capelli raccolti sembravano gonfiarsi di elettricità e, sebbene si sforzasse, non riusciva a controllare il tremito della voce.

«Dirmi che cosa?» chiesi facendo la finta tonta.

Lei si passò una mano sul volto e sospirò.

«Entra in casa» mi ordinò. Era tesa. Non l'avevo mai vista così spaventata.

«Perché?» ribattei corrugando la fronte.

Non riuscivo a credere ai miei occhi. Qualche minuto prima avevo rischiato di morire e ora mi ritrovavo qui, ad assistere al primo incontro tra mia madre e mio padre dopo tanti anni di lontananza. Forse avrei dovuto lasciare loro un po' di intimità. Non si erano visti per moltissimo tempo, era normale che volessero parlare a quattr'occhi.

«Obbedisci a tua madre e basta» ribadì.

Poi incrociò le braccia al petto come per proteggersi. Eric non le toglieva gli occhi di dosso e lei diventava più nervosa ogni secondo che passava. Non l'aveva neanche guardato in faccia. Lo evitava.

Mi girai verso Eric e lo salutai.

«Grazie per il passaggio» dissi.

Eric annuì. Sembrava inquieto, ma avevo la sensazione che fosse contento che li lasciassi soli. Chissà da quanto tempo stava aspettando quel momento. Gli si leggeva negli occhi.

«Ci vediamo presto, Hannah. Riposati» rispose.

Gli feci un mezzo sorriso e con un leggero movimento della testa lo ringraziai ancora di avermi salvato la vita. Poi mi diressi verso la porta di casa, non senza lanciare un ultimo sguardo al volto atterrito di mia madre. Era veramente sconvolta, come se stesse vivendo un incubo. Passandole accanto percepii la tensione che emanava.

Cominciarono a parlare solo quando fui abbastanza lontana, ma riuscii a distinguere la prima frase che pronunciò mia madre, benché fosse stato un sussurro.

«Che ci fai qui, Eric?» chiese terrorizzata.

Non mi voltai e continuai a camminare. Se mi fossi trovata nella stessa situazione probabilmente avrei avuto un attacco di panico. Entrai in casa e Alex mi seguì, come sempre.

«Non ce la fai proprio a startene tranquilla, vero Hannah?» mi chiese ironico.

Mi strappò un sorriso anche se i suoi occhi erano inquieti. Mi tremavano ancora le gambe per quanto era successo.

«Senti chi parla...» la mia risposta lo prese alla sprovvista e non ribatté. Nemmeno lui sarebbe rimasto per sempre tranquillo al mio fianco. Era un fantasma e prima o poi mi avrebbe abbandonato come mia madre aveva fatto con Eric.

«Io non ti lascerò mai. Non importa che cosa succederà. Io ci sarò sempre. Non scordarlo mai. D'accordo?»

Le sue parole risuonarono dentro di me come le corde di un violino.

«Lo so.»

Alex mi rispose con un sorriso. «Ce l'abbiamo quasi fatta. Credi che l'assassino sia Sarah?»

Entrai nel salotto e mi lasciai cadere su una delle poltrone. Non aveva senso salire in camera. Mi aspettava un lungo interrogatorio non appena mia madre fosse rientrata in casa. Scossi la testa.

«No. C'è qualcun altro dietro tutto questo. Lo sento» risposi assolutamente certa di quel che dicevo. Perché Sarah avrebbe dovuto rischiare tanto? Voleva uccidermi sul serio?

Alex era perplesso. Mi guardò per un millesimo di secondo ma non appena incrociai i suoi occhi li abbassò. Mi nascondeva qualcosa...

«Che succede?»

Si era appoggiato a una poltrona con le braccia incrociate sullo schienale. Alzò lo sguardo.

«Niente» disse sforzandosi di apparire tranquillo.

Nonostante ci conoscessimo da poco tempo sapevo un sacco di cose su di lui. Era riservato e cercava di prendersi cura di me, anche se il più delle volte otteneva il risultato opposto. Lo fissavo cercando di catturare la sua attenzione ma i suoi occhi vagavano da un lato all'altro della stanza.

«Alex, a cosa stai pensando?» chiesi con la fronte aggrottata mentre mi alzavo.

«No... niente» rispose con indifferenza. In una cosa eravamo identici: non sapevamo mentire.

«Sei nervoso. Parlami.»

Scosse la testa e contrasse la mascella nello sforzo di non dirmi cosa stava pensando. I suoi occhi non trovavano tregua, si spostavano irrequieti su qualsiasi oggetto e angolo, finché si fermarono a fissare il pavimento. Quando finalmente ebbe il coraggio di guardarmi in faccia, capii cosa stava cercando di dirmi. Si schiarì la voce e drizzò la schiena.

«Non arrabbiarti. È solo che... be', non so...»

«Anche io sospetto sia stata lei.»

La mia risposta lo aveva preso in contropiede. Spalancò gli occhi e rimase a bocca aperta.

«Hannah... è tua...»

«È mia madre. Ma tutto conduce a lei» sussurrai, nonostante fossimo soli.

Alex cominciò ad avvicinarsi a me. Era spettinato, come sempre. In quel momento era come se vedessi per la prima volta le sue braccia muscolose e il suo addome piatto come una tavola. La silhouette energica del suo corpo emergeva perfino sotto la montagna di vestiti che aveva addosso. Sembrava un angelo, un angelo che riusciva sempre a strapparmi un sorriso. Ed era bellissimo.

«Abbiamo solo bisogno di un'ultima prova» aggiunsi.

Continuava ad avvicinarsi lentamente e dovetti sforzarmi per distogliere i miei pensieri dal suo corpo. Il modo in cui mi guardava mi impediva di riprendere il filo del discorso.

«Hannah...» disse.

Ero rapita dalle sue labbra e riuscivo solo a pensare che avrei voluto baciarle. Si tolse le mani dalle tasche e un secondo dopo era seduto al mio fianco. Il contatto dei nostri corpi mi fece fremere.

«Ti ho mai detto quanto sei bella?»

«Alex...» avevo le guance in fiamme e non riuscii a proseguire. Era una delle cose più belle che mi avessero mai detto. Soprattutto perché veniva dalla sua bocca.

«Sei bellissima» continuò senza togliermi gli occhi di dosso. Abbassai lo sguardo e lasciai che i capelli mi nascondessero il viso fino a che lui non mi sollevò il mento con delicatezza. «Sai» aggiunse, «mi piace quando diventi rossa. Mi piaci. Mi piaci moltissimo, Hannah.»

Mi tremavano le labbra.

«Alex...» mormorai di nuovo. Sentire la sua pelle sulla mia mi mandava fuori di testa e non riuscivo a parlare. Mi feci forza e balbettai: «Anche tu mi piaci, molto». Pronunciare quelle parole mi fece sentire improvvisamente bene.

Lui sorrise.

«E adesso che facciamo?» sussurrai.

Il suo volto era a un soffio dal mio. Morivo dalla voglia di accarezzare la sua pelle.

«Ci baciamo?» chiese con un sorrisetto complice.

Sorrisi c scossi la tesa.

«Mi riferivo a mia madre...» puntualizzai.

Tolse le dita dal mio mento e solo allora riuscii a rilassarmi. Non volevo che smettesse di accarezzarmi, ma il cuore mi batteva all'impazzata e dovevo sforzarmi per respirare normalmente.

«Sarah saprà qualcosa, non credi?»

Annuii battendo le ciglia come se non stessi pensando ad altro.

«Dobbiamo parlare con lei?» chiesi prima che Alex si mordesse il labbro facendomi perdere quasi del tutto il controllo.

Sembrava non si fosse accorto che lo stavo fissando e che non riuscivo a distogliere lo sguardo dalle sue labbra ancora arrossate dal freddo.

Dio mio, avrei dovuto baciarlo immediatamente, ma non potevo.

Calmati, Hannah.

«Sì, ovviamente» mormorò. Poi aprì la bocca e la richiuse. Aveva delle labbra deliziose... e i suoi denti erano perfetti. Non riuscivo a credere che avrei potuto baciarle, se solo mi fossi lasciata andare. Erano ipnotiche, non avrei mai smesso di guardarle.

«Ti piace quello che vedi?»

«Sì...» risposi assorta senza sapere bene che cosa mi avesse chiesto. «Come scusa?» chiesi risistemandomi a sedere nel tentativo di tornare alla realtà.

Alex mi regalò allora un sorriso abbagliante.

«Ti ho chiesto se ti piace quello che vedi e mi hai risposto di sì» disse passandosi la lingua sulle labbra.

Il suo sguardo pieno di luce mi rapì definitivamente e non riuscii a evitare di diventare rossa un'altra volta. Non avevo più intenzione di tirarmi indietro.

«È che...»

In quel momento la porta si aprì di scatto e le mie parole rimasero sospese in aria. Sobbalzai dallo spavento.

«Con chi stavi parlando?» chiese mia madre mentre entrava in casa.

«Io?» Ero rossa come un peperone e cercai di fare la finta tonta.

Non erano passati più di cinque minuti da quando l'avevo lasciata sola con Eric. Che cosa si erano detti? Morivo dalla voglia di saperlo, ma ero certa che non le avrei cavato una singola parola. Eric, invece, sì.

«Sì, tu parlavi con qualcuno.» Era ancora arrabbiata.

Mi ero messa nei casini per essere scappata, ma il fatto che fossi tornata a casa con Eric doveva averla fatta infuriare ancora di più.

«Ah, parlavo da sola» risposi.

«E da quando parli da sola?»

Aveva alzato un sopracciglio, così sottile e chiaro da essere quasi invisibile.

«Da un sacco di tempo» risposi con sfacciataggine.

Mia madre appoggiò i gomiti sullo schienale di una delle poltrone come aveva fatto poco prima Alex. Era stremata ma anche terribilmente arrabbiata. Mi risistemai a sedere sperando che la poltrona mi risucchiasse.

«Puoi spiegarmi che diavolo ci facevi con lui?» Mi guardava come se volesse uccidermi, ma mantenendo un tono posato.

Merda, comincia l'interrogatorio.

«Si è offerto di accompagnarmi a casa» ribattei senza esitazione.

«Accompagnarti? Da dove?» Per quanto mi sforzassi, mia madre sapeva che non ero abbastanza brava a mentire.

«Da scuola.»

Si irrigidì e alzò di nuovo il sopracciglio.

«Da scuola? E lui cosa ci faceva lì? Ma poi non dovevi uscire a mezzogiorno? Hai una remota idea di che ore sono?»

«Sì.»

Sperai con tutta me stessa che quella tortura finisse presto.

«Allora? Posso sapere che cosa hai fatto tutto il pomeriggio?» mi chiese preoccupata.

«Abbiamo pranzato» risposi.

«Siete stati sei ore a pranzo?»

Alzò di nuovo il sopracciglio. Era ufficiale, non potevo continuare a raccontarle storie assurde, era inutile. Mi conosceva troppo bene.

«Abbiamo... fatto due passi, sì» cominciavo ad agitarmi e mi tremava la voce. Non capivo come fosse possibile che il suo sguardo avesse quell'effetto su di me.

Scosse la testa e si allontanò dalla poltrona. Subito dopo si portò una mano alla fronte e cominciò a camminare avanti e indietro.

Sbuffò.

«Sai che c'è, Hannah?» Mi guardò delusa, lasciando cadere le braccia lungo i fianchi. «Non ti credo.»

«Mamma...» Dovevo almeno provare a convincerla.

«No» mi fermò. «Smettila. Se vuoi raccontarmi solo un mare di scemenze è meglio che tu stia zitta. In questo momento sono l'ultima cosa che voglio ascoltare.»

«Ma...»

«Hannah» fece una pausa come se volesse prendermi a ceffoni, poi dischiuse di nuovo le labbra pallide, «sono molto delusa. Prima fai a botte con quel ragazzo del ristorante... Com'è che si chiama?»

«Seth» risposi indignata. Perché mai fingeva di non saperlo? Sapeva chi era! Dio mio! L'avevo vista con lui! Faceva finta di non ricordarlo?

«Seth» ripeté. «Non avrei mai immaginato fossi capace di una cosa simile. Tu non sei così... E poi ti sei messa a seguirlo... Dimmi la verità, ti piace? Che ti sta succedendo? C'è qualcosa che vuoi dirmi?»

«No, mamma!» alzai gli occhi al cielo. Era assurdo che pensasse una cosa del genere.

«E allora spiegami perché lo seguivi!»

«Non capiresti...»

«Se non me lo spieghi non potrò mai capirlo» rispose secca.

Sbuffai. Non riuscivo a credere che fosse diventata così insopportabile.

«Cara era innamorata di lui... per cui dovevo scoprire delle cose su di lui... per aiutarla a... conquistarlo.»

A quel punto scoppiò a ridere.

«Come no. Adesso ti sei messa a fare Cupido?» mi chiese sarcastica.

«No!» risposi offesa. «Ma di cosa stai parlando? Tutto questo non ha senso, ora me ne vado!»

«Tu non vai da nessuna parte!» gridò senza muoversi. Le uscivano scintille dagli occhi. Mi faceva paura.

«Ti sto dicendo la verità!» cercai di farla tornare in sé.

«Non ti credo. Seth e Cara stavano già insieme. E comunque questo non spiega le tue misteriose fughe da casa» mi guardò con la coda dell'occhio. «Non sono idiota, Hannah. Puoi raccontare queste storie a qualcun altro, non a me» disse con amarezza. Non riuscii a evitare di sentirmi tremendamente in colpa. «Mi avevi promesso che non ti saresti avvicinata a Rosie e ai Crowell e... non hai mantenuto la parola. Dov'è finita mia figlia?»

«Tua figlia è qui, mamma.» Mi bruciavano gli occhi. «Sono io. Ma non capisco perché non vuoi che li veda. Che cosa c'entrano con noi?»

Mia madre trasalì. Uno a zero per me!

«Niente! Loro non hanno assolutamente niente a che fare con noi! Non fanno parte della nostra famiglia!»

Diventava più tesa ogni minuto che passava.

«E allora perché ti interessa tanto tenermi lontano da loro?» gridai pronta a difendermi. A quel punto era costretta a mollare la presa.

«Perché sono delle persone orribili!»

«Non è vero!» risposi irritata.

Non c'era motivo per cui dovessi crederle: i Crowell erano tutt'altro che cattive persone. Anche se George, ogni tanto, mi metteva in soggezione.

«Certo» disse come se all'improvviso tutto le fosse chiaro. Osservai come tornava a indossare la maschera della madre infuriata e autoritaria.

«Adesso capisco tutto. Come ho potuto essere così ingenua?» rise amaramente mentre mi guardava. Poi mi squadrò come se volesse leggermi nel pensiero. Si schiarì appena la voce, si portò le mani ai fianchi e finalmente dischiuse le labbra sottili e lisce: «È stata Rosie, vero?».

Corrugai la fronte. Non ci stavo capendo più niente.

Sbuffò con forza e non riuscì a trattenere un gemito: stava per mettersi a piangere.

«Che cosa ti ha detto quella stronza?» sbraitò.

Alex assisteva in silenzio. Ero abituata ad averlo al mio fianco anche nei momenti più imbarazzanti e le parole di mia madre non mi fecero sentire a disagio.

«Non parlare così di lei! È una brava persona!» la rimproverai.

Dentro ribollivo: non le avrei permesso di parlare così di Rosie. Mi aveva aiutato moltissimo e soprattutto non era una bugiarda come lei! Entrambe volevamo sapere chi fosse l'assassino di Alex, prima che tornasse a colpire.

«Come?» disse con la voce amareggiata. «Adesso la difendi? Hannah, Dio mio, non essere stupida. Ti sta facendo il lavaggio del cervello. Ti vuole mettere contro di me. Non puoi crederle! Non devi fidarti né di lei né di George né tantomeno di Eric!»

«L'unica che mi ha messo contro di te, sei stata tu stessa» precisai gelida.

Mia madre sbuffò di nuovo. Capii che voleva allontanarmi da loro per evitare che mi dicessero la verità su Eric. Ma la verità era che mi avevano aiutato molto più di lei.

«Stai prendendo un abbaglio, Hannah. I Crowell non hanno una buona influenza, tesoro» mi disse scoraggiata. «Presto te ne accorgerai, spero non troppo tardi.»

«Anche io lo spero. Posso andare ora?» chiesi in tono educato. Volevo dimostrarle che ero sufficientemente matura.

Mia madre annuì.

«Hannah, aspetta» mi disse non appena girai i tacchi. «Domani dovrai sostenere gli esami finali, li farai tutti insieme» spiegò con voce monocorde.

«Cosa!? Mamma! Mi avevi detto che avrei avuto una settimana! Perché mi fai questo?!» chiesi furiosa.

Sapevamo entrambe che per superare gli esami avrei dovuto studiare tutta la notte. Non mi distraevo quasi mai in classe e riuscivo a superare le verifiche senza fatica. Ma questo era un colpo basso: avrei avuto bisogno di un miracolo e avrei dovuto passare la notte in bianco... Perché mi faceva questo?

«Cominciano alle sette e finiscono alle quattro. Ti voglio a casa prima delle cinque, ok?»

Mi guardò delusa, come se non mi riconoscesse più. Avevo una tremenda voglia di piangere. Per un attimo avevo scordato che cos'era successo con Sarah e quanto ero stata vicina alla morte. La guardai con odio e sospirai.

Solo mia madre poteva riuscire a farmi una cosa del genere! Era così... testarda! Sempre così sospettosa e... bugiarda! Ecco cos'era!

«Grazie mamma! Perfetto!» esclamai sarcastica mentre mi avviavo verso le scale.

I miei passi rimbombavano sul pavimento mentre stringevo così tanto i pugni da farmi venire le nocche bianche. Avevo voglia di picchiare qualcuno o qualcosa. La odiavo! Odiavo Emma Reeve! Odiavo Margaret Reeve! O chi diavolo fosse quella donna.

Salii le scale. Non ci vedevo più dalla rabbia, il sangue mi ribolliva nelle vene. Non appena arrivai al primo piano cominciai a sentirmi debole. Fu un attimo. Mi appoggiai alla parete più vicina per non cadere. Sentii una fitta allo stomaco e un acuto senso di nausea. A quel punto tutto divenne sfocato.

«Hannah, stai bene? Che ti succede?» chiese Alex mentre correva ad aiutarmi.

Mia madre era entrata in cucina e non si era accorta di niente. Mi si rivoltò lo stomaco e un conato di vomito mi riempì la gola di un sapore orribile. Corsi in bagno, chiusi la porta e alzai il coperchio del water. Vomitai un liquido biancastro. Faceva schifo e vederlo aumentò la mia nausea. Mi raccolsi i capelli con una mano per non sporcarli e vomitai ancora, fino a che poco dopo mi sentii meglio. Dio mio, che era stato?

Mi lavai subito i denti e sentii una nuova fitta allo stomaco. Mi massaggiai la pancia nel tentativo di alleviare un poco il dolore.

Entrai in camera sbattendo la porta. Il colpo risuonò per tutta la casa. Ero fuori di me. Avevo cercato di non perdere le staffe con mia madre, ma se le avessi dato retta avrei mandato all'aria tutta l'indagine. Ci trovavamo a un passo dalla verità e non volevo vanificare i nostri sforzi. Dovevamo aspettare solo un altro po'...

«Che cosa è successo?» chiese Alex senza avvicinarsi troppo.

Mi buttai sul letto.

«Deve avermi fatto male qualcosa» dissi. In verità l'unica cosa che avevo mangiato di recente erano le ciambelle di Rosie, ma non potevano essere state loro. Forse era stata semplicemente la tensione per il litigio con mia madre.

Mi guardò preoccupato.

«Stai bene? Voglio dire, per la discussione con tua madre...»

«Uff!» sbuffai irritata. «La odio, Alex!» gridai coprendomi il viso con le mani.

«Lo so. Anche se penso ci sia un motivo per il suo comportamento...»

«E quale sarebbe?! Non hai sentito?!» chiesi indispettita. Alex si appoggiò allo stipite e mi guardò. «Ha programmato i miei esami in tutte le materie per domani. Come diavolo pensi che possa riuscire a superarli?!»

«Tranquilla. Ti aiuterò io. Ricorda che a suo tempo li avevo superati tutti.»

Sorrisi abbassando il viso per non farmi vedere.

«Davvero?» chiesi dolcemente mentre cominciavo a rilassarmi.

«Sì. Forza, tira fuori i libri» rispose, avvicinandosi. Mi alzai e mi guardai intorno per vedere dove avevo messo lo zaino. Era sotto la scrivania.

Studiare sarebbe stato un modo per distrarmi ed evitare che la rabbia e l'ansia prendessero il sopravvento.

Le ore passarono veloci. Verso le tre di notte cominciò a farmi male la testa. Volevo solo dormire e lasciarmi alle spalle quella giornata infernale. Negli ultimi giorni non ero riuscita a riposare, ero distrutta. Mi cascavano le palpebre e avevo cominciato a sbadigliare senza sosta. Mi stropicciai gli occhi.

«Hai sonno?» Alex sembrava preoccupato. Annuii quasi senza muovere la testa. Erano stati i tre giorni peggiori della mia vita. «Ok. Adesso devi dormire. Io mi prendo questo e...»

Non riuscii ad ascoltare il resto della frase perché mi si chiusero gli occhi all'improvviso. Avevo bisogno di dormire qualche ora prima di affrontare la lunga giornata che mi aspettava. Caddi in un sonno profondo e senza sogni.

A svegliarmi fu un rumore che al principio non riconobbi. Aprii gli occhi e un raggio di sole mi costrinse a socchiuderli. Allungai il braccio per spegnere la sveglia in uno stato quasi catatonico. Che ora era? Mi sfregai gli occhi e mi misi a sedere sul letto. Ero a pezzi.

«Merda, gli esami!»

Mi alzai di scatto e buttai l'occhio all'orologio. Era ancora presto. Non ricordavo di aver programmato la sveglia e immaginai fosse stato Alex. Lo ringraziai mentalmente.

Andai in bagno e mi feci una lunga doccia calda. Un'ora più tardi ero già a scuola.

«Nervosa?» mi chiese.

«Sì. Mi sono già dimenticata tutto» dissi ridendo mentre camminavo verso la mia classe.

«Non preoccuparti. Io sarò lì con te» rispose per tranquillizzarmi.

«Sei geniale, lo sapevi?» risposi con un sorriso a trentadue denti.

«Hannah!» Mi voltai verso la voce che mi aveva chiamato e vidi che Kate mi stava correndo incontro.

«Ciao. Come stai?» chiesi non appena mi ebbe raggiunto, mentre Alex era rimasto qualche passo indietro.

«Bene, credo. Be', non riesco ancora a pensare che Cara non ci sia più. È così triste. Con le altre cheerleader stiamo pensando di organizzare qualcosa in sua memoria questo fine settimana. Ci piacerebbe che venissi anche tu. Le volevamo tutte un gran bene» disse prima di abbassare lo sguardo.

Aveva i capelli raccolti in una coda di cavallo e si era truccata pochissimo. Che fine aveva fatto la Kate sempre impeccabile?

«Lo so. Come sta Seth?» Seth aveva appena cominciato a uscire con Cara e immaginavo che dovesse stare molto male.

Durante il funerale non mi aveva rivolto la parola, ma io lo avevo osservato attentamente. Era pallido come uno straccio, aveva delle occhiaie profonde e scure e gli occhi arrossati come se non dormisse da secoli. Persino i suoi capelli erano mosci: era distrutto come me.

«Non è tornato a scuola. È a pezzi, sai? Ma ce la farà. Anche tu ce la farai: Cara ti voleva bene. Eri la sua migliore amica...»

«E lei la mia» la interruppi.

«Parlava sempre di te. Non tanto quanto di Seth, ma non faceva che dire cose buone sul tuo conto. So che ti raccontava cose che non rivelava a nessuno, neanche a me. Credo che le ispirassi fiducia.»

Sapevo benissimo perché Cara non le raccontava i suoi segreti. Non le piaceva. La considerava una ragazza superficiale, anche se con il tempo dovevo ammettere che ci eravamo sbagliate sul suo conto. Kate era molto dolce.

«Mi manca tantissimo» dissi in tutta sincerità. Mi sentivo come se mi avessero strappato il cuore dal petto.

«Anche a me.»

Kate aveva in mano un sacco di libri e sembrava un'altra persona. Perfino i suoi vestiti erano diversi. E da quando usava gli occhiali?

«Non sapevo portassi gli occhiali» dissi con curiosità.

Lei sorrise imbarazzata. Era così diversa... come se fosse un'altra persona. A causa della morte di Cara?

All'inizio avevo creduto che avrebbe approfittato della sua scomparsa per diventare il capitano delle cheerleader. Ma non era stato così. L'opinione che mi ero fatta di lei era completamente sbagliata, non smetteva di sorprendermi.

«Sì. Li uso da quando sono piccola. Ma non mi piacevano, di solito portavo le lenti a contatto. Adesso però mi sento più sicura di me, e non mi importa.» Sorrise con dolcezza.

«Ti stanno bene.»

Mi ringraziò con un timido cenno del capo.

Wow! Dov'era finita la vecchia Kate? La nuova mi piaceva molto di più.

«Grazie Hannah» disse sorridendo.

«Hai un esame adesso?» chiesi.

«Sì, quello di matematica» disse mentre si risistemava gli occhiali.

«Anche io.»

«Perfetto.»

La conversazione stava terminando, ma non riuscii a resistere.

«Posso chiederti una cosa?»

«Sì, certo» rispose dubbiosa.

«Sapevate che ero sotto il letto?»

«Che?» chiese come se non sapesse di cosa stavo parlando. Mi passai la lingua sulle labbra e feci una smorfia.

«Il giorno della riunione a casa di Seth. Sapevate che ero nascosta sotto il letto, vero?»

Le piantai gli occhi addosso ma i suoi vagarono per il corridoio. Si morse il labbro inferiore e rimase a pensare per un tempo che mi sembrò un'eternità. Alla fine mi guardò con aria colpevole e rispose: «Sì. Lo sapevamo».

«E perché mi avete mentito?» Non riuscivo davvero a capire tutta quella storia.

«Non volevamo che ti mettessi in mezzo e cercavamo di farti smettere di ficcare il naso nelle cose di Seth, mie e di Cara. Lo abbiamo fatto per proteggerti.»

«Proteggermi da cosa?» La sua risposta mi aveva spiazzata.

«Dall'assassino di Alex.»

«Sai chi è?!» chiesi con gli occhi spalancati, ma Kate scosse immediatamente la testa.

«Nessuno lo sa. Ma devi smetterla, Hannah. Non devi immischiarti. Lascia che la polizia faccia il suo lavoro. Stai rischiando la vita... te lo dico come amica di Cara e perché, anche se non ci credi, tu mi piaci. Non potrei sopportare che a qualcun altro succedesse quello che è successo a Cara e a Tom» disse guardandomi dritto in faccia.

«Lo so, Kate. Ma mi dispiace, non posso abbandonare adesso che sono così vicina a scoprire la verità.»

Kate rimase in silenzio per un attimo, poi disse: «Se sei così determinata, allora ho qualcosa che può esserti d'aiuto». Le brillarono gli occhi.

«Che cosa?»

«Una pista. Chissà che non sia l'ultima di cui hai bisogno.»

Mi avevano già raccontato un mucchio di bugie che non potevo più fidarmi di nessuno. Prima Kate vuole fermare le mie indagini e poi è pronta ad aiutarmi? Non aveva alcun senso. Però eravamo a un passo dallo scoprire chi fosse l'assassino e qualsiasi indizio mi avrebbe aiutato enormemente.

«Che cos'è?» chiesi senza preoccuparmi di nascondere la curiosità.

«Un orecchino. L'ho trovato nella macchina di Alex il giorno dopo l'incidente.»

«Anche tu sapevi dell'incidente?» mi andò di traverso la saliva.

«Sì. Lo sapevamo tutti» mi disse con fermezza.

Sospirai. La facilità con cui le persone erano capaci di mentire era sorprendente.

«Ce l'hai ancora?»

Io non portavo mai gli orecchini, quindi doveva essere di qualcun altro.

«Sì. Lo porto sempre con me. Non l'ho detto a nessuno.»

Kate continuò a camminare fino a fermarsi davanti al bagno delle ragazze e mi fece cenno di entrare.

«Mmm... Hannah, forse dovrei rimanere fuori. Ti aspetto qui, ok?» Alex sorrideva anche se sembrava spaventato e confuso. Avevo quasi dimenticato che fosse lì con noi.

«Ok. Torno tra un attimo» risposi.

«Cosa?» mi chiese Kate.

A volte mi scordavo che Alex era un fantasma.

«Che? Non ho detto niente. Tutto bene, Kate?» risposi fingendo di non capire la sua domanda.

Kate annuì confusa e ridacchiò di nervosismo mentre entravamo, facendo risuonare la sua voce per tutto il bagno. Poi si tolse lo zaino dalle spalle e lo appoggiò vicino al lavandino.

«Guarda» disse infilandoci dentro la mano. «Prendi. Adesso è tuo.»

Mi passò una perlina bianca con all'interno un puntino dorato. Era un orecchino raffinato ed elegante, anche se aveva tutta l'aria di essere bigiotteria.

«È una perla.»

«Grazie Kate» sussurrai, osservando quella piccola sfera nel palmo della mia mano.

«Di niente. Spero ti sia utile.»

«Come sei riuscita a prenderlo?»

Alzai la testa e incrociai i suoi profondi occhi azzurri. L'orecchino mi ardeva nella mano. «Era sotto il cruscotto. Rosie mi ha lasciato salire sull'auto perché le ho detto di essermi dimenticata la borsa in macchina dopo l'ultimo appuntamento con Alex. Appena l'ho visto l'ho preso, senza pensarci due volte» disse prima di fermarsi a riflettere. «Ho pensato che fosse un dettaglio importante sfuggito alla polizia. E be'... eccolo qui.»

«Sarà molto utile, grazie» dissi sorridendo.

Posai di nuovo lo sguardo sulla piccola sfera che tenevo in mano, Kate si schiarì la voce per richiamare la mia attenzione e aggiunse: «Hannah, stai attenta».

«Non preoccuparti, lo farò.»

Non appena iniziammo l'esame mi resi conto che le uniche cose che ricordavo erano il mio nome e la mia classe. Prima di capire una domanda, dovevo leggerla almeno dieci volte.

Cominciai a tamburellare con la penna sul banco. Chris, il professore, sembrava piuttosto occupato a leggere il giornale. Kate era seduta dietro di me e io non riuscivo a stare ferma dal nervoso. Non sapevo assolutamente niente di tutto quello che avevo studiato. Era impossibile che riuscissi a concentrarmi. Avevo la testa da tutt'altra parte.

Senza farsi notare, Kate mi dette un colpetto sulla spalla. Mi voltai e mi passò la sua verifica già terminata e mi fece cenno di passarle la mia. Ci scambiammo i fogli in meno di un secondo.

Kate era più grande di un anno e le sue domande erano completamente diverse dalle mie. Aveva scritto il suo nome con una calligrafia rotonda e chiara. A me piacevano le persone che staccavano di più le lettere, lei scriveva in modo quasi formale. Avevo sempre immaginato che fosse una di quelle che infiorettava qualsiasi cosa con una stellina o un cuore alla fine di ogni parola, ma evidentemente non era così. E forse la superficiale ero stata io. Mi soffermai a leggere le domande, mi sarebbero state utili l'anno successivo.

Un quarto d'ora dopo, mentre il prof si stava ufficialmente facendo i fatti suoi, io e Kate ci scambiammo di nuovo i compiti e... Sorpresa! Aveva risposto a tutte le domande!

«Vai tu per prima» sussurrò.

Mi alzai dando un colpo di tosse. Ero tesa come una corda di violino e il mio corpo pesava cento chili in più.

Mi avvicinai alla cattedra con passo lento. Il professore abbassò il giornale e prese l'esame per correggerlo. Giusto. Giusto. Giusto. Giusto. Sbagliato. Giusto. Giusto. Giusto. Sbagliato.

Che?! Spalancai gli occhi.

«Novantatré su cento» disse prima di ridarmi l'esame con il voto scritto in alto a destra.

«Come?!» chiesi. Non credevo ai miei occhi.

«Novantatré su cento» ripeté il professore con disinteresse.

Mi sudavano le mani come non mi era mai capitato prima. Mi voltai e vidi che Kate mi sorrideva orgogliosa.

«Grazie» sussurrai, mentre mi avvicinavo al banco. Mi rispose con un sorrisetto.

Non appena mi misi a sedere si alzò in piedi per consegnare il suo compito. La osservai mentre il professore lo correggeva. Sembrava piuttosto sicura di sé. Superare o meno un esame era l'ultima delle preoccupazioni della vecchia Kate. Qualche minuto dopo mi mostrò il suo voto: novantanove su cento, scritto in rosso e bene in evidenza.

«Brava!» esclamai.

Gli altri compiti della mattinata si fecero poco a poco più semplici. Alex mi aiutava quando non capivo una domanda o mi dava un suggerimento perché riprendessi il filo di quello che avevamo ripassato la sera prima. Andavo come un treno, avrei finito tutto ben prima delle quattro.

Una volta terminato mi sentii sollevata. Ero riuscita a non scendere sotto il settantacinque su cento. Era da tanto che non mi sentivo così felice. L'ansia era sparita, ero rilassata e decisa a tornare presto a casa per rovistare nei gioielli di mia madre.

Cercai di ricordare se le avessi visto indosso degli orecchini come quello che mi aveva dato Kate, ma non era semplice. Era piccolissimo e mia madre di solito portava i capelli sciolti.

Io e Alex sedemmo su una delle panchine del cortile. L'aria era fredda e il sole si era nascosto dietro a dei nuvoloni grigi. Era così scuro che non sembrava neanche pomeriggio.

Da un momento all'altro sarebbe scoppiato un temporale. Alex era seduto al mio fianco ma la panchina era ampia. Le persone attorno a noi erano abbastanza lontane da non riuscire a sentirci. Con quel tempo pochi avevano avuto il coraggio di uscire da scuola.

Guardai di nuovo l'orecchino che avevo tirato fuori dalla tasca.

«Pensi sia suo?» chiese Alex.

«Sì, anche se...»

«Non lo avevi mai visto prima?»

Il vento soffiava con forza e ci scompigliava i capelli.

«No.»

«Andrai a casa adesso?» Mi fissava con i suoi occhi a mandorla.

«No. Andremo da Sarah. L'avranno ricoverata» dissi, mentre avvolgevo l'orecchino in un pezzo di carta. Non dovevo perderlo per niente al mondo.

Capitolo cinque

Camminammo per una ventina di minuti. L'ospedale era in centro e non era difficile raggiungerlo. Era stato Eric a dirmi dove avevano ricoverato Sarah. A quanto pareva, nell'incidente aveva battuto la testa. Mi resi conto di non aver visto sangue da nessuna parte, né ferite, e mi preoccupai. Significava che il trauma era interno, e quindi più pericoloso. Se avesse avuto una commozione cerebrale? O un'emorragia interna? Anche se aveva cercato di uccidermi, non riuscivo a non preoccuparmi per lei.

Ricordai il giorno in cui mi aveva passato il biglietto scritto da Cara, o almeno così mi aveva detto. Ora mi chiedevo se mi avesse mentito o se anche quello fosse un tentativo per proteggermi dall'assassino. Cara mi aveva detto che l'unica cosa che volevano era proteggermi, e Seth aveva cercato di convincermi ad abbandonare il caso. Ma io ero una testa dura e non avevo intenzione di restare con le mani in mano. Ancora meno se Alex restava al mio fianco. Dovevo aiutarlo. Dovevo farlo. Trovare chi l'aveva ucciso era la mia priorità numero uno.

E se fosse stata Sarah? No, ero convinta che non fosse nient'altro che una complice, o una pazza... Mi odiava? Che cosa l'aveva spinta a fare una cosa simile? Forse l'avevano minacciata...

«A cosa stai pensando?» mi chiese Alex.

Sferzava un vento tremendo, non mi sarei stupita se mi avesse sollevato per aria. Dovevo concentrarmi per non essere trascinata via.

«A Sarah» risposi infilandomi le mani nelle tasche della felpa.

Alex camminava alla mia sinistra noncurante del freddo gelido. In fondo era una fantasma, per lui era sempre freddo!

«Non credo sia stata lei, sai? Non capisco perché avrebbe dovuto farlo... Non ha senso, non ti sembra?» disse perplesso.

Annuii. Ero pienamente d'accordo con lui.

«Sì. Credo che qualcuno l'abbia obbligata a cercare di uccidermi. E non mi torna che cosa ci faceva in mezzo alla strada la macchina che ha investito Cara. Non c'era niente dentro?»

Alex sbuffò: «Niente e nessuno. Mi sembra incredibile».

«In realtà non so più cosa pensare, Alex. Perché mia madre mi ha messo gli esami finali tutti oggi?» corrugai la fronte e mi voltai verso di lui. «Proprio ora che è arrivato Eric!?»

«Sì, è strano. Ma non devi preoccuparti. Dovunque andrai verrò con te» sussurrò. Un brivido mi percorse la schiena.

«Ho la sensazione che voglia andarsene e scappare di nuovo da lui.»

«Già...»

«E che succede se lo fa davvero? Come diavolo lo troviamo il tuo assassino?»

Alex mi guardò preoccupato. Ce l'avevamo quasi fatta e avevo la sensazione che mia madre volesse che ci trasferissimo di nuovo quanto prima. A quel punto, scoprire la verità sarebbe diventato impossibile.

«Hannah, devi stare tranquilla. Se dovesse succedere troveremo una soluzione. È importante che tu stia bene e soprattutto che non faccia la mia stessa fine» disse a bassa voce. «Hai rischiato di morire per colpa mia.»

«Sapevi che in un modo o nell'altro ce l'avrei messa tutta. Siamo uniti, lo hai detto tu. Mi hai detto che ti sentivi attratto da me e che percepivi una connessione. Adesso sappiamo perché.»

«Guarda il lato positivo: almeno hai trovato tuo padre.»

«Sì, e tu tuo zio.»

«Hai ragione. Anche se è troppo tardi...»

Alex era ancora sotto shock per la faccenda di Eric, sebbene, come sempre, cercasse di mostrarsi forte. Ma nascondere i propri sentimenti lo stava distruggendo: avrebbe dovuto buttare fuori tutto, altrimenti prima o poi sarebbe esploso.

«Mi dispiace per tutto quello che ti sta succedendo... Ma lui ti vuole bene, Alex. Sei il suo nipote preferito» dissi per fargli coraggio. Lui si sforzò di sorridere, senza molto successo. «Ricorda tutti i bei momenti che avete passato insieme.»

«Sei così... dolce, Hannah. Mi piacerebbe essere positivo come te in questo momento. Ma sono fatto di un'altra pasta.»

«Ti amo, Alex.»

«Anche io.»

Pensai che se fosse stato vivo mi avrebbe resa la persona più felice del mondo e fantasticai su come avrei potuto fare in modo che resuscitasse.

In che modo posso riuscirci? Con un rito satanico?

Risi nella mia testa, ero quasi certa che lo avessero cremato. Magari poteva reincarnarsi. Non dovevo perdere la speranza, anche se tornare in vita gli avrebbe fatto dimenticare tutto: avevo visto un documentario in cui venivano intervistate delle persone che sostenevano di essersi reincarnate. Allora mi erano sembrate solo un mucchio di sciocchezze, ma in quel momento nutrivo la timida speranza che fosse davvero possibile. Fino a poco tempo prima non credevo neanche ai fantasmi, eppure... ne avevo uno al mio fianco ed ero perdutamente innamorata di lui.

«Credi nella reincarnazione, Alex?» chiesi stringendomi nelle spalle.

Una raffica di vento ci colpì giusto in quel momento.

«Hannah...» sapeva perfettamente dove volevo andare a parare.

«Rispondi: sì o no?»

Battevo i denti dal freddo e mi pentii di non essermi presa un cappotto. Avevo le mani congelate.

Alex alzò gli occhi al cielo nero come se stesse meditando la risposta. Il vento soffiava sempre più forte.

«No, Hannah. Non credo nella reincarnazione.»

La delusione fu tale che non seppi cosa rispondere e pochi minuti dopo eravamo già in ospedale.

Era un edificio enorme, di venti piani, completamente bianco. Le finestre, alte circa un metro e mezzo, offrivano ai malati una discreta vista. Alcune, quelle ai piani più bassi, erano aperte ma non si riusciva a vedere dentro.

Qualche tempo prima ci avevo lavorato come volontaria, con i bambini ricoverati in pediatria. Era l'unico reparto a cui avevo avuto accesso, non ero mai arrivata all'ultimo piano. A volte tornavo a casa sentendomi uno straccio. Mia madre diceva che ero troppo piccola per vedere certe cose, ma in realtà non mi faceva troppo effetto stare in reparto. Anche se quando faceva buio avevo un po' paura, senza sapere bene perché.

All'ingresso c'era una guardia. Posai automaticamente lo sguardo sul manganello e sulla pistola che portava alla cintura e mi chiesi se li avesse mai utilizzati. Scossi la testa. Tutta quella faccenda cominciava ad avere degli strani effetti su di me.

La guardia mi sorrise, Alex intuì la mia preoccupazione, e io mi sentii al sicuro solo quando misi piede nella sala di accettazione. L'ambiente era piacevolmente riscaldato ma strapieno di gente.

Eric mi aveva detto che Sarah si trovava agli arresti all'undicesimo piano. Era stato lui stesso a denunciarla e ora era piantonata dalla polizia.

Una musichetta ci accolse non appena salimmo in ascensore. Mi appoggiai a una delle pareti e sospirai. Ero intirizzita e stanchissima. Alex aveva lo sguardo perso nel vuoto.

Che cosa le avrei detto? Che cosa mi avrebbe detto lei?

Le porte dell'ascensore si aprirono poco dopo. Un uomo si trovava di fronte alla reception del reparto, dove un'infermiera bionda stava digitando al computer. Quando ebbe terminato, la donna gli disse qualcosa e per risposta ricevette un sorriso riconoscente.

Era attraente. Aveva gli occhi verdi e un naso piccolo e sottile e sulle labbra un velo di gloss che doveva essere sparito poco a poco durante la giornata. La pelle del viso era giallastra e poco sana, anche se non sembrava per niente malata. Liquidato quel signore riprese a lavorare al computer senza accorgersi di noi.

Mi avvicinai lentamente. Ero così nervosa che inciampai nei miei stessi piedi. Non appena le fui davanti mi schiarii la voce.

«Buonasera. Sono venuta a trovare mia sorella» mentii. La donna non alzò gli occhi dallo schermo. «Posso vederla?»

«L'orario delle visite comincia alle due e finisce alle tre» mi informò senza guardarmi.

«La prego, non l'ho ancora vista!» dissi cercando di sembrare disperata.

A quel punto l'infermiera mi guardò dritta in faccia con una smorfia stizzita. «Mi dispiace. Non puoi entrare.»

«Ma è mia sorella! Ho bisogno di vederla!»

La donna alzò gli occhi al cielo e scosse la testa.

«Ti ho già detto che l'orario di visite è finito. Puoi tornare domani» disse, prima di tornare a rivolgere lo sguardo allo schermo.

Cominciai a sentire la rabbia salirmi dallo stomaco. Aveva appena lasciato entrare quell'uomo!

«Scusami...» dissi secca. La donna sbuffò e alzò di nuovo gli occhi su di me. «Come ti chiami?» chiesi.

«Valerie» rispose controvoglia.

«Scusami, Valerie. Ma credo di aver visto entrare un uomo non più di due minuti fa... pensavo che l'orario delle visite fosse terminato» sbottai con un tono di sfida. «Potresti spiegarmi perché lui è potuto passare e io no?»

«Credo di essere stata sufficientemente chiara. Ma se non hai capito posso ripetertelo: l'orario delle visite è dalle due alle tre.»

«Sì, questo l'avevo capito.»

«Allora torna domani.»

La fulminai con lo sguardo.

E adesso? Questa tizia non vuole sentire ragioni. E io come faccio a parlare con Sarah?

«Vieni» mi disse Alex dirigendosi alla sala d'aspetto. Mi lasciai cadere goffamente su una sedia. Ero fuori di me. Chi si credeva di essere? La padrona dell'ospedale?

«Quella non ci fa entrare, Alex» mormorai con voce roca.

«Facciamo una cosa: provo a distrarla, magari riesci a passare» disse, guardandosi intorno.

«Come?» chiesi senza capire cosa voleva fare. Come poteva distrarla? Che cosa aveva in mente?

«Posso distrarla» ripeté.

«E come?»

«Parlandole.»

Sgranai gli occhi. «Vuoi dire che... ti farai *vedere* da lei?»

«Esatto.»

Aggrottai la fronte. Il piano poteva funzionare. L'infermiera aveva civettato fino a pochi minuti prima con quello sconosciuto. Era probabile che fosse tentata di fare lo stesso con Alex. Alzai gli occhi al cielo e mi lasciai sfuggire un sospiro.

Un secondo dopo Alex si avvicinava alla donna, il cui sorriso si faceva sempre più ampio. La mia rabbia divenne incontenibile. Alex le disse qualcosa che lei annotò su un taccuino. Immaginai che le avesse dato il suo numero di telefono. Mi sarebbe piaciuto vedere la sua faccia nello scoprire che era falso. Ma la cosa più sorprendente di tutte era che... Alex stava parlando con una persona che non si era accorta di avere di fronte a sé un fantasma! Come aveva fatto?

Lui si voltò, facendomi segno di entrare. Io lo ringraziai con un cenno e lentamente, come se niente fosse, cominciai a camminare nel corridoio. Poco a poco la risatina dell'infermiera si fece più lontana. Era un suono odioso. Non potevo negarlo: ero gelosa.

Imprecai a mezza voce e non appena entrai in reparto cominciai a correre. Eric mi aveva detto che Sarah si trovava nella stanza numero quarantacinque.

Undici, dodici, tredici, quattordici...

Non dovevano vedermi e accelerai il passo.

Trenta, trentuno, trentadue, trentatré... Quarantacinque!

Non appena vidi il numero in lontananza rallentai la corsa. Poi mi bloccai quando mi accorsi che un poliziotto alto e magro, con le guance rosse, sorvegliava la porta.

Come faccio a disfarmi di lui? Andiamo, Hannah, pensa, pensa.

All'improvviso trovai la soluzione.

«Ciao» salutai con un timido sorriso.

«Non puoi entrare» disse in fretta, senza smettere di fissare davanti a sé.

Mi sforzai di parlare con un tono normale.

«Mi manda l'infermiera dell'accettazione» dissi con un pizzico di malizia. Ero certa che avesse fatto la gatta morta anche con lui.

Il poliziotto mi guardò con curiosità.

«La ragazza bionda?» chiese con gli occhi spalancati.

«Proprio lei» annuii alzando le sopracciglia.

Si sistemò la cintura tirandosi su i pantaloni.

«Di cosa ha bisogno?»

«Be', credo abbia bisogno di qualcuno che la aiuti a spostare dei farmaci dal magazzino. E si domandava se lei potesse...»

«Certo» mi interruppe.

«La sta aspettando.»

L'agente abbandonò la porta ma fatti pochi passi si voltò.

«Accidenti, non posso muovermi da qui. Dille che mi dispiace molto.»

«Ah, non si preoccupi. Sono sua amica. Mi ha mandato per questo. Posso controllare io la stanza mentre lei non c'è.»

Mi sorrise sorpreso. «Sul serio?»

«Certo» risposi con il sorriso più falso della storia. Cominciavano a farmi male gli angoli della bocca.

«Grazie!» disse mentre si dirigeva felice verso l'accettazione.

Lasciai andare un lungo sospiro. Ce l'avevo fatta.

Non appena fu abbastanza lontano, afferrai la maniglia. Cominciò a battermi forte il cuore. La parte peggiore veniva ora.

Entrai piano. Sarah giaceva nel letto e guardava nel vuoto con un'espressione infastidita. In un primo momento non si accorse di me. Chiusi la porta facendo attenzione a non fare rumore e bloccai la serratura. Avevo pochissimo tempo.

Sentendo la porta, Sarah sobbalzò e guardò verso di me. Ero certa che sapesse perché mi trovavo lì.

«Hannah?» disse spalancando gli occhi. «Che ci fai qui?» chiese corrugando la fronte.

«Sono venuta per sapere la verità» risposi severa.

Scoppiò a ridere come se fosse uno scherzo.

«E cosa speri che ti dica?» chiese alzando le sopracciglia. Indossava un camice azzurro ed era piena di lividi.

«Hai ucciso tu Alex?» chiesi ancora più decisa.

Sarah abbozzò un sorrisetto.

«No, non sono stata io, Hannah» rispose con il tono di una conversazione qualsiasi. Era diversa, sembrava... fuori di sé, alterata...

«E allora perché hai cercato di farmi fuori?» continuai a chiedere mentre mi avvicinavo.

Sarah si muoveva con difficoltà: era ammanettata al letto. Tirai un sospiro di sollievo. Almeno non poteva farmi del male.

«Non ho *cercato* di ucciderti, ce l'ho quasi fatta» specificò con gli occhi traboccanti di rabbia. «Se non fosse stato per quell'idiota di Eric, saresti tre metri sotto terra.»

«Perché l'hai fatto?» La mia voce era di volta in volta più forte e risoluta.

Sorrise.

«Perché sì.»

Quelle risposte cominciavano a esasperarmi, ma dovevo essere razionale se volevo ottenere le informazioni di cui avevo bisogno.

«Andrai in prigione.»

Sarah si strinse nelle spalle e sorrise sfacciata.

«Sono minorenne.»

Si stava prendendo gioco di me. Strinsi forte i pugni cercando di contenere la rabbia.

«Mancano solo tre mesi al tuo compleanno e allora andrai in prigione.»

«Non mi importa...»

«Davvero?!» la sfidai.

«Vattene!» rispose furiosa.

«No. Prima devi rispondere alle mie domande.»

«Non ti dirò un bel niente.»

«Dimmi perché lo hai fatto!!!» urlai, non riuscivo più a controllarmi.

«Stai perdendo tempo» tagliò corto prima di cominciare a canticchiare una canzoncina come se non fossi nemmeno stata nella stanza.

Dovevo essere più scaltra di lei. Dovevo provare a farla parlare.

«Facciamo così» dissi mentre non la smetteva di canticchiare. «Mio p... Eric ritirerà la denuncia se collabori con me.»

Sarah non smise di canticchiare.

«Preferisci finire in galera? Ti hanno minacciata? Qualcuno ti ha pagato per fare quello che hai fatto? Dimmelo!» la supplicai con voce stridula.

«Fuori di qui, Hannah...» sussurrò guardando la finestra.

«Posso aiutarti, Sarah. Posso convincere Eric a ritirare la denuncia e tu tornerai a essere quella di sempre. Davvero vuoi finire rinchiusa in una cella? Vuoi rovinarti sul serio la vita in questo modo?» Cercavo di farla ragionare, ma era impossibile. Sarah si limitava a scuotere la testa senza smettere un secondo di canticchiare.

All'improvviso quel sorrisetto sparì dal suo volto pallido. Capii che non mi avrebbe raccontato niente.

Mi schiarii la voce. «Bene. Se questo è quello che vuoi, ti lascio fare i conti con la tua coscienza sporca. Ciao, Sarah.»

Mi voltai sperando che mi fermasse. Un passo, due...

Non farmi uscire di qui Sarah, pregai a occhi chiusi.

Tre, quattro... ero vicinissima alla porta e Sarah non dava cenno di volermi fermare.

Cinque, sei...

Che cosa aspetti?

Rimasi davanti alla porta più del dovuto. Volevo darle un'ultima opportunità, ma lei continuava a tacere. Mi avrebbe lasciata uscire. Davvero preferiva la galera?

Avevo già la mano sulla maniglia quando finalmente sentii la sua voce: «Hannah...».

Mi sentii così sollevata che non riuscii a trattenere un sorriso. Mi allontanai dalla porta e la guardai dritta negli occhi. Non la smetteva di ridacchiare strafottente.

«Sei una stupida, Hannah Reeve.»

Avevo voglia di cavarle gli occhi, invece respirai a fondo. Non ce l'avrebbe fatta, non sarebbe riuscita a provocarmi.

«Almeno non sono così stupida da cercare di uccidere qualcuno e farmi pure beccare» dissi con un sorrisetto. Sarah si fece seria d'improvviso e arrossì. Deglutii e tornai alla carica. «E non sono nemmeno così stupida da voler passare il resto della vita in carcere.» Darle addosso mi piaceva, mi faceva sentire in una posizione di superiorità. «Divertiti. Sono gli ultimi momenti di libertà che ti restano» non smettevo di sorridere e lei mi guardava come se volesse mettermi le mani addosso.

«Ti ammazzerò, Hannah» disse, «mio padre è poliziotto e mi tirerà fuori da questo casino. Prima o poi ti ammazzo. Puoi scommetterci.»

«Se lo dici tu...» dissi, mostrandomi del tutto indifferente alla sua minaccia. Il suo corpo era in tensione e mi fissava con occhi carichi di odio.

«Ciao. Mi raccomando, approfitta adesso che sei in ospedale per mangiare bene. Mi hanno detto che in carcere il cibo fa ancora più schifo.»

Poi Sarah alzò finalmente la mano non ammanettata in segno di resa, lanciandomi un'occhiata rassegnata e piena di rabbiosa frustrazione. «Mi hanno pagato, per ucciderti.»

Non mi fidavo di una sola parola. Era così calcolatrice che sapevo avrebbe cercato il mio lato debole per attaccarmi e confondermi. Mi fissò in attesa di una reazione.

«Chi?» mormorai.

Scoppiò a ridere di gusto.

«Sul serio non lo hai ancora capito?» chiese con un'espressione che dava i brividi. L'eco della sua risata rimbombò nella stanza e per un attimo pensai fosse qualcun altro a ridere di me.

«No.»

Sarah si passò una mano tra i capelli arruffati e alzò la testa.

«Ti dirò una cosa. È una persona molto, molto vicina a te.» Il tintinnio delle manette sulla branda di ferro mi fece venire la pelle d'oca.

«Dimmi chi è.»

Sarah scoppiò a ridere come una pazza. Mi fissava, ma in realtà mi stava trapassando, persa nel vuoto.

«Che cosa mi dai in cambio?» chiese con un'espressione di sfida sul volto. Era sciupata, pallida, faceva paura.

«Dirò a Eric di ritirare la denuncia» ripetei.

Alzò gli occhi al soffitto e cominciò a darsi colpetti sulla bocca con un dito, come se stesse meditando la risposta, poi tornò a guardarmi.

«Dimmelo, Sarah. Ti prego.»

Sorrise e rimase in silenzio per un attimo che mi sembrò non finire mai. Poi aprì le labbra come se fosse sul punto di rispondermi, ma tornò a chiuderle in un sorrisetto sadico. Voleva davvero farmi andare fuori di testa.

«Tua madre, Hannah! Chi altro poteva essere?» disse infine stringendosi nelle spalle.

Rimasi di ghiaccio.

«Non è vero» sussurrai. Era impossibile.

«Ha ucciso Cara» rispose seria. Fece una smorfia. «L'abbiamo fatta fuori perché sapeva troppo. Abbiamo fatto lo stesso con Tom, ma lasciandogli una seconda possibilità. Tua madre ha assoldato dei delinquenti perché lo spaventassero.»

In quel momento non riuscivo a credere alle mie orecchie: mia madre non sarebbe mai stata capace di fare una cosa del genere.

«Non mi credi, vero?» Fece una pausa. Sembrava che si stesse divertendo. «È stata Emma a mettere la lettera sotto il cuscino. Chi altri poteva entrare in camera tua? Pensaci. Cara ti aveva detto di lasciar perdere l'indagine, ti aveva pregato di lasciar perdere l'assassino. E sai perché? Perché tua madre l'aveva minacciata. Sì, Hannah. L'assassina è tua madre.»

Rimasi senza fiato. Scossi la testa. Non era possibile. Sarah mi stava mentendo. Però solo Kate, Cara, Tom e Rosie sapevano dei messaggi di avvertimento. Come poteva Sarah...

«Sei una bugiarda.» La stanza prese a girare e cominciai a vacillare. Non sapevo cosa dire... ero sconvolta.

«Hai bisogno di altre prove? Sei davvero stupida» rise di gusto. «Rosie non ti ha raccontato com'è andata quella notte? Io ero lì, Hannah. Ho colpito George con una mazza da baseball. Sono stata io!» urlò a squarciagola. «Tua madre si è occupata del resto. Povera Rosie, quanti graffi in faccia...»

«Non è vero. Vuoi solo farmi del male» dissi a fatica.

«Pensala come ti pare. Io ti ho detto la verità.»

«Sei una...» avevo gli occhi in fiamme, sarei scoppiata a piangere da un momento all'altro.

«Cosa?! Cosa sarei?!» Sarah irrigidì la schiena sporgendosi verso di me e il mio cuore smise di battere per qualche secondo.

«Una...» dovevo dirglielo, dovevo dirle cosa pensavo veramente di lei. Presi fiato: «Sei una grandissima figlia di puttana!». Mi sentii libera, come se mi avessero tolto di dosso un macigno.

«Abbi cura di te, Hannah» mormorò, «tra poco io sarò fuori e tu... avrai fatto la fine di Alex.»

Non potevo sopportare quelle scemenze un minuto di più. Mi lanciai verso di lei ma non appena arrivai al letto mi fermai.

«Chi ha ucciso Alex?»

«Tua madre.»

A quel punto non riuscii più a controllarmi. Alzai la mano e le mollai un ceffone con tutta la forza che avevo. Le avevo lasciato un bel segno rosso sulla guancia.

«Questo è per Cara e Tom!» gridai con le parole che mi si spezzavano in gola prima di darle un altro ceffone.

Mi bruciava il palmo della mano, ma non mi importava. Era come una fiamma che si era accesa e che non riuscivo a spegnere.

«E questo è per George e Rosie.» L'afferrai per i capelli e la obbligai a guardarmi. Continuava a sorridere e io ero sempre furiosa. Strinsi i pugni e la fissai sentendo il sangue pulsarmi nelle vene.

«Sei patetica, Hannah.»

Non sapevo cosa ribattere, ma le mie mani continuavano a stringere i suoi capelli tirandola verso di me. Per un istante mi chiesi cosa mi stesse succedendo.

«E questo...» dissi mentre alzavo il pugno destro «questo è per Alex.» Le sputai in faccia e le mollai un pugno.

Finalmente l'aveva piantata di ridacchiare e il suo volto era ora una smorfia di dolore. Provai una soddisfazione indicibile. Il sangue aveva cominciato a uscirle dal naso, macchiandole la vestaglia. Le lasciai i capelli.

«Il mio... naso!» balbettò coprendosi il viso con le mani.

Girai i tacchi e uscii dalla stanza con i gemiti di Sarah in sottofondo.

Alex mi aspettava fuori. Mi guardò perplesso e mi chiese se stavo bene. Il cuore mi andò in mille pezzi.

«È stata lei» dissi con voce rotta. E prima di riuscire a terminare la frase scoppiai a piangere. Alex mi avvicinò a sé con dolcezza e mi abbracciò. Appoggiai la testa sulla sua spalla. «Ti sto rovinando il maglione» singhiozzai.

Dio mio... mia madre. Sarah aveva ragione. Ero una stupida, come avevo fatto a non capirlo prima?

«Shhh...» sussurrò Alex cullandomi tra le sue braccia.

Mi sentivo tradita e fuori di me e avrei volentieri continuato a picchiare chiunque mi fosse capitato a tiro. Strinsi i pugni e sentii una fitta di dolore. Mi ero conficcata le unghie nei palmi dalla rabbia. Piansi fino allo sfinimento.

Capitolo sei

«Ti senti meglio?» Mi chiese Alex passandomi un fazzoletto che aveva rubato in accettazione.

Restammo seduti su una panchina fuori dall'ospedale per alcuni minuti. Avevo smesso di piangere ma mi girava ancora la testa.

«Sì. Dobbiamo andare, adesso...» mi lasciai andare a un sorriso amaro. «Mia madre... potrebbe insospettirsi» sussurrai.

«Le dirai qualcosa?» Alex mi prese per mano, che venne percorsa da una scarica elettrica.

«Non lo so... Non saprei come fare.»

«Io sarò sempre al tuo fianco, ricordatelo» mi disse stringendomi più forte la mano. Adoravo sentire le nostre dita intrecciate...

Cercai i suoi occhi color caramello, in attesa.

«Le ho rotto il naso» mormorai con una certa preoccupazione.

Mi sorrise timidamente. «Lo so. Questa è la mia ragazza.»

«Adesso sappiamo la verità.» Le lacrime mi bloccavano la voce in gola.

«Sì.»

«Ora te ne andrai?» chiesi con voce strozzata.

Se avesse detto di sì il mondo mi sarebbe crollato definitivamente addosso. Alex era l'unica persona che mi rimaneva.

«No, voglio restare. Sento che devo farlo» mormorò.

Venti minuti dopo imboccavamo la strada di casa. Erano le cinque meno dieci. Qualcosa era cambiato, ma cosa? Scrutai attentamente intorno a noi. Poi mi accorsi di un camion dei traslochi.

«Hannah...» balbettò Alex.

Un terribile presentimento mi fece sussultare. Accelerai il passo per vedere meglio.

«Merda» sussurrai. Il camion si trovava davanti casa mia.

No. No. No.

Mi tremavano le gambe ma non mi fermai. Dovevo fare finta di niente con mia madre per poter studiare il suo comportamento, dovevo guadagnarmi di nuovo la sua fiducia se volevo capire perché avesse ucciso Alex.

«Mi scusi. Perché state portando via le nostre cose?» dissi non appena arrivai alla porta.

Un paio di tizi stavano caricando uno scatolone con su scritto "pc Hannah". Rimasi senza fiato. La foto di Eric! Il diario su cui avevo scritto il nome dei sospettati! I preservativi! Merda! Avevano frugato tra le mie cose?!

«È un trasloco. Ci pagano per farlo» disse uno di loro facendo il simpatico.

Ci trasferiamo di nuovo? Perché? Mia madre ha programmato i miei esami finali per questo? Voleva distrarmi e avere il tempo di mettere tutto negli scatoloni?

Mi affacciai alla porta e mi sentii meglio: per fortuna non avevano ancora caricato i materassi e probabilmente il mio si trovava ancora di sopra. Corsi in casa e quello che vidi mi lasciò senza parole. La casa era completamente vuota. Non c'era più nemmeno un mobile, a eccezione della cucina.

Schizzai su per le scale. La porta della stanza di mia madre era aperta, ma non c'era nessuno. La mia camera era già stata svuotata quasi del tutto. Chiusi la porta e mi precipitai verso il letto.

«Ti aiuto?» chiese Alex facendomi sobbalzare. Credevo fosse rimasto al piano di sotto.

«No» risposi nervosa. Non volevo che leggesse il contenuto del mio diario. Sarei morta di vergogna se avesse letto quello che avevo scritto su di lui e quanto mi piaceva.

Alex mi aiutò a tenere sollevato il materasso e approfittai del fatto che non mi stava guardando per infilarmi il diario sotto la camicia. Non mi importava che vedesse il resto delle cose che nascondevo lì sotto.

«La foto di Eric.» La afferrai e rimasi a guardare la scatola di preservativi. Avrei dovuto prenderli?

«Prendili» disse Alex come se mi avesse letto nel pensiero. Non riuscii a evitare di diventare rossa.

Il miei occhi incontrarono i suoi. «Tieni.» Gli porsi la scatola ma lui scosse la testa con un sorriso.

«Sono tuoi» rispose senza smettere di fissarmi.

«Te li regalo» dissi allungando il braccio. Alex sollevò gli angoli della bocca in un enorme sorriso. Lasciò cadere il materasso e scosse la testa.

«Tienili tu. Ti serviranno in futuro.»

Rimanemmo occhi negli occhi per un attimo. Mi sentivo fremere, ma Alex sospirò e si allontanò da me. Un rumore al piano di sotto ci ricordò che non eravamo soli.

Mi schiarii la voce e piegai la foto per infilarmela nella tasca posteriore dei jeans. Tolsi i preservativi dalla scatola e li misi nelle altre tasche. Poi scesi le scale seguita da Alex.

Al piano di sotto c'erano solo gli operai.

«Mamma?!» gridai. L'eco risuonò in tutta la casa. Mia madre scese le scale irrequieta. Come avevo fatto a non vederla né sentirla?

«Che succede?» chiesi guardandola fissa negli occhi.

«Ce ne andiamo» rispose decisa.

«Come? Di cosa stai parlando? Che vuol dire che ce ne andiamo?» chiesi stupefatta.

Mi lanciò un'occhiataccia, scrutandomi da capo a piedi. Averla davanti mi faceva sentire vulnerabile e piena di rabbia allo stesso tempo. Era l'assassina di Alex.

«Hai pianto?»

«No» ribattei. Non volevo un altro interrogatorio.

«Che ti è successo alle mani? Sono tutte rosse... Hai fatto ancora a botte?»

Mi limitai a scuotere la testa. Avevo una voglia tremenda di picchiarla.

«Perché ce ne andiamo?»

«Ho comprato una nuova casa. Volevo fosse una sorpresa.»

«Una nuova casa? Mamma, che dici?»

«Ho venduto la casa e ne ho comprata un'altra, in Canada. Ti ho già iscritta a scuola lì.»

Rimasi a bocca aperta.

«Cosa?! In Canada?!» urlai.

Scese l'ultimo gradino e si avvicinò a me sorridente.

«Sì. Fa freddo ma è un posto stupendo. Ricominceremo daccapo, insieme.»

«No!» esclamai con una punta di isterismo nella voce.

«No cosa?»

«Non voglio andarmene da qui» borbottai fissando il pavimento.

Mia madre si sistemò i capelli buttandoli dietro le spalle.

«No, tesoro, non te lo sto chiedendo. Ce ne andiamo» ribatté con dolcezza.

«Mamma! Tutta la mia vita è qui ora! Non voglio andarmene! Voglio restare!» dissi alzando la voce.

«Hannah, dobbiamo andare via. Questo posto ti farà solo rivivere brutti ricordi. Cara non c'è più...» rispose. Pronunciare il nome di Cara le aveva fatto abbassare lo sguardo. Feci uno sforzo per non saltarle al collo. «Tu... tu devi andare avanti.»

«Mamma, Cara è morta da pochissimo. Pensi che riesca a superarlo in questo modo?» Non credevo alle mie orecchie.

«No. Cerco solo di offrirti la possibilità di dimenticare più facilmente» rispose con la voce rotta. «Possiamo ripartire da zero.»

Voleva scappare da Eric. Voleva fuggire da tutto ciò che le ricordava Alex.

Avrei voluto farle male, gridarle in faccia che sapevo la verità su Eric. E su Alex.

La fiducia, Hannah, mi ripetevo, *devi conquistarti la sua fiducia.*

«Mamma, io...»

All'improvviso sentii una fitta allo stomaco. Mi strinsi forte la pancia. Era insopportabile. Sembrava che mi stessero strappando le budella a mani nude.

Trattenni un grido e Alex corse verso di me, invisibile. La sala cominciò a girare e le pareti vuote dell'ingresso presero a disintegrarsi davanti ai miei occhi. Non riuscivo a restare in piedi. Sentii infine un dolore tremendo alla testa e un attimo dopo crollai per terra. A quel punto tutto divenne scuro e silenzioso.

* * *

Non appena aprii gli occhi fui bombardata da una raffica di ricordi che si susseguivano a tutta velocità. Mi faceva male ovunque. L'infermiera dell'ospedale, le terribili parole di Sarah, i suoi capelli rosso carota, il camion del trasloco e gli operai, la discussione con mia madre e... lo svenimento.

Era strano. A volte soffrivo di capogiri ma non ero mai caduta in quel modo. Ma negli ultimi giorni non avevo quasi chiuso occhio, ero a pezzi.

Mi guardai intorno: era tutto sfuocato, ma riconoscevo le pareti color caffè e una cornice decorativa violacea sul soffitto. La combinazione era piuttosto strana. Un'enorme finestra triangolare occupava quasi tutta la parete di fronte al letto. Una spessa tenda bianca impediva ai raggi di entrare.

Mi mossi appena e sentii il cigolio di una sedia vicino da me. A quel rumore strinsi i denti infastidita; avevo la bocca così secca che quasi non riuscivo a muovere la lingua. Mi resi conto che il letto era soffice, con lenzuola bianche, zuppe di sudore.

«Alex?» mormorai.

«Alex?» chiese una voce femminile. Mi irrigidii. «Sono la mamma, tesoro.»

Non risposi e mia madre sospirò. Mi sfregai gli occhi, erano arrossati e gonfi. Cercai Alex con lo sguardo ma non c'era. Per terra c'erano delle scatole chiuse, la stanza era grande e puzzava di chiuso e c'era polvere un po' dappertutto. Faceva molto freddo.

«Dove siamo?» chiesi mentre mi tiravo su.

«A Vancouver, in Canada» sussurrò mia madre come se stesse parlando tra sé e sé.

«Che?!» grugnii. Respiravo a fatica.

Era uno scherzo... non poteva aver approfittato del fatto che fossi svenuta...

Dov'era Alex? Se n'era andato? No! Non poteva lasciarmi sola. Non ancora!

«Siamo in Canada» ripeté.

«Ma... com'è possibile?» dissi soffocando un grido mentre la osservavo incredula. Ero disorientata. «Da quanto tempo siamo qui?»

«Siamo appena arrivate. Questa è la tua stanza. Che te ne pare?»

«Ma mamma... Non ho potuto salutare nessuno. Io...» ero senza parole. «Perché? Che ci facciamo qui? Che mi è successo?» chiesi arrabbiata. All'improvviso fui scossa da forti tremiti.

Mia madre era seduta su una sedia di legno alla destra del letto. Teneva le mani appoggiate sulle ginocchia e aveva i capelli sciolti e umidi, come se fosse appena uscita dalla doccia.

«Il Canada è un posto meraviglioso, vedrai. Sono certa che ti farai altri amici. Devi solo coprirti un po' di più. Fa un freddo terribile in questo periodo. Ti ho comprato un paio di cose che...»

«Mamma...» la interruppi. «Che cavolo ci facciamo qui?!» urlai con la voce rotta.

«Per prima cosa modera i toni» rispose decisa.

L'eco della sua voce mi risuonò nelle orecchie. Mi fissava. Sospirò in modo inquietante e spostò lo sguardo su uno dei mobili, verso l'unica fonte di luce proveniente da una piccola lampada da tavolo. Non capivo se era notte o giorno.

Un momento... era notte o giorno?

«Mi hanno licenziata e non avevamo soldi da parte. Ho dovuto vendere la casa e questa era la sola opzione che potevamo permetterci.»

No, era impossibile. Non potevamo essere rimaste senza soldi. Mia madre era previdente e io avevo dei risparmi per l'università che avrebbero potuto aiutarci. Non potevano neanche averla cacciata da un giorno all'altro. Era preside da almeno quattro o cinque anni. Ero sicura che si trattasse di una scusa per allontanarci dai Crowell.

E dov'era Alex?

«Mamma...» Pronunciare quella parola mi faceva male. Ricordavo per filo e per segno le parole di Sarah. «Abbiamo soldi a sufficienza per difficoltà come questa. Cos'è successo davvero?» Chiesi cercando di sembrare ragionevole.

Mia madre era nervosa.

«Be', tuo padre ci ha lasciato un bel po' di debiti...»

Era evidente che stava mentendo. Di nuovo. Eric non avrebbe mai accumulato debiti a nome di mia madre. I Crowell avevano un sacco di soldi.

Mi sfregai i piedi e mi accorsi che erano gelati.

«Mio padre?» chiesi cercando di costringerla a darmi qualche informazione in più. La stanza era immersa nella penombra e non riuscivo quasi a vederla in faccia.

«Sì, be'... piccoli debiti... Abbiamo ancora qualcosa da parte, non preoccuparti.»

«La banca non aveva sistemato tutto dopo la sua morte?» insistetti senza mollare la presa.

Cercava di sembrare tranquilla, ma i suoi muscoli erano tesi e non riusciva a nascondere il nervosismo.

«No.»

«Come si chiama mio padre?»

Per un paio di secondi non rispose, fino a che sussurrò: «Christian».

Per poco non scoppiai a ridere. Sul serio voleva continuare con questa farsa? Davvero non aveva intenzione di dirmelo? Avevo una voglia matta di sputarle in faccia che sapevo la verità, ma non era ancora giunto il momento.

Quella situazione mi faceva sentire insicura e vulnerabile, ma dovevo solo far finta che tutto andasse bene e di essere d'accordo con lei. Dovevo anche dimenticarmi dei Crowell. Dovevo tagliare qualsiasi tipo di comunicazione con loro perché mia madre credesse che stavo dalla sua parte. Sarah non poteva avermi mentito con tutta quella sicurezza e, anche se non mi aveva dato delle motivazioni, avevo il sospetto che fosse stato per vendetta, perché vivere con i Crowell era stato terribile per mia madre?

«Christian?» chiesi alzando un sopracciglio.

«Christian Shell.»

Era patetica! Si poteva odiare la propria madre? Le sue bugie mi facevano male. Ognuna mi strappava un pezzo di cuore. Stringevo i pugni per cercare di controllarmi.

Era una situazione surreale. Se due mesi prima mi avessero detto che mia madre era un'assassina, non ci avrei mai creduto. Ma a quel punto sembrava che fosse vero... mia madre aveva ucciso due persone e nonostante tutto avrei fatto qualsiasi cosa per restare al suo fianco.

«Non mi hai mai parlato di lui.»

«Non ce n'era motivo.»

«Mamma, ho diritto di sapere qualcosa su mio padre. Qualsiasi cosa. Non mi hai nemmeno mai detto com'era.» Cercai di sembrare il più triste possibile. Finsi di essere sul punto di mettermi a piangere, e in realtà non dovetti sforzarmi troppo. «È assurdo che tu non mi abbia mai parlato di lui. Lo hai fatto perché è ancora vivo?»

Aveva fatto centro. Si strinse nelle spalle, chinò il capo, e per un attimo sembrò cedere ma recuperò subito.

«Ti ho detto che è morto!» rispose un secondo dopo.

La rabbia si impossessò di me. Dovevo darmi una calmata.

Inspira, espira. Stai calma.

A quel punto in uno degli angoli della stanza, a lato della finestra, comparve Alex: ascoltava con le braccia incrociate. Vederlo mi rasserenò all'istante.

«Va bene, capisco» sospirai.

«Sei al sicuro adesso, Hannah» disse, «parleremo più avanti di tutto questo.»

«Mamma» cercai di cambiare argomento, «perché mi dicevi sempre di stare attenta a Rosie? La conoscevi?»

Mia madre fissò il pavimento. Era così calma da non sembrare umana, quasi mi spaventava. Normalmente quando tiravo fuori la storia dei Crowell si metteva sulla difensiva, ma questa volta era diverso.

«Sì. Siamo state compagne di università. Era una ragazza perspicace, inquieta, molto intelligente. Era quella che prendeva sempre il voto migliore. Siamo state amiche per tanto tempo.»

Non volevo perdermi una parola. Finalmente aveva cominciato a raccontarmi qualcosa. Era la pista che aspettavo e dovevo comportarmi con assoluta normalità se non volevo rovinare tutto.

«Che cosa è successo dopo? Avete litigato?» chiesi a bassa voce.

«Rosie diventò un'altra persona quando sei nata tu.»

«Cosa?!» Finsi di non sapere di cosa stava parlando. «Mi conosce da quando sono nata?»

«Non esattamente. Siamo rimaste incinta più o meno nello stesso momento. Condividevamo tutto. La gioia, le preoccupazioni...» Mi guardò dritto negli occhi mentre si lasciava sfuggire un sorriso dolce. «Ma qualcosa andò storto durante il parto e Rosie perse il bambino. Fu molto dura. Non solo per lei, ma per tutta la sua famiglia. Per suo marito, per l'altro figlio che aveva e anche per me.»

«Suo figlio era Alex, giusto?» chiesi facendo la finta tonta.

«Sì. Giocavi spesso con lui. Eravate inseparabili. Ma eri troppo piccola per ricordarlo.»

Sentii un tuffo al cuore: Alex mi aveva raccontato di aver avuto una cugina con cui aveva passato l'infanzia. Non era Riccioli d'Oro ma un'altra di cui non ricordava il nome.

Hannah Reeve.

Lo avevo capito fin dall'inizio, quando Eric era entrato in casa e mi aveva abbracciata. Ero io la bambina con cui Alex aveva giocato tanto. Anche se mia madre continuava a omettere la cosa più importante, ovvero che Eric era mio padre.

«Insomma, Rosie da quel momento non fu più la stessa. Dopo aver perso il bambino cominciò a credere che tu fossi sua figlia. Al principio pensai si trattasse di una conseguenza per la perdita subita, ma più il tempo passava più le cose peggioravano. Voleva portarti via da me, e non lo avrei mai permesso. Sei mia figlia.»

«Ma Rosie dopo si curò, no?»

Mia madre deglutì.

«Sì, certo, ma noi eravamo già altrove. George la fece ricoverare in una clinica psichiatrica e poco a poco tornò in sé.»

«E Alex? Chi si prese cura di lui mentre sua madre era in clinica?» chiesi.

«George.»

Falso. George lavorava moltissimo e non stava quasi mai con suo figlio. Se non ci fosse stato Eric sarebbe stato completamente solo.

«Capisco» dissi, «anche se non mi hai ancora risposto: perché anche adesso dovrei stare attenta a Rosie?»

«È evidente» sussurrò. «Può avere una ricaduta in qualsiasi momento.»

«Accidenti... Non avrei mai pensato che... quindi sei scappata a causa sua?»

«Sì» rispose senza esitazione.

Per un attimo pensai che fosse tutto studiato. Quella sincerità improvvisa era sospetta, poteva essere un'altra delle sue storie inventate. Alex mi aveva raccontato di sua madre e della morte del bambino. Mi aveva confessato di essersi sentito molto solo e che Eric era l'unico che si occupava di lui. Le storie coincidevano. A quel punto mancava solo un pezzo del puzzle. O meglio due: Eric e l'orecchino che mi aveva dato Kate.

«Vivevi con loro?»

La domanda la fece sentire scomoda sulla sedia e si spostò sulla punta della seduta.

«No. All'epoca vivevo con i tuoi nonni. Rosie si sposò con George molto giovane. Alex nacque molti anni dopo.»

«Quindi conoscevi Eric?» chiesi fingendo che fosse una domanda qualsiasi.

Mia madre sbiancò.

«Sì, è il fratello di George. Lo incrociai un paio di volte a casa loro» rispose evasiva.

«E...?»

«E cosa?» chiese aggrottando la fronte.

Non volevo metterle pressione, ma dovevo approfittare dell'occasione. Poteva essere l'unica che avevo.

Mi schiarii la voce: «Voglio dire... stavi tanto tempo con Rosie e, non so, magari Eric poteva piacerti...».

«Era un bel ragazzo, ma non era il mio tipo...» cercava di suonare sincera ma capivo benissimo che in realtà era spiazzata. «E poi era sempre in viaggio. Non ci fu occasione di approfondire la nostra conoscenza.»

«Non ti interessava? Nemmeno un po'?» insistetti cercando di fingere che fosse semplice curiosità.

«Hannah...» disse diventando rossa, «non successe mai niente.»

«Mai?» chiesi ancora. «Ma tu sei così bella, è impossibile!» cercai di intenerirla, parlandole dolcemente.

Ero certa che c'eravamo quasi, e lo capivo dal suo sguardo, anche se le parole stentavano ancora a uscire.

Si lasciò sfuggire un risolino e mi ringraziò del complimento, dischiudendo appena la bocca in un sorriso.

«No, Eric era molto riservato. Ti ho già detto che era sempre in viaggio. Non manifestò mai un interesse particolare per me. Eravamo amici. Tutto qui» disse arricciando le labbra.

«E come fai a esserne così sicura?» insistetti.

Avevo intenzione di continuare fino a quando non fosse esplosa e mi avesse gridato di smetterla.

Mia madre distolse lo sguardo e sospirò.

«Me lo disse lui.»

La scarsa luce che illuminava la stanza sembrò scomparire all'improvviso, come se quelle parole l'avessero resa ancora più fredda e buia.

A quel punto gli occhi di mamma scintillarono come due pietre preziose. Aveva le pupille dilatate. Si adattavano all'oscurità con la velocità di quelle di un gatto. La tensione si accumulava sulle sue spalle come un macigno sempre più pesante. Si voltò di nuovo a guardarmi con un sforzo che sembrò lasciarla senza forze.

«Eric ti ha raccontato qualcosa, non è vero?»

Ero incapace di decifrare il suo sguardo, fra il terrorizzato e l'affranto. Pensai che forse era arrivato il momento di dirle che sapevo tutto, di mettere fine a quel gioco al massacro... ma non potevo fidarmi di lei, dopo tutto quello che era successo con Alex.

«No... Be'... Sì... Ma forse non dovrei dirtelo...» dissi cercando di non balbettare.

«Dirmi cosa? Ha a che fare con me?» La sua espressione si mantenne ferma.

«In parte. Ha a che fare con quello che mi hai appena raccontato...»

Aggrottò la fronte.

«Ti ha detto che mi piaceva?» chiese.

Sapevo dove voleva andare a parare e la sua capacità di mentire mi lasciava senza parole.

«Sì» sussurrai.

«Oh, be', è acqua passata, sono passati secoli!» Un timido sorriso fece capolino sul suo volto.

«Immagino che papà ti abbia aiutato ad andare oltre...»

Pensai che le mie parole a quel punto l'avrebbero scossa, ma mia madre ebbe una reazione inaspettatamente serena.

«Sì, fu così» rispose in tono dolce. Irradiava tranquillità, ma era attenta a ogni mia più piccola espressione: aveva alzato una guardia invisibile che sembrava impossibile abbattere.

«Mi ha detto anche che amava molto sua moglie. Ha una figlia, sai?» chiesi in attesa della reazione, «avrà più o meno la mia età adesso...» Non riuscivo a fare breccia, ma non potevo più tornare indietro. «Mi ha raccontato che sua moglie se ne andò portando con sé la figlia. Sembra che avesse le sue buone ragioni. Eric dice che è stata tutta colpa sua... Anche se non capisco come mai sua moglie se ne sia andata così. Eric è un brava persona, sembra che non le avesse fatto mancare niente e... l'amava.» Terminai la frase scrutandola con attenzione.

Mia madre annuì mentre assimilava quello che avevo appena detto. Dopodiché si alzò e si appoggiò a una pila di scatole senza smettere di fissarmi. Come diavolo riusciva a stare così tranquilla?

All'improvviso le cominciarono a tremare le labbra e incrociò le braccia sul petto. Sbuffò e disse: «A volte l'amore non è sufficiente».

«Tu credi?»

«Sì, in una relazione sono necessarie anche altre cose, Hannah.»

«Non hai mai conosciuto sua moglie?»

«No» rispose indifferente, «non sapevo nemmeno che avesse una figlia.»

«Già...»

«Perché ti interessa tanto la vita di Eric?»

Mi sedetti sul letto e appoggiai con attenzione i piedi sul pavimento gelato. I piedi mi si raffreddarono all'istante, ma le gambe erano ferme, così mi alzai e camminai verso la porta della mia nuova stanza.

«Sarebbe fantastico se Eric riuscisse a trovare sua moglie e sua figlia» cercavo di sembrare commossa.

«Certo.»

Niente. Il suo sguardo non tradiva nessuna emozione. Passai in rassegna il suo corpo: le braccia incrociate, le gambe leggermente aperte, a cercare un equilibrio.

«Mamma?»

«Dimmi.»

«Tu che avresti fatto al suo posto?»

«Io?» chiese corrugando la fronte. «Be', Hannah... non lo so.»

Alzò gli occhi al cielo e sciolse le braccia appoggiando una mano su uno scatolone e cominciando a tamburellare con le dita. Non sapeva cosa rispondere. Lasciò andare lo sguardo da una parte all'altra del soffitto per poi posarlo di nuovo su di me.

«Le relazioni sono complicate, Hannah, ma di sicuro impedire a una figlia di crescere con un padre è una scelta molto criticabile. Anche se, a quanto pare, sembra che la moglie di Eric abbia avuto le sue buone ragioni per farlo.»

«Credi che sia pentita?»

«Sì... o almeno, io lo sarei.»

L'istinto mi diceva che non avrei dovuto crederle. Restammo in silenzio per un po', poi tornai all'attacco.

«Com'era mio padre? Perché non ho il suo cognome?» chiesi con un filo di voce.

«Diciamo che tuo padre non si è mai preso cura di te, quindi non meritava di darti il suo cognome» mormorò.

Come mi aveva fatto notare Alex quando aveva ipotizzato che potevamo essere fratellastri, non avevo mai visto il mio certificato di nascita: mia madre l'aveva sempre nascosto. La cosa più probabile era che contenesse... Il cognome di Eric, mio padre.

«Mamma... Voglio sapere ancora qualcosa su mio padre.»

«Credo di averti detto tutto, non c'è nient'altro d'importante.»

«Vorrei vedere il mio certificato di nascita, se non ti dispiace» dissi con un tono più brusco del dovuto.

Mia madre mi lanciò un'occhiataccia. Continuava a tamburellare con le dita sul cartone. Era arrivata l'ora della verità. Deglutì cercando di sciogliere il nodo che aveva in gola.

«Lo sai?» chiese.

«Che cosa?»

«La faccenda di Eric.»

Rimasi paralizzata.

«Sì.»

Di punto in bianco mia madre uscì dalla stanza, ma le mie gambe erano abbastanza solide da permettermi di seguirla senza tentennare. Non conoscevo la casa, era più grande della precedente e senza dubbio più lussuosa. Se avesse dovuto vendere tutto per pagare i debiti non ci saremmo mai potute permettere una casa come quella.

«Mamma?!»

Entrammo in un enorme salone immerso nel buio. Mia madre si sedette per terra e cominciò a rovistare in una delle scatole, mentre cominciava a sciogliersi in un pianto disperato. Non l'avevo mai vista così.

«Tieni» disse alzandosi da terra.

Mi avvicinai a lei e presi dalle sue mani tremanti un pezzo di carta. Accesi una delle lampade provvisorie della stanza e la luce ci invase. Era il mio certificato di nascita.

Sapevo quello che vi avrei trovato. Sentivo di aver vinto e che stava per cominciare la mia nuova vita, perché fino a quel momento avevo vissuto la vita di un'altra persona, non la mia.

Il nome di Eric Crowell era lì, sui miei documenti. Eric Crowell era mio padre. Sentii l'impulso irrefrenabile di urlare. Il cuore mi diceva di buttare fuori tutto dal profondo delle viscere, ma la mente mi ricordava che dovevo essere più furba delle mie emozioni.

Avevo la bocca secca e non riuscivo a parlare. Caddi in una specie di trance, fino a che una raffica di vento gelido mi risvegliò come un secchio d'acqua fredda in testa. Avere la conferma che Eric era mio padre non era poi così sconvolgente come dover riconoscere che mia madre mi aveva mentito tutti quegli anni. Poi un calore innaturale mi pervase il corpo, come se mi scorresse il fuoco nelle vene.

«Lascia che ti spieghi» sussurrò mia madre con la voce rotta dal pianto.

La guardai furiosa. I suoi occhi erano un mare di lacrime. La disprezzavo con tutta me stessa, eppure non potevo evitare di provare pena lei. Mi aveva fatto del male, mi aveva delusa, ma in fin dei conti era mia madre.

«Spiegami» mormorai cercando di inghiottire le lacrime. Mi sentivo tradita, ma avevo bisogno di capire.

«Hannah, non era mia intenzione mentirti. Nasconderti che tuo padre era Eric non faceva parte dei piani.» Mi lasciai sfuggire una risatina sarcastica. «Sei mia figlia. Ti amo più di me stessa.» Le lacrime continuavano a rigarle il volto.

«Se fosse vero non mi avresti mentito» sussurrai.

«Sono stata obbligata a farlo.»

«Obbligata?!» ripetei con un sorrisetto. Ero fuori di me. «Come hai potuto nascondermi la verità per tutto questo tempo?!»

Mia madre era bianca come un fantasma, non smetteva di tremare e sembrava non riuscire più a reggersi in piedi.

«Volevo proteggerti.»

«Proteggermi da cosa, mamma?!»

«Volevo proteggerti dalla famiglia di Eric. Ti avevo detto di stare alla larga da loro. Ero riuscita a stare lontano da loro per anni, ma adesso...» sembrava si stesse rimproverando qualcosa che non riuscivo a capire, «compaiono di nuovo come per magia, giusto dopo la morte di Alex.»

Lasciai andare il certificato per terra, ero arrabbiata, ma mi sentivo anche esausta. Rosie e anche Eric mi avevano raccontato qualcosa, ma non sapevo ancora perché mia madre se ne fosse andata in quel modo. Mi guardò ormai senza fiato. Respirò a fondo prima di continuare.

«Qualcosa andò storto, Hannah. Io amavo Eric, ma Rosie non voleva che stessimo insieme, e alla fine riuscì a separarci. Ma non durò. Qualche anno dopo decidemmo di darci una seconda opportunità e ci sposammo. Rosie però si mise di nuovo in mezzo. Non sono mai riuscita a capire perché. Era la mia migliore amica. Pensai addirittura che fosse innamorata di lui, ma non aveva senso... Lei amava George. Ci doveva essere qualcos'altro...»

Vedere mia madre in quello stato mi faceva stare malissimo, ma continuavo a non fidarmi di lei.

«Non è vero. Lo dici per mettermi contro Rosie.» La fulminai con lo sguardo.

«No. Te lo giuro, mi devi credere.»

Scossi la testa. «Mi hai raccontato sempre un sacco di palle e adesso pretendi che mi fidi di te?!»

«Hannah... ormai mi è rimasta solo la verità.»

«Non ti sembra un po' tardi?» la incalzai con rabbia.

«No» rispose con fermezza, «dammi questa possibilità. Ascolta quello che ho da dire e dopo trai le tue conclusioni.»

«È che... non mi fido più di te.»

«Ti prego... Non posso più mentirti...» mi supplicò con un filo di voce.

Annuii. Dovevo darle un'ultima chance.

«Ci siamo trasferite da un posto all'altro perché volevo che i Crowell sparissero per sempre dalle nostre vite. Ma quando seppi della morte di Alex capii che eravamo di nuovo in pericolo. Pochi giorni prima mi avevi chiesto il permesso di uscire con un ragazzo.»

Scossi la testa. Non ricordavo niente di quel giorno.

«Non sapevo come si chiamasse, avrei dovuto chiedertelo ma non avevo dato troppa importanza alla cosa» continuò. «Poi scoprii che era proprio lui. Tuo cugino» concluse distogliendo lo sguardo.

Reagii con un gemito involontario.

«Alex era un bravo ragazzo... Dovrebbe essere ancora qui...» balbettai. Un improvviso tuffo al cuore mi lasciò senza fiato.

«Lo so... Ma la morte è inevitabile.»

«Non è morto, mamma... Lo hanno ucciso...»

«Lo so...» rispose «Hannah, ti prego, ti supplico: stai alla larga da Rosie. È capace di qualsiasi cosa.»

«Ma perché dovrebbe farmi del male?»

«Perché credeva che fossi sua figlia. Tu eri ancora in fasce, Hannah, avevo paura che potesse farti del male!»

«Ma adesso sta bene.»

«Forse» sbuffò, «non possiamo saperlo con certezza.»

«Che cosa vuoi dire?»

«Che potrebbe avere una ricaduta.»

«No!» dissi a difesa di Rosie. Era evidente che mia madre faceva di tutto perché la odiassi. Incrociò le braccia sul petto, che non la smetteva di alzarsi e abbassarsi con affanno.

«Ok. Ti dirò perché sono dovuta scappare.» Non piangeva più ma aveva ancora le guance umide. L'atmosfera divenne tesa e quasi irrespirabile.

«Eric non voleva che lasciassimo la villa di famiglia. In un certo senso lo capivo. George ed Eric erano stati molto uniti sin da bambini e gli dispiaceva lasciare suo fratello solo in una situazione così complicata. Anche Eric e Alex erano molto uniti, non voleva lasciarlo mentre sua madre era ricoverata. Cercai di capirlo, rinunciai ad andare via per Alex e per George, anche se l'istinto mi diceva di fuggire e di proteggerti da Rosie. Hannah, devi capire che quella donna è pazza e vuole farti del male. Una volta arrivò persino ad aggredirti. Non l'ho mai raccontato a Eric ma cercò di ucciderti, tesoro... Eri sul bordo della piscina. Ti spinse in acqua e cercò di affogarti.»

Scossi la testa. Non era possibile.

«Basta! Stai mentendo!» gridai. Rosie non sarebbe mai stata capace di fare una cosa simile.

«Ti sto dicendo la verità, Hannah.»

«E perché non lo hai mai detto a Eric? Perché non gli hai mai detto dove eravamo? Perché non è venuto con noi?»

Mia madre sorrise amaramente.

«Glielo dissi, Hannah. Gli lasciai il nostro indirizzo... rimasi ad aspettarlo per anni, ma non è mai venuto.» Il sorriso scomparve poco a poco dalla sua faccia. «Evidentemente per lui non eravamo poi così importanti... Io dovevo pensare a te, alla tua sicurezza, a farti vivere serena... e alla fine decisi di cambiare i nostri nomi.»

Rimasi in silenzio cercando di assimilare tutte quelle informazioni.

«Sono una di loro. Sono una Crowell. Giusto?»

«Sì... Lo sei.»

Capitolo sette

«Ehi» sussurrò una voce in lontananza.

Ero seduta sul bordo del letto, il certificato di nascita era appoggiato di fianco a me. Era incredibile come quella voce riuscisse sempre a calmarmi. Dopo la discussione con mia madre ero tornata nella mia nuova, freddissima camera. Era troppo grande e vuota. Non potevo restare lì un minuto di più, volevo tornare a casa mia.

Abbozzai un sorriso timido e risposi: «Ciao, Alex». Lui si avvicinò piano e si fermò a pochi passi da me.

«Come ti senti?» chiese preoccupato.

La penombra rossastra del tramonto aveva invaso la stanza. Non mi ero preoccupata di accendere la lampada sul comodino, avevo bisogno di oscurità e silenzio per calmarmi. Avevo sempre pensato fosse molto utile riflettere da soli, ma in quel momento avevo bisogno di qualcuno che mi ascoltasse. Per fortuna con me c'era Alex.

Dove sarei stata se non fosse mai comparso nella mia vita? Chi sarei ora, senza di lui?

«Delusa» risposi.

«Capisco...»

«Pensi che mia madre abbia detto la verità?» chiesi.

Alex guardò verso la finestra e scosse la testa. «Non lo so, Hannah.»

Avevo un freddo tremendo. Fuori una raffica di vento fece sbattere un'imposta.

«Adesso che conosciamo la versione di mia madre, dovremmo parlare di nuovo con la tua famiglia...»

«È anche la *tua* famiglia.»

«È strano pensare che Eric è mio padre e che Rosie e George sono i miei zii. Non riesco a crederci.»

«So bene come ti senti e voglio che tu sappia che starò sempre al tuo fianco, parenti o meno, qui o a Seattle... ti amo e non mi perdonerei mai se ti succedesse qualcosa.»

«Nemmeno io voglio che ti succeda qualcosa di brutto.»

Alex rise senza troppa energia, esausto. «E cosa potrebbe capitarmi? Sono morto!»

«Io invece non mi sono mai sentita più viva.»

«È il momento in cui diventiamo sdolcinati?» chiese passandosi una mano tra i capelli. Arricciò le labbra in un modo così dolce che avrei voluto buttarmi tra le sue braccia e rimanere lì per sempre. «Perché se è così, voglio che tu sappia che dal momento in cui ti ho vista sei diventata la persona più importante della mia vita. Sei l'unica ragione per cui sono qui.»

Non potevo accettare che prima o poi Alex sarebbe sparito, temevo con tutta me stessa che quel giorno sarebbe arrivato senza che potesse dirmi addio, senza che fossi riuscita a fargli capire quanto ero innamorata di lui. Era la mia anima gemella, era una parte di me. La sua assenza mi avrebbe distrutta. Mi sarei sentita irrimediabilmente svuotata.

«Alex... io...» Non riuscii a continuare. Abbassai lo sguardo e sentii le lacrime premere contro le mie palpebre chiuse. Deglutivo cercando di sciogliere quel maledetto nodo alla gola.

Alzai la testa e fissai il soffitto. Aprii e chiusi gli occhi cercando di nascondere l'emozione. Sarei scoppiata a piangere da un momento all'altro, ma non volevo che Alex mi vedesse di nuovo in lacrime. Mi stava esplodendo il cuore, erano successe così tante cose in così poco tempo...

«Ehi...» Alex si avvicinò e si inginocchiò di fronte a me. Mi prese le mani e intrecciò le dita con le mie. Sentii un tuffo al cuore e la tensione che cominciava a sciogliersi. Aveva le mani fredde e lisce. Non le avrei lasciate per niente al mondo.

«Non piangere... Non volevo...»

«No. Non è colpa tua... È solo che... ti amo troppo, Alex.»

Mi accarezzò le guance umide.

«Anche io ti amo.»

«Ma prima o poi te ne andrai» sussurrai con un macigno sul cuore.

La sua espressione tornò seria. Per un attimo mi odiai per aver fatto sparire il suo sorriso.

«È questo a rattristarti?» chiese con uno sguardo pieno di amarezza.

Mi persi nell'intensa luce dei suoi occhi, con la consapevolezza di non poterlo baciare. Lui mi osservava con attenzione. Con la punta delle dita mi asciugò le lacrime e la sua pelle a contatto con la mia mi fece avvampare. Continuai a vagare nel suo sguardo, cercando di smettere di piangere.

«Sì» risposi infine.

Alex abbassò il viso senza smettere di accarezzarmi le guance. Sembrava stordito. I capelli lo coprivano fino alla punta del naso, ma mi accorsi che stava tremando.

«Ti faccio solo del male» disse tornando a guardarmi negli occhi.

«No, Alex! No...»

«Sì, Hannah...» mi interruppe «non volontariamente, ma questa situazione è assurda... Non puoi amare un fantasma!»

«Sì che posso. Lo sto già facendo.»

«No, Hannah...» sussurrò mentre scuoteva la testa.

«Per favore, non dirmi che tutto questo sta per finire!» strillai. Le mie lacrime gli bagnarono una mano.

«Guardati. Da quando ti conosco non passa giorno senza che tu pianga.»

«Non farlo.»

«Che cosa?»

Corrugai la fronte. «Lasciarmi. Andartene. Non voglio che mi lasci sola.»

Alex mi guardò intensamente, poi i suoi occhi cominciarono a scintillare.

«E se ti dicessi che è tutto frutto della tua immaginazione? Che in realtà non esisto?»

Di che cosa stava parlando? Alex era reale. Sentivo che era lì con me.

«Ti darei un pugno per ricordarti che non sei frutto della mia immaginazione. Sei reale... lo sento. Non farmi questo, Alex. Non essere crudele...» lo supplicai con la voce rotta.

Alex sospirò e socchiuse gli occhi. Sapevo che si sentiva in colpa.

«Mi dispiace... Io...» mugolò.

«Alex, lasciati baciare.»

«Hannah...»

«Lo prendo come un sì» dissi, ricordando che lui aveva detto esattamente la stessa cosa la prima volta che ci eravamo baciati. Poi lo feci, lo baciai.

Alex si lasciò sfuggire un gemito sulle mie labbra, ma non si oppose. Muoveva la bocca morbida senza smettere di accarezzarmi le guance. Sentivo le farfalle nello stomaco. Alex non poteva fingere di volermi allontanare, sapevo che mi desiderava. E quando finalmente si decise a prendere il comando e a dirigere i giochi, fu come sprofondare insieme in un mondo senza più rumori, pieno di pace. Ripresi contatto con il mio cervello e riuscii a staccarmi da lui.

«Visto? Esisti sul serio.»

«Scusami...»

«Quanto mi fai soffrire, Alex Crowell!»

Lui sorrise e si schiarì la voce.

«Be'... benvenuta nel club dei Crowell!» Era così adorabile che non riuscii a non sorridere a mia volta.

«Sono una Crowell. Non è assurdo?»

I suoi occhi sfumati d'oro mi guardavano intensamente. Aveva incrociato le braccia sul petto ed era dritto come un fuso, atletico e perfetto. Cercai con tutta me stessa di non perdermi di nuovo nelle sue labbra.

«Sì, lo è, e mi sarei risparmiato volentieri di sapere che sei mia cugina» rispose serio.

«Grazie per essere qui... per avermi scelto» mormorai.

«Ci ha uniti il destino.»

«Sì, ma non ha deciso che ci innamorassimo...»

«Be', direi che ormai è un po' tardi per tornare indietro, non ti pare?» sorrise. «Ci siamo spinti troppo in là, non ci rimane che assecondare i nostri sentimenti...»

«Alex, siamo cugini, cugini di sangue!» sussurrai con il cuore pieno di dolore.

«Sì, è vero... ma non stai considerando una cosa fondamentale» disse mentre si sedeva sul letto. «Io sono morto...»

«E questo che vuol dire?»

«Che possiamo baciarci tutte le volte che vogliamo senza che nessuno possa mettersi in mezzo.»

«Mi sembra un'ottimo punto di vista.»

«Lo è.»

Riprendemmo a baciarci. Era capace di distruggermi e rimettermi in sesto nell'arco di un secondo. Mi aveva stregata, non sarei mai riuscita a liberarmi di lui, nemmeno se avessi voluto. Dimenticai tutto: mia madre, Eric, Rosie... ma non la voglia di scoprire la verità.

Era deciso. Il giorno dopo saremmo andati dai Crowell.

* * *

Dopo aver parlato ed esserci baciati per ore, entrammo in camera di mia madre per prenderle tutti i soldi che aveva nel portafogli. Era notte fonda. Lasciai un biglietto nella mia stanza in cui le dicevo che stavo bene, e di non preoccuparsi.

Sgattaiolammo fuori di casa senza far rumore. Alex mi prese per mano e intrecciò di nuovo le sue dita con le mie. «Sei sicura?» chiese stringendo la presa.

«Sì, è la cosa migliore.»

Mi voltai un'ultima volta verso la mia nuova casa e mi soffermai su quella che doveva essere la finestra della stanza di mia madre. Era da egoisti scappare in quel modo, senza darle nemmeno una spiegazione, ma ero convinta di doverlo fare.

Un paio di ore dopo ero seduta su un aereo che mi avrebbe riportata a Seattle. L'aereo viaggiava mezzo vuoto, così Alex non ebbe problemi a sedersi accanto a me.

Eravamo partiti presto e saremmo arrivati entro un'ora. Avrei dovuto riposare ma non ci riuscivo. Mi persi invece a guardare i puntini luminosi della città diradarsi nel buio e poi spegnersi a mano a mano che l'alba rischiarava il nuovo giorno.

«Dovrei chiamare i tuoi per avvisarli che sto arrivando?» chiesi.

Alex ci pensò su un secondo. «Conosco mio padre» disse, «si agiterebbe senza motivo.»

«Ho speso tutto nel biglietto. Come ci arrivo a casa tua?»

«Non preoccuparti. Prendiamo un taxi e una volta a casa lo pagherà papà.»

Annuii e guardai di nuovo fuori dal finestrino. Mi sentivo uno schifo per aver lasciato mia madre da sola in quel modo.

«Hannah? Tutto bene?»

«Sì, sì... sto bene» risposi assente.

«È per tua madre, vero?»

«Sì... Non so Alex, forse non avrei dovuto lasciarla sola» dissi scuotendo la testa.

«Non preoccuparti, se la caverà.»

«Lo so... ma non riesco a smettere di pensare a quello che ha detto Sarah» dissi con gli occhi piantati sul sedile di fronte.

Le luci tenui invitavano chi poteva dormire a farlo e permettevano agli altri di iniziare a svegliarsi.

«Non devi fidarti di Sarah.»

«Non devo fidarmi di nessuno.»

«Hannah, ci siamo quasi: parleremo con mia madre, con Eric e con Sarah, riusciremo a scoprire tutta la verità.»

«Speriamo solo che Sarah sia ancora nelle mani della polizia... Se suo padre fosse riuscito a far ritirare la denuncia e a liberarla?»

«Vorrà dire che dovrò prendermi ancora più cura di te. Adesso però cerca di dormire. Devi riposare.»

Il petto di Alex si gonfiava al ritmo del suo respiro calmo. Rimasi a guardarlo un paio di secondi e subito dopo mi addormentai. Non riuscii a evitarlo, ero distrutta fisicamente e mentalmente. Era come se esprimere le mie emozioni mi avesse lasciato vuota e senza energie. Non sapevo più cosa avrei dovuto sentire o pensare. Mi ero persa in una foresta oscura da cui non riuscivo a uscire.

* * *

«Hannah... Siamo arrivati.» Alex mi scosse dolcemente.

Appena scesi dall'aereo andai in bagno a lavarmi la faccia con l'acqua fredda per ritrovare la lucidità. Mi scoppiava la testa.

Il freddo di dicembre era sempre più pungente, ti entrava nelle ossa. La gente indossava cappotti con la fodera di pelliccia e stivali da pioggia che arrivavano al ginocchio. Entravano battendo i denti e si scongelavano lentamente camminando a passo svelto lungo i corridoi dell'aeroporto. C'erano un sacco di bambini che correvano da una parte all'altra, e genitori che li inseguivano cercando di infilargli la giacca o il cappellino di lana.

Prima di uscire mi allacciai bene le stringhe e mi feci dei piccoli risvolti ai pantaloni. Quando fui certa di essermi coperta per bene, con i guanti e il cappello rosso, uscii tirandomi dietro il piccolo trolley. Prendemmo un taxi e meno di un'ora dopo eravamo di fronte alla villa dei Crowell. Faceva freddo, ma non tanto come a Vancouver.

«Può aspettare un secondo?» chiesi al tassista.

L'uomo mi fece cenno di sì senza entusiasmo. Camminai fino alla porta di casa e suonai il campanello. Saranno state le nove del mattino e sperai che qualcuno fosse già in piedi.

Non appena sentii l'eco del campanello risuonare all'interno mi cominciarono a tremare le gambe. Che cosa diavolo avrei detto?

«Chi è?» Non era la voce di Rosie, né di George o di Eric.

«Posso parlare con il signor George?»

«Chi lo cerca?»

Quella voce mezzo addormentata mi risultava familiare.

«Sono Hannah.»

Silenzio.

«Hannah Reeve?»

«Sì. Sono io» deglutii.

«Dio mio! Arrivo subito! Resti lì per favore.» Quella persona era così agitata che mi fece spaventare: che cosa era successo?

Mi voltai verso Alex, che si strinse nelle spalle confuso. Feci un cenno al tassista che mi rispose con un'espressione irritata.

Sentii lo scalpiccio scomposto di tanti passi tutti insieme, come di un gruppetto stupefatto a cui in quel momento non sapevo cosa dire.

«Hannah?!» Eric stava gridando ancor prima di arrivare alla porta.

«Sì, sono io» sussurrai.

La porta si spalancò e mi trovai di fronte quattro persone che mi guardavano con gli occhi spalancati.

Rosie indossava un pigiama di seta bianca, George una vestaglia azzurra mezza aperta e i pantaloni del pigiama. Appena dietro c'era Eric, gli occhi gonfi e un velo di barba che gli copriva le guance. Capii subito perché aveva un aspetto così orribile. Marina, la governante, aveva gli occhi lucidi e mi sorrideva a trentadue denti.

Mi fissavano tutti come se fossi un extraterrestre o

un'apparizione. Per un momento pensai che mi sarebbero saltati al collo per abbracciarmi.

«Hannah, sei qui...» disse Rosie cercando di rompere il ghiaccio.

«Hannah?» ripeté Eric facendosi strada tra George e Rosie. Mi guardava incredulo e non mi sarei sorpresa se fosse svenuto di lì a poco.

«Dio mio, sei qui...»

«Ciao, io...» mi sentivo inchiodata sulla soglia, da tutti quegli occhi addosso. «Mi dispiace non aver avvisato...»

«Fa un freddo terribile. Entra!» disse George giusto prima di afferrarmi per un braccio e tirarmi dentro.

«In realtà io...» diventai rossa. «Sono venuta in taxi e non ho soldi...»

Mi guardarono senza capire, fino a che George non si affacciò e annuì. Corse dentro e un attimo dopo era di nuovo lì con il portafogli in mano. «Entra. Alla valigia ci penso io» disse con un sorriso.

«Vieni, Hannah, entra. Dove sei stata? Dov'è Margaret?» mi chiese Rosie mentre camminavo al suo fianco. Era molto tesa e mi guardava come se non credesse ai suoi occhi. «Ti abbiamo cercata dappertutto.»

«A Vancouver. Mia madre è rimasta lì.»

Sentii che George trascinava la mia valigia sul pavimento. Rosie mi fece accomodare in una sala al piano terra. Alex era già lì.

«Pensavamo che tua madre ti avesse nascosta di nuovo chissà dove. Abbiamo temuto il peggio.»

Rosie si sedette sul divano e mi invitò a fare lo stesso. Eric ci seguì. Aveva un aspetto tremendo, sembrava non dormisse da settimane.

«Il peggio? Perché?» Corrugai la fronte quasi senza accorgermene. Rosie era così pallida che pensai stesse ancora male, ma i segni dell'aggressione erano quasi spariti. Una cosa era certa: in quella stanza, nessuno era felice.

«Quando Eric ci ha detto che casa vostra era completamente vuota abbiamo cominciato a cercarvi ma eravate sparite. Pensavamo che Margaret se ne fosse andata di nuovo senza lasciare traccia.»

Rosie aveva una pelle liscia e bellissima nonostante sembrasse appena sveglia.

«Io... mi dispiace non avervi avvisato, ma dovevo sistemare un paio di cose con mia madre. E se aveste saputo dov'ero sarebbe stato peggio. Mi dispiace, non volevo farvi preoccupare tanto» mi scusai.

Abbassai lo sguardo e intrecciai le dita sulle ginocchia. Avevo freddo.

Eric scosse la testa. Aveva addosso dei vestiti sporchi e stropicciati, era fermo sulla soglia, teso ma sollevato, e mi guardava come se fossi un fantasma.

«Non scusarti. Margaret aveva le sue ragioni per portarti fin lì. Vuole solo proteggerti» disse.

Rosie reagì male a quelle parole.

«Che cosa? Proteggerla? Fammi capire, per te è normale che tua moglie ti nasconda tua figlia?!»

«Rosie...» George si era sistemato dietro il divano. Lei lo ignorò.

«Eric, sappiamo benissimo che è colpa di Margaret. Ma guardati! Sei uno straccio. Sei stato via per anni, lontano dalla tua famiglia, da Alex e da tua figlia... e tutto per Margaret. E adesso... Dio mio, ti sta distruggendo di nuovo!»

Eric curvò le spalle, mi osservò per un millesimo di secondo e poi guardò Rosie con disprezzo.

«Tu sai meglio di chiunque altro perché lo ha fatto. E adesso conta solo che mia figlia sia qui... Hannah, voglio che tu sappia che amo tua madre, non mi importa che cosa è successo un sacco di anni fa. Io la amo.»

Lo osservai confusa. Non sapevo cosa rispondere. Avevo così tanto freddo che non riuscivo nemmeno a muovere le labbra.

«Per piacere, Eric. Non essere ridicolo» disse Rosie esasperata.

«Non sono ridicolo, Rosie. È colpa mia, non di Margaret.»

«Che testa dura...» rispose Rosie distogliendo lo sguardo da lui.

Eric non aveva niente a che vedere con la persona che avevo incontrato prima né con quella ritratta nella foto che avevo portato con me. Non sembrava lui. Aveva un aspetto orribile. Non potevo credere che fosse lo stesso Eric che avevo lasciato solo da qualche giorno. Aveva i capelli sporchi, aveva l'aria di un vagabondo o di uno studente che aveva festeggiato per tre giorni di fila la fine degli esami. Teneva le mani in tasca, come sempre. La camicia che usciva dai pantaloni era stropicciata e mezza aperta. Puzzava, persino. Ma nonostante lo stato in cui si trovava, riusciva comunque a essere bello, con le sue braccia muscolose che si intravedevano dalla camicia.

«Margaret è una brava persona e non vogliamo assolutamente metterti contro di lei, ok?» disse. Era rimasto appoggiato allo stipite e sembrava molto preoccupato.

Annuii pensando che qualsiasi cosa avessi detto avrebbe fatto arrabbiare uno dei due.

Rosie brontolò a bassa voce. «Come? Margaret adesso sarebbe una brava persona? Questa sì che è bella...»

«Rosie, chiudi quella boccaccia...» rispose Eric lanciandole un'occhiata minacciosa.

«E perché dovrei stare zitta? Credo che sia arrivato il

momento di dirle la verità, non trovi?!» spalancò tanto gli occhi che ebbi paura che le uscissero dalle orbite.

«Rosie...» la interruppe George stringendole le spalle con dolcezza.

«Che cosa dovrei sapere?» Mi sentivo impotente come una bambina di tre anni. Tutto quel mistero, quell'incertezza, quei segreti mi avevano stancato. Era come se qualcuno volesse prendersi gioco di me rendendo le cose più complicate di quanto già non fossero.

Eric guardò da un'altra parte mentre Rosie continuava a fissarmi con delusione. Nessuno disse niente. Il cuore cominciò a rimbombarmi nel petto.

«Voglio sapere di cosa state parlando» pretesi.

«Vedi Hannah... tua madre non è quella che pensavamo.» Le labbra pallide di Rosie si erano accese di un rosso vivo. Quelle parole ebbero l'effetto di una bomba nella mia testa.

«Di cosa stai parlando, Rosie?» Una raffica di vento gelido mi fece irrigidire. Ero spaventatissima.

Se non si fossero sbrigati a dirmi di che diamine stavano parlando sarei morta d'ansia. Ormai non sapevo se c'era più mistero nella morte di Alex o nel mio passato.

«Non è un problema tuo, Rosie. Non ti immischiare» grugnì Eric con voce grave.

Rosie spalancò la bocca, offesa.

«Come scusa? E Alex? Non sarebbe un problema mio?» gridò. «Hannah ha il diritto di saperlo. Le abbiamo promesso che non le avremmo mai mentito.»

«Stai zitta, Rosie. Deve dirglielo Margaret» sbottò Eric.

«Eric, per favore...» si intromise George irritato.

Senza rendermene conto mi sentivo sempre più colpevole per quella discussione.

«Mi dispiace George, è che...» Eric non riuscì a terminare la frase e abbassò lo sguardo evidentemente in imbarazzo.

«Credo che l'arrivo di Hannah ci abbia sorpreso un po' tutti.» George era rimasto in piedi dietro sua moglie e tornò a stringerle le spalle. «Penso che dovremmo calmarci e ascoltare quello che ha da dire.»

Rosie mi prese le mani e mi sorrise. «Eravamo molto preoccupati, Hannah. Sono felice che tu sia tornata. Sarai sempre la benvenuta, lo sai.» Aveva le dita così sottili e lunghe che per un momento pensai che sarebbero andate in mille pezzi. Mi osservò con calore e abbozzai un sorriso in risposta alla sua gentilezza.

«Sono d'accordo con Rosie. Questa è anche casa tua. Anch'io sono molto felice di vederti» aggiunse George, mentre si apriva in un ampio sorriso che metteva in mostra i denti bianchissimi. Per un attimo pensai che finalmente avevo un famiglia, una famiglia vera: i Crowell. Lì, in quella sala, cominciai a sentirmi una di loro.

«Mia madre mi ha raccontato qualcosa riguardo a quello che è successo tanto tempo fa. Penso mi abbia detto la verità...»

Tutti si voltarono verso di me.

«Che cosa ti ha raccontato?» chiese George perplesso.

«Mi ha detto di Eric. Che è mio padre. Per questo sono qui.»

«Sei scappata di casa?» chiese Eric teso come una corda di violino.

«Qualcosa del genere...» arrossii.

Faticavo a riconoscere che lo avevo fatto davvero. Mia madre non si meritava di essere lasciata da sola a Vancouver e mi sentivo in colpa, anche se in fondo sapevo che stavo facendo la cosa giusta.

«Dimmi dov'è. Vado a prenderla» disse Eric, come se fosse stato disposto a inseguirla davvero in capo al mondo.

«Non essere ridicolo» disse Rosie, «non andrai da nessuna parte e ancora meno in questo stato. Perché non ti dai una sistemata, invece?»

«Adesso basta. Tutti e due. Hannah è qui per un motivo» tagliò corto George. Nessuno dei due si permise di contraddirlo.

La luce del sole cominciò a penetrare nella stanza, non mi ero ancora spogliata e mi tolsi il cappello e i guanti appoggiandoli sul divano.

«Perché non dormi un po', Hannah» continuò il padre di Alex, «sarai stanchissima. Abbiamo tutti bisogno di dormire un altro po'.» Non volevo contraddirlo e annuii. «E tu, Eric. Fatti una doccia...» lo rimproverò.

Eric annuì esattamente come me. Rosie mi prese di nuovo le mani e mi sorrise con dolcezza. Sapevo che era felice di vedermi, lo capivo da come le brillavano gli occhi azzurri.

«Ci vediamo dopo, ok?» disse in un sussurro che sentii solo io.

«Sì, certo. Grazie di tutto. Mi dispiace di essere stata così... così inopportuna...» mormorai.

La sua espressione era talmente tranquilla che riuscì a contagiare anche me. Ero certa che tutti i suoi problemi fossero più che superati: la donna in vestaglia di seta bianca di fronte a me era il ritratto della serenità.

«Non preoccuparti. Ci hai rallegrato la giornata» mi disse prima di alzarsi e prendere per mano George.

«Marina ti indicherà la tua stanza» aggiunse George mentre uscivano. Lo ringraziai prima che si voltasse per andare di sopra. Eric era ancora sulla soglia, in piedi. Eravamo rimasti soli. Lui mi fissava stanco e rassegnato.

«So che hai bisogno di riposare, ma devo sapere che cosa ti ha detto Margaret. Ti ha raccontato qualcosa su di me?»

«Be', non mi ha detto proprio *tutta* la verità...» dissi.

Cominciò a camminare su e giù per la sala fino a che non decise di sedersi su una delle poltrone di fianco a me. Era un tipo atletico, ma per come stava messo avrei potuto stenderlo con un pugno. Era distrutto.

«Cosa vuoi dire?» chiese perplesso.

«Le ho chiesto come si chiamasse mio padre e lei mi ha risposto che era un tal Christian. Ho insistito perché mi raccontasse qualcosa di più, e alla fine mi ha chiesto se sapevo la verità su mio padre.»

«E...?»

Per un momento pensai che in realtà per tutto quel tempo aveva cercato mia madre e non me. Non la smetteva di chiedermi di parlargli di lei.

«A quel punto mi ha detto la verità» risposi con un sospiro.

«Immagino che ti abbia detto tutto.» Il suo tono di voce era cambiato. Si era tirato su a sedere e parlava con calma e autorevolezza.

«Eric» lo fissai negli occhi, «pensi davvero quello che hai detto?»

«Che cosa?»

«Di mia madre. Che non hai mai smesso di amarla. È vero?»

Probabilmente non erano fatti miei, ma mi interessava saperlo: se Eric mi avesse risposto di sì voleva dire che avrebbe fatto di tutto per lei, anche diventare il complice di un'assassina.

Per un paio di secondi Eric fissò uno dei quadri colorati che decoravano la parete. Trattenni il fiato: ero talmente agitata che dimenticai di respirare. Sembrava che Eric si fosse dimenticato che ero lì, poi sospirò e si voltò verso di me.

«Sì. È vero.» Non poteva essere più serio.

«Ma perché? Perché l'ami se ti ha abbandonato, ti ha mentito e ti ha allontanato da me?»

«Non posso odiarla. È stata tutta colpa mia.»

«Dite tutti la stessa cosa, che è stata colpa tua. Perfino tu... ma in realtà avete entrambi le vostre responsabilità in questa faccenda.»

«Sono felice che tu sia di nuovo qui, ma forse è meglio che ci mettiamo a riposare, ci aiuterà a schiarirci le idee» disse improvvisamente brusco.

Si alzò di scatto e senza dire una parola mi lasciò sola.

Sbuffai esasperata prima che Marina entrasse nella sala. La sua voce mi fece sobbalzare.

«Signorina Hannah...» La sua divisa era stirata in modo impeccabile e i capelli rossi le cadevano sulle spalle. Da una delle tasche del grembiule bianco facevano capolino tutte le chiavi della casa. «Il signor George mi ha chiesto di accompagnarla in stanza. Ne è rimasta solo una libera, dato che i parenti si sono riuniti per Natale. Ma riuscirà a riposare bene, glielo assicuro.» Mi guardò con un'espressione dolce e sorridente.

«Grazie Marina» dissi seguendola.

Mentre camminavamo mi venne un dubbio. «Sono qui anche i familiari di Rosie?» chiesi.

Lei scosse la testa senza voltarsi. «Non lo sa?» la sua voce suonava quasi impercettibile. «La signora è orfana. Non le è rimasto nessun parente» mormorò come se le pareti la stessero ascoltando.

Sentii un tuffo al cuore. Era difficile immaginare come poteva essere una vita senza genitori, nonni, fratelli... Ma

Rosie aveva George al suo fianco, ed Eric e tutti i Crowell e, anche se ormai Alex non c'era più, almeno c'ero io.

Salimmo la doppia scalinata che conoscevo bene e arrivati al primo piano Marina mi condusse alla porta bianca in fondo al corridoio.

«Dovrà dormire nella camera di Alex, ma se è un problema posso...»

Il mio cuore fece un balzo.

«No, no...» la interruppi. Mi resi conto di essere stata brusca, deglutii e cercai di rettificare. «Voglio dire, non ci sono problemi. Grazie.»

Marina annuì e i suoi capelli sembrarono incendiarsi con i raggi del sole che entravano dalle finestre, mentre Alex camminava al mio fianco.

Avrei dormito nella stanza di Alex Crowell.

Lui mi guardò con la coda dell'occhio visibilmente divertito.

Capitolo otto

La camera di Alex era come la ricordavo, non avevano toccato nulla, ma era prevedibile: il dolore e il lutto non si superano dalla sera alla mattina. I Crowell erano nella fase in cui ci si rifiuta di accettare la realtà.

Le tende blu ancora tirate coprivano le finestre che si aprivano sul cortile posteriore, sugli scaffali c'erano ancora i modellini multicolori delle macchinine e la foto di Alex, esattamente lì dove l'avevo vista la prima volta.

I ricordi presero il sopravvento e mi lasciai sfuggire un sorriso. Chi avrebbe mai pensato che sarei tornata in quella stanza e per giunta con lui? Ero certa che nessuno ci avesse più messo piede dalla mia prima visita, eccetto Marina: il letto era senza una piega e sui mobili non c'era un filo di polvere. Tutto sembrava perfetto.

L'unica cosa che era cambiata era l'odore: non profumava più di limone come il resto della casa, ma di un aroma più forte, un misto di arancia e pino. Era un odore familiare che mi ricordava casa. Inspirai a fondo per catturarlo e ritornarci più tardi.

La camera di Alex era un ambiente caldo e accogliente e mi faceva stare bene.

«Le porto la valigia in un attimo. Vuole qualcosa da bere?» chiese Marina.

Ancora incredula mi diressi verso una delle librerie e presi una foto di Alex.

«No. Grazie. Anche tu hai bisogno di riposare» suggerii senza voltarmi.

Nella foto, Alex aveva lo stesso sorriso aperto e affascinante che potevo vedergli sul viso in quel momento. Era bellissimo. Marina disse qualcosa che non capii, ero troppo assorta per riuscire a prestarle la minima attenzione. Dopodiché uscì chiudendosi la porta alle spalle.

«Ricordo la prima volta che sono entrata qui. Mi spaventasti a morte.» Rimisi la foto dove l'avevo presa e mi voltai.

«Davvero?» chiese.

«Certo che sì!»

La prima volta che avevo parlato con il fantasma di Alex mi era quasi venuto un infarto. Ero così scioccata che le gambe mi si sciolsero e rimasero mezzo addormentate per il resto della giornata. Vedere un fantasma era... era stato terrificante. Quel momento aveva cambiato la mia vita, ribaltandola definitivamente: ora ero Hannah Crowell.

«È vero, me lo ricordo... Volevo vedere che faccia avresti fatto nel vedere un fantasma!» scherzò.

«Non è stato per niente divertente» dissi, cercando di sembrare serissima.

«Lo so. Mi spiace...» disse con un filo di voce.

«Sto scherzando!!! È stato spaventoso, ma subito dopo bellissimo! Lo sai...» Alex arrossì. «Oh! Sei diventato tutto rosso!»

«No... Che dici?»

«Certo che sì... Sei adorabile.» Diventò ancora più rosso. Poi il mio stomaco decise di spezzare quell'imbarazzo brontolando in modo ridicolo.

«Merda...» Mi strinsi la pancia e sentii una fitta che mi lasciò senza fiato.

«Hannah, stai bene?»

Alex si avvicinò a me mentre mi piegavo su me stessa.

«Devo vomitare...» balbettai. Il fuoco era risalito fino in gola e il mio corpo si contrasse per il dolore. «Aspetta...»

Mi fiondai in bagno aprendo la porta con uno schianto e richiudendola velocemente dietro di me. Non volevo che Alex mi vedesse vomitare. Mi si rivoltò di nuovo lo stomaco e il dolore si fece ancora più intenso. Era come se un groviglio in gola mi impedisse di respirare. Mi girava la testa e vomitai un liquido biancastro.

«Hannah, tutto bene?» gridò Alex dall'altro lato della porta.

Mi faceva così male la gola che non riuscivo a parlare. Avrei voluto rispondergli ma non ci riuscivo.

«Hannah, dimmi qualcosa per favore» mormorò.

Inspirai profondamente e mi lascai cadere sul pavimento. Era così freddo che rabbrividii.

«Sto bene» mentii. Mi vergognavo così tanto di essere in quello stato...

«Sei sicura che...» Interruppe improvvisamente la frase.

Mi alzai il più in fretta possibile, mi sciacquai la bocca e in quel momento sentii una porta aprirsi.

«Marina?» chiesi, e spalancai quella del bagno.

La camera era immersa nel silenzio più assoluto e non c'era nessuno. Nemmeno Alex. La porta era chiusa, ma ero certa di aver sentito qualcuno aprirla. Mi passai una mano tra i capelli e li sistemai dietro le spalle.

Qualcosa non va. Dov'è Alex? Cosa mi stava dicendo? Qualcuno è entrato davvero nella stanza?

Chiusi la porta del bagno lentamente e passai in rassegna ogni angolo della stanza.

«Alex?» chiesi di nuovo.

Silenzio.

«A...?»

Non riuscii a terminare. Ancora prima che potessi urlare, qualcuno alle mie spalle mi immobilizzò e mi tappò la bocca. Cercai di opporre resistenza, ma chiunque fosse era molto più forte di me. Mi teneva un braccio piegato dietro la schiena, talmente indietro che il dolore era insopportabile, e mi copriva la bocca bloccandomi la testa. Cercai di mordergli la mano ma l'aggressore aumentò la pressione togliendomi ogni forza.

Delle labbra umide si posarono allora sul mio orecchio destro. Mi mancava l'aria e il cuore mi batteva così forte da farmi male. Doveva essere l'assassino di Alex. Non c'era altra spiegazione.

Mi sentii morire.

No, no... non sta succedendo davvero.

«Shhhhh» sussurrò. «Sono io» disse a voce così bassa da risultare appena percettibile. Poi mi liberò. Era Alex.

«Alex...?» Subito mi interruppe portandosi l'indice alle labbra. Mi lanciò un'occhiata mentre con un cenno mi indicò l'armadio. Il messaggio era chiaro: qualcuno si era nascosto lì dentro.

«È Anna. Fai attenzione» mormorò Alex.

Anna? Che diavolo ci faceva lì?

«Ehi? Anna?» chiesi avvicinandomi. «So che sei lì. Non preoccuparti non dirò niente a tua madre. Puoi uscire?»

Mi muovevo con tanta cautela che i miei passi quasi non facevano rumore. Era possibile che Anna fosse nascosta da tempo nell'armadio e che non avessi davvero sentito qualcuno che apriva la porta. Magari aveva deciso di nascondersi: la madre, Rebecca, non perdeva occasione per ricordarle che era una disturbata mentale e la trattava malissimo, dicendole cose orribili anche in presenza di sua (e mia) zia Caroline. Sembrava volesse che tutti sapessero che Anna era pazza, ma lo era davvero? Io credevo di no.

Anna non rispondeva così decisi di avvicinarmi ancora un po'.

«Anna?» ripetei. Sentii un tonfo provenire dall'interno e mi ritrassi istintivamente, ma le ante di legno bianco e lucido continuarono a rimanere chiuse. «Ehi, puoi uscire, non ti mangio mica!» dissi in tono allegro.

Nessuna risposta. Guardai Alex con la coda dell'occhio, che mi fece cenno di aprire. Era rimasto in piedi vicino alla porta del bagno. Sapevamo entrambi che era piuttosto pericoloso che qualcun altro lo vedesse.

«Alex è lì con te?» mormorò dall'interno. Per poco non mi venne un colpo: Anna aveva visto Alex e non lo aveva dimenticato.

«Mmm... sì» risposi chiaramente. Un altro tonfo sordo dall'armadio.

«Ti ha fatto del male?» sembrava spaventata.

«No. Non mi ha fatto del male, Anna.»

«Farà del male a me?» chiese prima di far cadere qualcos'altro. Immaginai fosse una scatola da scarpe.

«Certo che no. Perché ti nascondi?» Anna parlava con un filo di voce e mi protesi in avanti cercando di capire che cosa mi stesse dicendo.

«Ho paura...» era terrorizzata. «Alex è un fantasma e i fantasmi cercano sempre di farmi del male.»

Mi schiarii la voce e mi preparai a essere il più convincente possibile. «Alex è buono e non devi avere paura. Ci sono io con te.»

«Lo vedi anche tu, vero?» disse, dopo essere rimasta un paio di secondi in silenzio.

«Sì» sospirai. «Sono sicura che non appena avrai parlato con lui smetterà di farti paura» cercai di rassicurarla per convincerla a uscire di lì.

«Puoi chiedergli che non mi faccia niente, per favore?» La sua voce stava diventando poco a poco più chiara. Immaginai che si fosse avvicinata alle ante.

Mi voltai e incrociai lo sguardo luminoso di Alex. Gli chiesi a voce alta ciò che Anna voleva tanto sentirsi dire. Alex sorrise e annuì. «Anna, non ti farò del male. Te lo prometto» disse scandendo bene ogni parola.

Pochi secondi dopo le ante dell'armadio cominciarono ad aprirsi lentamente. I primi a fare capolino furono i suoi capelli ricci e biondi.

«Ciao Anna» la salutò Alex tranquillo.

I due si scambiarono un'occhiata e l'atmosfera divenne ancora più tesa: avevo solo due anni più di lei ma mi cercò subito con lo sguardo impaurito, come se potessi proteggerla da qualunque cosa. Era così spaventata che teneva gli occhi spalancati e continuava a fissare Alex con diffidenza.

«Va tutto bene» dissi avvicinandomi a lei.

«Alex...» sussurrò con un filo di voce «credevo fossi morto...» balbettò con tristezza.

«Lo sono, Anna» rispose lui senza smettere di sorriderle. Sapevamo entrambi che quella faccenda ci avrebbe dato problemi, ma Alex faceva di tutto per sembrare tranquillo e non farle paura.

«Sei... sei un fantasma?» chiese. Aveva gli occhi lucidi.

«Mmm... pare proprio di sì» le rispose Alex con una risatina.

«Non ci credo...» mormorò prima di tornare a guardarmi. «Da quanto tempo lo vedi?»

Aveva ricominciato a muoversi, la paura stava allentando la morsa su di lei. Mi allontanai per avvicinarmi ad

Alex e dimostrarle che era tutto sotto controllo. Anna era identica a Kate, solo più piccola, avevano gli stessi capelli, gli stessi occhi azzurri così particolari e perfino le stesse labbra sottili e rosa.

Fissai Alex. «Da quando è morto» risposi come se fosse la cosa più normale del mondo.

«Accidenti...»

«Lo so. Sembra incredibile. Al principio pensavo fosse un effetto dei farmaci che stavo prendendo.»

«Mia madre... crede che io sia pazza» sussurrò abbassando lo sguardo per poi rialzarlo e fissarmi come se fossi la risposta a tutti i suoi problemi. Io aggrottai la fronte. Non riuscivo a capire cosa stesse cercando di dirmi. «Ma lo vedi anche tu, giusto?»

Annuii senza sapere dove volesse andare a parare.

«Allora puoi dire a mamma che non sono pazza e che i fantasmi esistono! Potresti...» Scossi la testa prima che potesse terminare.

«No, Anna... mi spiace. Non posso. Questa storia deve restare tra noi.»

«Perché?» si rabbuiò. Anna non poteva sapere che Alex era lì con noi per una sola, complicatissima ragione.

«Vedi, è semplice. Alex è un fantasma e solo tu e io possiamo vederlo. Non ci crederebbe nessuno.»

«Certo che sì, ti vogliono tutti bene. Eric e George ti crederebbero...»

Alex la interruppe schiarendosi la voce. «Anna, tutto questo è, come dire, difficile da capire... Hannah ha ragione: non devi dirlo a nessuno...»

«Voi non sapete che cosa devo sopportare io.» Una lacrima le rigò il viso. «Hannah, per favore» mi supplicò, «devi dire a mia madre che non sono pazza, ti prego!»

La sua disperazione e la sua sofferenza mi arrivarono

dritte al cuore. Non doveva essere facile vedere cose a cui nessuno poteva credere. «Mi dispiace tanto, ma non posso farlo. Deve restare un segreto. Io so che non sei pazza.»

«I dottori dicono che sono schizofrenica. Anche tu sei malata?» Aveva il viso bagnato di lacrime, ed era chiaramente sconvolta: che razza di domanda era?! Alex era reale. Altrimenti come potevamo vederlo tutt'e due? Mi stavo innervosendo, ma mi trattenni. «Io non sono schizofrenica» ribattei. Le amnesie erano già più che sufficienti. Non sentivo voci nella mia testa, non avevo allucinazioni. Alex era reale. Punto e basta.

«Hannah, stiamo vedendo un fantasma. Non ti sembra strano?» la sua voce si spezzò.

Socchiuse la piccola bocca rosa e mi accorsi che le tremava il labbro inferiore. Mi faceva pena, ma non volevo se ne accorgesse. Sarebbe stata una persona forte se sua madre non si fosse impegnata tanto a farla sentire inadeguata.

«Sì, in un certo senso. Ma il fatto che sia un fantasma non significa che non sia reale» chiarii con un filo di voce.

Un raggio di sole le illuminò i capelli e il viso pallido mentre si voltava verso di me. Cercai l'appoggio di Alex che annuì, confermando ciò che avevo bisogno di sapere. Aveva le braccia incrociate sul petto e la pelle liscia delle sue braccia tornite risaltava sul nero della maglietta a maniche corte.

Anna abbassò gli occhi e tirò su con il naso. Alzò le mani al viso e si asciugò le lacrime. Sua madre era riuscita così bene a convincerla di essere pazza da farle dubitare anche di ciò che vedeva. Ma Anna non era malata. Aveva un dono, un incredibile e meraviglioso dono che a qualcuno poteva fare paura, ma che in molti avrebbero invidiato.

«Ascoltami bene, Anna» feci un passo avanti e mi avvicinai a lei, «devi capire due cose molto importanti.»

Mi guardò con i suoi grandi occhi azzurri. Inspirai a fondo cercando di non scoppiare a piangere con lei mentre le parlavo. «Per favore, non dirmi che mi devo dimenticare tutto» disse avvilita.

«No. Certo che no» ormai facevo parte della sua famiglia e volevo, dovevo aiutarla. «Ma tutto questo deve restare tra noi. Sono sicura che ci aiuterai a mantenere il segreto, vero?»

«Perché? Perché devo mentire?» chiese con un gemito.

«Anna...» Non sapevo come dirlo. «A volte le persone non ti credono quando racconti la verità. A volte sei costretto a mentire.» Battei le palpebre e guardai di nuovo Alex in cerca di sostegno. Lui capì e si avvicinò.

«Ehi, Anna...» disse con tono dolce e gentile. «Sono davvero io, Alex, ti ricordi di me?» Il suo corpo rilasciava un certo calore e mi sentii pervasa di serenità. Adoravo stare al suo fianco, sentivo che ci appartenevamo l'un l'altro.

«Sì.. certo. Sono stata al tuo funerale...» balbettò.

«Molto bene. Vedi, io e Hannah abbiamo una missione, come in un videogioco, e abbiamo bisogno che tutto questo resti un segreto. Come in un film d'azione, come in *CSI*. Ecco, immagina che siamo due detective che cercano una persona molto importante» disse Alex.

«Alex, forse ti sei dimenticato che sono cresciuta» disse Anna. La sua timidezza stava svanendo a poco a poco. «Non ho otto anni, ne ho quattordici, non sono una bambina... È solo che... sono molto sorpresa. Tutto questo è assurdo... e confuso!»

«Hannah disse la stessa cosa quando mi vide la prima volta e, se ti può consolare, la sua reazione fu ben peggiore.» A quel punto mi dette un colpetto con il gomito: voleva che ci scherzassimo sopra per tranquillizzare Anna.

«Non è vero!» sbottai sorridendole, «è un bugiardo, non devi credere a una sola parola!»

Gli diedi una leggera spinta come se volessi allontanarlo da me, cercando di non scoppiare a ridere. Anna trattenne un sorriso.

«Va bene. Sarà il nostro segreto ma a una condizione...» disse sicura di sé. Eravamo riusciti a conquistare la sua fiducia. Ero così felice che avrei accettato di fare qualsiasi cosa. Io e Alex ci scambiammo un'occhiata perplessa prima di voltarci di nuovo verso di lei.

«Che condizione?» Lei ci guardò con un sorrisetto divertito ed ebbi paura di cosa poteva esserle venuto in mente.

«Accompagnami al centro commerciale» disse emozionata.

Che?! Era quella la sua condizione?!

«Al centro commerciale?» chiesi sorpresa. Non mi costava niente accettare, ma non riuscivo a capire perché volesse andarci con me. Anche Alex sembrava confuso.

«Sì. Voglio comprarmi dei vestiti e ho bisogno che qualcuno mi accompagni» disse mentre si asciugava le lacrime. «Ti va di venire?» Batté le ciglia con aria tenera e pensai che lo avesse fatto di proposito. Era impossibile dirle di no.

«Va bene.»

Anna abbozzò un sorriso e mi resi conto che aveva dei denti dritti e bianchissimi. Era evidentemente una ragazzina ben curata. Incrociai le braccia sul petto e lei si passò una mano tra i capelli.

«Quando vuoi andare?»

«Adesso. Ma se hai bisogno di riposare possiamo andare più tardi. Se ti va...»

Mi accorsi che evitava di guardare Alex in faccia.

«Certo. Nessun problema. Possiamo andarci stamattina, se vuoi.»

«Verrai anche tu?» chiese ad Alex.

«È un invito?» Anna sembrò tentennare, ma tornò immediatamente in sé e mi lanciò un'occhiata in attesa di ricevere la mia approvazione. Le sorrisi.

«Suppongo che tu vada dappertutto con lei, giusto?»

«Esatto» disse Alex con la sua bellissima voce.

«Ok. Allora ci vediamo più tardi» concluse Anna. L'eco dei suoi passi risuonò nella stanza mentre si allontanava.

«A dopo» le risposi. Si fermò un attimo davanti alla porta prima di aprirla quasi di scatto. Fuori soffiava un vento tremendo e, nonostante le finestre fossero chiuse, uno spiffero fece ondeggiare una delle spesse tende. Anna si voltò a guardarci. Era così piccola e magra che avrei voluto abbracciarla. Sin da quando l'avevo vista la prima volta mi ero resa conto di quanto fosse insicura, si sentiva vulnerabile in mezzo alla gente, e tutto per colpa di sua madre.

«Sono felice che tu sia qui, e che ci sia anche tu, Alex.»

«Anch'io, Anna. E grazie per essere così comprensiva.» A quel punto alzò la testa e uscì dalla stanza come un fulmine, chiudendo la porta dietro di sé.

«Adesso devi riposare davvero» disse Alex controllando che la porta fosse ben chiusa. Mi dava le spalle e quando girò la chiave della serratura i suoi muscoli si contrassero leggermente. Quei pantaloni color cachi, appena spiegazzati per il viaggio, gli stavano una meraviglia. Era spettinato, come sempre.

«Perché ho sempre la sensazione che sparirai da un momento all'altro?» mormorai mentre si voltava.

«Sparire?» Alex mi fissò perplesso e si appoggiò allo stipite. Mi piantò gli occhi addosso, studiandomi dalla testa ai piedi.

«Ho paura che non ci resti molto tempo...» sospirai delusa.

«Allora possiamo far finta di ricominciare da capo, così inganneremo il tempo» disse. Gli brillavano gli occhi.

«È una buona idea» sussurrai.

«Sai che c'è, Hannah?» Era diventato serissimo. «Mi piace quando fai così» disse mentre si avvicinava.

«Così come?» chiesi. Ero diventata tutta rossa.

«Quando fai quell'espressione. La stessa che stai facendo adesso» Alex alzò la testa e guardò per un istante alla sua destra facendo ondeggiare i capelli castani. Poi si mordicchiò un labbro e tornò a fissarmi.

«Ma cosa stai dicendo?!» esclamai.

«E sai invece cosa non riesco a sopportare?» Non mi toglieva gli occhi di dosso e non mi lasciò rispondere. «Dici sempre che non vuoi che me ne vada, ma non fai niente per farmi restare.» All'improvviso la stanza cominciò a rimpicciolirsi e mi mancò il fiato.

«E che cosa dovrei fare?» balbettai. Era a pochi passi da me. Il modo in cui continuava a guardarmi mi fece fremere. «Non ho idea di come potrei convincerti.»

«Be', io un'idea ce l'avrei.» Si fermò a meno di un metro, mi osservava divertito con i suoi profondi occhi che mi facevano sentire piccolissima.

«E quale sarebbe?»

«Non farti supplicare» rispose con malizia.

«Supplicare? Alex non capisco, non so di che parli...» corrugai tanto la fronte che per un momento pensai non sarebbe mai tornata come prima.

«È semplice. Baciami.»

Mi sentii pervadere dal calore di una fiamma ardente. E improvvisamente nel mio cervello scattò l'allarme: perché aveva chiuso la porta in quel modo? Forse voleva...? Oh, Dio mio...

Mi bruciavano le guance e decisi che avrei smesso di fare la finta tonta. In fondo, anche io lo desideravo.

«Sembra facile, ma non posso farlo da sola. Perché non mi aiuti?» dissi muovendo un passo verso di lui. Avevo accettato di stare al gioco e a quel punto la palla passava a lui.

Alex si avvicinò ancora un po'. I raggi del sole che penetravano dalle tende gli illuminarono il viso e crearono dei riflessi dorati nei suoi occhi. «Sarà un piacere» disse sorridendo.

I nostri corpi non erano che a pochi centimetri di distanza e smisi di pensare, lasciandomi travolgere dalle sensazioni. Alex mi guardò e mi accorsi che il suo volto si era acceso di desiderio, come il mio. Il silenzio era così assoluto che potevamo sentire i battiti accelerati dei nostri cuori.

Non resistevo più. All'improvviso non esisteva più niente. C'eravamo solo io e lui. E un solo passo a colmare la distanza tra noi. Mi lanciai tra le sue braccia senza smettere un secondo di guardarlo. Gli misi una mano dietro la nuca e mi lasciai andare. Subito le sue mani fredde mi strinsero i fianchi, sotto la camicetta. Finalmente la nostra pelle si sfiorava di nuovo.

Non avrei mai dimenticato il bacio che ne scaturì, tormentato e fuori controllo Alex mi strinse ancora più a sé con una sicurezza che mi faceva sciogliere. I nostri corpi erano così attaccati da sembrare uno solo. Muovevamo le labbra con una famelicità che non avevo mai conosciuto. Lui aveva più esperienza e mi lasciai andare, ma nel cercare di prendere fiato picchiai i denti sui suoi.

«Alex...» sussurrai allontanando le labbra dalla sua bocca.

«Mmm» borbottò baciandomi il collo. Le sue mani non si erano mosse dai miei fianchi. Ero certa che questa volta saremmo andati fino in fondo. Le gambe mi tremavano e il calore della stanza mi sembrava sempre più soffocante.

Hannah! Smetti di pensare! Da un momento all'altro se ne andrà! Goditi questo momento!

Dovevo dare ascolto alla mia coscienza. Fremevo di piacere. Alex mi passò la lingua sul collo e cominciò a darmi piccoli morsi delicati. Sentivo la sua saliva sulla mia pelle, ero così eccitata...

«Sì, Hannah?» disse prima di tornare ad affondarmi i denti nella pelle. Giocherellava con la lingua e con le labbra umide su ogni millimetro del mio collo. Persi completamente la testa.

«Non fermarti» sussurrai.

Non staccò la bocca dal collo ma mi accorsi che stava sorridendo. «Non ho intenzione di farlo.»

Fece scivolare piano le mani lungo il mio corpo, giù fino al fondoschiena, che afferrò con decisione. Non avevo mai provato una sensazione simile e cercai di trattenere un gemito. Invano.

Mi chiuse le labbra con un bacio senza mai smettere di toccarmi.

Dio, se ci sa fare!

Poi mi mise una mano sulla schiena e mi attrasse a sé. Era eccitato. Con l'altra mi accarezzò il collo con delicatezza e mi passò le dita fredde sulle guance infuocate. I fremiti di piacere erano scesi all'inguine. Lo desideravo da impazzire, non riuscivo quasi a controllare i miei movimenti.

Ero sua. Non potevo far altro che lasciarmi trasportare

dal mio corpo, dal mio cuore e da Alex. Ero un vulcano che stava per esplodere, ero in un altro mondo, completamente persa nelle sue mani.

Gemetti quando mi afferrò un seno e sentii l'impulso di togliermi il reggiseno. Sprofondai con la testa nel suo collo per baciarlo e fui travolta dal suo odore intenso. Era un profumo delizioso ed eccitante a cui non potevo resistere.

Alex non smetteva un secondo di accarezzarmi come se volesse fondere i nostri corpi. Non aveva ancora cercato di spogliarmi, mi toccava attraverso i vestiti che ormai erano solo un impiccio.

Poi si allontanò dalle mie labbra e mi guardò come se non esistesse altra cosa al mondo. I suoi occhi velati dal desiderio mi fissavano con quella luce che mi aveva stregato fin dal nostro primo incontro. A quel punto la sua bocca si aprì nel sorriso più bello che avessi mai visto. Capii che ci appartenevamo. Lui, però, non era né mio né di nessun altro. Non era di nessuno. Era solo un fantasma in un mondo di cui non faceva più parte.

«Tutto bene?» mi chiese con il respiro affannato.

«Perché non dovrei star bene?» mi tremavano le labbra. Sorrise e riprese a baciarmi dolcemente. Chiusi gli occhi e mi lasciai travolgere ancora. Com'era possibile? Com'era possibile che tutto questo stesse accadendo tra una persona viva e un fantasma? L'amore a volte è incomprensibile ed è inutile cercare una spiegazione.

Alex mi adagiò sul letto e si mise sopra di me. Appoggiò entrambe le mani ai lati della mia testa e rimase a guardarmi a un millimetro di distanza. Mi stringeva i fianchi con le gambe come se non volesse farmi scappare e io buttai indietro la testa lasciandomi andare al piacere delle sue carezze.

«Sei sicura di volerlo fare?» mi chiese. Prima di continuare si schiarì la voce. «So che tutto questo è molto strano...»

Certo che lo volevo! Sì, eravamo giovani e molto diversi, e allora? Le persone non si innamorano sempre del loro opposto?

La sua pelle stava assumendo un tono dorato, le sue labbra erano così rosse e umide che scacciai una volta per tutte l'idea che fosse solo un sogno.

«Sì» dissi prima che uno dei due rovinasse tutto, «voglio farlo.»

Senza pensarci due volte si lanciò sulle mie labbra. Mi baciava con molta più furia. Era più brusco... appassionato. Quando infilò le mani fredde sotto la camicetta il calore mi pervase tutto il corpo e sentii un leggero solletico che dallo stomaco scese fino all'inguine.

Alex mi sollevò la camicetta, lasciandomi scoperto il ventre e prese a baciarmi dappertutto, sempre più in basso. Sospirai piano. Quando si avvicinò al bordo dei jeans con la bocca, una scarica elettrica mi attraversò la pelle. Lui alzò lo sguardo e i suoi occhi di miele incontrarono i miei, increduli di piacere. Mi sorrise, sicuro e dolce allo stesso tempo. Sapeva che stava facendo quello che più desideravo. Sotto di lui mi sentivo una bambina. Anche se non lo ero più.

Tornò a concentrarsi sui miei pantaloni con un sorrisetto malizioso. Mi accarezzò una gamba, la coscia. Emise un gemito e il cuore prese a battermi a una velocità che non avrei mai pensato possibile: quel suono era stato così provocante che il mio bacino ondeggiò sotto di lui.

Alex afferrò la cerniera con la punta delle dita e cominciò ad abbassarla lentamente. Sapeva dove rivolgere le sue carezze, e anche dove non toccarmi, sapeva come torturarmi ed esasperare quel piacere. Ansimai non appena abbassò del tutto la cerniera. Lui sorrise.

«Ti ho mai detto quanto sei bella?» mi chiese con la voce più sensuale che avessi sentito in vita mia.

«Alex...» Le sue mani tra le mie cosce erano così calde...

Mi tirai su di scatto, tolsi la camicetta e la gettai per aria. Spalancò gli occhi.

«Che c'è?» chiesi agitata. All'improvviso avevo freddo. Mi ero scostata appena da lui ed ero mezza nuda. Mi chiesi se avessi fatto qualcosa di strano, perché lui mi osservava con la fronte corrucciata. Il mio seno era coperto solo dalla biancheria. Si lasciò andare a un gemito con la bocca mezza aperta. Sospirai.

«Hannah» balbettò prima di tornare a guardarmi negli occhi. «Sei stupenda» sospirò.

I nostri corpi si unirono di nuovo e Alex cominciò a sfilarmi i pantaloni. Io gli tolsi la maglietta. Lui sorrise tra sé e sé: aveva una pelle bianchissima e gli addominali così marcati che la cintura dei pantaloni non aderiva all'addome. Aveva un piccolo, adorabile neo giusto di fianco all'ombelico. Alzai lo sguardo e sorrisi. Volevo dirgli che lo amavo.

I jeans caddero sul pavimento di marmo. Li ignorammo. Non ero mai stata così intima con qualcuno, ma Alex mi faceva sentire al sicuro. Da quando era apparso nella mia vita era diventato l'unica persona di cui potevo fidarmi.

Poggiò di nuovo le mani sulle mie cosce. Il suo respiro affannato era musica per le mie orecchie... Afferrò gli slip e me li sfilò piano. Mi si fermò il cuore e fui travolta da un turbine di emozioni. Mille scariche elettriche percorsero ogni centimetro del mio corpo. Sospirai e...

«Ehi? Hannah?» Qualcuno stava bussando alla porta.

Capitolo nove

«Merda» sbuffò Alex.

«Hannah?» bussarono di nuovo. «Stai dormendo? Sono Rosie.»

«Le madri... sempre inopportune» sussurrò Alex alzando gli occhi al cielo.

Mi alzai, raccolsi i pantaloni e me li infilai in fretta e furia mentre cercavo la camicetta.

«Hannah?» mormorò Alex seduto sul letto. Cercai di non guardarlo per non avere la tentazione di tornare lì da lui. «Che fai?»

«Mi vesto.» risposi mentre chiudevo i bottoni.

«Non andare. Aspetta, per favore.»

Mi voltai verso di lui e me ne pentii subito. Il suo petto nudo si gonfiava e sgonfiava affannato e le sue labbra morbide erano un richiamo a cui non volevo resistere. Mi sforzai di guardare da un'altra parte e finii di vestirmi. Alex mise il broncio per supplicarmi di restare. Gli brillavano gli occhi. Sospirai e alzai gli occhi al cielo.

«Va bene» dissi con voce roca e agitata mentre tornavo verso il letto. «Ma se bussa di nuovo le apro.»

Tornai a letto e gattonai verso di lui. Il laccetto dei suoi boxer neri faceva capolino dai pantaloni con la cintura aperta. Mi resi conto di avere la bocca secchissima.

«Va bene, ma non...» Un altro leggero colpo alla porta lo interruppe. Alex sbuffò deluso.

«Mi dispiace» dissi, e non poteva essere più vero. «Se insiste tanto deve essere importante.»

«Hannah?» ripeté Rosie.

Mi alzai ancora eccitatissima. Alex era a un paio di metri da me ma sentivo ancora le sue mani forti sul mio corpo. Mi schiarii la voce, sistemai la camicia e mi pettinai i capelli con le mani.

«Un momento, Rosie» dissi alzando la voce. Presi una gran boccata d'aria ed espirai con forza prima di aprire la porta. Alex mi guardò un'ultima volta ed ebbi la certezza assoluta che non lo avremmo fatto. Almeno non quel giorno. Cercai di chiedergli scusa con lo sguardo e lui si alzò per andare a riprendere la sua maglietta nera. Mentre si piegava in avanti i muscoli della schiena gli si contrassero tanto da mettere ancora più in evidenza il suo fisico atletico. Il cuore riprese a battermi all'impazzata.

Maledissi il tempismo di Rosie. Girai la chiave nella toppa e aprii piano.

«Ciao. Scusa, non volevo disturbarti.» La madre di Alex aveva come sempre una voce dolce e gentile. Le sorrisi come se negli ultimi dieci minuti non fosse successo niente.

«Ero in bagno, non preoccuparti.» mentii. «Vuoi entrare?»

Rosie indossava ancora il pigiama di seta bianca. «Se non ti disturbo...» Non sembrava per niente nervosa, anzi era tranquilla e sicura di sé.

«Certo che no. È casa tua!» le risposi facendomi da parte per farla entrare. Osservò la stanza e quando mi passò davanti vidi che aveva in mano una busta gialla.

«Che cos'è?» chiesi mentre chiudevo la porta.

Lei si appoggiò al bordo del letto. «È una cosa per te.»

I capelli le cadevano ordinati sulle spalle magre e aveva le labbra di un rosso intenso. Doveva essersi sistemata e truccata prima di venire da me. I graffi erano scomparsi quasi del tutto lasciando il posto a qualche segno rosso e a una piccola benda sulla fronte.

«Eric non vuole dirtelo, ma io credo che tu abbia il diritto di sapere. Per cui: ecco qui.» Allungò le braccia e la busta rimase a qualche centimetro da me. La osservai con curiosità e la afferrai prima che ci ripensasse. Era piuttosto pesante.

«Voglio che la tenga tu, ma né Eric né George devono sapere che te l'ho data» disse con un pizzico di sarcasmo.

Rosie si alzò dal letto e mi fermò prima che riuscissi a estrarre il contenuto. «Dentro questa busta c'è tutto quello che devi sapere su tua madre e sulla morte di Alex. Ma puoi aprirla a una condizione. Per questo sono qui.»

Rosie si allontanò un poco. «Come ti dicevo, Eric e George non devono sapere niente, devono continuare a credere che tu sia all'oscuro, capisci?»

Annuii.

«Non capisco...» mormorai. Strinsi la busta. «Non capisco perché George o mio padre non debbano sapere che me l'hai data.»

Non sembrò indispettita dalla mia domanda e mi sorrise cercando complicità. «Perché loro non ti diranno mai la verità.» Si inumidì le labbra e guardò la finestra. Le brillavano gli occhi come se le tende blu fossero la cosa più meravigliosa che avesse mai visto. A quel punto posò di nuovo lo sguardo su di me e tornò a sorridermi. «Io invece sarò sempre sincera con te. Ricorda, non ti mentirò mai.» Alzò gli angoli della bocca ancora di più mostrando i denti bianchissimi che scintillavano alla luce del sole.

«Sei molto gentile, voglio che tu sappia che anche tu

potrai sempre fidarti di me» le dissi mostrando tutta la maturità di cui ero capace.

«Lo so, Hannah. Mi fido di te.»

Le ero davvero grata per quello che stava facendo per me. Fin dall'inizio di questa storia, Rosie era quella che mi aveva trattato meglio. Lei e Alex erano gli unici di cui potevo fidarmi.

«Rosie, posso chiederti una cosa?»

«Sì, certo.»

«Che ne è stato di Alex?»

«Di Alex?» ripeté aggrottando la fronte. Rosie non aveva capito il senso della mia domanda, e mi morsi il labbro sperando di non essere sembrata un'impicciona.

«Il giorno del funerale di Alex, George mi disse che non avevate ancora deciso cosa fare con il suo corpo... alla fine non ho mai saputo che cosa avete deciso.»

Non appena pronunciai quelle parole, mi resi conto che forse non avrei dovuto chiederle una cosa così personale. Rosie impallidì, lasciò la maniglia della porta e mi fissò per quella che mi parve un'eternità.

«Lo abbiamo cremato.»

«Dove avete seppellito le ceneri?» Sapevo che la stavo mettendo in difficoltà, ma per me era fondamentale sapere che fine avesse fatto il corpo di Alex.

«Le ceneri?» ripeté abbassando lo sguardo, «sono al cimitero. Vuoi andarci?» chiese.

«Sì» risposi quasi senza pensare, e fu come una coltellata al petto, ma dovevo avere la prova che Alex era davvero morto e che non avrei mai potuto avere una storia con lui.

«Va bene. Ti accompagnerò quando tutto si sarà risolto. Tu e Alex sareste andati d'accordo» concluse guardandomi con tenerezza.

«Anche a me sarebbe piaciuto conoscerlo» dissi.

«Ci vediamo dopo, Hannah. Riposa.»

Rosie uscì in fretta dalla stanza e chiuse la porta. La sua richiesta di non parlare con nessuno mi sembrava molto strana... Quella busta conteneva una verità tanto spaventosa da mettermi in pericolo?

«Che cos'è?» La voce di Alex mi fece sobbalzare. Si avvicinò tanto che tornai a sentire il suo calore attraverso la camicia.

«È una busta» risposi fingendo che la sua presenza non mi facesse effetto.

«Lo so» mi sussurrò all'orecchio. La dolcezza della sua voce mi fece venire la pelle d'oca. «Ma cosa c'è dentro?» chiese passandomi le braccia intorno alla vita.

«Piacerebbe saperlo anche a me.» Ma prima che potessi aprirla, qualcuno bussò di nuovo alla porta.

* * *

«Bene, il centro commerciale è a meno di dieci minuti... almeno, questo è quello che ha detto mia mamma» disse Anna schioccando la lingua divertita.

La sua allegria era contagiosa come quella di Cara, o forse ero io a essere particolarmente felice. Da quando ero arrivata non avevo mai pensato a mia madre: forse ero un'egoista, ma ero troppo arrabbiata con lei.

«Non vuole mai venire nessuno al centro commerciale con me. Grazie mille, Hannah.» Sorrideva felice. Mi sembrava una ragazzina adorabile e maledissi sua madre e tutte le persone che non la trattavano come meritava.

«Passare del tempo con te è un piacere» dissi. Restammo un momento in silenzio. Pensai che Alex avesse fatto bene a non venire: era giusto che Anna potesse rilassarsi e divertirsi un po'. Non potevamo evitare che vedesse altri fantasmi, ma non avere di fronte suo cugino morto era già qualcosa.

«Hannah, non l'ho detto a nessuno, ma mia madre ha una storia con un tipo. So solo che è di qui, perché da quando siamo arrivate è uscita tutte le sere. È la prima volta che succede e non so cosa pensare...»

«È giusto darsi una seconda opportunità in amore.»

«Sai Hannah, è che... vedi, sono felice che esca con qualcuno, ma credo che abbia intenzione di andarsene lontano. Non so ancora dove. Forse in Europa. Vuole che resti con George e Rosie per un po'. Glielo ha detto ieri, mentre prendevano un caffè. Non mi lascia mai sola per tanto tempo. A volte scappo e me ne vado dalla zia Caroline, ma poi torno sempre da lei...» Anna aveva perso tutta la sua solarità.

«E a te piacerebbe stare qui?»

«Mi piace, ma è troppo grande e silenziosa. Rosie, George ed Eric sono sempre indaffarati. Sarò così sola che avrò tempo di esplorare ogni singolo angolo della casa.»

«Finché starò qui ti farò compagnia io, ok? Mi piacerebbe davvero passare un po' di tempo con te.»

«Mille grazie, Hannah!»

«Quando partirà?»

Anna alzò gli occhi al cielo, come se lì ci fosse la risposta. «Credo questo fine settimana.»

«E George è contento?»

«Sì.»

«Be' ne avremo di tempo per conoscerci meglio!»

Anna cominciò a saltellare di gioia. «Sì! Non vedo l'ora...»

«Anzi, inizieremo proprio oggi. Ti porterò in uno dei miei negozi preferiti e ci divertiremo un sacco» dissi sorridendo.

Ero davvero felice ed emozionata. La ragione era evidente: in poche ore erano successe così tante cose che non ero riuscita ad assimilarle tutte. Ero su di giri, ma non potevo permettermi il lusso di abbassare la guardia.

George aveva insistito per accompagnarci in macchina, ma ci eravamo rifiutate. Allora mi aveva dato un cellulare perché potessimo chiamarlo in caso di necessità. Non capivo perché fosse così preoccupato.

Camminavamo allo stesso passo. Anna era piccola e magra, mi arrivava giusto alle spalle, ma era perspicace: il nervosismo di George non era sfuggito neppure a lei.

«Hannah, pensi che zio George stia bene?»

«Sì, credo faccia così per il lavoro. Deve essere molto stressante» risposi.

«Succede anche a mia madre. A volte penso sarebbe meglio che non lavorasse. Sono contenta che si prenda una vacanza e se ne vada un po' in giro senza pensare alla mia malattia.»

«Anna, tu non sei schizofrenica. Hai un dono.»

«Dillo a mia madre...» disse facendo spallucce. «Guarda, siamo arrivate» esclamò illuminandosi mentre indicava l'edificio di tre piani.

«Che la festa inizi!» dissi, cercando di sembrare allegra.

Entrammo nel centro commerciale e passeggiammo per vari negozi. Mi resi conto che ad Anna piacevano un sacco il viola e il lilla. Io le avevo detto che in pratica erano lo stesso colore, ma lei sosteneva il contrario. Spalancava gli occhi tutte le volte che vedeva qualcosa di quelle tonalità. Probabilmente anche le pareti della sua stanza erano viola.

Si era provata qualche vestito corto, ma nessuno l'aveva convinta. Mi confessò che le piaceva stare in un posto così affollato perché i fantasmi e le persone si mischiavano ed era difficile distinguerli. Poi, ancora senza un vestito, ci sedemmo al tavolino di un bar al primo piano.

«Com'è il frullato di more?»

«Buono. E il tuo caffè?»

«Amaro. Perfetto per quando si è dormito poco come me.» Scoppiammo a ridere insieme.

«Hannah... ho un regalo per te.» Tirò fuori qualcosa dalle tasche e appoggiò il pugno sul tavolo.

«Un regalo per me?» chiesi colpita.

«Non è niente di che...» anticipò, «ma quando l'ho visto ho pensato che fosse perfetto per te.»

Mi lasciai sfuggire un sorrisetto nervoso. «Non dovevi...»

Quando aprì la mano per poco non saltai sulla sedia.

«Prendilo.» Era una deliziosa catenina di argento con un ciondolo a forma di A tempestato di brillantini. Mi venne un tuffo al cuore.

«È bellissimo!»

«So che non è la tua iniziale, ma ho voluto regalartela perché so che tra te e Alex c'è qualcosa di speciale.»

«Come?» chiesi sorpresa.

«Siete uniti da un vincolo molto forte, lo vedo.»

«Sei anche una veggente?»

Lei rispose scuotendo la testa e sorridendo: «No, è una cosa evidente».

Una scarica elettrica mi percorse dallo stomaco fino ai piedi e sentii le guance in fiamme. «Be', farò presente ad Alex che per te è un libro aperto... È un regalo bellissimo...»

Anna si lasciò scappare una risatina. «Non è niente di che, consideralo il mio regalo di Natale.»

«Oddio, adesso mi sento in colpa. Io non ti ho preso niente. E se andassimo in quel negozio che ti dicevo a cercare qualcosa che ti piaccia?»

«Sì, ma prima finisco il frullato.»

Ci alzammo insieme per dirigerci alle scale mobili. Non era la prima volta che andavo in quel centro commerciale, ero felice di passare del tempo con Anna in un posto che conoscevo come le mie tasche.

«Entriamo lì» dissi arrivate al piano terra. Anna corse verso le vetrine che le avevo indicato e io cercai di accelerare il passo, ma qualcuno mi tagliò la strada urtandomi la spalla. Era una ragazza con i capelli neri lunghi quasi fino al sedere, mano nella mano di un tipo castano con dei jeans scuri. Mi sembrò di averlo già visto. Ridevano tra loro e non si girarono nemmeno per chiedermi scusa: erano troppo presi l'uno dall'altra.

«Hannah!» gridò Anna dall'ingresso. «Ci sono un sacco di vestiti viola!»

Mi affrettai, ma appena messo piede nel negozio la persi tra i vestiti mentre saltellava da un manichino all'altro.

«Eccoti qui» dissi quando finalmente la trovai.

Guardava un abito corto e le brillavano gli occhi. «Che te ne pare?» chiese mentre accarezzava il tessuto. Era un po' audace, con delle perline sullo scollo e una stoffa sottile, quasi trasparente, sul petto.

«È carino» dissi poco convinta. Anna lo guardò di nuovo e fece una smorfia.

«Credo che cercherò qualcos'altro.»

«Certo, nel frattempo guardo qualcosa per me.»

«Perfetto, io vado da quella parte» disse indicando un corridoio in fondo al negozio in cui c'erano un sacco di vestiti del suo colore preferito.

Annuii e ci separammo.

Mi soffermai su alcuni capi bianchi e ne approfittai per provarne un paio. Andavo e venivo per i corridoi prendendo nuovi vestiti e abbandonandone altri, quando una risata mi distrasse.

Alzai lo sguardo e vidi proprio davanti all'entrata del negozio la coppia con cui mi ero scontrata, seduta al tavolo di un caffé. Lei era di spalle e mi copriva la visuale su di lui, ma era evidente che si stessero divertendo un mondo.

Sapevo che il bianco mi faceva sembrare ancora più pallida, ma mi piaceva essere pallida. Mia madre non mi aveva mai comprato un vestito bianco, e finalmente potevo scegliere quello che mi pareva: quindi ne presi uno con lo scollo a V che mi arrivava appena sopra il ginocchio. Era semplice e, rispetto a quello che avevo in mano, molto più elegante. Poi sentii di nuovo quella risata, che questa volta mi risultò stranamente familiare...

Mi affacciai dal camerino e guardai verso i due ragazzi. Questa volta lei era spostata di lato e riuscii a vedere in faccia lui, che incrociò il mio sguardo e si bloccò all'istante.

Aprii così tanto la bocca per lo stupore che quasi mi si slogò la mandibola. «Seth?» mormorai.

Ci fissammo per un paio di secondi fino a che non riuscii a reagire. Che ci faceva Seth con quella tizia? Non erano passate due settimane dalla morte di Cara e lui usciva già con un'altra... Era incredibile.

Seth spalancò gli occhi e come se niente fosse sussurrò qualcosa all'orecchio della sconosciuta, che irrigidì la schiena.

Mi ribolliva il sangue nelle vene. Non poteva essere vero... Ci aveva messo così poco a riprendersi? O quella c'era da prima?!

Mollai i vestiti e schizzai fuori. La ragazza si alzò e filò via disperdendosi tra la gente. La seguii con lo sguardo: i suoi capelli neri dondolavano da una parte all'altra, e poi sparì. Avrei fatto di tutto per vederla in faccia, ma prima che potessi correrle dietro, Seth si alzò dalla sedia sbarrandomi la strada.

«Hannah...»

«Chi è quella lì?» chiesi fuori di me. Lo guardai con tutto il disprezzo di cui ero capace. Ero triste, delusa, furiosa.

«Chi?» chiese facendo un passo indietro.

«La tizia che era con te fino a un minuto fa!» Avevo una voglia matta di mollargli un altro pugno in faccia. E questa volta Alex non c'entrava niente.

«Non so di cosa parli, Hannah...»

«Sei un bugiardo!» gridai. Seth indietreggiò.

«Devi avermi confuso con qualcun altro» sussurrò.

«Bugiardo! Ti ho appena visto con lei! Ridevi come un matto...» esclamai. Mi sentivo una pentola a pressione sul punto di esplodere. «Come puoi fare una cosa simile a Cara!»

«Farle che cosa?!»

«Tradirla! Imbecille!» urlai con tutta l'aria che avevo nei polmoni. Alcune persone si girarono a guardarci, ma le ignorai.

«No, Hannah. Non l'ho mai tradita.»

«Allora dimmi chi era e perché è scappata!»

«Non è scappata.»

Non riuscii a trattenere una risata amara. «Non avevi detto che eri da solo?!»

«Va bene...» Seth si passò una mano tra i capelli. Era nervosissimo. «Ero con una persona, ok? Ma non ho mai tradito Cara.»

Mi venne da ridere. «Da quanto tempo ci esci, con quella? Da un mese? Un anno?»

«Una settimana.»

Respirai a fondo cercando di calmarmi. «Come si chiama?»

«Dimmi come si chiama!!!» Stavo per perdere la pazienza e avrei voluto mollargli un cazzotto in faccia.

Seth buffò. Lo facevo per Cara, non per me. Ero la sua migliore amica e non potevo permettere che venisse umiliata in quel modo. Seth era un idiota senza un briciolo di cuore.

«Non la conosci.» Fece una pausa fissando un punto indefinito alle mie spalle. «Zara, si chiama Zara» rispose infine guardandomi dritto negli occhi.

Mi voltai e vidi l'insegna del negozio con lo stesso nome. Lo fulminai con lo sguardo. «Tu Cara non te la meritavi» dissi prima di girare i tacchi.

«Hannah...» Mi afferrò il polso per fermarmi.

«No!» dissi brusca mentre tiravo via il braccio e mi allontanavo da lui.

Stavo tornando verso il negozio con il cuore che mi batteva a mille quando Seth mi fermò di nuovo.

«Pensavo che fossi a Vancouver...» sussurrò senza esitazione.

«Chi ti ha detto che mi sarei trasferita in Canada?»

«Tua madre. Si è licenziata da un giorno all'altro e ha detto che sarebbe andata in Canada» disse con uno sguardo inquieto. Non credevo a una sola parola.

«Dimmi una cosa.» Feci un passo verso di lui, che rimase lì immobile.

«Quello che vuoi» rispose.

Deglutii e mi guardai intorno, la gente aveva smesso di guardarci anche se qualcuno continuava a osservarci con la coda dell'occhio. Probabilmente pensavano che fossimo una coppia nel mezzo di una discussione. Mossi un altro passo e mi fermai a pochi centimetri da lui.

«Dimmi che non c'entri niente con la morte di Alex.» Seth spalancò gli occhi, sorpreso. Era più alto di me ma era così terrorizzato da sembrare una formica.

«Io non c'entro niente con la morte di Alex!» disse senza togliermi gli occhi di dosso.

«Ascoltami bene, Seth... se tu o qualcun altro state cercando di nascondermi qualcosa sull'omicidio...»

«Ho trovato il vestito giusto!» ci interruppe Anna arrivando di corsa.

Seth tirò un sospiro di sollievo e io mi allontanai controvoglia. «Non finisce qui» dissi minacciosa rientrando nel negozio.

«Chi è?» chiese Anna mentre mi mostrava il suo vestito.

«Un amico.»

«È carino» disse arrossendo.

«Sì, be'. Meglio non fidarsi troppo dei ragazzi carini...» Tutt'e due scoppiammo a ridere.

Capitolo dieci

Passare tutta la giornata in giro con Anna mi fece bene e mi aiutò a distrarmi, ma non appena tornammo alla villa dei Crowell riuscii a pensare solo alla busta che mi aveva dato Rosie. Anna era molto stanca e se ne andò in camera sua a riposare. Io, invece, schizzai nella stanza di Alex.

Non riuscivo a smettere di pensare a che cosa poteva contenere la busta, ma contemporaneamente temevo potesse essere qualcosa di terribile, peggio di qualunque cosa potessi immaginare.

Appena rientrata vidi che la busta era appoggiata sul comodino. Era di un colore così acceso che era impossibile non notarla. Era anche tanto consumata e vecchia da sembrare di essere sul punto di sfaldarsi da un momento all'altro e per un attimo pensai che dentro ci fossero dei documenti di un sacco di anni fa. Nonostante la curiosità però non riuscivo ad aprirla, perché avevo la testa occupata da altre cose.

Appena rientrata, George mi aveva informato che mia madre aveva chiamato. Era molto preoccupata, ma non le aveva svelato che ero lì, voleva che lo facessi io e che le dessi una spiegazione.

Visto che non mi ero dimostrata molto d'accordo, mi aveva fatto sedere e mi aveva fatto un discorsetto di venti minuti per convincermi a fare la cosa giusta. Le sue ragioni erano così chiare e parlava con tanta autorità che non mi ero permessa di contraddirlo, limitandomi ad annuire.

L'ultima cosa a cui volevo pensare in quel momento era mia madre. Immaginarla in lacrime mi faceva venire voglia di piangere. Scappare in quel modo era stato crudele, ma era stata lei a causare tutto questo.

«Perché non la apriamo?» chiese Alex da un angolo della stanza, facendomi tornare alla realtà.

Lo guardai per un attimo e abbassai subito la testa. Aprire la busta poteva significare solo due cose: o si sarebbe risolto il mistero o mi sarebbe crollato il mondo addosso. Inspirai a fondo e mi appoggiai alla testiera del letto. Elencai mentalmente tutti gli indiziati, uno per uno. Tra i principali sospetti c'era Seth. Cara mi aveva detto che lo aveva visto litigare con Kate in macchina il giorno del funerale di Alex ed era molto strano che facesse tanto la vittima per poi evitarmi tutto il tempo. E chi era la ragazza con i capelli lunghi con cui usciva adesso?

C'era Kate. La bella e intelligente Kate che, da quello che avevo sentito, alla fine era diventata il nuovo capitano delle cheerleader. Sembrava molto coinvolta e da quando era morta Cara aveva cominciato a essere carina con me. Poi c'era il suo fidanzato Ryan, secondo nella lista dei belli della scuola, anche se non avevo avuto sospetti su di lui fino al giorno in cui avevo picchiato Seth. Quando ancora non sapevo che usciva con Kate.

Sarah era la successiva, aveva cercato di uccidermi e se non fosse stato per Eric ci sarebbe riuscita. Era presente alla riunione a casa di Seth e insieme a Tom aveva sostenuto che Cara e Kate avrebbero mandato all'aria il piano. Ma qual era il piano? Forse aveva ammazzato pure

Cara, per metterla a tacere una volta per tutte, o magari era vittima di un ricatto.

E infine c'era mia madre. La lista degli indizi che conducevano a lei era talmente lunga che non potevo far finta di niente. Non potevo credere che fosse colpevole, ma il suo comportamento assurdo mi faceva pensare che non la conoscevo davvero. Emma, Margaret... non mi importava molto. Volevo solo scoprire che cosa aveva fatto e perché si era comportata in quel modo da quando i Crowell erano apparsi nella nostra vita. Avevo un sacco di dubbi... Sarebbe stata davvero capace di uccidere qualcuno?

«Hannah...» Abbandonai i pensieri in cui ero assorta e scossi la testa. Alzai lo sguardo e incontrai gli occhi terrorizzati di Alex. «Devo dirti una cosa.»

Il sole aveva cominciato a tramontare e il cielo si era dipinto di un rosso meraviglioso.

«Cosa?»

«Ti ricordi il giorno in cui tua madre parlò con Cara a scuola? Quello stesso giorno ricevesti una minaccia... Non credi che potessero essere complici? E perché tua madre ti ha portato in Canada? Per nasconderti? Per tenerti in ostaggio? Era a casa di Seth il giorno della riunione e ha preso pure la sua auto! Credo che sapessero che li stavamo seguendo. E come ha fatto tua madre ad avvisarti così presto dell'incidente in cui morì Cara? Non ti sembra strano? Nessuno si sarebbe alzato dal letto in piena notte solo perché aveva sentito il rumore di una sirena. Forse faceva parte del piano, forse ha ingaggiato qualcuno perché la facesse fuori, o forse lo ha fatto lei stessa... E quella volta che ho trovato la lettera di minaccia nella tua stanza, identica a quella che hanno ricevuto mia madre e Cara... solo lei poteva entrare... Hannah, mi dispiace tanto, è tua madre, ma io credo che avesse pianificato tutto da tempo.»

«E con l'arrivo di Eric si è vista costretta a portarmi a Vancouver...» dissi. La teoria di Alex era sensata.

«È stata Emma a mandare tutte quelle lettere di minaccia, sono sicuro.»

«Quindi secondo te Sarah diceva la verità?» Non riuscivo quasi a parlare e mi sembrava che la stanza stesse diventando sempre più piccola.

«Comincio a pensare di sì.» Mi lasciai sfuggire un gemito di rassegnazione. Sarah aveva ragione e per quello la odiavo ancora di più. Me lo aveva detto... mi aveva svelato chi era l'assassino e io avevo continuato a non crederci.

«Hannah...»

Mi sentivo addosso il peso del mondo intero e non riuscivo quasi a muovermi. «Il giorno...» non riuscivo a dirlo ma inspirai a fondo e trovai il coraggio di farlo. «È stata lei ad aggredire Rosie, vero?»

«Ho paura di sì.»

«Era una donna magra, con i capelli scuri...» Il solo pensiero dell'aggressione mi terrorizzava. «È lei la colpevole, vero?» chiesi, conoscendo già la risposta.

«Sì.»

«Dobbiamo vedere cosa c'è dentro quella busta.» Alex si avvicinò al comodino e la prese.

«Sei pronta?» mi chiese, teso almeno quanto me.

«Sì.»

Alex strappò la carta e mi passò il suo contenuto quasi senza guardarlo. Mi tremavano le mani e cominciai a passarlo in rassegna. Non era carta normale, erano fotografie. «Che cos'è questa roba?» chiesi quasi tra me e me.

La prima era una foto di mia madre alla guida della sua auto. Sembrava il frame di una telecamera di videosorveglianza. Guardava davanti a sé e stringeva il volante con entrambe le mani. Era vestita come quando andava a lavorare e sul sedile del passeggero si poteva riconoscere la sua borsa. Anche le tre foto successive la ritraevano in macchina nella stessa situazione. Non ci stavo capendo niente...

«È mia madre...»

«Tua madre? E che cosa sta facendo?» mi chiese Alex avvicinandosi.

«Guidando...»

Alex prese le foto e cominciò a studiarle una a una, impassibile. «E le altre?» chiese, indicando il plico che avevo appoggiato sul materasso. Le presi.

«In questa è al ristorante.» Mia madre stava mangiando un hamburger in un posto che mi sembrava familiare ma che non riuscivo a riconoscere. Era seduta a un tavolo con una tovaglia a quadri bianchi e rossi sulla quale si trovavano un barattolo e un portatovaglioli. Sfortunatamente non si vedeva nessuna insegna del locale. Anche in quel caso la foto sembrava presa da un sistema a circuito chiuso interno al ristorante.

Si vedevano altre persone. Buttai l'occhio e ne contai cinque o sei, la signora della cassa e un paio di camerieri che stavano pulendo dei tavoli.

«Che ristorante?» Alex si avvicinò per guardare meglio.

«Non lo so... non si vede il nome da nessuna parte» mormorai. «Sembra un fast-food.»

La foto successiva era uguale alla prima ma l'orologio della parete era stata ingrandito e messo bene a fuoco.

«Guarda questo» dissi passando la foto ad Alex. «Perché lo hanno ingrandito?»

Improvvisamente, la stanza divenne fredda e scura. Il sole era tramontato del tutto. Spalancai gli occhi e sentii fluire il sangue alla testa.

«Non è possibile...»

«Cosa?» Alex sembrava confuso. Presi di nuovo le foto e tornai a guardare le prime tre.

«Qui!» dissi indicando la prima. «Vedi? Questo cartello dice che si trovava sulla Quarantasettesima. Stava andando da qualche parte» dissi indicando il cartello verde con il nome della strada. «E qui...» dissi prendendo la successiva, «qui si trova sulla Quarantanovesima. E in quest'altra...» La mia voce diventava più debole a ogni frase. Inspirai a fondo. Cercai tra le altre immagini. «In questa compare nella zona in cui abbiamo avuto l'incidente e tu sei morto, Alex.»

«Quello non è il ristorante che sta di fianco al Taco Bell?»

«Il Subway?» chiesi. Lo avevano aperto da qualche mese.

Alex annuì. «È proprio quello.»

Silenzio.

«Mi avevi invitato a mangiare al Taco Bell...»

«L'orologio...» mi interruppe mentre cercava la foto in cui si vedeva. «Che ore sono nella prima foto?»

All'inizio non capivo cosa volesse dire, ma quando la trovai mi accorsi che in basso c'erano la data e l'ora in cui era stata scattata. «Sono le cinque e un quarto» risposi.

«L'orologio indica le sei e cinque» sussurrò senza alzare gli occhi. «Quasi un'ora dopo.» Era pietrificato.

«Un percorso di cinquanta minuti in tutto... mentre normalmente per andare dalla Quarantasettesima alla Cinquantunesima non ci si impiega più di venti minuti. Che cosa ha fatto in quella mezz'ora?»

«Sappiamo tutti e due qual è la risposta, Hannah.»

La camera di Alex era immersa in un silenzio assoluto che dava i brividi. Avevo così tanta voglia di piangere che cominciarono a bruciarmi gli occhi, ma riuscii a non perdere la lucidità. Le foto e gli indizi che avevamo raccolto fino a quel momento avevano convinto Alex che mia madre fosse il suo assassino.

Io però non ero della stessa idea. Se avessi vissuto con un'assassina, me ne sarei accorta, giusto? E mia madre non era certo una persona del genere. Ci avrei messo la mano sul fuoco. Fino a poche settimane prima non aveva avuto nessun comportamento strano e in ogni caso ciò che avevamo in mano non era sufficiente. Ci stava sfuggendo qualcosa.

Mia madre non era una psicopatica né aveva vissuto traumi che avrebbero potuto causarle gravi conseguenze psicologiche, trasformandola in un'assassina. Ed ero assolutamente certa che fosse incapace di fare del male a una mosca. Gli assassini avevano bisogno di uccidere per sentirsi padroni della loro vita e dimenticare qualche ferita che non potevano rimarginare. Oppure godevano del dolore degli altri. Se mia madre fosse stata un'assassina me ne sarei accorta molto tempo prima. Quelle foto alludevano a una possibilità che per me era assolutamente falsa.

Il rumore di una porta che si apriva mi fece sobbalzare: dei passi risuonarono nel corridoio, sempre più vicini. Riconobbi subito il suono di tacchi alti che picchiettavano sul pavimento. Un attimo dopo sentii bussare.

Mi alzai senza disturbarmi a nascondere le foto sparse sul letto e aprii la porta.

«Hannah...» disse Rosie con un sorrisetto, anche se sembrava preoccupata e delusa allo stesso tempo.

La guardai perplessa.

«Come hai fatto ad avere quelle foto?» le chiesi ancor prima di mollare la maniglia.

Si era rinfrescata il trucco e le sue labbra rosse stonavano con la benda sulla fronte.

«Posso entrare?»

La lasciai passare senza risponderle. Si era messa troppo profumo e non appena entrò l'aroma di rosa invase la stanza. Prima di chiudere la porta mi assicurai che non ci fosse nessuno in corridoio. Non appena mi voltai il profumo mi investì ancora più intensamente.

«Vedo che l'hai aperta» disse buttando l'occhio alle foto sparse sul letto. Poi mi guardò negli occhi. I suoi erano così profondi e intensi che in meno di un secondo mi avevano già rapita. Non sembrava la Rosie di sempre. Non sorrideva e aveva un atteggiamento particolarmente freddo.

«Sì» risposi.

«Immagino che tu abbia qualche domanda da farmi, giusto?»

Aveva lo sguardo duro. Per un attimo pensai che non fosse lei. Era... diversa. Aveva un'espressione seria ed era molto tesa. Cercava di mascherare la paura.

«Sì» dissi di nuovo senza sfuggire il suo sguardo.

Rosie si passò una mano tra i capelli e spostò dietro la schiena una ciocca che le era caduta sulle spalle.

«Perfetto. Puoi chiedermi quello che vuoi: so tutto» disse con voce ferma.

Si girò verso la finestra con una smorfia di disgusto e socchiuse gli occhi come se stesse cercando di vedere qualcosa di invisibile. Ma da quella parte non c'era niente... a parte Alex.

«Le fotografie» dissi indicandole con un cenno. «Dove le hai prese? E perché le hai tu?» Mi morsi il labbro inferiore e aspettai la sua risposta. Rosie era rimasta in piedi e aprì subito la bocca rosso carminio.

«Ho ingaggiato un detective privato. George era d'accordo, Eric un po' meno. Ma alla fine ha ceduto.»

Era più alta del solito perché aveva messo i tacchi e mi faceva sentire piccola. Ma il mio istinto mi diceva che non dovevo mostrarmi debole.

«Rosie...» deglutii «credi che mia madre sarebbe capace di uccidere qualcuno? Credi che sia stata lei a uccidere Alex?» Rimase in silenzio un attimo, come se stesse meditando sulla risposta.

«Non lo so. Ma le prove sembrano indicare proprio quello» disse annuendo. «Ho pensato e ripensato all'aggressione dell'altro giorno, sai?» disse incrociando le braccia sul petto. Mi lanciò un'occhiata fredda e proseguì: «Da quando è successo non ho smesso di avere gli incubi. Sogno che quella donna mi aggredisce di nuovo in piena notte. Hannah... non prendere male quello che sto per dirti, ma sono certa di conoscerla.»

Sapevo perfettamente cosa intendeva, ma feci finta di non capire. Il cuore mi batteva con assoluta normalità. Era strano, ma significava che stavo mantenendo l'autocontrollo.

«Vedi...» disse cominciando a camminare avanti e indietro. «Tra me e tua madre non è sempre stato tutto rose e fiori. Soprattutto negli ultimi quindici anni. Immagino che tu lo sappia già...» Si fermò per guardarmi bene in faccia. «Come ti ho appena detto ho ingaggiato un detective privato. All'inizio sembrava che non ci fosse nessun indizio che potesse aiutarci a trovare l'assassino di Alex. Ma giusto dopo il funerale tua madre cominciò a comportarsi in modo molto strano e decisi di vederci chiaro.» Si fermò per prendere fiato, si strinse nelle spalle per poi lasciarle cadere.

«Avevo la sensazione che stesse tramando qualcosa» aggiunse.

«È stato il detective a darti quelle foto?»

«No. Le ho ricevute qualche giorno fa. Io e George ci siamo riuniti con il capo della polizia e abbiamo controllato i video delle telecamere di sicurezza della zona in cui Alex ha avuto l'incidente. Speravamo di riconoscere qualcuno, che le telecamere ci rivelassero qualcosa. Non è stato facile convincere la polizia, ma George ci è riuscito e a quel punto... l'abbiamo vista: Margaret si trovava nelle vicinanze giusto qualche minuto prima che morisse Alex. Quando ci siamo accorti che ci aveva messo tanto a passare da un punto all'altro abbiamo passato in rassegna tutti i negozi, uno per uno, fino a che non abbiamo trovato questo» disse, prima di prendere la foto di mia madre al ristorante.

Avevo il cuore in gola. «E perché me le hai date?» chiesi senza abbassare gli occhi.

«Perché è necessario fare giustizia.»

«Che vuoi dire, Rosie?»

La madre di Alex mi guardò impietosita, poi si avvicinò portandosi la mano alla bocca come se volesse raccontarmi un segreto. «La denuncerò, Hannah...»

«Che?!»

«La denuncerò per l'omicidio di Alex.»

«Rosie...» Mi aveva preso in contropiede. Era convinta che mia madre fosse l'assassina e aveva intenzione di agire subito. Mi interruppe prima che potessi continuare.

«Per questo Eric non voleva che ti facessi vedere le foto. Sapeva che avresti reagito così. Io invece volevo che fossi al corrente perché ero certa che avresti capito le mie ragioni.» Si morse il labbro e proseguì brusca: «Mettiti nei miei panni, Hannah: non faresti esattamente la stessa cosa? Non vorresti che venisse fatta giustizia?».

«Non hai prove sufficienti per accusarla di un crimine così grave.»

«C'è dell'altro.» A quel punto con le dita tremanti si alzò la camicetta e tirò fuori dalla cintura dei pantaloni un foglio di carta piegato in due. Poi si risistemò, stirando la stoffa con le mani, e deglutì. Mi passò il foglio senza aprirlo.

«Stamattina ho ricevuto un altro avvertimento.» Presi il biglietto con mani tremanti e un brivido mi percorse la spina dorsale.

Le grandi lettere ritagliate da un giornale occupavano quasi tutta la pagina.

> I primi a morire sono i più indiscreti, ma presto arriverà il momento degli innocenti. A volte il dolore non sparisce, ma se vuoi liberartene, esiste solo una possibilità: che i responsabili paghino per averti fatto del male.

«L'hai trovato in camera?» Rosie sbatté le ciglia diverse volte, come se la mia domanda l'avesse presa alla sprovvista.

«Sì» disse. Sembrava sincera.

«Questo vuol dire...»

«Che l'assassino è sfuggito al controllo delle telecamere ed è entrato di nuovo in casa senza che nessuno se ne accorgesse.» Rosie mi aveva letto nel pensiero.

«Chi ha lasciato il biglietto? Mia madre è in Canada.»

«Non lo so. Dirò a George di chiamare il servizio di vigilanza: che controlli la villa fino a che non sapremo dov'è tua madre.»

«Rosie...»

«È per la sicurezza di tutti.»

Chiunque avesse lasciato quella lettera doveva conoscere la casa e sapere come entrare e uscire indisturbato. Entrare senza essere visto era quasi impossibile: dopo l'aggressione di Rosie e George erano state installate delle telecamere attive ventiquattro ore al giorno. Non aveva senso che qualcuno rischiasse tanto solo per lasciare un biglietto.

Il volto di mia madre apparve nella mia mente: dovevo accettarlo. Per quanto mi facesse male, dovevo comprendere che anche le persone buone potevano compiere azioni malvagie.

«Rebecca, Caroline e il suo fidanzato vanno via stasera, dopo la cena della vigilia. Ti va di salutarli? Saranno felicissimi di vederti.»

«Pensavo che sarebbero rimasti qualche giorno.»

«No, sono venuti solo per Natale.»

«E Anna rimane qui?»

«Sì.»

«Ok, mi faccio una doccia e scendo subito.»

* * *

La notte trascorreva tranquilla. Distesa sul letto di Alex sentivo il vento accarezzare le foglie degli alberi. Alex aveva deciso di dormire in un'altra stanza per lasciarmi un po' di libertà. Le parole fredde e calcolatrici di sua madre ci avevano lasciati nervosi: il suo modo di fare era stato molto strano, addirittura instabile in certi momenti, tanto da farmi pensare che non fosse mai guarita del tutto.

Io ero salita in camera subito dopo aver salutato le sorelle di George perché avevo davvero bisogno di riposare. Rosie, congedandosi da Rebecca, era stata talmente distaccata da dare l'impressione di disprezzarla fin nel profondo. La madre di Anna invece si era avvicinata e allontanata da Rosie così velocemente da non darle tempo di dire niente.

Riguardai il biglietto di avvertimento e le fotografie per un po', senza pensare a niente. Poi sospirai e mi concentrai sul rumore del vento.

La cena era terminata da una ventina di minuti e nonostante avessi mangiato moltissimo mi brontolava lo stomaco. La serata era volata. Rosie aveva indossato un vestito nero lungo e un filo di perle e raccolto i capelli in uno chignon alto e voluminoso. Era bellissima. George ed Eric avevano degli eleganti smoking scuri con il farfallino. Anna aveva approfittato dell'occasione per inaugurare il suo vestito viola, e perfino sua madre, sua zia Caroline e suo marito si erano messi in gran spolvero per la serata in famiglia.

Dal canto mio, non avevo smesso un secondo di pensare a mia madre. Mi sentivo in colpa. Probabilmente mi stava cercando ovunque, mentre io ero lì con un ottimo tacchino e un vino delizioso sulla tavola. Forse aveva ragione George, avrei dovuto chiamarla, ma ero troppo orgogliosa per farlo.

Durante la cena avevamo riso moltissimo, perfino Alex, che era rimasto tutto il tempo in un angolo della sala. George aveva raccontato aneddoti divertenti su di lui e sugli altri componenti della famiglia. Avevo scoperto che Caroline, la seconda dei Crowell, era dolce almeno quanto Rosie e dal primo momento mi aveva accolto a braccia aperte. Rebecca invece era stata più spigolosa, ma poco a poco si era aperta anche lei e alla fine avevamo chiacchierato abbastanza. Il marito di Caroline era francese, non parlava granché la nostra lingua ma aveva fatto di tutto per farsi capire. Anna aveva divorato ogni singola portata e non aveva smesso un minuto di mettere in mostra il vestito che si combinava con le mèches dello stesso colore.

Una famiglia, mi sorpresi a riflettere. Finalmente ne avevo una. Senza segreti e bugie.

Chiusi gli occhi e mi portai le mani allo stomaco. Cercai di immaginare come sarebbe stata la mia vita in quel momento se non avessi scoperto la verità, ma non ci riuscii. Non vedevo niente, ero confusa e mi sentivo colpevole ed egoista. Era inutile immaginare l'impossibile: la realtà era quella e pensare ad altre possibilità era una perdita di tempo.

Quando il vento si calmò restai sola con i miei pensieri e non riuscii più a tenere a freno il senso di colpa che mi consumava. Avevo bisogno di una distrazione, per poter dormire almeno un po'.

La stanza grande e silenziosa mi faceva sentire a disagio. Ero abituata alla mia camera piccola e rumorosa e in tutta quella tranquillità i miei pensieri mi stavano facendo diventare matta. Tornai all'ultimo biglietto che aveva ricevuto Rosie. L'assassino voleva fare del male a persone innocenti che non avevano niente a che fare con la morte di Alex...

Cercai di tirarmi su e sentii una fitta ai polmoni e alle costole. La stanza era completamente al buio. L'odore del corpo di Alex impregnava tutto e io cercavo di respirarne il più possibile, per liberarmi, anche solo un paio di minuti, da tutte le ansie che mi perseguitavano.

Mi alzai per mettermi il pigiama. Afferrai l'orlo del vestito bianco per sfilarmelo, ma un rumore mi fece sobbalzare. Mi voltai. Era stato un colpo leggero, come se qualcuno avesse lanciato un sassolino alla finestra. Un altro colpo leggero. Mi ritrassi d'istinto.

«Chi è?» chiesi sperando che qualcuno mi rispondesse. Forse ero diventata paranoica ed era stato solo un ramo che aveva sbattuto contro i vetri per via del vento.

Nessuna risposta.

Ripresi a spogliarmi senza pensarci troppo, ma a quel punto un rumore più forte proveniente dal bagno mi fece sussultare e mi sfuggì un grido sordo. Non sentivo più le gambe e il cuore mi batteva a mille all'ora. Sembrava che fosse caduta una scatola o qualcosa del genere.

Indietreggiai cercando di allontanarmi il più possibile dalla finestra e dal bagno. Tornò il silenzio e cercai di calmarmi pensando che non era che una coincidenza. Sì, solo una coincidenza.

Non conoscevo bene la disposizione della camera e passai lentamente a lato del letto, in cerca dell'interruttore della lampada sul comodino. Proprio mentre la stavo per accendere un altro rumore, questa volta dal corridoio, mi fece balzare il cuore in gola.

Mi voltai di scatto verso la porta e sentii dei passi rapidi. Riuscii a distinguere anche il respiro affannato di qualcuno. Mollai l'interruttore e mi avvicinai con circospezione alla porta. I passi si facevano sempre più vicini. *Sarà qualcuno della sicurezza*, mi dissi cercando di mantenere la calma. Poi vidi un'ombra fermarsi davanti alla porta. Sentii altri rumori strani e d'istinto allungai la mano sulla maniglia. Qualcosa non andava.

«Ehi, chi è?» chiesi alzando la voce.

All'improvviso avevo un freddo tremendo, forse perché ero spaventatissima. Non sapevo chi fosse ma sapevo che era fermo lì davanti. Vedevo chiaramente l'ombra del suo corpo dalla fessura in basso e, prima che potessi reagire, sentii infilare una chiave nella serratura. Il sudore freddo mi imperlò la fronte quando la chiave girò.

Non riuscii a controllare il panico. Afferrai la maniglia cercando di aprire. Ero disperata: qualcuno mi aveva appena chiuso dentro. Trattenni un grido sordo e afferrai la maniglia con più forza. La alzavo e la abbassavo. Non riuscivo a respirare. Ero terrorizzata.

«Sei tu, Rosie?» chiesi sforzandomi di sembrare sicura di me. La persona che stava di fronte alla porta si assicurò di aver chiuso bene e si allontanò a tutta velocità. Il suo respiro affannato fu l'ultima cosa che riuscii a sentire.

«Ehi! Aiuto! Mi hanno chiuso dentro!» gridai disperata. Le pareti tuttavia attutivano le mie grida che sapevo non sarebbero state sentite oltre quel corridoio.

«C'è qualcuno?! Marina?!»

Cominciai a prendere a pugni la porta, anche se avrei voluto prenderla a calci o buttarla giù con un'ascia. Smisi quando tornai a sentire gli stessi colpetti alla finestra. Era un rumore leggero, come se chi lo faceva non volesse attirare troppa attenzione. Era strano... quando ero in punizione Cara mi chiamava alla finestra in quel modo per entrare di nascosto.

Non sapevo che cosa stesse succedendo ma una voce dentro di me mi diceva che ero in pericolo. Rimasi immobile cercando di non fare rumore.

Inspirai a fondo e feci di tutto per calmarmi. Ero al primo piano, nessuno sarebbe potuto entrare facilmente dalla finestra. Lasciai andare l'aria che avevo nei polmoni e inspirai di nuovo. In quella stanza nessuno poteva farmi del male. Ero al sicuro. Espirai.

Però ricordai che Rosie aveva ricevuto giusto quel giorno una nuova lettera di avvertimento e mi si fermò il cuore. Mi sfuggì un grido che cercai di reprimere con le mani.

«Aiuto! Alex!» Non mi importava un bel niente se qualcuno mi avesse sentito pronunciare il suo nome. Com'era possibile che nessuno mi sentisse? Dov'erano finiti tutti?

Qualcosa picchiò contro i vetri facendo un fracasso tremendo e in un attimo la finestra andò in mille pezzi.

Gridai con tutta l'aria che avevo nei polmoni e mi lasciai cadere per terra accanto alla porta. Si era sollevato un vento tremendo che agitava le tende. Tra i vetri rotti c'era una pietra, a pochi metri da me.

Mi alzai e mi avvicinai lentamente alla finestra. Una folata mi fece venire la pelle d'oca, una delle tende muovendosi mi sfiorò il braccio facendomi saltare di paura: ero un fascio di nervi.

Spostai le tende cercando di non farmi vedere, ma prima che potessi affacciarmi un altro oggetto mi mancò per un pelo, prima di cadere sul pavimento. Mi affacciai senza più nascondermi, scrutando ogni angolo del giardino. Era tutto buio e le uniche fonti di luce erano le piccole lampade notturne.

Appoggiai la mano sulla finestra e una scheggia mi si conficcò nel palmo. Urlai di nuovo e tirai via di scatto la mano: un rivolo di sangue mi percorreva il braccio.

Sobbalzai sentendo che un arbusto si muoveva e mi dimenticai subito della ferita: nel giardino c'era qualcuno, un'ombra nascosta da un cappuccio rosso che corse via troppo velocemente. Prima di farlo guardò in su. Ebbi la sensazione che per un millesimo di secondo mi avesse guardato negli occhi.

«Fermo!» gridai così forte da rimanere senza voce. Chiunque fosse mi ignorò e continuò a correre. «Fermo!» urlai di nuovo. Fu inutile: in un attimo non c'era più. Era alto e sembrava un tipo atletico, a giudicare dallo scatto veloce con cui era scappato. Non avevo dubbi che si trattasse di una persona giovane.

Il sangue continuava a scorrere lungo il braccio e cercai di fermarlo facendo pressione sulla ferita. Non era profonda, ma bruciava da morire e il pezzo di vetro era ancora conficcato lì.

Mi voltai e mi accorsi che l'ultima cosa che mi aveva lanciato era... un cellulare. Mi avvicinai cercando di evitare le schegge sparse sul pavimento, che scricchiolavano a ogni passo. D'improvviso, un altro rumore di passi nel corridoio mi paralizzò di nuovo e pensai immediatamente ad Anna. Dormiva nella stanza accanto, poteva essere successo qualcosa anche a lei? Alzai lo sguardo verso la porta.

Il telefono cominciò a squillare. Lo fissai terrorizzata senza sapere cosa fare: lo schermo emanava una timida luce e il cellulare vibrava sul pavimento. Poi si spense. Con la coda dell'occhio controllai di nuovo in giardino, dove tutto sembrava tranquillo. Fissai il telefono e cercai di farmi forza. Un paio di secondi dopo il cellulare ricominciò a squillare. Fuori, le foglie rabbrividirono con me.

Lo afferrai con la mano insanguinata e risposi. Mi si rivoltò lo stomaco e sentii una tremenda fitta di dolore. Mi portai il cellulare all'orecchio e mi costrinsi a parlare.

«Pronto...» balbettai. Il cuore mi batteva a mille.

«Hannah» disse una voce distorta all'altro lato. Non avevo mai sentito niente di più spaventoso.

«Chi sei?» domandai guardando la finestra. Le tende si muovevano nell'oscurità.

«Questo adesso non importa.»

«Voglio solo sapere chi sei...» piagnucolai quasi senza voce.

Stavo macchiando il telefono con il sangue che non la smetteva di uscire dalla ferita. La persona con cui stavo parlando inspirò a fondo e rispose: «È facile... Sono nella villa dei Crowell. Non indovini chi sono?». Parlava come uno squilibrato.

«No... non lo so.»

«Andiamo... provaci. Ti do un indizio... Proprio ora ti sto vedendo» disse divertito come se godesse a terrorizzarmi. «Devi fare in fretta, però. Altrimenti la farò finita con tutti voi.»

Spalancai gli occhi e per poco non svenni. «Farla finita? Perché? Che ti abbiamo fatto?»

Spalancai gli occhi: un altro rumore in corridoio. Pensai che da un momento all'altro qualcuno sarebbe piombato dentro per uccidermi.

«Credi davvero che te lo voglia dire?» Mi stava prendendo in giro. «Voglio solo che tu sappia che prima o poi vi ucciderò tutti, uno per uno. La famiglia Crowell sparirà dalla faccia della terra.» Aveva un tono minaccioso e allo stesso tempo composto e determinato, come se non volesse farmi paura ma semplicemente informarmi di un fatto.

«Sei una donna?» L'assassino rimase in silenzio e restai ad ascoltare il più piccolo rumore proveniente dall'altro capo. Poi sbuffò facendomi venire la pelle d'oca.

«Un tentativo per una vita.»

«Che? Che vuol dire?»

A quel punto sentii un grido soffocato. Proveniva dalla stanza vicina alla mia.

«Hai appena perso la prima parte del gioco e, per questo, qualcuno pagherà con la vita.»

«Che hai fatto?» Serrai i denti furiosa. Qualcuno stava strillando e io rimasi pietrificata. Un grido e poi un altro, intenso e terrificante...

«Aiuto!»

Avevo riconosciuto la voce all'istante: Anna. Deglutii a fatica e sentii una fitta allo stomaco. Cominciai a tremare mentre le lacrime mi bagnavano le guance.

«Lasciala stare!» gridai sapendo che non sarebbe servito a niente.

Dovevo fare qualcosa. L'assassino, o l'assassina, stava avendo la meglio e non potevo permetterlo.

«Secondo tentativo per una seconda vita.»

Uno sparo rimbombò nel corridoio.

Capitolo undici

Dovevo agire subito. Non avevo idea di cosa stesse succedendo, ma le urla di Anna risuonavano ancora per tutta la casa e nelle mie orecchie. Sembrava che la stessero colpendo ripetutamente.

E dove era finito Eric? E George? E Rosie? Stavano bene? Erano nelle loro stanze chiusi a chiave come me?

Lo sparo mi era sembrato vicino e lontano al tempo stesso, era impossibile capire da dove era venuto. Mi concentrai sul momento in cui l'avevo sentito. Per un attimo un silenzio inquietante aveva pervaso la casa, fino a che non ero tornata a sentire le grida di Anna.

Ero bloccata. Il mio cervello aveva smesso di funzionare e il mio corpo era entrato in una specie di trance: non riuscivo a muovere un solo muscolo. Dovevo calmarmi. Dovevo agire d'astuzia e anticipare le mosse dell'assassino. Tutti avevano un punto debole, dovevo solo scoprire quale fosse il suo. Ma era un compito quasi impossibile. Chi aveva architettato quel piano era spietato, freddo e lucido.

Repressi un singhiozzo e cercai di pensare a cosa avrei potuto fare. Un nome? No, rischiavo di sbagliare e che un'altra persona pagasse il mio errore. Non potevo rischiare tanto.

«Sembri sorpresa...»

La voce mi fece sobbalzare. Era gelida e profonda, sembrava uscita da un film dell'orrore. Ero così assorta nei miei pensieri che per un attimo avevo dimenticato che fosse lì, all'altro capo della linea.

«Per favore... Fermati...» supplicai a mezza voce prima che mi interrompesse.

«Sai che c'è? Voglio darti un'altra possibilità. Ho sempre creduto nelle seconde occasioni, tu no?» mi chiese sarcastico.

Mi immaginai la sua faccia immersa nella penombra e il suo sorrisetto cinico. Strinsi il pugno sinistro e trattenni il fiato: decisi che sarei rimasta in silenzio e che avrei ascoltato attentamente le sue parole.

«Rispondimi Hannah, chi sono?» chiese sempre più divertito.

Ero tesa, ferma, immobile, congelata come se mi avessero infilato in una cella frigorifera. La sua voce mi spaventava perché era *reale*.

«Ti prometto che non ucciderò nessuno questa volta» aggiunse con una risata compiaciuta.

Rabbrividii da capo a piedi. Non dovevo fidarmi delle sue promesse. Dovevo essere più forte. Più forte dell'assassino. Cercai di concentrarmi. Dovevo uscire dalla stanza. Respirai profondamente pensando a come rispondere. Dovevo sorprenderlo ed essere credibile.

«Non lo so. Potresti essere chiunque» risposi con tutta la fermezza di cui ero capace. La luna illuminava un poco la camera, ma la stanza rimaneva in penombra: l'assassino aveva meno possibilità di vedere che cosa stessi facendo.

Mi muovevo con cautela e mi strinsi il telefono all'orecchio cercando di percepire ogni rumore che potesse darmi qualche indizio. Ma sentii solo il silenzio. Alzai lo sguardo e fissai le tende spesse che si agitavano ancora per il vento forte. Mi passai una mano tra i capelli e li sciolsi. Li avevo raccolti in un grazioso chignon per la cena. In un attimo mi caddero sulle spalle nude e sulla schiena. Erano umidi per il sudore e così lunghi da arrivarmi quasi alla vita. Mi avvicinai alla finestra e una raffica di vento freddo spazzò la stanza. Tornai a pestare i frammenti di vetro sul pavimento: il rumore delle schegge risuonò come lo scoppio di una bomba e l'assassino si lasciò sfuggire un gemito.

«Che cosa è stato? Che cosa stai facendo?» Per un secondo che mi sembrò un'eternità rimanemmo in un silenzio di tomba. Strizzai gli occhi.

«Allontanati subito dalla finestra!» gridò. La sua voce mi rimbombò nei timpani e feci appena in tempo a staccare il telefono dall'orecchio. Lanciai un'occhiata fuori: se mi stava vedendo davvero non poteva che trovarsi in giardino. Cercai tra le ombre, ignorando il grido con cui si era tradito.

«Perché?» Ero al buio, ma probabilmente riusciva a vedermi. Dovevo correre il rischio.

«Perché non dai un'occhiata al tuo bel vestito?» chiese di nuovo tranquillo. Non capii che cosa volesse dire e pensai che fosse un altro dei suoi giochetti, ma non appena abbassai lo sguardo mi accorsi di avere una piccola macchia rossa sul petto. Non era sangue, era un puntino luminoso.

Rimasi senza fiato. Le mie gambe non avevano più la forza per reggermi. L'assassino stava mirando direttamente al mio cuore. Il puntino non si muoveva di un millimetro. Per poco non lanciai il cellulare fuori dalla finestra.

«Perché? Perché fai tutto questo?»

Non potevo permettermi di piangere, le lacrime non sarebbero servite a niente se non a mostrare la mia debolezza. Alzai la testa senza smettere di guardare fuori, nel tentativo di riprendere il controllo. La nebbia copriva parte del giardino e rendeva sfocati i profili degli alberi e delle piante che punteggiavano il prato.

«Allontanati dalla finestra, per favore» sussurrò.

Mi voltai dando le spalle alla finestra e osservai la stanza. Ero confusa. Aveva appena detto "per favore"? Non aveva alcun senso.

«Se non lo faccio mi uccidi?» chiesi fingendo indifferenza. Non rispose. Solo le grida ininterrotte di Anna turbavano il silenzio. Decisi di ignorarla, nonostante fosse straziante, per non far capire all'assassino che quello era il mio punto debole. Non la conoscevo da tanto, ma l'avevo a cuore. Non sapevo quali sarebbero potute essere le conseguenze se l'assassino lo avesse scoperto.

Inspirai a fondo e aspettai la risposta. Sentii una specie di click seguito da un sospiro scocciato.

«Sì» disse.

«Va bene. Se hai deciso di uccidermi dimmi almeno chi sei.»

Pronunciare quelle parole mi fece provare un miscuglio di dolore e soddisfazione... cercavo di capire che possibilità avevo di scappare. Buttarsi dalla finestra non era un'opzione. Mi restava solo la porta. L'assassino sospirò ancora.

«Non posso.»

«Sul serio vuoi ucciderci tutti?» chiesi mordendomi la lingua.

«Voglio sterminare i Crowell. Voglio vederli morti uno per uno.»

«Per questo hai ucciso...»

«I Crowell sono spietati. Devi andartene» mi interruppe.

Una fitta mi trafisse il cuore. Mia madre mi aveva detto esattamente la stessa cosa.

«No. Non lo sono. Tu sei un mostro. Hai ucciso Alex» risposi furibonda. Era l'unica possibilità che avevo di cavargli qualche informazione.

«Sì, hai ragione. Sono stato io. Ma questo lo sapevi già. In ogni caso, complimenti» disse con indifferenza.

All'improvviso le grida di Anna cessarono. Il sangue aveva smesso di colarmi sul braccio e cominciava a seccarsi sul polso.

«Le lettere... le hai scritte tu?» Una folata di vento gelido mi sfiorò il viso e mi agitò i capelli facendomi rabbrividire.

«Certo. Chi altro? Fa tutto parte del mio piano. È tutto pianificato dal principio. Ci sono stati contrattempi, come quello di Alex... ma per fortuna si è risolto...» disse sarcastico. «Vuoi sapere perché ti sto raccontando tutto questo?» fece una pausa ad effetto. «Perché tra meno di dieci minuti sarai morta. Non ti sembra buffo? Hai fatto di tutto per scoprire chi fossi e morirai senza saperlo. Non ti ho persa di vista un attimo. Sapevo che mi stavi cercando, ma ho sabotato tutto e tutti per impedirti di riuscirci. Non siete stati alla mia altezza. I Crowell spariranno dalla faccia della terra e io... mi prenderò tutto.»

«Lo hai fatto per i soldi?! Alex è morto per questo?! Per questo lo hai ucciso?!»

«Faceva parte della mia vendetta» rispose con naturalezza, e prima che potessi controbattere aggiunse: «Hannah, sono più vicino di quello che immagini...».

Mi venne la pelle d'oca. Non riuscii a non pensare a mia madre. Vidi il suo volto, le fotografie, le menzogne, il funerale di Alex, la sua relazione con Eric, la riunione a casa di Seth, la conversazione segreta con Cara, la sua morte, il trasloco, quello che era successo con Sarah... Perché tutto mi diceva che era stata lei? Forse Eric l'aveva aiutata? L'amore l'aveva accecato? Non sapevo più cosa e a chi credere.

A quel punto, un rumore alle mie spalle mi fece sussultare.

«Hannah...»

Era una voce tremolante e soffocata proveniente dall'altro lato della stanza. Mi voltai e vidi Alex. Era in uno stato pessimo, si appoggiava alla porta e si stringeva lo stomaco, piegandosi su se stesso, poi si lasciò cadere sul pavimento. Aveva le labbra bluastre e secche come se non bevesse da un secolo, le guance rosse e le palpebre semichiuse. Non la smetteva di tremare. Trattenni un gemito e lo guardai pietrificata. Era stanco, senza forze e pallido come la superficie lunare. Sembrava malato e perfino i suoi capelli arruffati avevano perso la loro brillantezza. Era come se, poco a poco, stesse sparendo. Non avevo idea di che cosa gli stesse succedendo.

«Alex!» gridai tappando il ricevitore con una mano perché l'assassino non mi sentisse.

Lui tossì e cominciò a respirare a fatica. Alzò lo sguardo incrociando il mio. Sentii un tuffo al cuore. Non potevo essere più spaventata. I suoi occhi incontrarono i miei e mi sentii trapassare da duecento coltellate.

Non appena vide il puntino rosso sul mio petto gemette silenziosamente. Avrei voluto correre da lui ma ero un bersaglio troppo facile da colpire, ero in trappola.

«Stai bene? Che cosa è successo?» sussurrai.

«Hannah... tua madre» sospirò con voce rotta, «tua madre è qui. È entrata nella villa.»

«Cosa?» chiesi sempre più terrorizzata.

Quella lucina rossa sembrava bruciarmi il petto, non dovevo assolutamente muovermi. Se mi fossi spostata sarei morta. Alex si strinse di nuovo lo stomaco con una smorfia di dolore poi sospirò, lasciando cadere le braccia sui fianchi.

«L'ho vista entrare. È qui» mi fissò con apprensione: intuiva che cosa sarebbe successo di lì a poco ed era terrorizzato. Incrociammo i nostri sguardi e mi accorsi di non averlo mai visto così impaurito. Socchiusi gli occhi concentrandomi sulla sua bocca violacea. Pensai che non poteva andarsene proprio in quel momento e la stanza cominciò a girarmi intorno.

Devo calmarmi, Alex starà bene, dissi tra me e me, ma non fu sufficiente. Strinsi di più la mano sul telefono e gli chiesi ancora se stesse bene. Lui scosse la testa in silenzio, tossì di nuovo e guardò verso la finestra.

Guardai il cellulare e vidi che lo schermo era ancora acceso: l'assassino non aveva riagganciato. Mi passai il telefono sulla mano destra, mi schiarii la voce e mi feci coraggio.

«Mi sono stufata di questo giochetto.» Mi sentivo sconfitta e volevo solo correre ad aiutare Alex, ma sapevo perfettamente che quella mia risposta lo avrebbe fatto arrabbiare: se volevo fare in modo che si palesasse davanti a me, dovevo farlo davvero imbestialire.

«Ti ammazzo. Se riagganci sarai la prima a morire, Hannah Reeve» disse su tutte le furie.

«Ti sei dimenticato che sono una Crowell e dovrei far parte della tua lista come gli altri.»

«Stai cercando di fare la furba?» chiese sarcastico.

Sapevo che mi stava osservando e mi sforzai di sorridere.

«No. Ho solo deciso di non darti retta» risposi convinta che quelle parole lo avrebbero colpito dritto al cuore, se ne aveva uno.

«Te lo ripeto: non riagganciare.»

«Spero che tu abbia un altro piano, perché questo non funzionerà.»

«No!» urlò Alex, «non muoverti di lì.» Cercò di alzarsi, ma non ci riuscì e crollò di nuovo per terra. Scosse la testa e si lasciò sfuggire un gemito. Eravamo entrambi terrorizzati. Il puntatore del fucile non mi aveva abbandonato.

«Muovi un passo e ti sparo. Decidi tu.»

Rabbrividii e deglutii. Dovevo almeno provarci.

«D'accordo, decido io» dissi, e prima che potesse reagire misi giù e schizzai via. Mi tremavano le gambe, ma corsi come non avevo mai fatto prima. Il cuore mi batteva così forte che pensai che sarebbe scoppiato.

«Hannah, no!» gridò Alex.

Un colpo sordo risuonò per la stanza e non riuscii a sentire nient'altro che un freddo tremendo. L'oscurità mi avvolse intrappolandomi nel buio. L'assassino mi aveva sparato.

Mi chinai in avanti e mi coprii la testa con le mani. Mi cedettero le ginocchia. Mollai il telefono, che picchiò contro il pavimento, e cercai di allontanarmi dai pezzi di vetro strisciando per terra. Avevo bisogno degli occhi di Alex nell'oscurità e riuscii a incontrare il suo sguardo impaurito.

Concentrati su di lui. Non alzarti.

Strisciai piano senza perderlo di vista un secondo. Si stringeva lo stomaco e gemeva. Nonostante la finestra in mille pezzi e le raffiche di vento che entravano nella stanza, mi mancava l'aria e non riuscivo a respirare.

«Perché non mi dai mai retta, Hannah?» sussurrò nel panico.

«Dobbiamo guadagnare tempo, Alex.» Feci il possibile per sembrare sicura di quello che dicevo, anche se non avevo ancora deciso quale sarebbe stata la mia mossa successiva. Il silenzio invase di nuovo la stanza fino a che Alex mi fece un cenno.

«C'è una chiave di scorta nell'armadio.»

Mi mossi in quella direzione senza esitare un secondo. Alzai gli occhi e vidi il buco del proiettile sul muro di fronte alla finestra. Mi fermai e cercai freneticamente con lo sguardo la chiave. Il proiettile non mi aveva raggiunta per un pelo.

«Alex...» Alcuni pezzi di vetro erano rimasti attaccati al vestito, ma non mi importava. Nella mia testa c'era solo lui e non dovevo distrarmi. L'unica cosa importante era Alex. «Che ti succede? Mi avevi detto che non puoi sentire dolore.»

«Mi fa male tutto...» disse. Poi chiuse gli occhi e inspirò: «Credo sia arrivato il momento».

In meno di due secondi ero al suo fianco.

«Il momento? Di che parli?» Le lacrime premevano contro le mie palpebre gonfie, ma piangere non mi sarebbe servito a niente: non potevo mostrarmi debole, dovevo scoprire chi era l'assassino, salvare Alex e i Crowell.

«Hannah, me ne sto andando...» Fece una pausa e tossì qualcosa di simile a sangue. Alex cominciava davvero a sembrare un fantasma. Era bianco, bianchissimo, quasi trasparente e molto debole.

«No, non puoi andartene... resta con me!»

Un suono stridente e profondo mi colpì. Sobbalzai e mi avvicinai al corpo spettrale di Alex, poi un altro sparo colpì la parete. Avrei voluto gridare. La mia testa era ancora a pochi centimetri dai suoi piedi.

«L'assassino è qui Hannah. Lo sento. Devi scappare, vattene!»

Non me ne andrò mai senza di te e senza i Crowell, pensai, ma mormorai solo un timido: «No, Alex... Dobbiamo restare uniti».

Non potevo immaginare di vivere senza di lui. Non poteva sparire. Non poteva lasciarmi sola. Doveva restare con me.

«Ascoltami, Hannah. Sono morto.» Nella stanza risuonò di nuovo uno sparo, ma entrambi lo ignorammo. «Me ne sto andando. So che è ingiusto, ma è la realtà. Devi lasciarmi qui e fuggire. Hai tutta la vita davanti a te e io... ho rovinato tutto. Non posso nemmeno dirti quello che provo per te.»

Prese una profonda boccata d'aria e aprì di nuovo le labbra bluastre. Mi guardò dritto negli occhi e continuò: «Ti prego, scusami per essere apparso così nella tua vita. Scusami per averti scelta».

«Basta. Non dire altro» balbettai ferita. Il cuore mi batteva così forte che l'assassino avrebbe potuto sentirlo. Poteva sapere che ero spaventata, poteva respirare la mia paura.

«Ti amo, Hannah.» Al sentire quelle parole mi agitai ancora di più. Spalancai gli occhi e sentii che la mia pelle si incendiava.

«Alex...»

«Grazie per aver aiutato questo stupido ragazzino senza vita a raggiungere il suo obiettivo. È arrivato il momento di...» disse regalandomi un sorriso malinconico.

«Non dirlo nemmeno» lo interruppi, «non dirmi addio. Non salutarmi. Non ancora!» Il cuore mi si stava spaccando in mille pezzi.

«Hannah...» ripeté con un filo di voce.

Scossi la testa. Non avevo intenzione di ascoltarlo. Abbassai lo sguardo. Non riuscivo a credere che stesse succedendo.

Alex allora tolse le mani dallo stomaco e le appoggiò delicatamente sulla mia guancia, per poi afferrarmi il mento e sollevarmi il viso.

«Sapevamo che prima o poi sarebbe successo.»

«Usciamo di qui. Forza...» dissi disperata. Non potevo pensare di non averlo più al mio fianco. Era troppo importante per me. Lui scosse la testa e tolse le mani dal mio viso.

«Prendi la chiave. Aprirò io la porta così potrai uscire.»

«No.»

Mi sentivo come una ragazzina capricciosa che non voleva obbedire agli ordini della madre, ma non aveva senso che lui rimanesse lì. Perché non voleva venire con me?

«Per favore» mi supplicò, «devi andare via di qui.»

A quel punto si alzò reprimendo i gemiti, ma senza riuscire a nascondere una smorfia di dolore.

«Alex, no! Che fai?»

Si appoggiò alla parete e si tirò su come se sulle spalle portasse dieci sacchi di cemento. Vidi le sue dita quasi trasparenti che infilavano la chiave nella serratura.

«Vai, scappa...» disse con dolcezza cercando di nascondere il dolore che lo stava dilaniando.

«No, Alex. Per favore, non farmi questo.»

«Mi dispiace. Devi andartene, adesso» disse mentre iniziava a girare la chiave. Strinsi i denti e chiusi gli occhi sperando con tutta me stessa che fosse solo un brutto sogno, poi mi lasciai andare a un grido soffocato.

Non era un incubo. Stava succedendo davvero.

La serratura cigolò e si aprì con un clic. Mi alzai senza fare rumore e mi nascosi nella penombra tra i mobili. Ero a meno di due centimetri da Alex.

«Corri» mi disse. Ma a quel punto tutto si fece scuro. Era come se il mio corpo avesse smesso di rispondere agli stimoli.

Chiusi gli occhi e rividi il giorno in cui Alex mi aveva mandato il primo messaggio. Avevo ricevuto una notifica e avevo pensato che fosse Cara. Non avrei mai dimenticato il momento in cui lo vidi per la prima volta nella foto del suo profilo... ero così contenta. Mi aveva scritto un semplice "ciao" con un emoticon sorridente. Poi, quando avevo scoperto che era morto, mi ero sentita così fragile. Quel messaggio era stata la cosa più spaventosa e incredibile che mi fosse mai capitata.

Molte cose erano cambiate da quel giorno e non eravamo mai stati così vicini a scoprire chi fosse l'assassino come ora, ma Alex voleva a tutti i costi che me ne andassi. Esattamente come quella prima volta mi aveva scritto di correre via dalla mia stanza.

«Hannah! Corri!» gridò.

Abbandonai i ricordi e il mio cervello riprese a funzionare. Dovevo scappare prima che l'assassino mi individuasse, ma mi fermai a contemplare i capelli arruffati di Alex e gli sorrisi. Non ci saremmo visti mai più? Sarebbe finito tutto in quel modo? Rimasi lì a osservarlo.

«Vattene, Hannah!»

In meno di venti secondi l'assassino mi avrebbe vista. Guardai i suoi occhi color caramello e ricordai tutte le volte in cui mi ci ero persa. Mi mossi verso di lui. Alex non capiva ma non si allontanò né mi fermò.

Quindici secondi.

Dovevo assolutamente fare qualcosa. Sollevai il volto di Alex e lo accarezzai con dolcezza. Era ormai quasi del tutto trasparente. *Fallo*, mi dissi, *ora o mai più*.

Lui alzò le mani e mi guardò con un misto di tristezza e disperazione. Aveva gli occhi rossi. Mi sistemò una ciocca dietro l'orecchio. La mia fronte era appoggiata alla sua e la sua pelle era stranamente calda.

Dieci secondi.

«Hannah, devi andare via di qui» sussurrò. Sapevo che in realtà non avrebbe voluto che l'abbandonassi.

Fallo, Hannah. Bacialo!

Feci scorrere le dita sulle sue guance senza colore e le lasciai scivolare fin dietro la nuca e tra i capelli.

Cinque secondi.

Lo baciai. Non ci saremmo mai più rivisti. Quello era un addio.

Ciao, Alex.

Capitolo dodici

Tre secondi... due secondi... *Lascialo e vattene da lì*, mi diceva una voce interiore. Alex si allontanò da me e mi spinse verso la porta.

«Ti amo Hannah, ma adesso devi andare.»

Stava sparendo poco a poco e non smise di guardarmi un solo istante. Uscii dalla stanza giusto prima di sentire un nuovo sparo. Mi buttai a terra mentre Alex sbatté la porta. Il proiettile si conficcò nel legno. Mi aveva salvato la vita.

Il corridoio era vuoto ma io non riuscivo ad alzarmi, mi tremavano le gambe e la testa continuava a girarmi, mi faceva male lo stomaco. Rimasi davanti alla porta senza sapere bene cosa fare. Mi sentivo intorpidita e non riuscii a reprimere una lacrima che mi rigò il viso. La asciugai subito e feci quello che Alex avrebbe voluto.

Guardai verso la camera di Anna. Tra la sua e quella di Alex c'era una stanza.

Se c'era qualcuno dentro, di certo sarebbe stato armato, perciò anch'io dovevo avere un'arma e sapevo dove trovarla: in camera di Eric.

In una mano stringevo ancora la chiave e con l'altra presi una lampada di vetro appoggiata su un tavolino in corridoio per difendermi mentre scendevo le scale.

Mi muovevo con passi lenti e misurati, tendendo le orecchie per percepire il più piccolo rumore che potesse provenire dal piano terra, ma non sentivo nient'altro che il mio respiro. Mi affrettai a scendere.

Mi sforzai di non pensare ad Alex. In quel momento non potevo permettermi distrazioni. Mi asciugai le guance e mi accorsi che la chiave era macchiata di sangue; premetti la mano sul vestito perché smettesse di sanguinare. Un secondo dopo il tessuto era tutto macchiato.

E a quel punto lo feci: decisi che non avrei più pensato ad Alex. Dovevo concentrarmi solo su Anna e sugli altri membri della sua famiglia. Mai come in quel momento volevo scoprire chi fosse l'assassino.

Scesi i gradini a due a due. Sentivo l'adrenalina scorrermi nelle vene mentre mi nascondevo nella penombra. Ero spaventata ma dovevo fare in fretta se volevo salvare i Crowell. Era così buio che facevo fatica a distinguere dove mettevo i piedi, i gradini in marmo erano scivolosi e dovevo fare attenzione per non cadere.

Quando arrivai giù mi riflessi per un attimo nello specchio in fondo alle scale. Avevo un aspetto orribile, ero pallida da far paura e mi resi conto che quella stupida lampada non mi sarebbe servita a niente contro l'assassino. Diedi una rapida occhiata in giro per avere la certezza che non ci fosse nessuno e mi diressi velocemente verso la stanza di Eric. Dovevo procurarmi la pistola, anche se non sapevo usarla.

Qualcosa scricchiolò sotto i miei piedi. Di fronte alla porta il pavimento era coperto di vetri. Strinsi così forte la lampada che per un attimo pensai che l'avrei mandata in mille pezzi. Allentai la presa e avanzai con circospezione. Ero terrorizzata.

Ricordai allora la vigilia di Natale dell'anno prima, il

dolce carbonizzato che era diventato immangiabile e il tacchino bruciato dal sapore tremendo che aveva preparato mia madre e che mi aveva obbligato a mandare giù. Avrei dato tutto l'oro del mondo per rivivere una sera come quella. Volevo che tutto tornasse alla normalità.

Un rumore alle mie spalle mi fece voltare di scatto, ma non vidi nulla. Avvicinai l'orecchio alla porta della stanza di Eric. Sembrava che non ci fosse nessuno, afferrai la maniglia e aprii. Se non c'era nessuno, di chi erano quei passi? Chi mi aveva chiuso a chiave nella stanza? Non mi fidavo più nemmeno di quello che sentivo, non potevo fidarmi di niente e di nessuno. Ero sempre più terrorizzata.

Dentro non c'era anima viva. Chiusi la porta lentamente. Forse l'assassino mi stava cercando, ma ero certa che se non fossi tornata a parlare con lui non avrebbe fatto del male a nessuno. Dimostrare il potere che aveva su di me e sugli altri era parte della sua strategia, non aveva senso che uccidesse qualcuno senza farmelo sapere. Era come giocare d'azzardo e mi chiesi chi avrebbe vinto.

Accesi la luce ma la spensi un secondo dopo per non indicare all'assassino la mia posizione. Inspirai e infilai in una presa la spina della piccola lampada di vetro che avevo ancora in mano. La luce era molto più debole, ma mi avrebbe permesso di vedere.

Mi accorsi che il pavimento era ricoperto da centinaia di fogli sparsi e da alcune cartelline scure. Qualcuno aveva buttato all'aria i raccoglitori che si trovavano sugli scaffali dietro la scrivania. Erano tutti mezzi aperti, come se avessero cercato qualcosa di molto importante, senza trovarlo. Gli unici a essere rimasti intatti erano i raccoglitori che si trovavano sull'ultimo scaffale ma erano così in alto che non sarei mai riuscita a prenderli.

Mi avvicinai alla scrivania e scostai la sedia in legno

massello. Il portatile di Eric era ancora lì, spento. Chi era entrato cercava qualcosa di specifico.

Sulla scrivania erano sparsi un sacco di documenti che si riferivano a un numero di un conto con delle cifre enormi riportate.

Con una mano spostai i primi fogli e continuai a cercare: ancora estratti conto, ancora cifre ma niente che mi sembrasse particolarmente rilevante. Mi inginocchiai e buttai un occhio anche a quelli sparsi sul pavimento. Erano tutti simili, c'era anche qualche ricevuta d'acquisto di vestiti, di prodotti di bellezza e conti di ristoranti di lusso. Sospirai abbattuta, non vedevo niente che mi potesse essere utile.

Tornai alla scrivania e notai un cassetto chiuso a chiave, che forse qualcuno aveva cercato di forzare.

Mi misi a cercare la chiave che potesse aprirlo. Avevo il presentimento di essere molto vicina a una scoperta fondamentale. Certo che se la persona che aveva ficcato il naso prima di me non c'era riuscita, come avrei potuto fermarla io... Le probabilità di aprire quel cassetto erano pari a zero. Probabilmente solo Eric aveva la chiave e in quel momento non sapevo dove fosse, e nemmeno se fosse vivo.

Mi alzai in piedi e spinsi indietro la sedia, che andò a sbattere contro la libreria facendo cadere alcuni raccoglitori. Non appena toccarono il pavimento distinsi con chiarezza un leggero tintinnio. Abbassai lo sguardo e vidi una piccola chiave color bronzo luccicante e minuscola. Mi inginocchiai e l'afferrai. La infilai nella serratura e la girai: quell'insperato colpo di fortuna mi strappò un sorriso.

Ma nel cassetto non c'era nessuna pistola. Lasciai cadere le braccia lungo il corpo, delusa: c'era solo una cartellina rossa, sottile, che pareva semivuota.

La tirai fuori e la aprii.

CERTIFICATO DI ADOZIONE

Il seguente documento ha pieno valore legale in conformità alle leggi in vigore negli Stati Uniti d'America.
Con il presente, si certifica che la sig.ra Lisa White, di anni venti e residente in Seattle, cede la potestà del figlio Alexander White, di mesi tre, perché impossibilitata al suo mantenimento economico.
La sig.ra Rosie Crowell, di anni trenta, e suo marito il sig. George Crowell, di anni trentadue, adottano Alexander White il cui cognome a partire dalla firma di questo documento sarà Crowell.
Il sig. Eric Crowell, fratello del sig. George Crowell, firma il presente documento in qualità di testimone presenziale di quanto concordato.

Coosa?!?!

Il foglio mi tremava tra le mani e non riuscii a reprimere un gemito e poi un grido sordo.

Ero scioccata. In fondo al documento comparivano le firme di Rosie, George, Eric e della madre biologica di Alex. Oltre a una certa Claire Benson, che pensai fosse l'assistente sociale. Sull'angolo sinistro si poteva riconoscere la piccola impronta del piede di un bebè. Alex era stato adottato e non l'avrebbe mai saputo.

Trovai un fazzoletto bianco e lo inumidii con la saliva per pulirmi un po' la ferita. Lo feci così in fretta che non mi accorsi di quanto fosse profonda.

Continuai a scartabellare i documenti e trovai il certificato di nascita di Alex, con il nome della sua vera madre. Era una carta ruvida, sembrava vecchia, ma l'inchiostro era ancora brillante e perfettamente leggibile. Nell'ultimo foglio comparivano le minuscole impronte di Alex, così piccole che non si riusciva a distinguere un dito dall'altro.

A quel punto capii il senso della conversazione tra Rosie e mia madre nella mia vecchia casa. Mamma le aveva detto che non doveva immischiarsi nelle nostre cose perché sapeva che lei non aveva mai avuto il coraggio di raccontare tutta la verità ad Alex. Rosie si era difesa dicendo di non aver mai trovato il momento giusto, o almeno era quello che ricordavo. Non sapevo se saltare di gioia o essere triste: io e Alex avremmo potuto essere più che amici, ma allo stesso tempo avevo paura che la notizia fosse troppo sconvolgente per lui, anche se aveva tutto il diritto di sapere la verità. Non importava quanto fosse difficile da accettare.

Dovevo conservare quei documenti, ma non avevo un luogo sicuro dove nasconderli, tuttavia lasciarli lì significava vederli sparire per sempre o finire nelle mani delle persone sbagliate. Dovevo trovare un luogo dove nessuno si sarebbe mai sognato di cercarli.

E finalmente ecco il posto perfetto: una bottiglia vuota, forse di vino, appoggiata per terra in fondo alla stanza. Arrotolai i documenti e li infilai dentro. Rimisi la bottiglia al suo posto e tornai a sedermi. Poi presi il telefono e digitai il numero della polizia, ma non c'era segnale. Un cellulare squillò fortissimo da sotto la pila di documenti prima che potessi riprovare.

L'unico modo per farlo smettere era rispondere, ma mi sudavano le mani e le dita non rispondevano ai comandi del cervello. Ripresi il controllo e lo portai all'orecchio, in attesa che qualcuno parlasse.

Di nuovo la voce distorta dell'assassino. «Bella idea, quella di riattaccarmi in faccia.»

Un brivido mi percorse dalla testa ai piedi.

«Non capisco perché...»

Un grido mi interruppe. Alzai lo sguardo terrorizzata e mi accorsi che la porta si stava aprendo. Sentii il clic della serratura, ma non entrò nessuno e la porta rimase aperta di un paio di centimetri.

«Qualcuno molto importante pagherà per quello che hai fatto.» Era furibondo.

La telefonata si interruppe prima che potessi rispondergli e la luce della lampada si spense.

Intorno a me non vedevo che ombre deformate nell'oscurità. Nella villa c'era un silenzio di tomba e sembrava che il tempo si fosse fermato.

«Aiuto!»

Qualcuno, una donna, gridò terrorizzata. La sua voce proveniva dall'interno della villa ma non riuscivo a capire da dove. Mollai il telefono che rimbalzò sulla scrivania per poi schiantarsi per terra.

Rosie.

«Aiuto!»

Ci misi un paio di secondi prima di trovare la forza di reagire e uscire di corsa verso la sua stanza, non senza la lampada ben salda nella mia mano: se qualcuno aveva aperto la porta era molto probabile che mi stesse aspettando fuori. Mi spostai tra le ombre facendo la massima attenzione, non respiravo nemmeno.

Mi appoggiai allo stipite e mi fermai. Cercai di carpire qualsiasi rumore ma non sentii volare una mosca. Uscii e mi guardai intorno tenendo la lampada all'altezza del viso.

Un altro grido mi fece rabbrividire e mi misi a camminare verso la fine del corridoio, le urla sembravano provenire da lì. Avanzavo a tentoni, appoggiandomi alle pareti. Al buio era tutto più complicato. Doveva essere saltata la luce e il chiarore della luna non era sufficiente. Era saltato anche il riscaldamento e il freddo di dicembre era penetrato in ogni angolo della casa.

Avevo la pelle d'oca e le gambe così deboli che per un momento pensai che non avrei potuto continuare. Tutto a un tratto ero stanchissima, mi faceva male ogni muscolo ma cercai di tenere i nervi saldi. Avevo bisogno di rimanere vigile.

«Rosie?» chiesi non appena arrivai in fondo al corridoio.

La risposta fu un altro grido, ancora più acuto. Mi tremavano così tanto le mani che dovevo fare uno sforzo perché non mi cadesse la lampada.

«Hannah!»

Feci tre passi e mi fermai: i dubbi e la paura mi tenevano bloccata.

«Aiuto!» La voce di Rosie sembrava interrotta dai singhiozzi. Pensai al peggio e mi lasciai sfuggire un grido di impotenza. Ero solo una ragazzina, che cosa avrei mai potuto fare in una situazione del genere?

Deglutii e avanzai di un passo. Avevo lo stomaco sottosopra e pensai che avrei vomitato. Sentivo che qualcuno mi stava osservando e mi voltai lentamente. Nel corridoio però non vidi nessuno. Era tutto buio. Mi prudeva tantissimo la nuca ma riuscii a non grattarmi. Avevo la sensazione che qualsiasi movimento, anche il più piccolo, avrebbe avuto conseguenze terribili. Il mio corpo pesava dieci tonnellate.

«No! Lasciami!» La voce era sempre più disperata. Ripresi a camminare decisa a non fermarmi più. Oltrepassai due porte e mi accorsi che le grida si facevano più forti a ogni passo, poi arrivò anche il fracasso di piatti rotti... Rosie doveva essere in cucina.

Cercai dappertutto qualcosa che potessi usare come

arma, ma non c'era niente. La lampada sarebbe servita a poco se l'assassino aveva una pistola.

«Rosie?»

«Hannah! Aiuto!» urlò di nuovo con orrore.

Poi sentii un intenso rumore sordo e grave, come se qualcuno fosse crollato a terra. Rosie gridò di nuovo, quindi il silenzio tornò a invadere il corridoio.

Ormai ero a pochi passi da lei. Corsi verso la cucina inciampando un paio di volte e non appena entrai le luci della villa si riaccesero tutte insieme, come se l'assassino stesse aspettando proprio quel momento. Aprii e chiusi gli occhi stordita e accecata. La cucina dava i brividi: c'erano piatti rotti ovunque e tutti i cassetti erano aperti. Coltelli e forchette erano sparsi sul pavimento, insieme ad altre posate, come se Rosie avesse cercato qualcosa per difendersi. Abbassai lo sguardo... vicino a me c'era qualcuno.

Mi ritrassi d'istinto e per poco non svenni. La lampada mi cadde dalle mani frantumandosi sul pavimento e alcuni pezzetti di vetro mi rimbalzarono sui piedi.

«Rosie!!!» urlai terrorizzata.

La madre di Alex era sdraiata per terra, le labbra opache e spente. Indossava ancora l'abito lungo che aveva a cena. Il tessuto sottile aderiva al suo ventre piatto, le braccia erano immobili. Non appena mi avvicinai mi accorsi dell'enorme pozza di sangue sotto la sua testa che si espandeva con velocità. Mi chinai.

«Oh, Dio...» Non riuscivo a respirare, il cuore mi rimbalzava nel petto facendomi quasi male. Mi lasciai cadere a terra al suo fianco.

«Rosie!» Non sapevo cosa fare. Sollevai la testa di Rosie tremando e le mie dita si infilarono tra i suoi capelli biondi. Aveva una testa piccola e rotonda. Il mio primo istinto fu di correre a chiamare aiuto, ma ero così scioccata che non riuscii a muovermi. Rimasi ferma con la testa di Rosie in grembo. Il sangue era così tanto che sembrava avessi immerso le mani in un barattolo di vernice rossa. Grondavano, come le lacrime che mi scendevano senza sosta. Volevo urlare, ma non potevo. Ero rimasta senza voce, senza fiato. Rosie stava perdendo molto sangue e ogni minuto che passava era più pallida, spenta. Le appoggiai un dito sul collo per sentirle le pulsazioni, ma mi tremavano troppo le mani. Inspirai a fondo e cercai di calmarmi, ero disperata, ma poi mi accorsi di un battito, timido, quasi senza forza. Rosie era viva.

Buttai fuori tutta l'aria che avevo trattenuto e mi tirai su. Dovevo portarla al più presto in ospedale, altrimenti sarebbe morta.

«Hannah...»

Alzai lo sguardo. La cucina era piena di sangue e riconobbi prima un paio di scarpe con il tacco alto e poi una gonna nera perfettamente stirata che mi era familiare. Rimasi paralizzata. Mi ardevano gli occhi e serrai con forza la mandibola. Mi faceva male tutto e sentii il sangue affluirmi al cervello.

Davanti a me c'era mia madre. Stringeva una mazza insanguinata e mi guardava con gli occhi sbarrati.

«Mamma?» singhiozzai. Nonostante tutto, non riuscivo a crederci. Mia madre stringeva quella mazza come se fosse la cosa più importante della sua vita. Le nocche erano sbiancate e le dita talmente sporche che il sangue le stava colando sui polsi.

«Hannah...»

«Tu?» Tolsi con delicatezza le mani dalla testa di Rosie e mi alzai di scatto.

«Non è come sembra, tesoro» disse con dolcezza cercando di tranquillizzarmi.

«Non chiamarmi tesoro.» La guardai dritta negli occhi e fui invasa da un turbine di emozioni: rabbia, frustrazione, dolore, delusione, risentimento, rancore. Non sapevo se fuggire o restare lì e affrontarla. Ero una codarda, ma prima o poi anche i codardi devono scontrarsi con le loro paure. Ero pronta a farlo.

«Amore, lascia che ti spieghi...»

«Non chiamarmi in quel modo! Tu non sei mia madre! L'hai quasi uccisa!»

«Hannah, per favore...» disse abbassando lo sguardo verso il corpo immobile e insanguinato di Rosie. Si rabbuiò in una smorfia di dolore. Si portò le mani alla testa e barcollò.

«Io... io non so che cosa è successo.»

«L'hai presa a bastonate! Ecco che cosa è successo!» urlai con tanta forza da spaventarla. Sembrava confusa, come se stesse cercando di ricordare qualcosa accaduto secoli prima. Percorse il pavimento con lo sguardo poi lo posò di nuovo su di me.

Ero così arrabbiata che le avrei voluto gridare in faccia fino a restare senza voce. Non avevo più paura.

«Sei stata tu! Sei sempre stata tu!»

«No!» Si avvicinò e io feci istintivamente un passo indietro. Avrei potuto scappare in quel momento, ma non potevo abbandonare Rosie, non l'avrei lasciata sola.

«La notte in cui Alex...» mi fermai prima di rivelarle qualcosa su di lui, su un fantasma. «Cara è venuta a casa la notte in cui l'hanno investita... Sei stata tu a mandare quelle minacce! Nessun altro avrebbe potuto farlo! Come ho fatto a non rendermene conto! E perché sei venuta al funerale di Alex? Volevi essere certa che fosse morto? E dopo che cosa volevi fare? Ammazzarli tutti?» La guardai con un'espressione schifata, ma lei scosse la testa.

«Adesso basta...»

«No!» esplosi. Una scarica elettrica si impossessò del mio corpo. «Avevi un piano con Cara, poi qualcosa è andato storto e tu... l'hai uccisa! Come avresti fatto altrimenti a sapere prima di tutti che aveva avuto un incidente? Dimmelo!» gridai così forte che la voce mi si incrinò.

«Ho detto basta!» rispose mia madre con le lacrime agli occhi. Faceva paura, aveva uno sguardo scuro, inquietante.

Deglutii e continuai: «Seth è tuo complice! Sapevi che stavo indagando sulla morte di Alex! Hai obbligato tutti a mentire, li hai obbligati a dire che ero stata io perché non ti scoprissero! Adesso capisco perché odi tanto Rosie, sei solo un'invidiosa...».

Dopo quello sfogo sembrò farsi più piccola, anche se aveva cercato di ignorare le mie parole vagando con lo sguardo in ogni angolo della stanza. Poi fissò un coltello sul ripiano della cucina. Non lo avrebbe mai fatto, giusto?

«Va bene, Hannah. Dimmi tutto quello che vuoi dirmi.»

Dovevo liberarmi del rancore che mi stava consumando. Indietreggiai di un passo, mentre lei si avvicinava al coltello. Non sapevo che cosa avrebbe potuto fare, ma ero così vicina alla porta che sarei potuta schizzar via di lì in un attimo.

«Sono delusa» dissi con disprezzo, «so quello che hai fatto. Perché mi hai portato a Vancouver, perché non mi ha fatto conoscere mio padre. So tutto. Me lo ha detto Sarah... ma io non volevo crederle, non riuscivo a credere che fossi stata davvero tu.» Prima di continuare la fulminai con lo sguardo. «So che sei stata tu» conclusi alzando la testa per sfidarla. «Sei stata tu a uccidere Alex.»

Mia madre fece un sorriso amaro e si lanciò verso di me. Non appena mi afferrò con le dita macchiate di sangue mi misi a gridare. Sentivo così freddo, pensai che mi sarei congelata all'istante, ma riuscii a liberarmi e indietreggiai. Lei mi riacciuffò per i polsi e mi conficcò le unghie in faccia, giusto sotto l'occhio destro. Urlai, mi opposi e la spinsi contro il ripiano della cucina su cui si trovava il coltello, ma lei riuscì ad allontanarsi spingendomi via. Mi ripresi subito, ma non appena alzai lo sguardo mi accorsi che aveva afferrato il coltello e sorrideva. Era così agile che era difficile prevedere le sue mosse.

Girai intorno al ripiano e lei si fermò accanto alla porta. Volevo uscire dalla cucina, ma se avesse allungato il braccio sarebbe riuscita a fermarmi. Se anche solo mi avesse sfiorato con quel coltello così affilato mi avrebbe ferito.

Grugnì quando i nostri sguardi si incrociarono. Aveva le labbra arricciate in un sorriso beffardo, osservava ogni mio movimento, registrava ogni mio respiro. Si lanciò di nuovo verso di me, ma riuscii a uscire dalla cucina come un razzo.

Corsi nel corridoio cercando un nascondiglio, ma le stanze erano state tutte chiuse a chiave. Non avevo via di scampo.

Salii per le scale e lei mi corse dietro. Ma arrivata al primo piano mia madre sembrava essere scomparsa. Ripresi a correre e andai a sbattere contro qualcosa. Alzai lo sguardo per due secondi che mi sembrarono un'eternità.

«Eric?» chiesi non appena lo riconobbi. Era stanco e sciupato, come se fosse invecchiato di anni in una notte. Aveva le labbra bianche e rughe molto più marcate sul viso. Mi squadrò dalla testa ai piedi.

«Che cosa è successo? Perché sei tutta macchiata di sangue?» chiese spalancando gli occhi.

«Mamma... è qui...» dissi senza fiato. Eric mi guardò confuso. «Ha aggredito Rosie. L'ha riempita di botte fino a farla svenire.» Avevo bisogno di piangere e di rifugiarmi tra le braccia di Alex, ma dovevo essere forte. «Dobbiamo andare via di qui!»

«Calmati Hannah. Adesso sei al sicuro.»

Immaginai che al suo posto ci fosse Alex. Non riuscivo a muovere un passo. Inspirai a fondo e annuii. Strinsi gli occhi e rividi la spaventosa immagine di mia madre che sorrideva.

A quel punto sentii la sua voce. «Eric?»

Mi nascosi dietro mio padre, utilizzandolo come scudo.

«Margaret...»

Lei lo salutò con un cenno e mi fissò con rabbia.

«Fallo» gli ordinò languida. Poi socchiuse gli occhi e gli puntò il coltello addosso.

«Che cosa?» chiesi con la voce rotta dalla paura. Sentivo un dolore terribile al petto, come se un peso enorme mi stesse stritolando. L'espressione di Eric si fece sarcastica. «Mi dispiace Hannah.»

Cercai di divincolarmi, ma Eric, mentre mi teneva ferma per il collo, mi mise uno straccio umido sul naso: l'odore era così forte che cercai di trattenere il respiro ma lui lo premette con più forza. Mia madre si avvicinò per tenermi ferme le mani perché non potessi oppormi. Lottai con tutta la forza che avevo in corpo, gli tirai un calcio ma non servì. I polmoni mi chiedevano aria ma non volevo respirare, mi venne la nausea e poco a poco smisi di dimenarmi.

Tutto divenne sfocato. Le ombre si raddoppiarono sovrapponendosi. Il cloroformio stava facendo effetto rapidamente. L'ultima cosa che riuscii a vedere furono gli occhi di mia madre che mi guardavano tristi. Abbassai le palpebre, mi sentivo stanchissima, non riuscivo a reggermi in piedi e il mio cervello aveva smesso di reagire a qualsiasi stimolo. Prima di perdere i sensi sentii una voce che mi diceva: «Svegliati Hannah. Devi svegliarti».

Poi le porte di una stanza buia mi intrappolarono e rimasi isolata dal mondo fuori di lì.

Capitolo tredici

«Ancora» disse una voce nella penombra.

Sentii una puntura nel braccio e subito dopo il fastidio di qualcosa sottopelle. Non sapevo dov'ero, non riuscivo a pensare, volevo aprire gli occhi ma non ce la facevo. Era come se avessi dello scotch o dei cerotti sulle palpebre.

Mi prese il panico, morivo di paura, non riuscivo a muovermi. Non potevo nemmeno aprire la bocca, non avevo idea di che cosa stesse succedendo intorno a me.

Il mio corpo era mezzo addormentato, intorpidito, una sensazione insopportabile, era come se fossi ubriaca o completamente fatta. Avevo la nausea, mi stava scoppiando la testa e una vena sulla fronte mi pulsava con intensità.

Sentii ancora un pizzicore al braccio e poi subito una sensazione di pesantezza e stanchezza. Mi tornò la nausea e persi subito conoscenza. Di nuovo nell'abisso, mi addentrai nell'oscurità che mi aveva tenuto prigioniera. Non avevo più forze per oppormi, e mi persi... abbandonai la realtà e mi lasciai scivolare in un mondo fatto di oscurità.

Non avevo idea di quanto tempo fosse passato dall'ultima volta in cui mi ero risvegliata, ma avevo la sensazione che fossero ore. Il mio corpo era duro come un sasso, avevo piccoli tubi di plastica nelle narici e mi prudeva da morire il naso senza che potessi grattarmi. Mi facevano male i muscoli come se non mi fossi mossa per mesi o forse anni, come se fossi una morta vivente, una morta che sopravvive. Il mio corpo intorpidito riuscì a muoversi appena e percepii sotto di me una specie di materasso freddo.

«Per favore, svegliati. Devi vivere» disse una voce femminile.

Una mano calda e umida si appoggiò sulla mia, immobile, e i miei muscoli si contrassero involontariamente. Caddi di nuovo nel vuoto profondo. Le palpebre mi pesavano un quintale e mi faceva male ovunque. Era insopportabile.

«So che mi senti, lo so...» disse la voce tra singhiozzi lontani, quasi impercettibili. «Hannah...»

Un lamento improvviso mi disorientò e di nuovo qualcuno mi prese la mano. Il calore del contatto intiepidì la mia pelle gelida.

«Per quanto ancora resterai così? Quando tornerai con la tua famiglia? Mi manchi tanto. Mi manca quando ti arrabbi perché entro in camera tua senza bussare, mi mancano i giorni in cui guardiamo insieme i cartoni animati e ridiamo delle battute orrende, o della faccia buffa di Mike Wazowski. Te lo ricordi? Quel film ti piace da matti, da piccola dicevi che volevi essere come Boo perché non ha paura dei mostri. Mi mancano le tue smorfie quando non vuoi rispondere a qualche mia domanda irritante. Farei di tutto perché potessi essere qui con me, per prendere un caffè o andare a mangiare delle schifezze da qualche parte...»

Il prurito era esasperante. Volevo strapparmi via dal naso quei tubicini, smettere di sentire tutto quel dolore.

«Hannah?» chiese la voce sperando in una mia risposta. Il rumore acuto di una sedia trascinata mi attraversò la testa con uno stridìo talmente insopportabile che avrei voluto gridare.

«Sai? Mi hanno dato una borsa di studio per andare in Francia, ma l'ho passata a Helena, la vicepreside. Non ti abbandonerei mai, lo sai. Sei la mia bambina.»

Ascoltavo quella donna che mi parlava con tanta tenerezza che per un attimo dimenticai perfino il prurito. «Che razza di madre abbandonerebbe sua figlia in un ospedale? Il dottore dice che devo parlarti, nonostante la tua situazione. Il cervello delle persone in coma resta attivo, dice... Io spero solo che tu mi possa sentire e che le mie parole ti aiutino a lottare per uscirne.»

Mi strinse di nuovo la mano e sentii una vibrazione. Il sangue confluì all'indice della mia mano destra e riuscii a muoverlo. Il movimento tuttavia era stato minimo, praticamente impercettibile. Cercai di aprire gli occhi. Le palpebre pesavano ancor più di prima.

«Richard è un bravo medico. Dice che ce la farai. Se solo sapessi tutto quello che ha fatto per noi... devi svegliarti Hannah. Io so che ce la farai.»

Inspirai il più profondamente possibile. L'ossigeno mi riempì i polmoni e sentii le palpebre sollevarsi piano piano. Feci una fatica tremenda, poi mi colpì una luce abbagliante, troppo forte per i miei occhi abituati al buio, ma non volli darmi per vinta e dopo un altro paio di tentativi li riaprii definitivamente.

«Dove sono?» chiesi con voce roca.

Mi sentivo persa. La stanza era così bianca che non riuscivo a distinguere niente, solo la luce.

«Hannah?! Dio mio!» La voce era così forte che mi fece tremare. Cercai di muovermi ma mi imbattei in qualcosa di liscio e morbido. «Dio mio! È un miracolo! Dottore! Dottore!»

La donna mi strinse di nuovo la mano. A poco a poco la sua figura scheletrica si fece più chiara e mi accorsi che mi sorrideva piena di gioia. Subito dopo si alzò e mi lasciò la mano.

«Hannah si è svegliata! Per favore, infermiera!» Si precipitò verso la porta con tanta goffaggine che per poco non inciampò nei propri piedi.

«Che?» chiese un'altra donna senza capire bene cosa le stesse dicendo. «È impossibile...»

«Per favore! Chiamate il dottor Richard! Hannah ha aperto gli occhi! Si è svegliata!» La donna parlava con voce rotta ed era quasi impossibile capire bene cosa stesse dicendo. Si muoveva da una parte all'altra, tesa come una corda di violino. Poi tornò da me, asciugandosi le lacrime che le avevano rigato le guance. La guardai, confusa.

«Dove... dove sono?» chiesi.

Fissai lo sguardo sulla finestra dietro le spalle della donna. La persiana bianca era tirata su fino a metà e sotto, appoggiato alla parete, c'era un divanetto. Mi accorsi che c'erano decine di macchine e cavi uniti ad altri cavi e tubicini appicciati al mio corpo sudato. Una macchina suonava a ogni battito del mio cuore. Nella parte superiore dello schermo c'erano dei grossi numeri verdi e nel mezzo un paio di grosse linee che salivano e scendevano senza sosta. Abbassai gli occhi. Non capivo niente.

Un lenzuolo bianco e sottile mi copriva fino al petto. Ero distesa su una specie di branda con sponde di metallo ai lati. All'improvviso qualcuno entrò a grandi passi in quella stanza piena di luce. Aveva il respiro affannato. Lo ignorai per qualche secondo, persa a guardare i quadri appesi alle pareti. Di fianco al letto c'era un piccolo mobile con un mazzo di fiori lilla.

«Hannah, mi senti?» chiese un uomo con voce grave e sicura di sé. Era grosso, ma si muoveva con agilità, indossava un camice bianco e aveva uno stetoscopio appeso al collo.

«Se mi capisci chiudi gli occhi una volta» aggiunse in attesa di una mia risposta.

Cercai di rispondere ma non riuscivo a respirare e avevo la gola secca, così feci come mi aveva detto.

«Ti senti stanca?» chiese togliendosi lo stetoscopio dal collo. Chiusi e aprii gli occhi di nuovo e sentii una scossa nella spina dorsale. «Ottimo. Adesso voglio che resti sveglia e che mi ascolti con attenzione. Riesci a farlo?»

Chiusi e aprii gli occhi ancora, ma più lentamente. Guardai la donna. Aveva il viso sciupato, le mani sulla bocca e non la smetteva di singhiozzare. Non avevo ancora capito chi fosse. Mi sentivo persa. Presi fiato e chiesi ciò di cui avevo più bisogno in quel momento.

«Acqua.»

«Bene. Riesci a parlare.»

L'uomo prese allora una specie di piccola torcia e me la puntò negli occhi.

«Oh, Hannah!» disse la donna tra un singhiozzo e l'altro.

E all'improvviso ricordai. Era tutto così chiaro nella mia testa da non lasciare spazio al minimo dubbio. Vidi il viso di Alex, il corpo senza vita di Cara, e il momento in cui era stata in casa con me giusto prima che la uccidessero, vidi il volto luminoso di Kate... e poi la scena del bar, quando Alex entrò nel mio corpo e mollai a Seth un pugno in faccia. Rividi George, così distante e formale, le telefonate dell'assassino. Ricordavo mia madre con una mazza insanguinata tra le mani e Rosie stesa sul pavimento con la ferita alla testa. D'istinto cercai il volto della donna al mio capezzale.

Era lei. Era mia madre.

«Tu...»

«La riconosci? Sai dirmi chi è?»

«Margaret...» dissi con un filo di voce. Mi girava ancora la testa ma non avevo dubbi.

«Hannah?» chiese corrugando la fronte, «che succede Richard? Perché...?»

Il dottore allontanò la piccola torcia dal mio occhio sinistro e si allontanò.

Voglio andare via. Non voglio stare qui con lei... Che cosa sta succedendo?

«Ricordi il tuo nome?» chiese il dottore serio.

«Sì, sono Hannah Reeve...» risposi senza guardare mia madre, *Margaret.* «Voglio andare via di qui, per favore...» Ero senza forze e disperata.

«Perché vuoi andartene? Vuoi che chiuda la finestra? Ti dà fastidio la luce?» chiese il dottor Richard.

«Mi vuole uccidere» gli risposi proprio mentre stava per chiuderla.

Mi bruciavano gli occhi e le lacrime premevano per uscire, ma non allontanai lo sguardo da mia madre, che mi fissava incredula sotto lo sguardo perplesso del dottore. Il pianto di Margaret rimbalzava sulle pareti della stanza.

Non me la bevo. Stai fingendo.

«Hannah, cosa dici? Non ti farei mai del male» sussurrò mentre si avvicinava con passo incerto. Sembrava che non sapesse davvero di cosa stessi parlando. Il dottore si fece da parte e lasciò che mi prendesse la mano, ma la ritrassi con un movimento brusco. La fulminai con lo sguardo, ero fuori di me dalla rabbia, mentre lei mi guardava con un'espressione tra il sorpreso e il terrorizzato.

«No. Vattene via» grugnii. Tornai a guardare il dottore nella speranza che mi aiutasse ad allontanarmi da quella donna. «Per favore, mi porti via.»

«Emma, potresti lasciarci da soli un attimo?» Mia madre sembrava sconvolta, ma ero certa che fosse una finta. Glielo leggevo negli occhi. Era un'assassina e molto probabilmente aveva ucciso anche Rosie.

«Non ti farei mai del male. Sei la mia bambina. Non so che cosa sta succedendo ma io ti voglio bene» disse supplichevole. Le tremavano le labbra e aveva gli occhi gonfi.

Mi voltai per non vedere la sua faccia. L'eco dei suoi passi risuonò nella stanza e subito dopo una porta si chiuse.

«Adesso ti farò qualche domanda, ok?» mi disse il medico. Annuii. «Di che colore sono i tuoi capelli?»

«Castani.»

«E i tuoi occhi?»

«Azzurri.»

«Quanti anni hai?»

«Sedici.»

«Vai al liceo?»

«Sì.»

«Hai un fidanzato?»

«Sì» risposi, prima di rendermi conto che non era vero. Dovevo alzarmi e andarmene. Dovevo cercare Alex.

«Ricordi come si chiama?»

«Sì.»

«Qual è il suo nome?» chiese serio.

Inspirai a fondo e risposi: «Alex Crowell».

«È un tuo compagno di scuola?»

«Sì.»

Chiusi gli occhi e per un istante mi lasciai avvolgere dall'oscurità.

«Ricordi che lavoro fa tua madre?»

«È la preside della mia scuola. Può darmi un po' d'acqua per favore?»

Mi sentivo di nuovo stanchissima, ma non volevo riaddormentarmi e volevo bere. Inspirai a fondo e aspettai che mi facesse un'altra domanda. Sembrava una brava persona, ma non potevo fidarmi di nessuno, a volte le persone non sono quello che sembrano. Si schiarì la voce e continuò: «In che anno siamo?».

Ma che domanda è?

«2014» risposi sicura. Ricordavo perfettamente la cena di Natale. Il dottore però scosse la testa e mi corresse.

«2015, Hannah. Sei stata in coma tre mesi. È marzo.»

«Che? Non è possibile! Non è vero!» I macchinari cominciarono a suonare più velocemente. Sentivo un peso sul petto.

«Pensavamo che non ce l'avresti fatta.»

«No!»

Cercai di alzarmi, ma il mio corpo era troppo pesante.

«E mia madre? Ha ucciso Alex e forse anche Rosie! Come posso essere stata in coma tutto questo tempo?!» chiesi cercando di trovare un senso a quella storia assurda.

«Hai detto che Alex è il tuo fidanzato?» L'odore di qualche strana sostanza mi invase le narici e con tutta la forza possibile alzai una mano e mi strappai i tubicini di plastica dal naso.

«Sì!»

Il dottore si avvicinò senza dire niente. Monitorava la macchina con le mie pulsazioni. Aveva delle occhiaie profonde. Doveva essere molto stanco.

«Hannah, devi cercare di stare calmo.»

«Lei non capisce! È un'assassina! Deve chiamare la polizia!»

«Hannah...» una nuova voce maschile. Trattenni un gemito.

«Ha sentito? È Alex. Lo so.» Mi girava la testa e volevo solo sentire ancora la voce di Alex.

Il dottore mi guardò dubbioso, come se non capisse di cosa stessi parlando. «Adesso voglio che riposi, ok?» disse uscendo a grandi passi dalla stanza. Allungai le gambe e mi scricchiolò ogni vertebra: avevo i muscoli così contratti che ogni movimento mi faceva malissimo. Mi obbligai a mettere le gambe giù dal letto e sentii subito il freddo del pavimento.

«Alex? Sei tu? Dove sei?»

Mi staccai i tubi che avevo nelle braccia e scesi dal letto. Indossavo un camice che mi arrivava alle ginocchia e la stoffa era così sottile che mi si appiccicò subito al corpo sudato. Non portavo biancheria.

«Alex?» chiesi di nuovo. Mi tremavano le gambe ed ero stanca e molto debole. Per un attimo la stanza prese a girare vorticosamente e mi aiutai appoggiandomi alle sponde del letto. Alex non rispose.

Il dottore entrò di nuovo dando dei colpetti a una siringa che teneva in mano. Non appena alzò lo sguardo si accorse che qualcosa non andava.

«Hannah?» Si avvicinò e appoggiò la siringa sul comodino accanto. «Su, torniamo a letto» disse mentre mi conduceva gentilmente per un braccio.

«No.»

Mi liberai della presa e una ventata di aria fresca mi percorse dalla testa ai piedi. Mi tirai su e mi venne la pelle d'oca, poi all'improvviso vidi un'ombra.

«Alex!» L'ombra si diresse verso la porta senza fermarsi e io mi misi a seguirla, ma era troppo veloce per me.

«Ehi! Dove pensi di andare?» mi chiese un'infermiera non appena misi piede fuori dalla stanza. Mi guardava stupita, aveva i capelli raccolti, ma non riuscii a vederla in volto. Sembrava seduta dietro il banco dell'accettazione del reparto, con una cuffietta candida e un camice bianchissimo e accecante. Continuai a camminare e lei si alzò, mettendosi a rincorrere il medico che a sua volta mi stava inseguendo.

«Hannah! Fermati!» Feci finta di niente e mi misi a correre, ignorando un crampo al polpaccio e il cuore che mi batteva all'impazzata.

«Chiami la sicurezza! Svelta!» gridò il dottore, che faceva sempre più fatica a respirare ed era diventato tutto rosso. Stava perdendo terreno.

L'ombra svoltò in un corridoio a destra, la seguii e mi trovai davanti a un ascensore. Mia madre era seduta lì accanto e appena mi vide scattò in piedi. Aveva gli occhi rossi.

«Hannah!» gridò terrorizzata. La schivai e continuai a correre. C'era odore di caffè e due o tre persone erano sedute in corridoio. Mia madre cercò di fermarmi.

«Lasciami!» le dissi spingendola via. Le gambe mi chiedevano di fermarmi, ma continuai senza guardare indietro. Ogni tanto una ciocca di capelli mi cadeva sulla faccia e dovevo spostarla. Svoltai di nuovo e mi trovai davanti due infermieri che mi guardarono sorpresi. Avevano in mano due siringhe con un liquido bianco. Mi guardai in giro in cerca di una via di fuga, mentre sentivo in sottofondo i singhiozzi di mia madre e le sue grida che mi chiedevano di fermarmi.

Tremavo. Gli infermieri mi guardavano in attesa della mia prossima mossa. Erano grandi e grossi e non sarebbe stato difficile per loro bloccarmi. Guardai a destra e mi trovai di fronte un altro infermiere, anche lui con una siringa. Era più magro degli altri, ma in pochi secondi si unì a lui l'infermiera dell'accettazione. Almeno lei non aveva niente in mano.

Non avevo via di scampo e il panico prese il sopravvento, mi sentivo in gabbia. Alcune persone stavano osservando la scena alle spalle degli infermieri. Erano più spaventate di me e sospiravano angosciate. A sinistra non c'era nessuno a sbarrarmi la strada.

«Hannah, non ti faremo del male. Qui sei al sicuro» disse il dottor Richard alle mie spalle. Visualizzai mentalmente la scena: lui con mia madre accanto.

Non me ne fregava un bel niente. Potevano dire quello che volevano e minacciarmi con tutte le siringhe del mondo. Mi importava solo di Alex. Tutto quello che avrebbero potuto farmi non sarebbe stato peggiore di quello che sentivo in quel momento. Poi mi accorsi che avevo un bisturi in mano, non mi ero nemmeno accorta di averlo preso. Senza pensarci due volte alzai il polso e minacciai di tagliarmi le vene.

«Lasciatemi passare o mi uccido!»

Mia madre soffocò un grido. Spinsi la lama contro il polso e sentii la punta del metallo freddo conficcarsi nella pelle. Cercai di reprimere un gemito di dolore. Poi sentii altri singhiozzi e altre grida che mi sforzai di ignorare. Non avevo nessuna intenzione di fare caso a quella donna che diceva di essere mia madre.

«Dico sul serio!» urlai. Non ero cosciente di quello che stavo dicendo e non sapevo nemmeno dove avessi trovato il coraggio di farlo. Volevo solo che mi lasciassero in pace.

Nessuno si mosse e non mi rimase altra possibilità che spingere ancora più a fondo la lama. Il sangue cominciò a scorrere lungo il braccio.

«No!» gridò mia madre.

«Vi giuro che lo faccio se non mi fate passare.»

Gli infermieri guardavano ansiosi alle mie spalle in attesa di un segnale del dottor Richard. Giusto in quel momento arrivò un'altra infermiera nel corridoio di sinistra. Era spaventata, ma non volevo fare male a nessuno. Volevo solo seguire Alex.

«Fatela passare!» gridò il dottor Richard.

I due infermieri che avevo davanti si fecero da parte, aspettandosi da un momento all'altro che il dottore dicesse loro di fermarmi. Ma lui non disse niente.

Ripresi a correre più forte che potevo. In mano avevo ancora il bisturi e il sangue mi colava dal polso. Mi accorsi che non avevo nessuna cicatrice nel palmo della mano, come se non mi fossi mai ferita con i vetri rotti della finestra di Alex. Non capivo. Ricordavo bene di essermi ficcata un pezzo di vetro nella mano la vigilia di Natale a casa dei Crowell...

Pensai di scendere con l'ascensore, ma mi sembrò una cattiva idea, e decisi per l'uscita di emergenza. A quel punto qualcuno mi mollò un colpo sul braccio e caddi a terra.

«Guarda dove metti i piedi, santo cielo!»

Un tipo con la pelle scura mi fissava con i suoi profondi occhi neri. Era grosso, con le spalle larghe e un tatuaggio sul bicipite sinistro. Indossava una camicia nera a maniche corte e un paio di pantaloni piuttosto stretti. Aveva il ventre piatto, era spettinato, proprio come Alex. Mi guardò storto e non mi aiutò nemmeno a rimettermi in piedi. Non appena sentii dei passi veloci dietro di me, capii che gli infermieri mi avevano raggiunto. Il tipo alzò lo sguardo.

«Jared, prendi il bisturi!»

Il ragazzo vide che perdevo sangue e corrugò la fronte, allora lo supplicai con lo sguardo perché mi aiutasse a scappare. Cercai di alzarmi in piedi ma non ci riuscii. A quel punto il tipo allontanò il bisturi con un calcio.

«No! Figlio di...» Lui allora mi prese e mi sollevò caricandomi sulle sue spalle. Non sembrava un infermiere.

«Toglimi le mani di dosso! Alex! Alex aiuto!» Ero disperata, furiosa. La rabbia era così tanta che mi mancava il fiato. Ero scoppiata a piangere e non riuscivo a smetterla, mentre delle fitte insopportabili mi strappavano il cuore.

Cominciai a tirargli calci alle ginocchia e alle cosce, sperando che mi lasciasse andare, ma sembrava una roccia. Non c'era verso di farlo desistere, era molto più forte di me.

«L'ho presa!» Mi strinse la pancia e trattenni un gemito. All'improvviso mi venne voglia di vomitare.

«Lasciami!»

«Bravo, Jared.» Il dottor Richard era a un passo da noi, con la siringa in mano. Il suo camice bianco non brillava più: fuori imbruniva e l'ospedale stava sprofondando nella penombra.

«Adesso dormi un po', Hannah» disse come se niente fosse, «dopo ti sentirai meglio.» Tirò un paio di colpetti alla siringa e la avvicinò al mio braccio. Urlai e mi agitai cercando di impedirglielo, ma Jared mi aveva immobilizzata.

«Stai tranquilla. Nessuno vuole farti del male.» Mi vennero i brividi. Era così vicino che potevo sentire l'odore del suo dopobarba. Gli sputai in faccia, lui lasciò appena la presa, socchiudendo istintivamente gli occhi, ma non servì a nulla: l'ago si conficcò nella mia pelle.

Il dottore mi guardò calmo e cercò di tranquillizzarmi con un sorriso gentile. Poco a poco sentii che mi mancavano le forze, mi si annebbiava la vista e tornai ancora nell'oscurità che avevo appena abbandonato.

«Portala nella sua stanza, Jared.»

Fu l'ultima frase che riuscii a sentire.

* * *

Avevo gli occhi chiusi e di nuovo dei tubi nel naso. Stavo ritornando alla vita. Mi tirai su senza troppo sforzo, respirando l'ossigeno che mi arrivava da una macchina. Stirai le gambe e mossi le dita dei piedi.

«Credo che Hannah abbia vissuto una specie di vita parallela mentre era in coma.» Mi bloccai appena sentii quella voce stanca parlare in tono triste. Io mi sentivo molto meglio. Non mi girava più la testa, ero leggera come una piuma pronta a svolazzare.

«Che vuol dire dottore?» chiese mia madre. «Per questo dice che sono un'assassina?» Corrugai la fronte: di cosa stavano parlando?

«Sì, non è molto comune, a dire il vero, ma con qualche paziente succede. Mi ha sorpreso molto che si sia risvegliata, avevo perso ogni speranza. Tre mesi sono troppi per un colpo così lieve.»

Socchiusi gli occhi e riconobbi il volto di mia madre: sorrideva. «Sono orgogliosa di lei» disse.

«Anche io, Emma.»

Mia madre sospirò. «E che succede con la storia che si è inventata?»

«Nella sua testa è perfettamente logica. I pazienti a volte si convincono di aver vissuto realmente qualcosa che era solo un'illusione della loro mente. Il problema è che con il tempo il cervello si abitua a questo tipo di routine e il ritorno alla realtà può essere complicato.»

«Che cosa posso fare? Posso aiutarla a ricordare?» La tensione nella stanza si tagliava con il coltello e io non potevo essere più arrabbiata. Ero certa che stesse fingendo.

«Certo. Avrà bisogno di uno psicologo. Posso darti il numero di una collega molto brava.»

«Grazie dottore.» Sembrava davvero grata e speranzosa. Mi inumidii le labbra screpolate.

«Tieni presente che Hannah ha creato persone che non esistono. Mi ha detto qualcosa di un fidanzato... un certo Alex Crowell. Lo conosci?»

«No» rispose immediatamente con un tono che mi sembrò sincero. Non ci capivo più niente.

Alex esisteva. Non ero stata in coma. Come avrei potuto inventarmi tutto?

«Non conosco nessun Alex Crowell. Se avesse avuto un fidanzato me lo avrebbe detto.»

Entrambi rimasero in silenzio e sentii il rumore di una sedia, o forse del divanetto che avevo visto sotto la finestra. Trattenni il fiato sperando che non si accorgessero che ero sveglia.

«Mi preoccupa la sua situazione, Emma. Hai visto come ha reagito oggi? Correva come se stesse cercando di raggiungere qualcuno... E il bisturi... È una cosa seria.»

«Sono così confusa... non riesco a credere che le stia succedendo tutto questo.»

Mi voltai appena verso di loro. Erano seduti sul divanetto, mia madre aveva le guance umide. Sembrava perduta almeno quanto me. Aveva una gonna piena di grinze, una cosa inusuale per lei, e i capelli così arruffati che sembravano il nido di un uccello. Il dottor Richard aveva ancora il camice, ma aperto, e sotto una camicia bianca abbottonata fino al collo e dei pantaloni neri perfettamente stirati.

«Temo che Hannah abbia un disturbo molto grave.»

«Oh mio Dio...»

«È possibile che qualche fattore genetico abbia influito.»

«Che tipo di disturbo?» Mia madre si passò le mani sul tessuto della gonna, nervosa.

«Non lo so ancora. All'inizio credevo che fosse solo un effetto del coma prolungato, ma il suo comportamento mi ha fatto cambiare idea. Ti sei accorta che ti ha chiamato Margaret? Immagino faccia parte del mondo illusorio che ha creato. Non so quali siano gli altri elementi, ma temo abbia sognato qualcosa di tremendo» si fermò per prendere fiato. «E Alex... anche lui deve essere frutto della sua immaginazione. A giudicare da quel che ho visto credo che Hannah soffra di schizofrenia.»

«Schizofrenia?» ripeté mia madre spalancando gli occhi.

Mi si contrasse lo stomaco e mi venne una voglia tremenda di vomitare. Non poteva essere vero.

«La schizofrenia è un disturbo molto grave, Emma. Deteriora le capacità cognitive sotto diversi aspetti: la percezione, il pensiero, le emozioni, la volontà. Gli schizofrenici hanno allucinazioni e un comportamento sociale anormale.»

«Per questo dice che sono un'assassina?»

«Temo di sì.»

«Dio mio» gemette mia madre, e si mise a singhiozzare sommessamente, come se non avesse più forza nemmeno per piangere.

«Mi dispiace tanto.»

No, non deve farti pena. Sta fingendo.

«Devi fare attenzione. Gli schizofrenici possono avere deliri e manie di persecuzione e con il passare del tempo, tendono a isolarsi da tutto e da tutti.»

«Ma si può tenere sotto controllo con i farmaci, giusto?»

«Sì. Ma non tutti i farmaci hanno l'effetto desiderato. Dipende molto dal paziente. Alcuni possono perfino essere nocivi. Non posso prometterti niente, in ogni caso ti darò il numero di una collega molto brava che ti spiegherà tutto in dettaglio. Potrei sbagliarmi, ma di sicuro Hannah ha bisogno di uno specialista.»

«Grazie mille, dottore. Dio mio, non riesco a crederci.

Hannah dovrebbe preoccuparsi della scuola, degli amici... non dovrebbe lottare contro un disturbo come questo. Non riesco a immaginare la sua reazione quando glielo dirò.» Mia madre sospirò e tirò su col naso.

«Io ci sono per qualsiasi necessità. Hannah si rimetterà. Devi aver fiducia in lei.»

«Certo dottore. Lo faccio e lo farò.»

Allora era vero? Ero schizofrenica? Non era possibile. Alex esisteva! I Crowell non erano frutto della mia fantasia! Era solo un brutto incubo. Mi lasciai sfuggire un lamento. Il sangue mi scorreva nelle vene a tutta velocità. Ero sicura che stessero mentendo, tutti e due. Volevano che cadessi nella loro trappola, ma si erano sbagliati di grosso. Ma dov'era Alex? L'ombra di prima era lui? Perché era scappato? Perché mi aveva lasciata sola?

«Hannah?»

Qualcuno si era avvicinato al letto, allora aprii gli occhi fingendo di svegliarmi in quel momento. Dovevo progettare un piano. Non sarebbe stato facile uscire di lì.

«Finalmente ti sei svegliata.» Mia madre si asciugò le lacrime con un fazzoletto e mi sorrise come se niente fosse. «Come ti senti?»

«Bene.»

La guardai negli occhi e riconobbi la luce di sempre... aveva uno sguardo così dolce. Emanava bontà e dolore insieme.

«Come va, Hannah? Ti ricordi di me?» Il dottore si era alzato dal divanetto con uno schiocco delle ginocchia.

«Sì» risposi facendo finta di niente. Mi tirai su, mentre nella mia testa continuava a risuonare la parola "schizofrenia".

«Sei stanca?»

«No» risposi senza mentire.

Il dottore si avvicinò. «Ti senti pronta a tornare a casa?» chiese incoraggiante.

«Dice sul serio? Posso già andare a casa?» Ero così stupita da quella notizia che mi sfuggì un sorriso. Se mi avessero fatto tornare a casa, sarebbe stato più semplice fuggire. Mia madre mi strinse la mano dolcemente e questa volta non la ritrassi. Avevo già un piano. L'avrei ripagata con le sue stesse armi.

«Certo. Dobbiamo solo farti delle analisi e poi potrai andare a casa. Sei felice?»

«Sì.»

Mi lasciò la mano di scatto. «Accidenti. Quasi dimenticavo. È venuto a trovarti qualcuno. Quando ti sei svegliata non ho resistito e ho fatto qualche telefonata. Aspetta un minuto.» Si avvicinò alla porta e si fermò sulla soglia. Guardai il dottore ma lui si strinse nelle spalle, si allontanò dal letto e si mise a controllare una delle macchine.

«Ragazzi! Potete entrate!» gridò appoggiata allo stipite. Sentii delle grida gioiose che dal fondo del corridoio si facevano sempre più vicine. Non avevo idea di che cosa stesse succedendo.

«Alcuni compagni ti sono venuti a trovare. Spero non ti dispiaccia.»

«Che?»

Un attimo dopo nella stanza entrò un gruppo di ragazzi della mia età con un mazzo di fiori e qualche peluche. Sgomitarono per entrare e poi rimasero tutti ammassati in un angolo. Sorridevano e sembravano davvero felici. Qualcuno mi salutò con un cenno, altri mi dicevano che erano contenti di vedermi. All'improvviso la stanza fu invasa da palloncini colorati a forma di cuore e dai messaggi. Qualcuno che non riconoscevo aveva in mano una scatola di cioccolatini fondenti. C'erano almeno trenta persone e un'atmosfera di festa.

Presi fiato e sorrisi quasi senza accorgermene. Ero felice di vedere i miei compagni di scuola e per un attimo mi sentii la vecchia Hannah, quella che non conosceva Alex.

Una testa fece capolino dalla porta. Il suo viso mi era familiare e lo riconobbi all'istante: era Jared, il tipo del tatuaggio che mi aveva impedito di scappare. Mi guardava con un sorrisetto divertito e mi lanciò un bacio.

Nel gruppo c'era anche una ragazza con un enorme orso di peluche che le nascondeva il volto. Si avvicinò e lo appoggiò sul letto. Aveva dei capelli scuri lunghissimi, quasi come i miei, e grandi occhi azzurri. Indossava una camicia a maniche corte rosa con la stampa di un fiore e dei pantaloni neri attillati.

Mi venne un colpo!

«Ehi! Fai attenzione!» gridò qualcuno quando la ragazza che avevo davanti le pestò un piede.

Rimasi a bocca aperta. Tutti i miei muscoli si irrigidirono come se fossi di pietra. Aprii e chiusi gli occhi. Era impossibile.

«Ciao Hannah, sono Cara, mi riconosci? Bentornata al mondo reale!»

Capitolo quattordici

Avrei voluto urlare, ma restai solo a guardarla. I suoi occhi azzurri brillavano in attesa di una mia risposta. L'ansia si cementificò in un nodo alla gola e cominciai a stare malissimo. Rimasi immobile per qualche secondo, senza sapere che fare. Cara era morta!

Pensai di scendere dal letto e scappare. Percorsi con lo sguardo tutta la camera. Avrei voluto tanto che qualcuno mi desse una botta in testa per addormentarmi di nuovo, per tornare da Alex. Sarei stata così felice... Rimasi in silenzio, guardando uno a uno i miei compagni, fino a tornare su Cara che mi sorrideva felice. Aveva la pelle chiara e denti perfettamente dritti. La camicia attillata le evidenziava le curve.

Cara era morta. Avevo visto il suo corpo disteso in mezzo alla strada, in una grande pozza di sangue. Ricordavo i pezzi di vetro che scricchiolavano sotto i miei piedi mentre correvo verso di lei... Il suo funerale era stato reale, non potevo essermelo immaginato... Eppure lei era qui, di fronte a me. Era incredibile.

Il calore mi salì fino alle guance e iniziai a sudare, mentre una strana pressione mi bruciava nel petto, ma mi sforzai di sorridere.

«Oddio, sei qui. Non ci posso credere...» dissi, cercando di non sembrare troppo sorpresa. Supposi che fossero tutti tanto ingenui da pensare che fossi emozionata perché ero uscita dal coma. Mi sentivo così persa che potevo a malapena pensare o parlare.

Cazzo, io al funerale di Cara ci sono stata! Ricordo le quattro candele ai lati della bara. Il suo viso spento, con gli occhi chiusi e le guance bianche come la neve. Ero lì quando l'hanno sepolta in quel piccolo buco nero. Era morta. Che cosa ci fa qui?

«Ehi! Mi riconosci?» disse, avvicinandosi al letto.

«Come ti senti, Hannah?» chiese qualcuno dal fondo, quasi gridando.

«Bene, credo. Il dottore dice che presto tornerò a casa.»

«Ti abbiamo portato un po' di cose. Volevamo tanto che ti svegliassi» disse Cara, al mio fianco, con un gran sorriso. «Sapevamo che ci saresti riuscita.»

Qualcuno tossì e capii subito di chi si trattava. Era il dottor Richard. Nessuno sembrò farci caso. Continuavano a osservarmi meravigliati. L'attenzione di tutte quelle persone cominciava a pesarmi, i loro sguardi penetranti mi mettevano a disagio.

«C'è anche Kate?» chiesi improvvisamente. Diedi un'occhiata all'intera stanza, sperando di imbattermi nella sua chioma bionda. Ma non c'era traccia della nuova capitana delle cheerleader. Né tantomeno di Karen, la sua migliore amica. Cara si accigliò.

«Credevo che la odiassi. Perché sarebbe dovuta venire?» disse sarcastica.

«Non lo so. Pensavo che...» sospirai, senza sapere che dire. «Non importa, credo di essere ancora un po' stordita.»

Era strano avere Cara davanti a me. La mia amica scosse la testa, confusa, ma senza smettere di sorridere.

«Credo che tu debba riposare un po'. L'importante è che sei sveglia e che rimarrai con noi per un pezzo, vero ragazzi?» disse forte per farsi sentire da tutti.

Gli altri applaudirono. Allora, il dottor Richard interruppe il baccano: «La signorina ha ragione. Devi riposare. Dobbiamo farti alcune analisi e devi recuperare le energie. Avrai tutto il tempo per stare con i tuoi amici». Mi sorrise, con i denti bianchi e brillanti ben in vista.

Io annuii: «Va bene». Sentivo di aver recuperato abbastanza le forze, ma desideravo stare da sola. Non avevo voglia di vederli, averli intorno mi confondeva e mi instillava il dubbio che tutto quello che avevo vissuto non fosse altro che il frutto della mia immaginazione.

«Grazie per essere venuti e per esservi preoccupati per me. Lo apprezzo davvero.»

Cara tolse le mani piccole e delicate dalle sponde del letto. Non appena si allontanò tirai un sospiro di sollievo e ripresi a respirare in modo normale. Poi mi disse: «Non riaddormentarti, Bella Addormentata. Nessun principe verrà a svegliarti».

In realtà sì, Cara. Solo che tu non lo sai.

«Ci vediamo, Hannah» disse qualcuno.

«Riposati. Ti chiameremo, ok?»

«Grazie per essere venuti» risposi a una ragazza coi capelli rossi.

All'improvviso mi venne in mente Sarah. Se davvero aveva cercato di uccidermi, avrebbe dovuto essere in galera. In ogni caso, appena uscita dall'ospedale, avrei portato a termine il mio piano. Per prima cosa, sarei andata a casa dei Crowell.

«Ciao, Hannah» mi salutò qualcun altro.

I ragazzi cominciarono a uscire e la stanza mi sembrò

più grande. Un ragazzo passò a Cara i palloncini che aveva in mano e mi sorrise.

«Grazie per essere venuto a trovarmi» dissi. Lui annuì e uscì insieme agli altri. Quando fui certa che nessuno mi prestava attenzione, iniziai a fissare Cara, che si era messa a legare i palloncini al letto. Muoveva le dita con evidente nervosismo. Si sforzò di sorridere. Era a disagio.

«Tutto bene?» chiesi.

Annuì inquieta, mentre finiva di annodare i fili. «Sì, tutto bene.» Mi guardava con compassione, come se non potesse andar via senza aver fatto qualcosa per me. «Sono felice che tu sia qui.» Sentii l'impulso di abbracciarla, rannicchiarmi contro di lei e piangere a dirotto. Cara era la mia migliore amica e averla vista morta mi aveva fatto crollare il mondo addosso. Un'altra parte di me però mi diceva che non dovevo fidarmi di lei. Forse era un fantasma, ma allora perché tutti la vedevano? Qualcosa dentro di me mi diceva che quello che mi era successo era reale. Se avevo ragione, Cara era una traditrice, una complice di mia madre. Non potevo crederle. Non dovevo nemmeno pensarci. E poi cosa voleva dire con: «Sono felice che tu sia qui»?

«Di cosa parli? Non mi sono mossa da questo letto per mesi, no?» dissi con naturalezza. Non volevo sembrare pazza.

Cara indietreggiò e lasciò andare un palloncino. Poi si scosse leggermente e, con gli occhi fissi su di me, mi salutò decisa: «Certo. Ci vediamo presto, d'accordo?» disse con un sorriso triste.

«Naturalmente» risposi. Solo a quel punto uscì sparata dalla stanza.

«Mi spiace non averti avvisata» disse mia madre avvicinandosi, «ma erano qui da ieri e non potevo farli aspettare ancora.» Aveva ancora gli occhi rossi e gonfi e non potevo evitare di stare male per lei.

«Va bene mamma. Non fa niente.»

«Che ne dici se ti fanno le analisi domani stesso, così puoi tornare a casa il prima possibile?»

«Sarebbe fantastico.»

Ma poi ricordai le parole del dottore: «A giudicare dal suo comportamento, direi che Hannah soffre di schizofrenia» aveva detto. Un brivido mi percorse dalla testa ai piedi e per un attimo pensai che avesse ragione. Non ero capace di liberarmi dell'eco che mi risuonava in testa, una volta e un'altra ancora. Era come se una parte di me si fosse arresa. Chiusi gli occhi con forza: dovevo scoprire cos'era successo e portare avanti il mio piano.

Perciò mi dissi che non dovevo più fidarmi di nessuno, nemmeno di me stessa. Ma credevo ancora in Alex. Sapevo che lui era reale.

* * *

Ero seduta sul letto e facevo ciondolare i piedi avanti e indietro. Avevo indosso i miei vestiti: una canottiera bianca, un maglione di cotone dello stesso colore e dei pantaloni larghi. Dovevo aver perso almeno quattro o cinque chili. Aspettavo che, da un momento all'altro, entrasse il dottor Richard, portando buone notizie. Era l'unico che poteva dimettermi ed ero ansiosa di vederlo, vagavo con gli occhi da una parte all'altra della stanza che da quando mi ero svegliata era diventata il mio mondo.

Erano state le due settimane più dure della mia vita, per tutte quelle analisi, ma soprattutto perché non avevo visto Alex nemmeno una volta. Era come se non esistesse, come se fosse scomparso dalla faccia della Terra. Avevo vomitato tutte le notti. Ma madre mi aveva sempre tenuto la mano per tranquillizzarmi. Nella prima settimana avevo avuto anche degli incubi terribili. Mi ero svegliata di soprassalto ogni due per tre, gridando terrorizzata.

Avevo perso ogni speranza di rivedere Alex e, sinceramente, avevo cominciato a credere che le supposizioni del medico fossero giuste. Ma poi era successo qualcosa di strano e meraviglioso. Alex mi era apparso in sogno come una specie di ombra e mi aveva sorriso dolcemente. Non si era avvicinato e mi aveva guardato con un'espressione strana, come se tentasse di dirmi qualcosa. Era rimasto appoggiato a una porta, in silenzio e completamente immobile. Sembrava volermi portare con sé, ma era tutto troppo confuso e sfocato per trovarci un senso.

Appena sveglia avrei voluto chiudermi lì dentro finché non fosse tornato. Ero depressa, e la cosa che mi feriva di più era che dovevo tenerlo nascosto perché nessuno si rendesse conto che non mi ero bevuta la storia dei sogni durante il coma.

«Buone notizie» disse il dottore, distogliendomi dai miei pensieri. Aveva il camice sbottonato e reggeva in mano una cartelletta piena di fogli. Mia madre lasciò il telefono sulla poltrona e fissò lo sguardo sul fascicolo.

«Hannah può tornare a casa. L'abbiamo dimessa. Devi solo firmare alcuni documenti.»

Sorrisi senza volerlo, sollevata. Tutto il mio corpo cominciò a rilassarsi. Il dottor Richard consegnò i documenti a mia madre.

«Benissimo.»

Ero così ansiosa di uscire dall'ospedale che non mi preoccupai nemmeno di cosa mia madre stesse firmando.

«Sono molto contento che ti sia ripresa. Sei una ragazza forte.»

Mia madre gli riconsegnò la cartelletta.

Guardai il dottor Richard e non potei fare a meno di provare gratitudine nei suoi confronti. In quella stanza erano successe così tante cose in così poco tempo. E lui mi aveva aiutata molto.

«Grazie dottore» dissi sentendo le lacrime pronte a bagnarmi il viso.

A quel punto squillò il cellulare di mia madre. «Scusatemi, devo rispondere. Torno subito.» E si allontanò con un rumore di tacchi lungo il corridoio. Era impeccabile come sempre, con la gonna stirata e lo chignon perfetto.

«Dottore, chi era il ragazzo che mi ha fermato quando ho cercato di scappare? Credo che si chiami Jared» chiesi, cercando di sembrare indifferente.

«Ah» sorrise e alzò le sopracciglia, in uno sguardo complice e sornione, «uno appena arrivato. Viveva con sua madre prima, ma ha avuto una serie di problemi e abbiamo deciso che era una buona idea fargli passare del tempo con me. Perché me lo chiedi?»

«Così» dissi incerta, «per pura curiosità.»

«Posso darti il suo numero, se vuoi» aggiunse prendendomi in giro.

Soffocai un gridolino. «No!» dissi diventando tutta rossa. Ero imbarazzata: non lo avevo chiesto per quello! Non mi interessava! Mi schiarii la voce e sospirai. «Volevo solo sapere perché era qui.»

«Viene qualche volta. Gli fa bene.»

«Perché?»

Il dottore sospirò. Sembrava che gli avessi chiesto di raccontare la peggior esperienza della sua vita. Scosse la testa, rattristato. «Jared è un ragazzo... problematico,

Hannah. Va male a scuola e lo sospendono in continuazione. Finisce sempre in qualche rissa e partecipa alle gare clandestine di auto. Non ti venga in mente di uscire con un ragazzo così, mi raccomando: sta lontana da lui. Jared non è una persona di cui ci si può fidare.» I suoi occhi diventarono scuri per qualche momento. Poi si riprese e mi guardò con affetto.

«Nessuno lo è, dottore» sussurrai proprio mentre mia madre rientrava nella stanza. Aveva stampato in faccia un largo sorriso. Non potei evitare di pensare che stava fingendo.

* * *

Alla fine, ero a casa. Tutto, assolutamente tutto, era in ordine. Mi sentivo svuotata, come se mi trovassi in un pozzo oscuro e profondo da cui non potevo uscire. Come se ci fosse un buco dentro di me, come se tutti gli organi, le ossa, perfino i muscoli avessero abbandonato il loro posto, lasciandomi sola di fronte al mio destino.

Avevo provato a chiamare Alex tutti i giorni, continuamente. Non smettevo mai di pensare a lui, ma non rispondeva. Avevo la sensazione che non sarebbe tornato e questo mi faceva sentire abbandonata, indifesa e vulnerabile.

Ero in camera mia. A Seattle. A casa mia. E ogni cosa che avevo intorno non faceva che smentire tutto quello che avevo vissuto prima. O che credevo di aver vissuto. Non potevo sentirmi più confusa e spaventata. Passai una settimana a piangere senza smettere mai, lontana dal mondo, fingendomi stanca e malata.

Ma non era così, ero completamente distrutta. Avvertivo un dolore al petto che non mi dava tregua, come se mi avessero ficcato delle spade ovunque, fino alla parte più profonda di me, fino al cuore, spaccato e distrutto. Respirare era un'impresa. Comunicavo a monosillabi. Non parlavo con nessuno, neppure con Cara. Evitavo qualunque contatto con le persone, non volevo che mi vedessero in quello stato.

Cara insisteva per uscire e andare da qualche parte, ma io mi rifiutavo. Non potevo. Non volevo. Non riuscivo a consolarmi. Avevo bisogno di Alex, ma lui se n'era andato. Non avevo nessuno con cui parlare o scherzare. Non me ne fregava niente della mia salute, mi sembrava una cosa ridicola. Non riuscivo a superare nulla di quello che mi era successo e continuava a succedermi.

Poi un giorno mi alzai di scatto e rimasi a fissare il vuoto. «Basta Hannah. Piangere non ti servirà a nulla» dissi a voce alta. «Devi fare qualcosa.» Fissai il computer sulla scrivania di legno bianco: se Alex esisteva, il messaggio che mi aveva mandato doveva essere ancora lì.

Raggiunsi la scrivania asciugandomi le lacrime col maglione arancione che avevo indosso. Il tessuto era ruvido ed era completamente fradicio da quanto avevo pianto. Mi sedetti sulla sedia e accesi il computer. Il desktop era l'immagine di un castello, ma non ricordo di preciso quando l'avessi scelta.

Sospirai ed entrai nel mio profilo Facebook. Mi cominciarono a sudare le mani.

Avevo più di cento messaggi. Aprii il primo. Come sospettavo, erano tutti dei miei amici, che speravano mi riprendessi in fretta. Erano pieni zeppi di emoticon, più o meno tutti uguali, e li ignorai. Mi importava trovarne solo uno, con tutte le mie forze.

Incrociai le dita della mano sinistra, mentre con la destra spostai il cursore verso il fondo dello schermo. C'erano messaggi da gente che nemmeno conoscevo. Quando vidi che il nome di Alex non compariva, cominciai a preoccuparmi.

Il suo messaggio non c'era da nessuna parte.

Trattenni un gemito di frustrazione. Qualcuno poteva averlo cancellato... Mia madre? Alex, magari? Scossi la testa e mi alzai. Non potevo darmi per vinta. Cercai il suo nome tra gli amici, ma quando lo digitai non apparve nessun amico che si chiamava Alex Crowell.

Uscii da Facebook e aprii una nuova scheda nel browser. Nella barra di ricerca, scrissi "Famiglia Crowell". Apparvero parecchi risultati e cominciai a leggere le prime pagine. Cliccai, ma non trovai che una foto di una famiglia orientale. La chiusi immediatamente. Feci lo stesso con tutte le pagine, una dopo l'altra. Non c'era nulla sulla morte di Alex e la sua misteriosa famiglia. Sembrava non esistessero.

«Hannah? Ci sei? Ricorda che oggi torni a scuola.» Sussultai. Me n'ero completamente dimenticata. «Sei già in ritardo.»

Mi schiarii la gola e mi asciugai gli occhi. «Scendo tra cinque minuti!»

Mi alzai di scatto e rischiai di inciampare. Mia madre sospirò e alla fine rispose: «Sbrigati. Hai già perso l'autobus. Dovrò portarti in macchina. Ti aspetto giù».

Corsi fino all'armadio e mi misi la prima cosa che mi capitò a tiro, una giacca di pelle nera e una camicia bianca, dei pantaloni neri consumati e rotti. Mi vestii di corsa, poi cercai delle scarpe comode e decisi di indossare quelle bianche. Erano consumate e sporche, ma mi piaceva portarle così.

Andai in bagno e mi lavai la faccia con dell'acqua fredda. Quando alzai gli occhi per guardarmi allo specchio, sospirai e dissi: «Merda».

Ero un disastro. Avevo gli occhi così rossi e gonfi che il trucco non sarebbe servito a nulla. Mi spazzolai i capelli e li lasciai sciolti. Poi aprii l'armadietto sopra il lavandino e tirai fuori tutto quello che c'era dentro. Mi misi una quantità incredibile di fondotinta, cercando di nascondere le occhiaie scure, mi riempii le ciglia di rimmel e mi riguardai nello specchio. Molto meglio: le occhiaie erano quasi sparite.

«Hannah! Andiamo!»

«Arrivo! Arrivo!» Non doveva scoprire che stavo investigando sulla famiglia Crowell, dovevo comportarmi come se niente fosse. Mi lavai i denti in fretta, mi misi un po' di lucidalabbra e uscii correndo. Con lo zaino in spalla, scesi le scale a due a due e, quando arrivai all'ultimo gradino, mi pizzicai le guance per dargli colore. Inciampando nei miei stessi piedi, arrivai in cucina e presi una mela rossa che stava sopra al tavolo. Quando uscii di casa, mia madre era già in macchina.

Entrai prima che si mettesse a gridare di nuovo.

«Siamo in ritardissimo. Allacciati la cintura» ordinò mentre toglieva il freno a mano e metteva la prima.

Non parlammo durante tutto il tragitto e in meno di dieci minuti eravamo già a scuola. I ragazzi guardavano la macchina, stupiti. Mi fissavano con gli occhi spalancati facendomi sentire così a disagio che affondai nel sedile del passeggero, cercando di nascondermi. Sarebbe stata una giornata orribile, me lo sentivo.

Mia madre parcheggiò e spense il motore. «Ci vediamo dopo, ok?»

«Posso tornare da sola, mamma» risposi, cercando di non sembrare irritata.

«Non voglio che ti succeda di nuovo qualcosa, ti riporterò a casa io. Ora che ti ho con me, voglio curarti e proteggerti.»

Guardai fuori dal finestrino.
«Alle tre qui?»
«Ok.»
«Bene, allora ci vediamo dopo.»
Mi caricai lo zaino in spalla e mi preparai a scendere.
«Buona giornata.»
Repressi un sospiro strozzato. Era come se fossi stata via un decennio e mi sentivo osservata da migliaia di persone che nemmeno conoscevo.
«Anche a te.»
Chiusi la porta e camminai verso l'entrata.
Una volta dentro, osservai il corridoio: era lo stesso di sempre, le pareti erano ancora bianche con delle linee azzurre orizzontali. Camminavo di fretta, non volevo imbattermi in qualcuno a cui avrei dovuto spiegare sorridendo che cosa era successo.

A un certo punto qualcuno mormorò qualcosa e tutti mi fissarono. Mi fermai di colpo, senza avere il coraggio di guardare in faccia nessuno e continuai a tenere lo sguardo fisso davanti a me. Volevo tornare a casa e piangere disperata per tutto il giorno. Deglutii e sentii un forte dolore allo stomaco. Le ragazze mi guardavano con curiosità e allo stesso tempo con disprezzo da dietro gli armadietti. Rispetto ai miei, i loro capelli erano perfetti ed erano vestite senza dubbio meglio di me. Al loro confronto sembravo una barbona. Un gruppo di ragazzi alla mia destra sussurrò qualcosa che non riuscii a sentire e tutti scoppiarono a ridere. Diventai rossa come un peperone. Si stavano prendendo gioco di me.

«Ehi! Jared, quella non è la tipa che vede i fantasmi?» chiese uno di loro con un sorrisetto cinico.

A quel punto lo riconobbi tra la folla. Aveva una giacca di pelle e dei pantaloni neri attillati che gli stavano una favola. Era alto, forte. Aveva muscoli perfettamente definiti e un sorrisetto malizioso. Era circondato di ragazze che mi guardavano strafottenti.

Jared? Lo stesso Jared dell'ospedale?

«Esatto, Max.»

Una ragazza coi capelli rossi lunghi fino alla vita gli stava avvinghiata. Aveva le labbra carnose e rosse, e delle tette enormi. Jared la strinse a sé. Vidi chiaramente il tatuaggio sul braccio sinistro: un teschio. Era spettinato e, anche se odiavo ammetterlo, era attraente, e stronzo. Le ragazze lo guardavano con gli occhi a cuore, ma lui le ignorava. Prestava attenzione solo a me, mi fissava con prepotenza.

Cazzo. Sapeva tutto.

«Quindi è la schizzata, eh?» chiese con arroganza quel Max. Le ragazze cominciarono a sbavare appena aprì bocca.

«E a te che te ne frega?» chiesi. Lo fulminai con lo sguardo e, subito dopo, mi pentii di aver parlato. Dovevo andarmene, difendermi avrebbe solo peggiorato la situazione. La cosa migliore da fare era ignorarli.

«Sta' zitto. Gli schizofrenici possono essere pericolosi» disse Jared. Il cuore mi batteva a mille all'ora. Avrei voluto picchiarli tutti, ma inspirai a fondo.

«Non sono schizofrenica» risposi accigliata. Mi sentivo impotente ed ero molto nervosa.

Jared scoppiò a ridere. «Me lo ha detto mio padre. E poi, l'ho visto io stesso. Hai cercato di ammazzarti» disse con un sorriso arrogante.

Strinsi i pugni e la rabbia mi spinse a ribattere: «Perché non stai zitto? Che cazzo ne sai tu?!».

«Perché non ci dici come si chiama quel tuo ragazzo immaginario? Come si chiamava?» Sollevò il mento e finse di pensarci per un momento. Poi aggiunse con sarcasmo: «Alex? Alex Crowell?».

«Stai zitto!»

«Allora è Alex, eh?» ripeté. Tutti cominciarono a ridere come degli idioti.

«Basta!» piagnucolai a bassa voce e chiusi gli occhi per cercare di non esplodere... nessuno poteva parlare male di Alex!

«E invece» Jared si allontanò dalla rossa, «io credo che tutti debbano sapere che tipo di persona sei.»

Altri studenti si riunirono intorno a noi. Fissavano con attenzione me, Jared e Max.

«Sono una persona normale, Jared. Non faccio schifo a scuola e non partecipo a gare clandestine per scappare dalla mia vita di merda, come fai tu.»

Max spalancò gli occhi, guardando Jared, in attesa della risposta. Lui si avvicinò di un passo fissandomi con un sorrisetto acido.

«E che ne sai tu della mia vita, ragazzina?»

Rimasi immobile. Jared voleva intimidirmi, ma non avevo intenzione di permetterglielo. Il corridoio era sempre più silenzioso, l'aria sempre più tesa. Lo sfidai con lo sguardo, alzando di poco il mento. Dentro di me, tremavo.

«E tu, che ne sai della mia?» contrattaccai.

Max si mise comodo a guardare la scena, appoggiandosi a una ragazza che era con lui e avvolgendole i fianchi con le braccia.

«Più di te, a quanto pare» rispose, allargando quel sorriso insopportabile. Le vene sul suo braccio si ingrossarono. Era nervoso. Ero sicura che il dottor Richard non gli avesse detto nulla. Non poteva averglielo detto.

«Sai cosa? Tu e il tuo amichetto potete andare affanculo. Non mi interessa cosa dite.» Sbuffai e sorrisi. Mi sentivo orgogliosa di me stessa.

«Attenta a quello che dici. Non sai contro chi ti stai mettendo.» Jared aggrottò la fronte e si passò la lingua sulle labbra. Poi fece un altro passo, avvicinandosi ancora di più.

«Hai appena detto che gli schizofrenici sono molto pericolosi. Quindi secondo me quello che deve stare attento sei tu.» Feci una pausa e li guardai. «E mi piacerebbe proprio vederti soffrire.» Le mie stesse parole riuscirono a spaventarmi, ma non indietreggiai. Jared nemmeno. Max si strinse ancora di più alla ragazza, scuro in volto.

«E cosa avresti intenzione di fare?» mi sfidò Max, guardandomi fisso. Poi fece un balzo indietro e alzò le mani in aria, fingendo di tremare. «Per caso hai dei poteri psichici, Hannah?»

Cominciavano a darmi davvero sui nervi. «Non essere idiota, Max.» Sorrisi come se fossi una squilibrata. «Se avessi dei poteri farei in modo che quell'orologio sulla parete sopra di te...» Max alzò lo sguardo, terrorizzato. «Farei in modo che ti cadesse in testa» troncai.

Qualcosa cadde a terra. Si udirono alcune grida soffocate, poi un fragoroso rumore risuonò tra le pareti del corridoio. Istintivamente, feci un passo indietro. Max era a terra. L'orologio appeso alla parete gli era caduto addosso, ma per fortuna non sembrava ferito. Era solo sotto shock.

Che diavolo è successo?

«Max!» gridò Jared senza muoversi. Era stupefatto, come tutti gli altri. Le ragazze accanto a Max erano pietrificate.

«Tu...» Jared mi indicò, furibondo, e io feci un passo indietro. Faceva paura. «Sei stata tu!»

«Io non ho fatto nulla!» risposi. «L'hanno visto tutti, come fai ad accusarmi?» mormorai, facendo un altro passo indietro.

«Abbiamo sentito cos'hai detto.»

Fece un lungo passo e mi si piantò di fronte. All'improvviso sembrava molto più grosso. Aveva le spalle così larghe che avrebbe potuto soffocarmi con un semplice abbraccio.

«Chiamate l'infermiera! Non si muove!» La ragazza che Max aveva abbracciato si era inginocchiata accanto a lui e lo guardava incredula.

Ero nel panico, dovevo uscire da quel posto. Com'era stato possibile? Non c'erano spiegazioni.

«La pagherai per questo, Hannah Reeve...» minacciò Jared.

«Come fai a sapere come mi chiamo?» chiesi spalancando gli occhi in totale confusione.

«Dal tuo fascicolo medico. Con chi credi di parlare?» Aveva gli occhi sempre più iniettati di sangue, era terrificante.

«Non ho fatto nulla...» ripetei con un filo di voce.

Tutti si erano allontanati da noi per fare cerchio attorno a Max.

Il dottor Richard aveva ragione, dovevo stare lontana da Jared. Era così arrogante e presuntuoso che sarebbe stato capace di farmi qualsiasi cosa... se fossi stata un maschio a quest'ora avrei avuto il naso sfasciato. «In ogni caso, mi spiace per Max.»

«Scusarsi non serve a niente. Chi commette un errore, lo paga. E tu pagherai.» Poi, proprio quando stava per allungare una mano per afferrarmi, cadde a terra senza riuscire neppure a sfiorarmi. Tutti quelli che erano intorno a Max si spaventarono e io decisi che era arrivato il momento di filare via.

Jared alzò lo sguardo, fuori di sé. «Tu...»

Prima che potesse rialzarsi, schizzai fuori di lì. Sentivo addosso gli occhi di un centinaio di persone. Guardai indietro un momento e vidi che Jared continuava a maledirmi.

Corsi più forte, anche se sapevo che nessuno mi stava seguendo. Il vento mi sbatteva in faccia scompigliandomi i capelli. Mi muovevo rapida e veloce, inspirai ed espirai liberandomi dalla tensione. Zigzagai per il parcheggio, schivando le macchine fino a che non sentii in lontananza la campanella della scuola.

Mi fermai accanto a un'auto e mi ci appoggiai. Avevo bisogno di prendere aria. Ero esausta. Mi guardai intorno per controllare che nessuno mi avesse visto, mi asciugai i palmi delle mani sudati e m'incamminai per prendere un taxi e andarmene di lì il più presto possibile.

C'era solo un posto dove andare. Ma prima dovevo essere sicura che esistesse.

* * *

Quando scesi dal taxi, capii che qualcosa non andava. La casa appariva, abbandonata, in rovina, come se fosse disabitata da decenni. Il prato, che avevo visto verde fino a poco tempo prima, era secco e le piante senza vita. Per raggiungere la porta bisognava passare attraverso erbacce secche e piante dai rami spogli. Le finestre erano rotte e non c'era traccia dei Crowell.

Ero così infuriata che volevo prendere a pugni e rompere tutto. Sentivo di aver perso ogni speranza. Non trovare nessun segno dell'esistenza dei Crowell era terribile. Stavo diventando pazza.

Tornai a casa, delusa. Non c'era nulla da fare. A quanto

pareva, il dottor Richard diceva la verità: i Crowell non erano mai esistiti e io mi ero immaginata tutto. Avrei dovuto solo riabituarmi alla solita routine. Alzarmi, lavarmi i denti, prendere il primo autobus e andare a scuola, dove avrei visto le facce dei miei compagni che sussurravano cose orribili alle mie spalle.

Odiavo la scuola, odiavo tutto ciò che aveva a che fare con quella città e con quelle persone. Avrei dovuto anche cercare di evitare gli sguardi assassini di Jared. Ma io pensavo solo ad Alex, non avevo nient'altro in testa. Eppure Alex non esisteva, era stato solo un'ombra della mia immaginazione durante il coma.

Mia madre aveva detto che avevo avuto un incidente a scuola. Durante l'ora di educazione fisica qualcuno aveva tirato un pallone da basket verso di me e mi aveva presa in pieno. Era difficile credere che fossi rimasta in coma per più di tre mesi per una botta del genere, ma questa era stata la sua geniale, magnifica spiegazione. E ricordavo che mi aveva detto la stessa cosa tempo prima, quando mi ero svegliata con un terribile mal di testa.

Ero stata tre mesi in coma e tutto ciò a cui avevo creduto era falso. Alex non esisteva. Non avevo un padre e anche Rosie e George erano frutto della mia immaginazione.

Dovevo accettarlo.

Dovevo dimenticarmi di Alex e andare avanti con la mia vita.

Capitolo quindici

Due occhi color caffé mi fissavano con insistenza. I capelli castani e lisci della donna che avevo di fronte le cadevano sulle spalle incorniciando un volto regolare con solo un filo di trucco e labbra così rosse da non aver bisogno di rossetto.

«Hannah Reeve. Ti chiami così, vero?» chiese abbassando lo sguardo sui fogli che aveva in mano.

«Sì.»

La stanza era molto grande e aveva vetrate così alte che arrivavano quasi al soffitto. Sulla destra c'era una scrivania di legno massiccio smaltato. Le sedie erano una dietro la scrivania, l'altra di fronte e in un angolo c'erano due poltrone marroni e un enorme tappeto che ricopriva il pavimento. Il suo sguardo mi faceva stare sulle spine.

Giocherellavo con le dita, nervosa.

«Stai bene?»

Mi sforzai di guardarla di nuovo e mi sistemai meglio sulla poltrona scomoda. Non mi piaceva stare lì.

«Cosa?» chiesi confusa. La donna si inumidì le labbra e mi sorrise con dolcezza.

«Ti ho chiesto se stai bene.» Le sue sopracciglia spesse e scure si inarcarono come se fossero animate di vita propria.

«Sì, anche se non so perché sono qui...»

In realtà, lo sapevo. Il mio comportamento in ospedale aveva allarmato mia madre. Una notte l'avevo sentita piangere nella sua stanza e avevo capito che era davvero molto preoccupata per me. Andare dallo psichiatra significava tranquillizzarla e alleggerirmi di un costante senso di colpa. In più avrei avuto tempo per capire che cosa stava succedendo: avrei approfittato di quegli incontri per fare chiarezza. Magari mi avrebbe aiutata o avrei potuto usare le ore di visita per scappare a indagare: era una scusa perfetta. Nella peggiore delle ipotesi sarebbe stato un modo per distrarmi.

Mia madre aveva insistito talmente tanto perché andassi da uno psichiatra che non ebbi altra scelta, anche se misi in chiaro alcune condizioni: non avrebbe dovuto impicciarsi di quello che facevo nella mia stanza e avrebbe dovuto lasciarmi guidare la macchina che teneva in garage da due anni. Era vecchia, con la vernice scrostata e faceva un sacco di rumore, ma mi avrebbe fatto comodo. Aveva solo bisogno di un po' di benzina.

«È per il tuo bene, per la tua salute» mi disse la dottoressa. «Vogliamo che ti rimetta in sesto e che impari a controllare certi...» fece una pausa, cercando la parola giusta: «... impulsi che possono mettere in pericolo altre persone».

«Sì, capisco. Quindi ho qualcosa di strano? Sono diversa dagli altri? È questo che vuole dirmi?»

«No, quello che voglio dire è che stai passando un periodo difficile e io ti aiuterò a superarlo.» Sospirai e mi appoggiai allo schienale della poltrona. Era proprio scomoda.

«Mia madre le ha parlato di me? Cosa le ha detto?» chiesi sperando che vuotasse il sacco e mi confessasse ciò che mia madre pensava veramente di me.

«Emma mi ha parlato delle tue passioni, di ciò che facevi quando eri bambina, dei tuoi film preferiti.» La dottoressa non avrebbe detto niente che potesse coinvolgere mia madre. «Anche a me piace un sacco *Monsters & Co.*» Non potevo credere che glielo avesse detto. Non che me ne vergognassi, era una bella storia di amicizia, ma era un dettaglio così personale che non mi faceva piacere che gliel'avesse raccontato.

«Davvero?» chiesi accigliata, «e perché?»

«Be', è un film molto ironico.» Fece una pausa, esaminandomi con attenzione. «Credo che non sia un semplice film di animazione, ma una rappresentazione della realtà. I mostri in fondo non sono poi così cattivi.» Capii che si riferiva agli svitati che doveva avere in cura. «La piccola Boo è un personaggio meraviglioso. Si addentra in questo mondo che spaventa gli umani e vive momenti incredibili con esseri che nessuno pensa siano reali. Ma alla fine ritorna nel suo mondo, Hannah. Presto o tardi deve farlo, deve tornare a casa, perché quello è il suo posto.»

Avevo capito il messaggio: il film era la mia storia. Non aveva menzionato Alex, ma non avrebbe potuto essere più chiara. Voleva che mi dimenticassi dei Crowell. In effetti, se Alex fosse esistito davvero, si sarebbe già fatto vivo, non avrebbe mai aspettato così tanto. Non si sarebbe nascosto per tutto quel tempo. E poi la sua famiglia, e la mia, erano sparite. Erano emersi così tanti segreti nascosti per così tanto tempo...

«Capisco.»

La donna, trentenne o poco più, mi sorrise gentile, ma non riuscii a ricambiare, il mio volto rimaneva impassibile.

«Molto bene, abbiamo rotto il ghiaccio in un modo un po' insolito. Lascia che mi presenti: sono la dottoressa...» Non ascoltai la fine della frase: la mia attenzione fu attratta dalla parete dietro la scrivania, dove c'era la fotografia di un bambino. Mi ricordai il certificato di nascita di Alex e quello di adozione... Non poteva essere: la donna di fronte a me aveva gli occhi simili a quelli di Alex, ma nulla più. Era troppo giovane per avere un figlio dell'età di Alex e quella foto non poteva essere più vecchia di un paio di anni.

All'improvviso non riuscii a tenere a freno la rabbia: Alex doveva sapere la verità. Rosie e George gli avevano mentito. Come avevano potuto nascondergli una cosa così importante?

«Ascolti...» dissi pensando ad Alex. La donna mi guardò. «Io sto bene, sono solo un po' scossa. Non ho bisogno del suo aiuto. Non sono pazza.»

La dottoressa si appoggiò sulle gambe i documenti che aveva in mano. La gonna, che le arrivava alle ginocchia, era risalita fino alle cosce, abbronzate e senza calze.

«Hannah, credo che tu sia una ragazza intelligente che sa perfettamente di avere bisogno del mio aiuto.»

«Non ho bisogno del suo aiuto, perché so per certo di aver vissuto tutte quelle cose, anche se tutti cercano di convincermi del contrario. Non so cosa sia successo ai Crowell o ad Alex, ma lo scoprirò.»

Lei si sistemò i capelli con le dita lunghe e sottili. «Voglio solo che tu sappia che posso aiutarti, Hannah.»

«Non ho intenzione di parlare con lei.» Deglutii. «Non lo farò mai.» Mi alzai, ma lei mi si piazzò davanti bloccandomi la strada. Aveva un aspetto imponente e autoritario.

«Dove vai?»

«Da qualche altra parte» sussurrai a denti stretti. Avevo bisogno di sfogare tutta la rabbia che mi ribolliva in corpo e la psichiatra sembrava l'obiettivo perfetto.

«Ma non abbiamo ancora finito. Sei sicura di voler andar via?» Mi sorpresi: non sembrava infastidita dalla mia scenata. Anzi, pareva comprensiva.

«Sì, ho dei compiti da fare.» Fu la prima cosa che mi venne in mente. Era una settimana che non frequentavo alcune lezioni, quelle in cui avrei incontrato Jared, anche se erano le mie preferite. Ma non volevo avere altri guai: volevo evitare che mia madre venisse a sapere del litigio con lui. Anche se ormai ne parlava tutta la scuola, Jared aveva proibito a chiunque di dirlo alla preside, perché voleva vendicarsi personalmente. Che fortuna!

In ogni caso, io non volevo incontrarlo e quando lo incrociavo in corridoio mi nascondevo fino a che non lo perdevo di vista. Era un tipo orgoglioso, insolente e arrogante e farsi mettere in ridicolo da una come me lo aveva mandato fuori di testa. Se fosse successo qualcosa, non ci sarebbe stato Alex a proteggermi.

«Molto bene, allora per oggi abbiamo finito.» La dottoressa si fece da parte e mi lasciò passare e in quell'attimo mi sembrò di vedere un'ombra alle sue spalle.

«Forse non tornerò» dissi mentre uscivo dalla stanza.

«Le sedute sono obbligatorie, non te lo ha detto tua madre?» Non sembrava infastidita, ma sapevo che ogni sua frase nascondeva il tentativo di analizzarmi.

«Sì, me lo ha accennato.»

«Ah, ora capisco» rispose con un sorriso.

«Cosa?»

«Te lo dico la prossima volta, se verrai» rispose misteriosa. Non potevo cedere ai suoi ricatti, ma dovevo ammettere che era brava a stuzzicare la mia curiosità.

«Be', farò a meno di saperlo.» Aprii la porta.

«Ci vediamo settimana prossima. So che verrai» rispose con una mano appoggiata sullo stipite.

«Staremo a vedere.»

Percorsi il corridoio bevendo un sorso d'acqua. C'era qualcosa di affascinante in quella donna e senza dubbio aveva ragione: sapeva di aver fatto centro con me, e che sarei tornata per sapere cosa voleva dire con la sua risposta sibillina.

La sera stessa sarei dovuta andare in biblioteca a stampare gli appunti delle ultime lezioni di matematica e chimica. Cara a scuola aveva cercato di convincermi a sedermi vicino a lei e alle sue amiche cheerleader, ma non mi andava. E Kate continuava a comportarsi da Kate: arrogante, presuntuosa e irritante.

Jared aveva raccontato a tutti che ero pazza, ma almeno Max mi ignorava, con quel cerottone in testa: quando ci incrociavamo si spaventava e non mi dava fastidio. Ogni volta che i nostri sguardi si incontravano, guardava da un'altra parte.

Mentre camminavo per uscire dallo studio della dottoressa, persa nei miei pensieri, andai a sbattere contro una tizia con in mano dei libri che caddero per terra.

«Ehi, perché non guardi dove vai?»

«Scusa, non ti ho vista...» Mi chinai per aiutarla a raccogliere quel casino. La ragazza sbuffò e si chinò a sua volta. «Mia madre mi uccide se scopre che sono arrivata di nuovo tardi a una seduta.» Sembrava davvero preoccupata.

Alzai lo sguardo mentre raccoglievo l'ultimo libro e riconobbi i suoi profondi occhi azzurri. Indossava un abito viola e il suo profumo alla lavanda mi fece venire i brividi. Per poco non scoppiai a piangere. Chiusi gli occhi e li riaprii, per assicurarmi di averci visto bene. I suoi capelli biondi e mossi mi riportarono indietro nel tempo. Ricordai il negozio di abbigliamento e quel vestito...

Corrugò la fronte. Sembrava che nemmeno lei credesse

ai suoi occhi. Poi soffocò un grido e lasciò andare i libri che finirono di nuovo per terra.

«Anna!» urlai.

«Hannah! Non è possibile!» Si gettò su di me e mi strinse forte. «Guarda chi altro c'è qui!» Mi voltai, ma non vidi nessuno.

Anna si scostò di scatto e rimase in silenzio per alcuni, angoscianti secondi. Poi disse triste: «Mi spiace, devo essermi confusa. Io...». Non sapeva come finire la frase.

Non ci misi molto a capire cosa stava succedendo. Anna abbassò lo sguardo e raccolse i libri in meno di due secondi.

«Alex è qui?» chiesi, sperando di vedere il suo fantasma. Ero sicura che Anna lo avesse visto. Ma perché non voleva dirmelo? Alex era lì! Rabbrividii... e la guardai di nuovo, implorando una risposta.

«Non so di cosa tu stia parlando, mi spiace» disse, deglutendo a fatica. «Mi sono confusa.» Stava mentendo, lo capivo dalla sua voce incerta. Sarei morta purché mi dicesse la verità.

«Ma mi hai riconosciuto! Anna! Alex è qui! Vero?!» Ero emozionata e furiosa allo stesso tempo. Era tutto vero. Tutto quello che mi era successo. Quel maledetto vestito viola lo confermava. Anna era la mia salvezza. Sapevo che Alex era lì e che lei lo vedeva.

A quel punto diventò tutto chiaro! Era stato Alex a far cadere l'orologio e a far inciampare Jared!

«Devo andare...»

«No!» Mi misi davanti a lei sbarrandole la strada. «Per favore, Anna. Tu sai chi sono e sai cosa sta succedendo.» Feci una pausa e mi avvicinai. Quando inalai il suo profumo di lavanda, mi tremarono le gambe. «Alex è qui?»

Anna incespicò, come se avesse perso l'equilibrio, ma

si riprese subito. «Io... non so di cosa tu stia parlando, te l'ho già detto.» Mi guardò angosciata e impotente.

«Dì ad Alex di smetterla di fare l'idiota. So che è qui!»

«Devo andare.»

«Anna...» la supplicai, afferrandola per le spalle. Era gelida. «Dove sono tutti? Dov'è tua madre? Eric? George? Cosa gli è successo?!» Era l'unica persona che poteva aiutarmi, l'unica che poteva rispondere alle mie domande, non l'avrei lasciata andare facilmente.

«Per favore, lasciami passare!» Si guardò intorno. «Altrimenti mi metto a urlare!» Sospirai e mi feci da parte.

«Quando tutto questo sarà finito, andremo a fare ancora shopping insieme, d'accordo?» Non volevo essere arrabbiata con lei. Era Alex che si stava comportando da imbecille. Speravo che Anna cogliesse la mia allusione al giorno in cui eravamo andate al centro commerciale. Lei aprì la bocca, ma la richiuse subito e mi fissò. Sapeva di cosa stavo parlando. Poi si mise a correre e sparì nel corridoio.

Rimasi sola, in silenzio.

Cosa era successo dopo che Eric mi aveva addormentato col panno intriso di cloroformio? I Crowell stavano bene?

La dottoressa aveva ragione. Sarei tornata. Oltre a morire di curiosità, ora sapevo che anche Anna era una sua paziente. E sembrava diversa, più sicura di se stessa.

«Credi che allontanarti da me mi aiuterà, ma ti sbagli» sussurrai. Speravo che Alex avesse sentito, anche se non si era degnato di apparire. Non mi aveva neppure mandato un segnale. Era assurdo. Sapevo che era lì. Sentivo la sua presenza. Lo percepivo accanto a me, in ogni momento.

* * *

Dopo una settimana le voci sulla mia supposta schizofrenia erano già acqua passata. A scuola non si parlava che della perfetta Ruby, una ragazza nuova. In corridoio c'era chi scommetteva su chi sarebbe riuscito a uscire per primo con lei, ma mi sorprese scoprire che Jared non aveva partecipato.

Io non l'avevo conosciuta ma Kathia, una compagna di classe, mi teneva aggiornata. Non eravamo amiche, ma si era offerta di darmi una mano con i compiti, e gliene ero grata. Lei non credeva alle voci sulla mia schizofrenia. Era confortante sapere che almeno una persona in tutta la scuola non mi considerava fuori di testa. Tuttavia Kathia non sapeva nulla né dei Crowell né di Alex.

Negli ultimi giorni, Cara mi aveva evitata. L'avevo chiamata diverse volte per invitarla a fare un giro, ma mi rispondeva sempre che aveva un sacco di compiti e mille impegni. In più non parlava con Seth, era come se non si conoscessero e passava molto tempo insieme a Kate.

Seth diceva di non conoscermi ma, ovviamente, non ci credevo. In quanto a Sarah, non c'era traccia di lei. L'avevano arrestata? O magari era in riformatorio? Non ne avevo idea perché, ovviamente, nessuno mi diceva nulla.

«Hannah! Sei ancora qui?» disse Kathia alle mie spalle. Mi voltai chiudendo il libro che stavo leggendo. «Che ore sono?»

Mi si piazzò davanti. I suoi capelli neri erano lunghi fino alle spalle e aveva degli occhiali rotondi che ingigantivano dietro le lenti i suoi occhi color smeraldo. Aveva il viso sottile e delicato come una bambola di porcellana.

«La campanella ha suonato cinque minuti fa e il prof di educazione fisica mi ha mandato a cercarti. Stai bene?»

«Sì, mi sa che non ho sentito.» Mi alzai dalla sedia e aprii lo zaino per sistemare il libro e il quaderno degli appunti.

«Ho visto Jared vicino agli spogliatoi» mi informò Kathia, che cercava di farmi sapere i suoi spostamenti per aiutarmi a evitarlo. «Credo... credo fosse ubriaco. Devi stare attenta.»

«Grazie per avermi avvertito. Porterò lo spray al peperoncino...» scherzai. Kathia rise.

«Non dimenticarti di usare i tuoi poteri. Di sicuro la telecinesi ti sarà utile!» aggiunse con ironia.

Sghignazzammo entrambe e la bibliotecaria ci lanciò un'occhiataccia.

«E nessun insegnante l'ha visto?»

«Sì, ma non si accorgono mai di cose del genere. E poi Jared è...» La osservai bene: era tesa senza nessuna ragione apparente, come se nascondesse qualcosa di cui si vergognava. «Be', è Jared» aggiunse dopo un momento. Oddio! A Kathia piaceva Jared!

«Kathia, a te...?» Strabuzzò gli occhi all'istante.

«No!» gridò, coprendosi il viso paonazzo.

«Ti piace...» sussurrai.

«Non dirlo a nessuno, per favore!» Sorrisi. Kathia era bella, Jared era una bestia.

«Tranquilla, non lo dirò a nessuno.» Scosse la testa, ancora rossa in viso. «Be', andiamo?»

Feci un movimento brusco e urtai il mio astuccio, facendo cadere tutte le matite colorate a terra. La bibliotecaria tornò a fulminarmi con lo sguardo. Scrollai le spalle per discolparmi e guardai Kathia con un mezzo sorriso.

«Ti raggiungo tra un minuto.»

«Non vuoi una mano?»

«No, tranquilla. Tanto ormai sono in ritardo.» Mi chinai e iniziai a raccogliere le matite. Kathia sospirò e si allontanò salutandomi.

Non appena ebbi recuperato le mie cose e restituito i libri, mi diressi rapidamente verso la palestra. Percorsi un corridoio e allungai il passo per non imbattermi in mia madre. Stava sempre in giro a controllare che tutti fossero in classe. Per fortuna non c'era nessuno in giro, l'unico rumore era l'eco dei miei passi svelti. Il prof di educazione fisica mi avrebbe ucciso. Ero molto in ritardo e non avevo una giustificazione valida, mi sarei presa una nota. Finalmente arrivai alla porta della palestra. Appena la aprii, tutti mi fissarono.

«Hannah! Finalmente ci onori della tua presenza!» disse sarcastico. «Mi toccherà abbassarti la media di un voto.» Oggi avevamo nuoto e, per colpa mia, la lezione iniziava tardi.

«Mi spiace, non ho sentito la campanella!» mi scusai.

«Cambiati. Abbiamo già perso... un quarto d'ora di lezione» mi rimproverò, fissando l'orologio.

«Mi spiace. Mi cambio subito.» Un secondo dopo, stavo correndo verso lo spogliatoio femminile.

* * *

Alla fine dell'ora, io e Kathia tornammo insieme nello spogliatoio.

«Come ti è sembrata la lezione?» chiese, seduta sulla panca e avvolta nell'asciugamano con i capelli bagnati.

«Devastante. Non riesco a muovermi» risposi.

Era vero, mi sentivo come se avessi fatto esercizio per una settimana di fila. In più, non avevo fatto colazione e non avevo neppure cenato la sera prima. Mi girava la testa.

«Io mi sono divertita da pazzi.»

«Ovvio. Nuoti come una campionessa!»

Kathia era la ragazza più sportiva della classe. Si

muoveva con particolare grazia e agilità soprattutto in acqua. Aveva anche partecipato alle olimpiadi scolastiche di nuoto e aveva vinto almeno due medaglie d'oro e due d'argento. Nuotava da quando aveva cinque anni, ce l'aveva nel sangue.

«Non sono così brava...»

«Non essere modesta!» Stavo per mettermi i pantaloni quando un tonfo sordo fece girare tutte le ragazze nello spogliatoio. Poi sentimmo alcune grida strozzate. Mi alzai di scatto e Kathia fece lo stesso, venendo vicino a me.

«È entrato un ragazzo!» gridarono alcune. Io e Kathia ci guardammo accigliate, mentre le grida si facevano più forti. Era quasi divertente.

«Sarà Max, ignoratelo. Entra sempre per rompere le scatole» disse Kathia. Annuii e mi avvicinai all'armadietto per recuperare il beauty case.

«È Jared!» gridò alla fine una delle mie compagne. Mi voltai bruscamente per capire cosa stava succedendo e andai a sbattere contro l'armadietto.

«Hannah! Sapevo che ti avrei trovata qui!» Spalancai gli occhi e guardai Kathia.

«Che ci fai qui, Jared?» Kathia si mise davanti a me cercando di proteggermi. Sulla spalla destra aveva tatuato un pappagallo. Jared fece una smorfia e si appoggiò a uno degli armadietti.

«Sono venuto a trovare Hannah, quindi tutte fuori!» gridò. Era un fascio di nervi. «Non ci sentite? Tutte fuori! Ora! Rimane solo Hannah! Fuori!» In un secondo le ragazze avevano raccolto le loro cose ed erano sparite. Lo spogliatoio era piombato in un silenzio assoluto, eravamo rimaste solo io e Kathia.

«Fuori dai piedi, Kathia.»

«No» rispose lei, tesa.

Jared fece un lungo passo e la guardò, furibondo. Poi le si avvicinò e le appoggiò le labbra all'orecchio destro. Lei non si mosse, ma non smetteva di tremare. «Sarà meglio che tu te ne vada, Kathia. O sarai responsabile di quello che sta per succedere» aggiunse in tono minaccioso, poi mi lanciò un'occhiata per intimorirmi.

Kathia si allontanò da me e uscì correndo. Trattenni il respiro finché ci riuscii e poi tossii, con lo stomaco che mi si rivoltava. Jared aveva in mente qualcosa. Voleva farmela pagare.

«Kathia!» gridai, ma Jared mi afferrò per la vita. «Lasciami! Non ti azzardare a toccarmi!»

Ressi l'asciugamano per evitare che cadesse a terra, Jared si passò la lingua sulle labbra.

«Mi hai messo in ridicolo davanti a tutta la scuola...»

«Mi spiace, ok? Non volevo!»

«Te l'ho detto: devi pagare. Nessuno mi fa fare la figura dell'idiota, tantomeno una pazzoide come te.»

I suoi occhi erano iniettati di sangue. Mi spinse contro gli armadietti facendomi sbattere violentemente contro il metallo gelido. Sentii un brivido e lui grugnì.

«Per favore, Jared, smettila. Lasciami andare. Ti metterai nei guai.»

«Ho già fatto molte cose cattive, Hannah. Non puoi impedirmelo. Né ora, né mai.» Mi immobilizzò e non riuscii a gridare. Mi tremavano le gambe e lui fece un sorrisetto soddisfatto.

«Perfetto. Vedo che cominci a capire» disse sarcastico.

«Jared...» gemetti. «Fermati. Non farmi del male, ti prego...» Cercai di farlo ragionare, ma mi ignorò. Ero terrorizzata e speravo solo che Kathia tornasse presto con un professore.

«Zitta.» Mi appoggiò l'indice sulla bocca. Mi stava troppo vicino. «Vedrai che ti piacerà...»

Mi si fermò il cuore.

«Be'... in realtà, ti farà un po' male...» sussurrò, facendo scivolare le sue labbra sul mio collo.

«Lasciami! Non toccarmi!»

«Facciamo in fretta.» Jared cominciò a slacciarsi i pantaloni e allentò la presa su di me. Allora lo scansai e tentai di correre verso la porta, ma mi riprese subito. Mi spinse di nuovo e per poco l'asciugamano non cadde per terra.

«Dove credi di andare? La festa è appena iniziata!» Le sue labbra cercavano le mie mentre continuavo a tentare di divincolarmi terrorizzata.

«Lasciami, Jared!» gridai. Cercai di colpirlo ma mi afferrò le braccia e mi obbligò ad abbassarle. Senza pensarci due volte gli mollai una ginocchiata in mezzo alle gambe. Lui gemette, ma poi mi strinse con più forza e si avvinghiò a me.

«Ora sì che mi piace...»

«Lasciami! Lasciami!» gridai, sperando che qualcuno mi sentisse. Una lacrima mi rigò il viso quando sentii le sue mani sul mio sedere. «Aiuto» sussurrai, quasi senza voce. Cominciai a piangere disperata, mentre Jared mi toccava una gamba. Avevo ancora indosso l'asciugamano, ma sentivo il calore del suo corpo su di me e non potevo fare niente.

«Sta' zitta» disse cercando le mie labbra. «Basta!» urlò prima di mollarmi un ceffone. Poi mi buttò a terra e io urlai di nuovo. All'improvviso l'asciugamano era coperto di sangue. Rimasi immobile. I capelli mi cadevano sul viso e mi oscuravano la vista. Sentii un sapore metallico in bocca e singhiozzai senza riuscire ad alzarmi. Nessuno sarebbe venuto ad aiutarmi.

«Dov'è il tuo ragazzo, eh? Perché non viene ad aiutarti, Hannah?! Ti ha abbandonato?!» Smisi di piangere, perché sapevo che lo eccitava ancora di più e lo fissai negli occhi. Era un mostro.

«Rispondimi, stronzetta!» gridò fuori di sé.

«Non è qui. Se n'è andato» mormorai.

«Bene, non preoccuparti. Ci penso io a farti felice!» Si abbassò i pantaloni. Mi si annebbiò la vista, ero sul punto di svenire. Aprii gli occhi e vidi che Jared aveva indosso solo dei boxer neri. Si chinò su di me per togliermi l'asciugamano.

«Non farlo» supplicai. Jared mi prese per le gambe e mi tirò a sé. Si mise sopra di me e cominciò ad accarezzarmi le cosce mentre mi baciava il collo. Non potevo muovermi e non avevo la forza di gridare né lacrime da versare. Avevo smesso di lottare, mi ero arresa.

«Ehi, idiota. Aspettavi me?» disse una voce in lontananza.

Jared si alzò subito e si udì un tonfo sordo. Mi tirai su appoggiandomi agli armadietti. Non capivo chi fosse entrato nello spogliatoio, pensai solo a stringermi l'asciugamano addosso.

Jared non riusciva a credere che qualcuno fosse venuto a rovinargli i piani. Aveva un taglio sul labbro che non smetteva di sanguinare e gli occhi spalancati, proprio come me.

Allora capii. Ero furiosa e felice. Alex era lì, fuori di sé. Fulminò Jared con uno sguardo rabbioso.

«E tu chi sei?» chiese Jared, pulendosi con l'avambraccio il sangue che gli colava sul mento. Era ridicolo con indosso solo quei boxer.

«Alex. Mi chiamo Alex Crowell e tu te la stai prendendo con la ragazza sbagliata.»

Capitolo sedici

Jared era confuso e spaventato, le gambe gli tremavano tanto da non reggerlo. Alex sogghignò, gli si scagliò contro mollandogli un cazzotto in faccia. Jared gridò e si portò una mano al naso sanguinante. Guardai Alex, ignorando totalmente Jared. Non riuscivo a staccargli gli occhi di dosso, era così teso e infuriato da non sembrare lui.

«Chiedile scusa.» Alex non mi aveva ancora guardato in faccia, era occupato a provocare Jared.

«Cosa?» chiese Jared accigliato. «Non ho nessuna intenzione di scusarmi. So che le è piaciuto...»

Alex lo colpì di nuovo, stavolta sulla mandibola, provocando uno schianto di ossa rotte che mi strappò un grido.

«Ti ho detto di chiederle scusa.»

«No...»

«Davvero?» chiese Alex con una smorfia e gli occhi lucidi di rabbia. «Cos'hai detto?»

«Non ho nulla di cui scusarmi. Le persone si scusano quando fanno qualcosa di male. E io non ho fatto nulla di male... vero Hannah?» Mi fissò dritto negli occhi e io abbassai subito lo sguardo. Non riuscivo a tollerare la sua faccia, mi faceva schifo. Alex avanzò rapidamente e lo colpì di nuovo, sul mento e sulla guancia, e continuò a farlo, per quanto quello cercasse di difendersi.

«Scusati con la mia ragazza.»

«Mi spiace, Hannah!» Jared indietreggiò, massaggiandosi la mandibola. Poi, impallidì. Si era appena reso conto che Alex aveva attraversato una panchina per raggiungerlo. Mi pulii con l'asciugamano dal sangue che continuava a uscirmi dalla bocca. «Mi spiace davvero!»

«Vattene, prima che...» Alex si fermò e inspirò a fondo, cercando di calmarsi. «Vattene!» Distolse l'attenzione da Jared, che mi lanciò un'occhiata da cane bastonato e corse via.

«Alex?» dissi, un momento dopo.

«Sono un idiota Hannah. Avevi ragione. Nascondermi non ha risolto nulla. Ti ho solo messa in pericolo...» Si zittì, poi riprese: «È stata tutta colpa mia. Non dovevo lasciarti. Sono un imbecille. Perdonami, ti prego...».

«Sei qui. Esisti davvero. Non sono stata in coma...» mormorai con la voce rotta. Provavo una gioia immensa. «Perché sei scappato? Perché ti sei nascosto da me?»

«Volevo solo che fossi felice senza di me. Volevo che la tua vita continuasse, Hannah.»

«Cosa stai dicendo?» chiesi accigliata. «Io non posso essere felice senza di te! Sei parte di me, Alex! Non te ne rendi conto? Farei qualsiasi cosa per te! Voglio stare con te... per sempre!»

Alex si girò e vidi che i suoi occhi color caramello erano gonfi e iniettati di sangue, lucidi.

«Mi dispiace, Hannah» sussurrò.

«Sono arrabbiata con te, ma questo non vuol dire che abbia smesso di amarti.»

«Ti amo, Hannah. Ti amerò per sempre.»

Alex era reale.

* * *

Facevo fatica a muovermi, persino vestirmi era doloroso. Ero a pezzi e il pensiero di quello che era successo mi faceva stare ancora peggio. Mi faceva male ovunque e anche il tessuto leggero della camicia era una tortura a contatto col mio corpo pieno di lividi.

Avevo un aspetto terribile, ma vedere di nuovo Alex mi aveva restituito la voglia di vivere. Il mio cuore aveva cessato di battere quando lo avevo visto nello spogliatoio, il tempo si era fermato di colpo e il mondo aveva smesso di girare. Pensavo solo a lui. Ad Alex. Non era un sogno e io non potevo essere più felice.

Inspirai profondamente e mi passai le dita tra i capelli. La guancia che Jared mi aveva colpito bruciava come un vulcano e sapere di avere il segno delle sue dita sullo zigomo mi creava un senso di disagio che si cementava in gola. La massaggiai con una smorfia di dolore.

Misi le scarpe da ginnastica, lo zaino in spalla e aprii la porta. Alex era appoggiato ai lavandini. Quando mi vide uscire dal bagno si drizzò infilanfosi le mani in tasca e tentò di dirmi qualcosa, ma rimase in silenzio. Aveva gli occhi rossi, come se avesse pianto, e mi faceva una gran tenerezza.

«Faccio schifo?» chiesi con un sorriso timido. Nemmeno io riuscivo a trovare grandi argomenti per rompere il ghiaccio. Alex mi sorrise subito e si avvicinò.

Non desideravo altro che scoppiare a piangere tra le sue braccia. Volevo rannicchiarmi sul suo petto. Solo così mi sarei sentita protetta e al sicuro.

«Sei la ragazza più bella che io abbia mai visto, Hannah. Vorrei baciarti qui, ora. Mi sei mancata tantissimo. Non immagini cos'ho passato senza di te.» Mi accarezzò una guancia, quella dove Jared mi aveva colpito, e le sue dita fecero sparire il dolore.

«E perché non lo fai?»

Sospirò e si schiarì la gola. «Perché sto aspettando che tu mi dia un ceffone e mi dica che sono un idiota.»

Sapeva che non lo avrei fatto. Scossi la testa e mi fermai a guardarlo: era perfetto, e mi amava.

«Perché ti sei nascosto, Alex?» chiesi senza distogliere gli occhi dal suo viso.

Lui si irrigidì e ritrasse la mano. Fece un passo indietro e abbassò lo sguardo. «Sarebbe stato meglio se ti fossi dimenticata di me. Ti stavo distruggendo e mi sentivo in colpa. Pensavo che saresti stata meglio da sola, con la tua famiglia. Credevo che fosse una buona idea. Volevo solo che andassi avanti con la tua vita e ti dimenticassi di tutto questo. Che ti dimenticassi di me.»

Alzò gli occhi. Rimasi ipnotizzata da quegli occhi color caramello, che per una strana associazione mi fecero venire in mente quelli della psichiatra: non mi sarebbe più servita, Alex esisteva!

«Ma non hai mai chiesto la mia opinione. Se mi avessi domandato se preferivo dimenticarmi di te o rimanere con te a dispetto delle conseguenze e del dolore, avrei scelto la seconda opzione senza esitare.»

«Per questo non te l'ho chiesto. Sapevo che avresti scelto me» rispose subito.

Inspirai ancora, sforzandomi di trovare le parole giuste. Avevo paura che se ne andasse di nuovo, che mi lasciasse sola con tutto il casino che avevo in testa e col cuore spezzato. I ragazzi facevano sempre così, anche se non erano tutti uguali, perché alcuni meritano di stare al nostro fianco per sempre. Sono quelli che provavano a sistemare le cose dopo aver commesso un errore, che si preoccupano per la loro ragazza. E anche se le scuse non sistemavano le cose, in fondo contava l'intenzione.

«Sei stato un egoista.» Ero arrabbiata. Avevo voglia di urlargli che era stato un completo idiota. Avevo le guance in fiamme, e non certo per lo schiaffo di Jared, ma perché non sapevo se prenderlo a sberle o lanciarmi tra le sue braccia e affondargli la faccia nel collo per respirare il suo profumo. Non potevo negare di essere al settimo cielo, ora che era tornato.

«Non capisco cosa aspetti a mollarmi un ceffone.»

«Per me sei importante, Alex. Io ti amo.» Lo guardai negli occhi e trattenni il fiato. Allora lui mosse un passo arrivando a pochi centimetri da me. Rabbrividii. Mi strinse il viso tra le mani, come per rassicurarmi, proteggermi e scaldarmi. Il suo respiro delizioso sfiorò la mia bocca.

Avevo una voglia incredibile di baciarlo. Alex inclinò la testa e, lentamente, mi baciò su uno zigomo. Il cuore mi batteva all'impazzata. Risalì il collo fino ad arrivare all'orecchio destro, come una carezza dischiuse le labbra e sussurrò: «Non potrai mai amarmi più di quanto ti ami io».

«Alex...»

La sua bocca mi interruppe, umida e morbida. Sentii il mio corpo rilassarsi, Alex mi baciava con delicatezza, ma come se fosse l'unica cosa che desiderava al mondo. Mi abbandonai alle emozioni. Alzai le braccia per lasciarle cadere sulle sue spalle, gli accarezzai il collo e affondai una mano nella sua folta chioma castana, baciandolo quasi con disperazione.

«Hannah...» fece una pausa, staccandosi da me. Aveva la voce spezzata. Non sapevo quanto tempo fosse passato da che avevamo iniziato a baciarci, ma potevamo aver battuto qualche record di apnea. «Devo dirti una cosa. Una cosa molto importante.»

Ci separammo. Non riuscivo a decifrare il suo sguardo. «Che succede Alex? Va tutto bene?» Si grattò la nuca e io lo osservai, confusa.

«Devo dirti che cosa ho scoperto.» Sembrava turbato e commosso. «Devi saperlo, ma dobbiamo andarcene di qui. Tua madre saprà già cos'è successo con Jared e sarebbe un disastro se dovesse arrivare ora.»

«Alex, mi stai facendo preoccupare, va tutto bene?» Corrugai la fronte. Negò con la testa e strinse le labbra.

«Tutti e due sappiamo la risposta ed è meglio non perdere tempo. Ho le chiavi del fuoristrada di Jared.» Si mise una mano in tasca facendole risuonare e mostrandomele. «Gliele ho tolte senza che se ne accorgesse. Lo considero un risarcimento parziale.»

Pensare a Jared che cercava le sue maledette chiavi per tutta la scuola mi fece sentire meglio.

«Cosa ci facciamo ancora qui?» Gli presi le chiavi dalle mani e lui sorrise orgoglioso.

Alex aprì la porta dello spogliatoio. Il legno cigolò. Lui sporse la testa e io aspettai il suo segnale per uscire. La cosa più probabile era che in quel momento Jared fosse già nello studio di uno psichiatra a raccontargli di aver visto un fantasma. Sicuramente pensava di essere diventato matto.

Alex mi fece cenno di uscire, nel corridoio non c'era nessuno. Tutta la scuola era piombata in un silenzio di tomba. Mi prese per mano, intrecciando le sue dita con le mie.

«Pronta?» chiese con uno sguardo penetrante.

«Sì.»

Avanzammo rapidi per il corridoio. Il suono dei nostri passi era l'unico rumore. Fissai gli occhi sull'uscita di emergenza, aperta, e corrugai la fronte. Era solo mezzogiorno ma fuori era buio. Nubi grigie coprivano il cielo, e si vedevano solo pochi, tenui raggi di sole.

Era strano, ma avevo la sensazione che qualcuno ci stesse osservando. Sentii un formicolio alla nuca e mi venne voglia di grattarmi, poi un brivido mi percorse le braccia, facendomi venire la pelle d'oca. Alex lo notò e mi guardò, preoccupato. Ignorai la cosa, strinsi più forte la sua mano e mi guardai in giro per assicurarmi che nessuno ci seguisse o ci avesse visto. Tutto era così tranquillo e silenzioso che arrivai a pensare che non ci fosse nessun altro a scuola.

A quel punto nella mia mente apparve il volto di mia madre e sentii una fitta al petto.

«Hannah! Stai bene?» Alex si fermò spaventato. Lasciai la sua mano e un freddo glaciale mi invase, come se mi avessero rovesciato addosso un secchio di acqua gelata. Alzai gli occhi e guardai fuori dalla finestra: il cielo era sempre più scuro e il sole aveva iniziato a nascondersi dietro le nubi nere. Chiusi gli occhi e premetti una mano contro la tempia per placare le fitte che mi stavano trapassando il cervello. Cosa mi stava succedendo?

«Mi fa molto male la testa...» Un tuono rimbombò improvvisamente facendomi sobbalzare. Alex mi sollevò con delicatezza il mento. Non potevo né volevo aprire gli occhi. Il dolore era sempre più insopportabile.

«Vado a prenderti qualcosa in infermeria.»

«No! Non andartene, ti prego. Non lasciarmi. Dammi solo un secondo. Non andartene, Alex...»

«Va bene. Tranquilla, non me ne vado.» Annuii con gli occhi chiusi.

«Non so cosa mi stia succedendo.» Sentivo pulsare incessantemente sulla fronte e cercai di nascondere il dolore stringendo i denti. Mi lasciai cadere a terra e mi appoggiai a uno degli armadietti di metallo.

«Perché non torniamo nello spogliatoio? Non riesci a camminare.»

«No. Dammi solo un secondo. Mi rimetto subito.» Mi rannicchiai con la testa tra le ginocchia e cominciai di nuovo a scaldarmi.

«Hannah...»

«Sto meglio. Il dolore sta sparendo» mormorai. Cercai di calmarmi e di aprire gli occhi. Respirai lentamente e appena Alex mi prese la mano fui percorsa da una scarica elettrica.

«Ti porto a casa.»

«No. Andiamocene da qui.»

«Ma tu stai male, Hannah. Hai bisogno di riposare. Hai bisogno...»

«Non posso tornare a casa, Alex. Per favore, portami via di qui» lo interruppi.

Per qualche secondo parve dubbioso. Lo guardai triste e lui annuì, senza essere del tutto convinto.

«D'accordo. Il fuoristrada di Jared è nel parcheggio. Sei sicura di poter guidare?»

«Sicurissima.» Mi prese per mano e, con un leggero strattone, mi tirò su da terra. Mi pulii i pantaloni strappati e riprendemmo a camminare verso il parcheggio. Poi mi strinse di nuovo, e non appena i nostri corpi entrarono in contatto una folata di aria calda mi avvolse. Il mal di testa e i capogiri stavano passando. Mi asciugai il sudore dalla fronte con l'avambraccio e Alex sospirò.

Le chiavi del fuoristrada tintinnavano nella mia tasca destra. Una sottile lama di luce illuminò il cielo scuro e, dopo cinque secondi, si sentì un tuono vibrante che fece tremare i finestrini delle macchine. Alzai lo sguardo e vidi altri raggi filtrare tra le nuvole. Era magnifico, i lampi contrastavano il grigio delle nubi e rilucevano nella penombra, fino a che una goccia di pioggia mi bagnò il viso.

«Andiamo. È lì.» Alzò la mano e mi indicò un fuoristrada.

Cara ne aveva uno uguale. Be', tecnicamente era di sua madre, ma lei lo guidava sempre quando andava fuori città... Era una jeep nera.

«Io... non so se sono capace di guidare un fuoristrada. È parecchio grosso.»

«Io invece credo che tu possa farcela.» Mi diede un rapido bacio sulla guancia e, prima che potessi rispondere, mi trascinò verso il veicolo. A quel punto cominciò a piovere forte e ci mettemmo a correre. Premetti il pulsante di apertura del telecomando e le luci posteriori lampeggiarono per un attimo. Alex aprì lo sportello del posto di guida e mi lasciò la mano. Non appena entrai sentii il calore dell'abitacolo.

«Mettiti la cintura» disse serio.

La pioggia batteva forte sul parabrezza e presto avrebbe cominciato a diluviare. Un altro tuono ce lo confermò.

«Fatto. Dove andiamo?» chiesi sorridendo.

Lui chiuse lo sportello e mi sorrise a sua volta, poi aprì la portiera del passeggero e saltò dentro. Inserii la chiave e la girai, accesi i tergicristalli e i fari.

«Vai sulla strada principale, poi ti guido io.»

«D'accordo» risposi mentre stringevo il volante con mani tremanti.

Ero bagnata fradicia e i fuoristrada mi innervosivano, non mi sentivo in grado di guidarli. Una volta Cara mi aveva lasciato guidare il suo e avevo centrato un albero facendo retromarcia. L'unica auto che sapevo guidare era la macchina di mia madre.

«Tranquilla. È solo una jeep» mi rincuorò Alex.

«Una jeep rubata.»

«Un fuoristrada che abbiamo preso in prestito. E poi è di Jared. Puoi schiantarti contro un lampione o un albero, se vuoi.»

«Non hai tutti i torti.»

Alex sorrise.

Capitolo diciassette

«Alex, non mi piace questa strada. Dove stiamo andando?» chiesi.

Il manto stradale era pieno di buche e solchi, ricoperti di rami secchi e foglie e sempre più fangoso. Pioveva a dirotto ed era impossibile vedere oltre cento metri. Eravamo le uniche persone in giro e non mi sentivo per niente tranquilla.

«Sicuro che sia per di qua?» chiesi.

«Sì. Ora vedrai.»

I tergicristalli andavano su e giù senza sosta, ma servivano a poco. Diluviava e non accennava a smettere. Accelerai di nuovo quando notai che la quantità di buche era diminuita e la strada sembrava più regolare, anche se la pioggia mi impediva di vedere bene.

«Alex?»

«Sì?»

«È stata mia madre? Per questo mi ha mentito? Per questo mi ha fatto credere di essere stata in coma?»

Alex mi guardò di traverso e aspettò qualche secondo, poi si voltò verso il finestrino sporco e pieno di gocce che scivolavano sul vetro e tornò a guardarmi. «No, lei non c'entra nulla. Cara e tua madre volevano proteggerti.»

Schiacciai il freno con forza. «Cosa?»

«Loro volevano proteggerti. Ho sentito quello che si sono dette mentre tu eri incosciente. Margaret non è cattiva e nemmeno Cara. Sono complici l'una dell'altra, ma non hanno mai voluto farti del male, neppure per un momento. Tua madre ti vuole bene, Hannah. Ha fatto di tutto per salvarti. Ha perfino messo a repentaglio la sua vita. E anche Cara ti vuole bene. So che sembra incredibile, ma ne sono sicuro. Ha finto di essere morta e ha rischiato la vita per te.»

«Ma che senso aveva raccontarmi tutte quelle bugie? Da cosa volevano proteggermi?»

«Margaret sapeva che eri in pericolo. Sapeva che qualcuno voleva farti del male e vuole fartene ancora. È venuta al mio funerale perché voleva proteggerti da qualcuno, credo che volesse che tu mi conoscessi, perché...» Fece una pausa e deglutì. I suoi occhi, all'improvviso, si illuminarono «... perché facciamo parte della stessa famiglia».

In quel momento mi tornò in mente il certificato di nascita di Alex e i documenti dell'adozione.

«Sì, certo...» risposi con un tono ironico che non gli sfuggì. Mi schiarii la gola e chiesi: «Cosa c'entrano Seth e Kate?».

Cercavo di cambiare discorso e di sembrare sollevata, ma non funzionava. Alex mi guardò perplesso cercando di capire dove volessi andare a parare. Merda! Mi conosceva troppo bene, non potevo nascondergli nulla.

«Stai bene? Sei pallida.»

Mi agitai sul sedile, nervosa. Lui non la smetteva di fissarmi.

«Sto bene. Sono solo... un po' confusa. Troppe sorprese in un giorno solo.»

Annuì. «Anche Kate e Seth erano dalla parte di tua

madre. Volevano che smettessi di investigare sulla mia morte, per questo hanno cercato di spaventarti, ma tu sei così testona che non ha funzionato. Anzi, paradossalmente ti hanno spinta ad andare avanti.» Mi fece un mezzo sorriso. «Di Tom e Sarah non so nulla. Credo che Tom abbia lasciato la città. Ti hanno tenuta addormentata per più di tre mesi, Hannah. E solo per proteggerti.»

Stavo per piangere. Avevo sprecato tre mesi di vita in un letto di ospedale. Era assurdo: come facevano tutti a convivere con così tante bugie e tanti segreti?

«Non sarebbe stato più semplice dirmi come stavano le cose?» chiesi cercando di non scoppiare a piangere. «Spiegami perché dovevo smettere di ficcanasare... Se mia madre mi avesse detto la verità su Eric non sarebbe successo nulla. Perché non lo ha fatto?»

«Hanno minacciato anche lei, Hannah. Tutti sono stati minacciati.»

«Minacciati? Ma da chi?»

«Non lo so.»

Sospirai delusa e mi tappai la bocca con le mani, ero una figlia orribile: avevo sospettato di mia madre e l'avevo incolpata di tutto, mentre lei voleva solo proteggermi.

«E quelle lettere di avvertimento? Le ha scritte mia madre?» Lo guardai negli occhi.

«No» rispose serio. «Anche tua madre ne ha ricevuta una, ma non te l'ha detto. Cara, Seth, Tom, Kate... sono stati tutti minacciati, per un motivo molto semplice...» Mi leggeva nel pensiero. «Be', Kate era la mia ragazza...» Annuii, sentendo il cuore che mancava un battito. «Sapeva troppo sulla mia famiglia. Le raccontavo i problemi che avevo con i miei genitori o gli amici... forse eravamo amici, più che fidanzati. Le scrissero che l'avrebbero fatta fuori se avesse parlato con la polizia. Non lo disse a nessuno e, ovviamente, non spifferò niente sulla mia morte e sulla mia famiglia. Qualche giorno dopo scoprì che anche Seth era coinvolto. Cara disse di averla vista salire sulla macchina di Seth. Kate sapeva che Seth era un po' scemo e credette che le avesse mandato lui il biglietto. Poi anche Seth ricevette delle minacce e lo disse a Kate. Allora tua madre e Cara decisero che la cosa migliore fosse dirti che eri stata tu a uccidermi. Ma non ci hai mai creduto. Tua madre si rese conto che stavamo indagando. Non siamo stati abbastanza... discreti. Quando Cara ricevette un biglietto dal killer decise di fingere la sua morte. Erano convinte che mentendoti o sparendo dalla circolazione ti avrebbero salvato la vita.»

«Non è possibile...»

Ero confusa. Avevo molte domande e un blocco in testa. Analizzavo quello che Alex stava dicendo, alla ricerca di un senso. Lui sembrava certo che fosse andata davvero così.

Era un piano estremamente complesso e curato fin nei minimi dettagli, eppure non aveva funzionato. Aver visto mia madre a casa dei Crowell la vigilia di Natale con una mazza in mano mi aveva convinto che fosse l'assassina. E la storia del coma non era altro che l'ennesima palla per farmi dimenticare di Alex e farmi smettere di indagare. Mia madre doveva aver pagato il medico perché la aiutasse a convincermi. Ero sotto shock.

«Non ci credevo nemmeno io. Ma ora so che è tutto vero.»

«E i messaggi su Facebook?»

«Li ho eliminati io» rispose con voce colpevole.

«Cosa? Perché lo hai fatto?»

«Perché volevo convincerti di non essere mai esistito.»

«Perché?»

«Tua madre farebbe qualsiasi cosa per te, anche i tuoi

amici, Hannah. E anche io. Ti amo, e farei di tutto per tenerti al sicuro.»

Mi sentivo male per aver incolpato mia madre e aver voluto picchiare Cara. Ero un'idiota. Perfino Seth aveva cercato di aiutarmi e io lo avevo minacciato.

«Sono una stupida, Alex» gemetti con la voce rotta.

Scosse la testa. «Lo sono anche io. Anche io ho pensato che l'assassina fosse tua madre. Non devi sentirti così, chiunque al tuo posto avrebbe pensato lo stesso. Sei molto intelligente, e molto coraggiosa, e io ti ammiro perché volevi scoprire la verità, e non avevi intenzione di fermarti davanti a nulla. Sai quante persone preferiscono vivere nella menzogna per non soffrire?» Mi prese le mani. «Ti ammiro per questo, e per molto altro ancora. Non ti sei arresa neppure un momento, Hannah Crowell, sei incredibile. E ti amo» disse mentre mi asciugava le lacrime, e io dimenticai all'istante per quale ragione stessi piangendo. Poi mi baciò.

«Tu sei una persona incredibile.»

«Un fantasma incredibile» mi corresse con un sorriso. «Dobbiamo proseguire, ma prima ho qualcosa per te.»

«Qualcosa per me? Cosa...?» Fui interrotta dallo squillo del mio cellulare. Ci guardammo confusi. Lo presi dalla tasca dello zaino e mi asciugai le lacrime prima di rispondere. «Pronto?»

«Hannah! Mio Dio! Dove sei?!» Riconobbi all'istante la voce di mia madre, disperata. Sentirla mi rassicurò. Finalmente era di nuovo lei: mia madre, la donna che si preoccupava per me, la stessa di sempre, quella che mi coccolava quando avevo gli incubi, la donna che mi proteggeva dall'assassino di Alex.

«Dimmi dove sei! Dio mio, Hannah! Non posso credere che sei scappata da scuola! Dimmi dove sei e vengo a prenderti! Per favore! Pronto?»

«Mamma...» sussurrai cercando di calmarla. «Sto bene, sono solo uscita a prendere un po' d'aria.»

«Con questa pioggia?» chiese sapendo che non era vero. «Per favore, dimmi dove sei!»

«Mamma, non te lo dirò se non ti calmi.» Alex mi guardò accigliato.

«Va bene, va bene... Puoi dirmi dove sei?» disse cercando di nascondere la disperazione.

«Sono al centro commerciale, sono venuta a bere un caffè. Sto bene.»

«Va bene» rispose più calma. «La dottoressa White mi ha chiamato e mi ha detto che non vuoi continuare con le sedute.»

«Sì... non voglio vederla più. Non credo di averne bisogno...» E a quel punto ebbi un'illuminazione. «Un momento... cos'hai detto?»

«La dottoressa mi ha detto che vuoi interrompere la terapia...» disse confusa.

«No... come hai detto che si chiama la dottoressa?»

«Lisa White» ripeté. Mi portai le mani alla bocca.

«Hannah? Che succede?» chiese Alex.

«Mamma, ti chiamo più tardi.»

«No, Hannah, non riattaccare...» Ma lo feci.

«Che succede, Hannah?»

«Te lo dirò quando arriveremo dove mi stai portando.» Alex annuì.

Il temporale cominciava a dare un po' di tregua e finalmente smise di piovere. Continuai a guidare facendo molta attenzione alla strada. Alex mi fissava in silenzio, non potevo evitare di sentirmi tesa e nervosa.

«Siamo vicini?»

«Siamo arrivati. Gira qui» mi ordinò, indicando una stradina ancora più stretta e fangosa. Non appena svoltammo capii dove mi aveva portato.

«Cosa ci facciamo in un cimitero?» Frenai e guardai il campo pieno di lapidi.

«Non lo hai ancora capito?»

«Alex...»

«Parcheggia dove vuoi.» Sembrava... felice.

«Non capisco, Alex...» Il suo sorriso mi sconcertò. «Che c'è di tanto divertente?»

«Vieni, scendiamo.» Aprì la porta del passeggero e uscì rapido. Spensi la jeep e mi abbottonai la giacca. Non pioveva più, ma faceva un freddo terribile.

Alex si avvicinò e mi aprì la portiera: «Andiamo». Mi tese la mano e io scesi con un balzo. Appena misi piede a terra, le mie scarpe bianche si riempirono di fango.

«Sei davvero enigmatico.»

«Ho qualcosa per te. E anche una cosa da dirti.»

«Non vedo l'ora.»

Mi condusse fino a un ampio spazio coperto da una tettoia, senza porte ma con grandi archi bianchi. Doveva essere il luogo dove venivano lasciate le ceneri delle persone cremate. La pioggia, lì, non era arrivata.

Mi guardai attorno e rabbrividii, sentendo il freddo penetrarmi nelle ossa. Eravamo circondati da alberi grandi e frondosi e tutto odorava di erba bagnata. Ci fermammo e io guardai Alex, che mi lasciò e camminò fino a una panchina di legno impolverata su cui era appoggiata una borsa nera. La prese e la aprì, tirando fuori un quaderno dalla copertina rigida. Lo presi con mani tremanti. «L'ho trovato in casa mia, te lo ricordi, vero?»

«Sì, certo.» Deglutii, imbarazzata.

«Lo hai letto?» buttai lì come se non mi importasse.

Era il diario che avevo lasciato a casa sua, dove avevo scritto un milione di cose su lui.

«No.»

«Mmm... grazie» risposi sollevata.

«Ma ho trovato anche questo.»

Mise la mano nella borsa e tirò fuori un piccolo astuccio trasparente. Strizzai gli occhi. «È l'orecchino che mi ha dato Kate» sussurrai.

«Sì. Non lo sai, ma è molto importante.» Il suo volto si fece serio. «Chi sono gli ultimi sospettati che hai messo in lista?»

«Eric, George, Sarah, Tom e Rosie.»

«Esatto. Vieni...»

«Un momento, cosa ci facciamo qui?» Stavo cominciando a capirlo. Probabilmente le ceneri di Alex erano lì. Ma perché mi ci aveva portato?

Lui mi prese per mano e si avviò lungo un viottolo. «Un'altra domanda.» Fece una pausa senza smettere di camminare a passi lenti. «Chi di loro ha ricevuto una minaccia e non ha cercato l'aiuto degli altri?»

Ci pensai su: «Rosie...».

«E chi c'era a casa mia quando lasciarono il messaggio con le minacce?»

«Rosie ed Eric, ma poi se la sono presa con mia madre.» Dove voleva andare a parare?

«Chi sapeva dov'erano le mie ceneri, Hannah?»

«Rosie. Si è offerta lei di portarmi» risposi.

«Ma non l'ha mai fatto, giusto?»

«Giusto.» Non capivo.

«Rosie ha sofferto un grave disturbo mentale, lo sai no?»

«Sì, ma adesso sta bene.»

«Questo è quello che ha fatto credere a tutti. Sai perché vomitavi tanto? Perché hai avvertito questa connessione con mia madre il giorno in cui l'hai conosciuta? Perché lei era tanto affettuosa con te? Perché ha insistito per farti mangiare le sue ciambelle? Perché sembrava tanto preoccupata per te dopo la mia morte?»

Merda...

«Seguimi.» Sentivo la pelle che mi bruciava, a stento riuscivo a parlare. All'improvviso Alex si fermò davanti a una nicchia, alzò una pietra e prese un'urna marrone, piccola e brillante, con alcuni disegni dorati sulla superficie. Un altro tuono risuonò in lontananza. Mi passò l'urna.

«Aprila.»

«Alex...» sussurrai tremando.

«Per favore.» Presi l'urna mentre Alex mi fissava. Tolsi il coperchio senza distogliere gli occhi da lui.

«Guarda cosa c'è dentro» disse. Inspirai profondamente e battei le ciglia. Poi abbassai lentamente lo sguardo: per poco l'urna non mi cadde di mano.

«È vuota» mormorai incredula. «Alex...»

«Sai cosa potrebbe significare, Hannah?»

«Se non ci sono ceneri, potresti...» Presi una boccata d'aria e lo fissai dritto negli occhi. «Potresti... essere vivo?»

Il cuore mi batteva all'impazzata.

«Potrebbe...»

Lasciai cadere l'urna e mi lanciai tra le sue braccia. Respirai il suo profumo e lui mi strinse a sé... A stento riuscivo a respirare.

«Oh Alex, non posso crederci! Sarebbe incredibile!»

«Io... Dovevo dirtelo, ora mi sento... sollevato.»

Sospirai e mi staccai da lui, senza smettere di sorridere. «Non posso crederci! Ma allora... Dove sei? Dov'è il tuo corpo?»

«Ricorda quello che ti ho detto.» Feci una lista mentale: il vomito, la connessione con sua madre, le ciambelle, i biglietti, il giorno dell'attacco alla villa, la notte di Natale, mia madre con il bastone insanguinato, l'interesse di Rosie nei miei confronti...

«Non può essere...» *Cazzo.*

«Hannah... l'orecchino è di mia madre. Ci ha mentito sulle mie ceneri. Una settimana fa ho rovistato nella cantina della villa e sai cos'ho trovato?» Fece una pausa: «Ritagli di giornale. Ha mandato lei i biglietti. Ha minacciato lei tua madre, Kate, Cara, Seth».

«Ma non ha senso... Anche lei è stata minacciata!» Non volevo difenderla, ma era tutto così confuso... Alex rise amaramente.

«È stata lei a colpire mio padre e poi si è fatta quei graffi perché nessuno sospettasse. Aveva pianificato tutto. Era lei al telefono la vigilia di Natale. Nella sua stanza ho trovato il telefono che ti è stato lanciato dalla finestra... voleva ammazzarti quella stessa notte, ma quando è arrivata Margaret ha dovuto cambiare i suoi piani.»

«E Anna? Ha fatto qualcosa ad Anna?»

«Non credo. Mia madre ha drogato tutti quelli che erano in casa. Ha messo dei sonniferi nei bicchieri di mio padre e di Eric, ma lui non ha bevuto. George glielo portò via mentre Rosie era distratta, così lei ha creduto che avessero bevuto entrambi.»

Mi sedetti a terra. Ero sopraffatta.

«Si è colpita da sola la vigilia di Natale?»

«Sì. Sapeva che Margaret era lì e che tu avresti visto la scena.»

«Brutta figlia di...» mi fermai, per rispetto verso Alex. «Tu come stai?»

«Rosie non è mai stata una vera madre per me. Era sempre in cura, sai bene che mi ha cresciuto Eric. Perfino mio padre mi evitava, a volte. Era sempre troppo impegnato con il lavoro. Ma mia madre non mi ha mai voluto bene. In fondo, ho sempre saputo che mi odiava.»

Diglielo, Hannah!

«Hai detto qualcosa sulle ciambelle...» Alex mi si sedette

di fianco. Il soffio del vento mi portava il suo odore. Era così buono che avevo un'immensa voglia di abbracciarlo.

«Mia madre non è la donna dolce e premurosa che tutti pensano, Hannah. Le ciambelle erano avvelenate, contenevano arsenico.» Fece una pausa e deglutì. Sentivo che lo stomaco mi sarebbe esploso da un momento all'altro.

«Ha fatto lo stesso con me. Sapeva che nessuno avrebbe sospettato. Voleva ucciderci lentamente, nessuno se ne sarebbe accorto. Per fortuna hai continuato a vomitare e l'arsenico non ha fatto effetto. Anche io ricordo di aver vomitato. Ma non sono stato fortunato come te...»

Ero senza parole. Era impossibile pensare che la persona di cui più mi fidavo ci avesse traditi in quel modo. Nessuno meritava tanto odio come Rosie Crowell.

«Dio, non posso crederci, Alex.» La mia voce suonò troppo acuta. Non sapevo nemmeno come sentirmi. Ero pietrificata.

«Mia madre è la colpevole, Hannah. Ci sbagliavamo.»

Capitolo diciotto

Ero sotto shock. Che razza di madre può avvelenare suo figlio? La risposta era piuttosto ovvia. Alex non era figlio di Rosie e George, Rosie non voleva bene ad Alex e cominciavo a pensare che non amasse nemmeno George. Probabilmente non amava nemmeno se stessa.

Soffriva di uno squilibrio molto pericoloso e aveva tentato il suicidio più di una volta. Era in grado di manipolare le persone e terrorizzare chiunque si mettesse sulla sua strada. Per questo Sarah l'aveva aiutata: probabilmente Rosie non le aveva lasciato scelta.

Il suo piano era filato liscio fin lì. Io e Alex c'eravamo cascati in pieno, vittime dei suoi giochetti. Ma perché odiava tanto Alex? Perché non si era vendicata dei Crowell accanendosi su George o su qualcun altro? Come poteva non provare un briciolo di pietà per suo figlio?

«Hai qualche idea sul perché lo abbia fatto? Voglio dire, su come mai volesse ucciderti?» dissi fissandolo negli occhi color caramello. «Non mi sarei mai immaginata che dietro tutto questo ci fosse lei. È sempre stata così gentile e dolce...» Ero schifata. Quanto più parlavamo, tanto più mi si rivoltava lo stomaco al solo pensiero dell'arsenico. Non avrei mai più mangiato una ciambella in vita mia.

«È tutto molto confuso... Quando sono venuto qui e non ho trovato le ceneri mi sono fatto prendere dalla speranza e dalla gioia, poi però ho provato una gran rabbia perché era la prova che Rosie aveva mentito a tutti.» Per un attimo allontanò lo sguardo da me e fissò un punto imprecisato alle mie spalle. «Per prima cosa ho pensato che avesse avuto una ricaduta.»

«Sì... ma credo ci sia dell'altro» aggiunsi io proprio mentre un fulmine illuminava il cielo coperto di nubi e un tuono rimbombava in lontananza. La luce illuminò per un secondo il prato e immediatamente iniziò a soffiare un forte vento. Da un momento all'altro sarebbe tornata la tempesta. Al chiarore dei lampi non sembrava più così pallido. Presto sarebbe diventato buio e sarebbe spuntata la luna.

«Sono d'accordo.»

Osservai Alex e sospirai piano per non farmi sentire. Appariva così fragile. Gli occhi inquieti riflettevano chiaramente il dolore di una persona a cui hanno appena spezzato il cuore. Faceva di tutto per mostrarsi forte ma io sapevo che era distrutto.

«Ho altre due ipotesi al riguardo» disse.

Sorrisi cercando di smorzare la tensione. «Le tue teorie sono quasi sempre giuste, Alex» dissi, «come quando pensavi che fossimo fratelli... eri sulla buona strada!» Non aggiunsi altro. Non volevo ancora dirgli la verità sulla sua adozione.

Alex sorrise con dolcezza, poi guardò per terra e cominciò a sfregarsi le mani con nervosismo e infine mi fissò serio. «Credimi, Hannah, spero con tutto me stesso che non siano altro che delle teorie strampalate. Se dovessi avere ragione tutto l'amore per mia madre svanirà per sempre.»

Quello era il suo punto debole: nonostante tutto voleva bene a Rosie. Era confuso, proprio come lo ero stata io quando avevo creduto che mia madre fosse un'assassina. Le volevo bene e la odiavo allo stesso tempo. Sapevo cosa stava passando.

«Be', dimmelo. Perché credi che Rosie abbia fatto tutto questo?»

Alex si rabbuiò, i suoi muscoli si contraevano sotto la maglietta. Stava per rivelarmi un segreto. Rimasi immobile senza smettere di guardarlo negli occhi. «Per soldi.»

«Per soldi?» chiesi, non riuscendo a non sentirmi ancora più schifata. Aveva senso. George era ricchissimo e senza Alex non avrebbe dovuto dividere la sua eredità con nessuno. Con Alex morto avrebbe potuto ereditare gran parte della fortuna di suo marito. Forse aveva progettato di fare del male anche a George?

«Oppure lo ha fatto per vendetta. Credo che stia nascondendo qualcosa del suo passato. Tua madre aveva di sicuro dei validi motivi, se ha cambiato nome e ti ha nascosto ai Crowell.»

«Mia mamma mi ha detto che quando viveva nella villa con Eric, Rosie le aveva reso la vita impossibile. Ma ho sempre pensato che il suo comportamento avesse a che fare con la malattia e con il fatto che aveva perduto il suo bambino.»

All'improvviso sentimmo schioccare un ramo; Alex mi si mise subito davanti, per farmi da scudo, come a proteggermi da qualcosa di invisibile. «Alex?» sussurrai. Intorno a noi c'erano solo il prato e gli alberi.

«Shhh... Qualcuno ci ha seguiti.» Il suo corpo mi copriva del tutto la visuale e mi sporsi per vedere oltre le sue spalle. I cespugli ondeggiavano dolcemente al vento che mi spettinava i capelli e niente faceva pensare che ci fosse qualcuno in agguato nell'ombra. Avevo sempre più freddo ed ero scossa dai brivi: chiunque fosse stato lì avrebbe visto solo me, poiché Alex rimaneva invisibile alla maggior parte delle persone, e questo mi rendeva un facile bersaglio.

«Magari è un animale... se ci avessero seguiti ce ne saremmo accorti. Non ho smesso un secondo di controllare lo specchietto retrovisore.»

«Hai ragione» sussurrò. «Ma forse era già qui...»

«Credi che Rosie...?» Il cuore cominciò a battermi forte.

«Sì. Ne sono certo. Ma non devi aver paura, ti proteggeremo.»

«Mi proteggerete?» chiesi sorpresa. «Ma chi...?»

«Probabilmente Rosie sa che hai scoperto la verità. Dobbiamo essere pronti a tutto.» Pronunciare il nome di quella che credeva essere sua madre gli era quasi impossibile. Rosie era un mostro. Lo aveva tradito. Ci aveva tradito.

«Cosa sta succedendo?»

«Hannah...» Si voltò e io abbassai lo sguardo. Avevo le scarpe completamente coperte di fango: da bianche erano diventate scure.

«Non c'è tempo, ora, per favore, fidati di me.»

«Io mi fido di te, lo sai.» Poi mi prese il mento e una corrente calda mi invase. Mi sollevò il viso con delicatezza, obbligandomi a guardarlo negli occhi, e solo a quel punto mi rispose.

«Se ti fidi di me devi essere paziente. Prometto che ti dirò tutto.» Mi toglieva il fiato: Alex era l'immagine esatta della perfezione. E mi amava.

«Dimmi almeno se si tratta di una notizia buona o cattiva.» Alex fissò un punto indistinto in lontananza. Sembrava combattuto.

«Diciamo che è buona, anche se per te forse non sarà il massimo.»

«Mi devo preoccupare?» chiesi cercando il suo sguardo. Abbozzò un sorriso che mi tranquillizzò.

«No. Vado a vedere che cosa succede là dietro, ok? Non muoverti da qui.»

«Stai attento.» Annuì, e un secondo dopo si addentrò nella nebbia. A ogni passo si faceva più piccolo. Ricordai il volto di Rosie e mi venne la pelle d'oca. Ricordai la notte della vigilia di Natale. Mia madre non aveva mai cercato di aggredirmi né di farmi del male, aveva solo afferrato un coltello per spaventarmi perché mi allontanassi da Rosie.

Fingere la morte di Cara era stato un colpo basso, come anche convincermi che fossi stata in coma. Ma ora sapevo che lo avevano fatto per proteggere entrambe, da Rosie.

«Hannah?» Alex era tornato. «Stai bene?»

Mi voltai riscuotendomi dai miei pensieri. «Eh? Sì, sì. Sto bene. Stavo solo pensando a mia madre e a Rosie.»

Era di fronte a me e mi guardava preoccupato. «Tutte le volte che pronunci il nome di mia madre mi viene da vomitare» sbottò.

«Lo so. Dovremmo chiamarla "la strega".»

«È troppo poco...»

«Hai trovato qualcosa?» gli chiesi indicando gli alberi.

«No, forse avevi ragione... è stato un animale.»

«È strano...»

Alex mi guardò perplesso. «Che cosa è strano?»

«Che tu sia riuscito a far cadere l'orologio sulla testa di Max senza farti vedere da nessuno...»

«Posso farmi vedere a mio piacimento. Sono un fantasma e non sono il solo: ci sono fantasmi, spettri, spiriti che ci osservano. Non li vedi solo perché loro non vogliono mostrarsi.» Si inumidì le labbra di un rosso intenso.

«Avevi intenzione di non farti vedere e di non parlarmi mai più? Se non avessi incontrato Anna dalla psichiatra e Jared non mi avesse aggredito non ti avrei rivisto mai più?» Questa consapevolezza mi infastiva, la sentivo scavarmi un buco nello stomaco.

Alex si infilò le mani nelle tasche, evidentemente in difficoltà. Si prese un paio di secondi per rispondere: aveva davvero contemplato la possibilità di sparire per sempre. «Non lo so, Hannah. Volevo solo che tu fossi felice, con o senza di me» disse infine fissandomi con i suoi occhi profondi.

Deglutii. «Non posso essere felice senza di te. Non puoi abbandonarmi.»

«Non posso prometterti niente per ora, Hannah. Ma se dovessi tornare in questo mondo, sarò tuo per sempre.»

«Ti amo, Alex.»

«Sei la ragazza più bella, coraggiosa e testarda che abbia mai conosciuto. Sono pazzo di te.»

Senza pensarci due volte mi lanciai su di lui e mi rifugiai tra le sue braccia, inspirando il suo profumo. Lui mi strinse a sé con tanta forza da invadermi con un'onda di calore. Eravamo due pezzi di un puzzle che si incastravano alla perfezione. Il tempo parve fermarsi.

Il vento sospingeva le foglie secche, il prato era bagnato fradicio e l'aria profumava di terra umida: se non fosse stato per le lapidi, lo avrei definito un posto romantico. Un secondo dopo squillò di nuovo il telefono.

«È il mio cellulare» dissi infilando la mano in tasca: sullo schermo apparve un numero sconosciuto.

Alex scrutò alle mie spalle e il suo sguardo si fece vigile e teso, quasi spaventato. Non ebbi il coraggio di voltarmi verso la jeep. «Sarà meglio che tu risponda...» disse.

«Pronto?» Nessuna risposta. Mi si fermò il cuore. «Pronto?» Percepii un rumore indistinto, simile a quello di un televisore che non riceve il segnale.

«Hannah...» Riconobbi subito la voce.

«Mamma, che succede?»

Alex continuò a guardare qualcosa alle mie spalle. Era sempre più teso.

«Per favore... no» udii supplicare dall'altro lato della linea, poi sentii un tonfo sordo.

«Mamma! Per favore, mamma, parlami!»

«Mi dispiace intromettermi, tesoro, ma temo che Margaret sia caduta in un sonno profondo...»

«Rosie?! Che cosa le hai fatto?!» urlai.

«Quello che avrei dovuto fare tanto tempo fa.»

«Ti giuro che ti ammazzo con le mie mani!»

Scoppiò a ridere con freddezza. Faceva venire i brividi. «Tu?!» chiese. «E cosa potrebbe farmi una mocciosa come te? Picchiarmi con il biberon?»

«Sei un mostro! La pagherai! Per mia madre e per Alex!»

«Alex non è mio figlio e non mi è mai importato granché di lui.» Ebbi un tuffo al cuore nel vedere lo sguardo perso di Alex. «Ma sai che c'è? Non mi frega niente di quello che pensi tu. Vi farò fuori tutti.»

«Lo fai per i soldi, vero?!»

«Ho i miei motivi ma non credo di doverne parlare con te. Non sarebbe appropriato» chiarì come se fosse la dolce Rosie di sempre. «Perché non passi dalla villa? Anzi, aspetta: ti ordino di venire alla villa...»

«E perché dovrei?» Tremavo così tanto da non riuscire a tenere fermo il telefono contro l'orecchio. Rosie aveva sequestrato mia madre.

«Non saprei...» disse come se cercasse di risolvere un indovinello. «Forse perché qui ci sono George, Eric, tua madre... e anche Rebecca, quella demente di Caroline e suo marito. Accidenti, quasi dimenticavo: perché non ti volti?»

«Cosa?»

«Andiamo, non sei così stupida. Girati un attimo... ti piacerà.»

Alex aveva gli occhi spalancati. «Che c'è dietro di me, Alex?»

«Hannah...»

Cominciai a girarmi senza lasciare il telefono. Il fango mi impediva di muovermi bene, come se le gambe non volessero spostarsi. Lo sentivo risucchiarmi sottoterra.

Anna.

Aveva il volto bagnato dalle lacrime, le guance arrossate e lo sguardo terrorizzato. Aveva i capelli bagnati e le scarpe inzaccherate. Tutta la luce che avevo dentro era sparita in meno di un secondo, la mia mente era accecata dall'odio e dal disprezzo. Come potevano esistere persone così orribili?

Anna aveva addosso una specie di gilet, pieno di fili rossi e verdi. Una bomba: i numeri rossi indicavano che era partito il conto alla rovescia.

«Sei una...»

«Stai zitta» mi interruppe. «Voglio vederti qui in meno di venti minuti, altrimenti la piccola Anna farà un grande boom» ruggì autoritaria.

«Per favore... Anna... no, non ha fatto niente...» la supplicai, improvvisamente priva di forza.

«Venti minuti a partire da adesso.»

«Rosie...»

«Pensavo che pronunciare il mio nome vi facesse venire la nausea...» disse prima di riattaccare, lasciandomi nelle orecchie l'eco della sua risatina sarcastica.

Spalancai gli occhi: come poteva aver sentito quello che ci eravamo appena detti io e Alex? Persi l'equilibrio, e sarei finita a terra se Alex non mi avesse afferrata.

«Stai bene? Dio mio che domanda idiota. È evidente che non stai bene» disse.

«Mi dispiace, non ce la faccio.»

«Che ti ha detto?»

«Ha detto che ha preso in ostaggio mia madre e il resto della famiglia. Li ucciderà tutti...» mi bruciavano gli occhi. «Anna ha addosso una bomba! Dobbiamo andare! La farà esplodere se non arrivo alla villa in meno di venti minuti!»

«Cerca di calmarti... Andiamo!»

«Sì...»

«Per favore, Hannah, tremi come una foglia.» Era spaventato. Inspirai a fondo cercando di riprendere il controllo. Quella donna era matta da legare, ma era riuscita a ingannarci tutti. La odiavo! La odiavo con tutto l'odio di cui ero capace!

«Anna...» Corsi da lei lasciando cadere il telefono per terra. La abbracciai e lei mi strinse continuando a piangere disperata.

«Che succede Hannah?» strillò affannata. «Che succede? Morirò?»

«No, non ti succederà niente. Io e Alex ti proteggeremo» dissi sentendo i passi di Alex che si avvicinava a noi. «Non è vero?»

«Certo, Anna. Non ti succederà niente» rispose prima di allungare la mano e accarezzarle la testa.

«Ho paura. Ci ha portati via tutti di notte, mia madre, lo zio Eric, George, Caroline e suo marito. Non so come abbia fatto. Non so se sono ancora vivi.» Tremava come una foglia tra le mie braccia e nella sua voce c'era un'angoscia che non avrei mai dimenticato. «Poi mi ha messo questo addosso e mi ha lasciato qui da sola...»

«Da quanto sei qui?»

Si asciugò le lacrime, ma non servì a molto. Non riusciva a smettere di piangere e io mi sentivo impotente.

«Non lo so... due o tre ore.»

«Hannah, dobbiamo andare» disse Alex. Stavo per rispondergli ma mi fermò poggiandomi una mano sulla spalla. «Anna, sta' tranquilla, non ti succederà niente. Adesso però devi salire sulla jeep con noi. Non abbiamo molto tempo.»

«Hai ragione. Dobbiamo andare.»

«Non voglio tornare dalla zia Rosie. Ci farà del male.» Anna si allontanò da me d'istinto. Per un attimo smise di piangere.

«Dobbiamo andare, Anna.» Guardai l'orologio e mi resi conto che ci restavano solo diciotto minuti. La strada era piena di fango e calcolai che non saremmo mai potuti arrivare a casa dei Crowell prima di mezz'ora. Saremmo morti prima.

«Ti prometto che non ti lascerò mai sola. E anche Alex starà sempre con te. I Reeve mantengono sempre le promesse.»

Anna ci pensò un attimo prima di annuire rassegnata.

«Ottimo. Adesso tutti alla jeep» disse Alex serio. Ero certa che avesse in mente qualcosa. Presi Anna per mano e corremmo verso l'auto. Alex aprì lo sportello posteriore e lei salì. Non appena le lasciai la mano mi guardò sconsolata.

«Non preoccuparti, sono qui.» Gettai un'occhiata alla bomba e rabbrividii. Poi sentii un leggero calore alla mano: Alex mi stava accarezzando.

«Andrà tutto bene, Hannah» disse con un debole sorriso.

Prima di chiudere lo sportello si voltò verso Anna per tranquillizzarla.

«Non le succederà niente, vero Alex?»

«Certo. Fidati di me.»

«Sempre.» Mi sfiorò le labbra con le sue. Erano umide e fredde. Non appena ci baciammo tornammo a essere una cosa sola. Gli accarezzai il viso pallido e risposi al bacio con passione. Sapeva di menta, non avrei voluto mai più separarmi da lui.

«Dobbiamo andare. Non abbiamo più tempo» disse agitato. Aveva le pupille dilatate. Mi lasciò la mano e aprì lo sportello perché mi mettessi alla guida.

«Sali.» Feci come mi disse e saltai su. Il sedile era caldo e la jeep aveva l'odore di Jared. Cercai di sistemarmi sul sedile. Alex mi prese di nuovo la mano, mentre i suoi capelli castani diventavano più scuri al tramonto. «Non devi avere paura, Hannah. Se Rosie si rende conto che sei spaventata prenderà il sopravvento. Non permetterglielo, altrimenti ci distruggerà. Quando sarai di fronte a lei dovrai fingere di esserti arresa, di non riuscire più a contrastarla. Solo quando ti sentirai sicura, affrontala. La prenderai in contropiede.»

«Ok... Ci proverò.» Volevo sembrargli sicura di me, ma dentro ero piena di dubbi e paure.

«Questa è la mia ragazza.» Portò le mie mani alla bocca e le baciò scatenando un brivido che mi percorse la schiena.

«La cintura, Hannah.» Afferrai la cintura e me la passai davanti per agganciarla con un click che risuonò nel silenzio dell'abitacolo. Alex chiuse lo sportello senza smettere un secondo si guardarmi.

«Andrà tutto bene, Anna» dissi, cercando di sembrare calma. Misi in moto mentre Alex passava davanti all'auto infilandosi qualcosa di voluminoso nella tasca posteriore dei jeans.

Tolsi il freno a mano e ingranai la prima.

Anna guardava fuori senza smettere di piangere. Osservai Alex con la coda dell'occhio: aveva il gomito appoggiato al finestrino a teneva il mento sul pugno, così concentrato a fissare la strada da non accorgersi che lo stavo studiando. Svoltammo a destra e imboccammo l'autostrada che ci avrebbe riportati in città. La luce del sole era scomparsa, così accesi i fari. Lui non sembrava prestare la minima attenzione a tutto quello che succedeva, assorto com'era nei suoi pensieri.

Dallo specchietto retrovisore vidi che i capelli di Anna cominciavano ad asciugarsi e i ricci biondi a riprendere la loro forma. L'orologio indicava che mancavano solo quattordici minuti e premetti sull'acceleratore: il contachilometri segnava i centodieci all'ora.

«Hannah!» gridò Anna facendoci sobbalzare. «Mancano cinque minuti!»

«Cosa?! Ma non è possibile! Che succede? Hai toccato qualcosa?!» si riscosse Alex.

«No!» urlò Anna terrorizzata. Sapeva cosa significavano quei numeri rossi.

«Dio mio, non sta succedendo davvero» disse Alex sfregandosi le mani sul viso.

«Qualcuno mi dica che cazzo sta succedendo!» urlai senza togliere gli occhi dalla strada.

Lui si voltò e mi guardò. «Abbiamo solo cinque minuti.»

«Ma come?!» strinsi il volante più forte.

«Il conto alla rovescia dice che mancano solo cinque minuti» era disperato e incredulo. «Devi accelerare!»

«È uno scherzo? Perché se volete...»

«Non è uno scherzo!» diventò serio e per la prima volta da quando lo conoscevo mi guardò con tristezza. «Devi spingere sull'acceleratore!»

«Per favore Hannah! Accelera! Non voglio morire!

Non voglio morire!» Le grida di Anna mi rimbombavano nel cervello.

«Va tutto bene. Non morirai, ok?!» cercò di calmarla Alex voltandosi verso di lei.

«Non dirmi di stare calma. Ho una bomba addosso! Morirò! Morirò!» perse completamente il controllo.

Schiacciai forte l'acceleratore. Se non fossimo arrivati in tempo mia madre sarebbe morta, Eric sarebbe morto. Anna sarebbe saltata in aria! Saremmo morti tutti.

«Anna! Guardami!» le ordinò Alex riuscendo a sovrastare le sue grida. «Non smettere di guardarmi, ce la faremo! Dobbiamo arrivare in tempo!» urlai, sentendomi addosso tutta le colpe del mondo.

Lei gridò di nuovo e io aumentai ancora la velocità. Ero stravolta e tremavo come una foglia.

Le grida di Anna si confondevano con le mie. Era il caos. Quello che fino a poco prima era un silenzio di tomba si era trasformato in un baccano infernale.

Presi in pieno una buca che ci fece sbandare e il pianto di Anna si fece ancora più forte. Guidavo a tutta velocità e non potevo, non volevo fermarmi.

«Hannah, Cristo! Rallenta!» gridò Alex.

Schiacciai il freno inchiodando di colpo e l'urto ci sbalzò tutti in avanti. Alex mi guardò terrorizzato. Abbandonai il volante e mi accasciai su di lui.

«Mi dispiace! Mi dispiace!» La mia voce era un sussurro e mi tremavano le gambe. «Mi dispiace, Anna.»

L'abitacolo ripiombò nel silenzio.

«Va tutto bene Hannah, ce la faremo. Cerca solo di non ammazzarci tu, prima che lo faccia la bomba» disse Alex stringendomi forte.

«Scusami.»

«Non devi scusarti.»

«Dio mio, sono così...»

«Non dirlo nemmeno» mi interruppe. «Pensa a guidare. Deve esserci un errore...»

«Adesso dice che mancano tredici minuti» disse Anna con voce rotta.

Presi fiato e ripartii a razzo. «Tredici minuti» sussurrai.

«Puoi farcela» rispose Alex.

Dieci minuti dopo scendemmo dalla jeep. Questa volta non aspettai che Alex mi aprisse la portiera e anche Anna non si fece attendere. Il prato avvizzito della villa era un pantano e aveva un aspetto sinistro. Era ancora abbandonata, proprio come l'avevo vista il giorno in cui ero venuta a controllare.

«L'hanno lasciata alcune settimane fa» disse Alex leggendomi nel pensiero. Corrugai la fronte e continuai a camminare al fianco di Anna. Lui ci seguiva guardandosi intorno circospetto.

«I mobili però sono ancora tutti al loro posto. Non so come sia possibile che non sia entrato nessuno a rubare.»

Raggiungemmo la casa. Dall'interno non proveniva nessun rumore, e la cosa mi preoccupava. Sembrava che non ci fosse nessuno. Alex aprì la porta lentamente.

«Ottimo. Siete arrivati. Mi spiace per l'incidente del timer. Spero non vi abbia creato troppe difficoltà.» La voce di Rosie ci colse di sorpresa. La villa era al buio, gli ultimi raggi di sole illuminavano appena alcuni angoli della casa: la vidi arrivare dalle scale e il mio corpo si irrigidì.

Quando Rosie si avvicinò mi stupii del suo bell'aspetto: non era sciupata e non sembrava essere mai stata malata. Indossava un paio di pantaloni neri di un tessuto costoso, una camicia bianca attillata abbottonata fino al collo e portava un paio di scarpe da ginnastica. Il trucco era quello di sempre: rossetto rosso, mascara, fondotinta e un filo di fard sulle guance. I suoi occhi erano più azzurri, più luminosi, più elettrici. L'ansia pesava sul mio petto soffocandomi.

«Perché?» chiesi, «perché ci stai facendo tutto questo?»

«Non l'hai ancora capito?» Rosie alzò lo sguardo su di me come se mi volesse sfidare.

«Per i soldi?»

«Ovvio. I soldi sono potere.»

«È ripugnante...»

«Dipende dai punti di vista.»

Ero furiosa ma anche spaventata: il timer addosso ad Anna continuava il suo conto alla rovescia. Rosie aveva in mano un dispositivo quadrato con un bottone rosso al centro e, quando si accorse che lo stavo fissando, lo alzò in aria.

«Premendo questo bottone» disse accarezzandolo, «addio Anna.»

«Ferma il timer. Siamo qui no? Che altro vuoi? Puoi ottenere i tuoi maledetti soldi senza uccidere nessuno» sbottai. Lei non si scompose, il suo volto esaltato era lo specchio della follia.

«Ancora non hai capito, Hannah. Non lo faccio solo per i soldi. Tua madre mi ha reso la vita impossibile. Voi tutti mi avete reso la vita un inferno!»

«Sei un mostro, è tutta colpa tua! Sei l'unica responsabile di quello che ti è successo, Rosie!»

«Sai cosa?» disse inumidendosi le labbra prima di avvicinarsi lentamente. Anna si nascose dietro di me e Rosie scoppiò in una risata. «Hai perfettamente ragione, è tutta colpa mia, perché vi ho permesso di farmi del male. Ma né tu né nessun altro avete la minima idea di cosa ho dovuto sopportare o cosa mi passi per la testa. Vi farò sprofondare tutti. Mi pregherete perché vi risparmi la vita, vi inginocchierete ai miei piedi. Vi farò vivere in un inferno. Puoi giurarci.»

«Rosie...» Mi faceva schifo anche solo pronunciare il suo nome. Inghiottii l'odio. «Puoi farci sprofondare, ma non ci annegherai.»

Lei mi fissò furibonda, non si prese nemmeno la briga di nascondere la rabbia. «Sei un'ingenua. Pensi di potermi sfidare, quando conosco tutti i tuoi punti deboli...»

«Ti sbagli» guardai Alex di soppiatto anche se sapevo che Rosie non poteva vederlo. «Non sei poi così intelligente come pensi.»

«Hannah...» Anna mi tirò il braccio perché mi voltassi verso di lei e indicò il conto alla rovescia. Solo un minuto. Era bianca come un cadavere. Alex osservava Rosie cercando di capire quale fosse la sua prossima mossa. I lineamenti del suo volto sembravano più affilati e i muscoli pronti a scattare. Ribolliva di odio.

«Oh, la festa è appena cominciata. Tra poco vedremo i fuochi d'artificio» disse sarcastica, senza la minima ombra di compassione: mettere fine alla vita di una ragazzina innocente sembrava non provocarle alcun tipo di turbamento.

«Per favore, Rosie! Ferma il conto alla rovescia! Anna non c'entra niente, non ha alcuna colpa!»

«Gli esseri umani sono così...» si fermò e alzò gli occhi al cielo in cerca della parola giusta. «Così ingenui, così creduloni...» aggiunse come parlando da sola.

«Rosie! Mancano solo trenta secondi!» urlai e Anna mi fece eco: «Per favore! Fermalo! Per pietà!».

«Assolutamente no. Non lo fermerò.»

«Ma moriremo tutti, anche tu! Salteremo tutti in aria! Ha una maledetta bomba addosso!»

«Be', che così sia...»

Venti secondi...

«Rosie!» Fece cenno di no con la testa. Alex era sempre più teso. Non riuscivo a credere che l'avrebbe fatto davvero. «Per favore!» grugnii. «Fermati!» Non avrebbe fatto niente.

Dieci secondi...

«Cazzo Rosie!» urlai con tanta forza che la mia voce rimbombò in tutta la casa e si confuse con il ruggito di un tuono in lontananza. Un fulmine illuminò il cielo grigiastro e ricominciò a piovere. «Farò tutto quello che vuoi!»

«Hannah...» disse Alex cercando di allontanarmi da Anna.

«Ah sì?» chiese Rosie con un guizzo nello sguardo. Strinse le labbra e alzò il detonatore al cielo. Mi venne la pelle d'oca e una vena cominciò a pulsarmi sulla fronte. Mi scoppiava la testa.

«Sì! Ma lasciala andare! Per favore...» Non ero in grado di fare assolutamente niente, ero incatenata dalla paura, che mi scorreva nelle vene anticipando la disperazione. Rosie era una stronza senza rimorsi.

«Forza Hannah...» disse Alex.

Cinque...

«Davvero Hannah?» chiese di nuovo. A quel punto capii che era sarcastica.

«Non è possibile...» sussurrò Alex sorpreso.

Tre...

«Cazzo! Che succede?» Guardai Alex che scosse la testa sbigottito. «Ci ha preso in giro di nuovo, Hannah...»

Due...

«Perché non glielo spieghi tu, Alex?»

Guardai lui, poi Rosie e infine Anna. Non ci misi più di un secondo. Rosie si era rivolta direttamente ad Alex...

Uno...

Non successe niente. La bomba non scoppiò. Non ci fu nessuna esplosione.

«Che succede, Alex?» Alex mi allontanò da Anna.

«Perché non glielo dici, Alex?» chiese Anna.

Era così pallido che avrebbe potuto scomparire da un momento all'altro. Non riusciva nemmeno a parlare.

«Sono complici» disse con un filo di voce.

«Cosa?» chiesi tremante. Anna? Anna non mi avrebbe mai fatto una cosa del genere! La guardai: aveva stampato in faccia un sorrisetto soddisfatto. Con calma si tolse il giubbetto esplosivo e lo buttò per terra come se niente fosse. Rosie si limitava a sorridere.

«Anna è figlia di Rosie. La bimba che pensavamo fosse morta. È lei. Ha gli stessi occhi e le stesse labbra. Sono identiche... I capelli biondi e il suo dono... è la copia esatta di Rosie. Sono madre e figlia...»

«Pensavo che non ve ne sareste mai accorti. Siete così idioti...»

«Anna?! Ma come?!» non ci capivo niente. «Non puoi essere sua figlia... E tutta la tua dolcezza? E la tua passione per i vestiti viola?! La bambina che è morta è nata un anno dopo Alex, tu sei più piccola! Sei la figlia di Rebecca, non di questo mostro!»

«Ho sedici anni e il viola mi fa schifo. Mi ripugna tanto quanto te e Alex.»

«Stai scherzando...» sussurrai. «Non è possibile...»

«Togliti immediatamente quello!» disse Alex indicando il ciondolo che mi aveva regalato Anna. Corrugai la fronte, non capivo più niente. Alex indicò Anna con disprezzo, poi mi guardò con durezza.

«Ha un cazzo di GPS, per questo sono riuscite a trovarti dalla psichiatra. Faceva tutto parte del piano.»

Merda. No.

«Ancora non hai imparato che non ci si può fidare di nessuno, Hannah?» chiese Anna con voce cristallina. «Fidarti di una persona a cui vuoi bene può rivelarsi la peggiore scelta della tua vita.»

Capitolo diciannove

Gli occhi azzurri di Anna brillavano di una luce innaturale e riflettevano la stessa vena di follia di sua madre.

La guardai di nuovo, cercando di convincermi che erano davvero madre e figlia. Il volto affilato di Anna era lo stesso di Rosie, il naso piccolo e sottile era il medesimo, gli zigomi definiti, le sopracciglia bionde e molto rade, inarcate appena a una delle estremità... Avevano entrambe spalle piccole e il loro sorriso, identico, non poteva che essere frutto della genetica. Persino i capelli biondi e mossi... come avevo fatto a non arrivarci prima?

Sudavo freddo.

«Come hai potuto?» gemetti. Il mio cuore era impazzito. «Mi sono fidata di te. Ti ho voluto bene come a una sorella! E tu... Tu sei complice di questa puttana!» aggiunsi, e la voce mi si incrinò in un lamento soffocato.

Anna si inumidì il labbro inferiore e disse: «Ascoltami bene, Hannah». Sottolineò le parole con un gesto della mano, e una lacrima mi rigò il viso. «Che fai? Non ti mettere a piangere adesso! Non ti ho mai voluto bene, non me n'è mai fregato niente di te, non ne potevo più di recitare la parte della brava bambina. Non lo sono e non lo sono mai stata e ora finalmente è arrivato il momento che tanto aspettavo.»

Era felice, come Rosie: la sua vendetta stava per compiersi.

«Sei sempre stata dalla sua parte? Ci hai preso in giro tutti solo per i soldi?» La fissavo trattenendo il respiro.

Anna mi rispose con una smorfia. «È mia madre» disse glaciale, tagliando corto. Tutte le volte che apriva bocca sentivo un tuffo al cuore. Le avevo voluto così bene. Fece un passo avanti e si mise di fianco a Rosie. «Ma non l'ho fatto solo per i soldi. C'è un'altra ragione.»

Anche in questo erano uguali: avevano la stessa capacità di ingannare facendosi passare per vittime indifese, quando in realtà erano malefiche. Il loro unico obiettivo era far soffrire le persone che avrebbero dovuto amare. In fondo al cuore speravo che Rosie l'avesse minacciata: non mi rassegnavo a perdere del tutto la speranza. Ma il diavolo non stava solo all'inferno.

Fuori era scoppiato il temporale e la pioggia bagnava il pavimento e batteva contro i vetri rimasti intatti.

«E quale sarebbe?» chiesi corrugando la fronte.

Anna sbuffò infastidita, poi si passò una mano tra i capelli, sistemandosi una ciocca dietro l'orecchio. «Voglio farvela pagare per tutto quello che avete fatto a mia madre» disse brusca. «Voglio che sia fatta giustizia.»

«Giustizia? Non sai nemmeno che cosa vuol dire! Siete tu e tua madre a dover pagare per quello che è successo ad Alex!» risposi con voce soffocata. Il cuore stava per scoppiarmi.

«Adesso basta» disse Rosie richiamando l'attenzione su di sé. «Non siamo qui per chiacchierare.» Sembrava tranquilla, anche se non ci perdeva di vista un istante con quegli occhi inquieti. «Anna, prendi la siringa.»

«La siringa?» chiesi cercando la risposta sul volto disperato e furioso di Alex.

Anna uscì dalla stanza con assoluta naturalezza non appena ricevette l'ordine e un attimo dopo rientrò con in mano una siringa riempita con del liquido trasparente.

«Su, Hannah, credevi davvero che te la saresti cavata?» Rosie fece una pausa. Era seria. Anna le passò la siringa, dopo averle dato un paio di colpetti. «No, prima passami i guanti. Non voglio lasciare impronte» disse.

Da brava figlia obbediente, Anna appoggiò la siringa su un mobiletto lì vicino e uscì di nuovo dalla stanza.

«Dio mio, Alex, che brutta cera... Immagino tu non abbia ancora visto il tuo corpo, giusto?» riprese Rosie con sarcasmo. Si stava divertendo.

«Basta» disse lui evitando di guardarla in faccia. Il suo corpo emanava tensione. Nonostante tutto era ancora al mio fianco, ed ero felice che lo fosse, perché riusciva a farmi sentire al sicuro anche in una situazione del genere.

Rosie scoppiò a ridere con un boato che invase la stanza. «Non hai idea di quanto mi piaccia vederti in questo stato, senza che tu possa fare niente per la tua ragazza.» Mi guardò con disprezzo poi tornò a rivolgersi ad Alex. «Non è niente di personale. La colpa è dei vostri genitori. E voi siete l'anello debole.»

«Perché li odi così tanto?» chiesi con la gola secca.

«Te lo farei raccontare da loro ma, visto che dormono un sonno profondo, te lo dirò io.»

Sonno profondo? Li ha sedati?

Le sue labbra rosse scintillavano, io tremavo, mentre la siringa era ancora dove l'aveva lasciata Anna. Alex cercò il mio sguardo mentre Rosie sembrava persa nei suoi pensieri.

Poi riprese: «Ho fatto l'università con Margaret, questo lo sapete. Eravamo molto amiche, stavamo sempre insieme, fino a che un giorno tutto cambiò. Una compagna ci invitò alla sua festa di compleanno e lì conoscemmo i fratelli Crowell. Ce li presentò Rebecca, la loro sorella più piccola. George era molto più grande di Eric e avevo sentito dire che si sarebbe sposato di lì a poco, ma non mi importava granché. L'unico che mi interessava era Eric. Solo lui.

«Ma Eric si innamorò di Margaret, il classico colpo di fulmine: parlarono tutta la notte e vederli così complici fu devastante. Prima che me ne rendessi conto, odiavo Margaret con tutta me stessa. Eric doveva essere mio, lo amavo alla follia. E Margaret diventò la mia peggior nemica.

«Cominciarono a uscire insieme e il mio odio crebbe. L'unico modo che avevo per stare vicino a Eric era mettermi con George, così decisi di eliminare la sua futura sposa. Tutti pensano che sia morta in un incidente, ma l'ho uccisa io. Non fu necessaria nemmeno un'arma: mi bastò manomettere i freni.

«Così riuscii a restare accanto a Eric, anche se lui amava Margaret, e durante una festa approfittai della situazione: andai a letto con lui. Tu e Anna siete sorellastre. George non ha mai saputo niente di quella notte e all'inizio non dissi di Anna nemmeno a Eric.

«Costrinsi Rebecca a lasciare la villa e a portare con sé Anna, allevandola come figlia sua. Non sono mai stata in una clinica a recuperarmi da chissà quale malattia, ero con Anna e Rebecca. Mi accorsi poi che mia figlia aveva il mio stesso dono: entrambe potevamo vedere i fantasmi. Non volevo lasciarla, ma la mia vendetta non era ancora compiuta: non stavo con l'uomo che amavo e Anna non aveva un padre che le volesse bene.

«Era troppo presto perché Anna tornasse alla villa, così per un periodo andai a trovarla durante le vacanze. Ho sempre cercato di essere presente, è la persona più importante della mia vita, tutti gli altri non contano niente. A quel punto però si materializzò il mio incubo peggiore: tu. Il tuo arrivo mi aveva mandato all'aria i piani.

«George ce la metteva tutta per rendermi felice, ma i gioielli e regali non erano sufficienti. Volevo di più. Volevo Eric. Così un bel giorno gli svelai che avevamo una figlia. Eric era terrorizzato all'idea che prima o poi lo avrei raccontato a Margaret e il suo umore nero mandò tutto in rovina: un bel giorno Margaret se ne andò, portandoti con sé. Quello fu il giorno più bello della mia vita. Finalmente avrei potuto stare con Eric. Ma anche lui un giorno sparì. Vi ha cercato, ma io sono arrivata prima. Sapevo che l'unico modo che avevo per rivederlo era trovarvi.

«Da quel momento in poi non vi ho perse di vista un solo istante. Quando Eric tornò, Alex era già morto. Devi ringraziarmi Hannah, sono stata io a farti conoscere Alex a scuola, faceva parte del piano. Vi ho usati per arrivare a Eric, poi avrei dovuto uccidervi entrambi in una volta sola, due piccioni con una fava. Questo è quanto, non vi racconterò altro.»

Se il suo obiettivo era lasciarmi pietrificata e senza fiato ci era riuscita. Quella storia dava i brividi: Rosie non aveva un cuore, o forse l'odio lo aveva trasformato in un luogo freddo e oscuro. Non riuscivo a credere che fosse capace di tanta crudeltà. Aveva minacciato Rebecca perché si prendesse cura di Anna e in questo modo l'aveva allontanata dalla famiglia. A quel punto capii perché Rebecca odiava Anna e perché guardava con disprezzo Rosie tutte le volte che si incrociavano.

Aveva persino ucciso la fidanzata di George, solo per stare vicino a Eric. Era assurdo. Aveva fatto fuori un'innocente come se fosse padrona della sua vita e si era portata via la felicità di un sacco di persone. *Tutto per stare con Eric.*

«Come hai potuto?» biascicai. La paura si stava impossessando di me, ma non potevo permettermelo. Dovevo essere forte e tenerle testa. «Come puoi vivere con te stessa? Non provi alcun rimorso?»

«È semplice. Se vuoi ammazzare qualcuno devi pensare che non è altro che un oggetto, non un essere umano.»

«Meriti di bruciare all'inferno!»

In quel momento Anna rientrò con in mano una scatola di guanti in lattice. Mi irrigidii d'istinto.

«Anna, ti prego» la supplicai, «non lasciare che mi faccia del male. Sono tua sorella...»

«No. Non siamo sorelle. Lei è mia madre e io sono orgogliosa di lei, mentre la tua... tua madre...» fece una smorfia schifata, «tua madre non ti ha mai detto la verità. E questo una madre non dovrebbe mai farlo.»

«E come fai a essere sicura che Rosie, non ti abbia mai mentito?»

Anna passò la scatola a Rosie che l'aprì rompendola del tutto e infilandoci le sue dita affusolate.

«Conosci George ed Eric, non sono cattivi, non farebbero male a una mosca!» ormai ero disperata. «E mia madre non ti hai mai fatto niente!»

«Puoi parlare quanto ti pare ma non cambierò idea. Mi sono preparata a lungo per questo momento» disse con un sorriso soddisfatto.

Guardai Alex. Era terrorizzato e confuso, ma forse non tanto quanto me. Avevo tante domande: com'era possibile che non ci fossimo mai accorti che anche Rosie vedeva i fantasmi?

«Dov'è mio padre, Rosie?» chiese Alex con voce roca, muovendo appena le labbra.

Rosie scoppiò a ridere: «George non è tuo padre, sei stato adottato. Anche se George è stato di sicuro un padre migliore dell'ubriacone drogato che ti abbandonò».

Quelle parole mi trafissero il cuore, come se condividessi con Alex il dolore di quella rivelazione.

«Cosa?!» Alex impallidì.

«Come? Hannah non te l'ha detto?»

Alex si voltò verso di me: «Hannah?».

Dio mio, non avevo il coraggio di guardarlo negli occhi, ma mi sforzai di dargli una spiegazione. «Ho trovato il tuo certificato di nascita... e quello di adozione. Te l'avrei detto al momento giusto... Non sei figlio di Rosie e di George, tua madre è... una psichiatra. Si chiama Lisa White. Non poteva mantenerti e allora ti ha dato in adozione e io...»

Rosie scosse la testa con disapprovazione.

«Credevo che tra di voi non ci fossero segreti...» disse ironica.

Avrei voluto prenderla a ceffoni, ma mi fermai: Alex era certo in grado di farle più male di me.

«Come Rosie? Proprio tu parli di padri alcolizzati?» sorrise sarcastico Alex. «Non sei andata via di casa proprio per questo?» Lei si bloccò mentre tirava fuori dalla scatola il secondo guanto. «Non sei tu quella che aveva un padre alcolizzato che la picchiava? Che picchiava te e tua madre?»

Spalancò gli occhi sorpresa. Anche Anna sembrava scioccata. Guardò prima sua madre e poi Alex, che non aveva intenzione di fermarsi. «Non è colpa tua, Rosie. Anche io nella tua condizione forse avrei fatto lo stesso. Adesso capisco perché nessuno ti ama davvero, e perché ti interessano tanto i soldi. Sono orgoglioso di mio padre, di te invece...»

«Adesso vuoi dirmi che ti senti offeso e deluso? Perché se è così, lascia che ti ripeta quello che ho appena detto alla tua ragazza» mi lanciò un'occhiata carica di odio prima di tornare a fissare Alex. «Potete pensare di me quello che vi pare, non me ne frega niente.»

«No» la interruppe con un sibilo. Lei aveva gli occhi iniettati di sangue. «Non sono deluso. Voglio solo che tu sappia che prima di tutta questa storia, ti ho voluto bene.»

Rosie cercò di nascondere l'effetto che avevano avuto su di lei le parole di Alex. «Sei un ragazzo sveglio. Sono felice di sentirti parlare al passato...»

«Anche io...» disse Alex trionfante.

Tutti sapevamo chi aveva vinto la battaglia. Rosie si aspettava che Alex andasse su tutte le furie, ma non fu così. Era composto, controllato, e si limitava a dire la verità.

«Mamma...» la interruppe Anna. Rosie allontanò per un attimo lo sguardo da noi e si voltò verso di lei con preoccupazione. «La siringa è pronta.»

«Bene. Finalmente è arrivato il momento che ho tanto atteso.»

«Sei patetica Rosie. Pensi davvero che nessuno sospetterà di te?» inarcai le sopracciglia senza volere. «Credi davvero che in un giorno possa morire una famiglia intera, che solo tu sopravviva e nessuno si faccia delle domande? È assurdo!»

«No» rispose Anna, «il piano non è quello.»

«Dov'è mia madre? Dove sono tutti quanti?» chiesi disperata.

«Non preoccuparti, tra pochi minuti sarai con loro. Abbiamo solo bisogno di questo.» Rosie si avvicinò al mobiletto e afferrò la siringa sollevandola in aria. Controllò la quantità del liquido e dentro di me cominciai a gridare.

«Ti avverto, ti farà un po' male.»

«Basta Rosie, non farai più del male a nessuno» la minacciò Alex, ma lei non perse il sorrisetto sfacciato identico a quello di Anna. Erano due gocce d'acqua. Non riuscivo a perdonarmi di non essermene accorta prima.

«Che cosa vorresti fare? Pensi di potermi fermare?» chiese in attesa di una risposta.

«Non le farai del male.»

«Adesso basta con le chiacchiere. È il momento di dimostrare chi è più forte.»

Si fermò e ci guardò tutti e due. Prima fissò me con un sorriso, poi Alex con freddezza. Per un attimo si irrigidì, ma fu solo un istante prima di tornare a sorridere. Teneva stretta la siringa.

«Prima che Hannah perda coscienza devo chiedervi una cosa: chi volete che uccida per primo?»

«Adesso basta, Rosie!» sbottò Alex. Tremavo. Era impossibile prevedere che cosa avrebbe fatto. Potevamo aspettarci qualsiasi cosa da lei.

«Dico sul serio... Tu o lui?» chiese indicando Alex con la siringa. Un tuono tremendo ci fece sobbalzare. Per un attimo la stanza s'illuminò.

«L'unica che perderà tutto sei tu. Tutti devono rispondere prima o poi delle loro azioni» risposi con la voce tremante. Mi sentivo le gambe di gelatina e mi prudeva la pianta dei piedi, ma riuscii a non crollare. Ero pronta a reagire se fosse stato necessario.

«Sembri molto sicura di quel che dici, Hannah.» Si avvicinò di un passo e Alex fece lo stesso. Le gambe ora non mi reggevano più.

«Sei una puttana, Rosie!» urlai furibonda. «Sei una povera pazza che non sopporta la felicità degli altri perché non è mai stata felice!»

«Anna» Rosie le fece un cenno e lei si avvicinò con un sorriso luminoso. «Tocca a te, piccola mia.»

Anna avanzò muovendosi con agilità. Alex si mise davanti a me per difendermi. Mi guardai intorno in cerca di qualcosa con cui colpirla, ma non c'era niente.

Il temporale non dava tregua e i tuoni si susseguivano. Rosie non aveva punti deboli, per lei le persone erano solo oggetti qualsiasi rimpiazzabili con altri. Non amava nessuno.

«Non fare un altro passo» grugnì Alex ad Anna. «Nessuno farà del male ad Hannah.»

«Troppo tardi» rispose lei, avanzando ancora di un passo. Alex si irrigidì e d'istinto le si lanciò contro, ma il suo corpo si fece più trasparente, come se si stesse spegnendo. Alzò le braccia per colpirla ma invece che toccarla la attraversò. All'improvviso le sue mani erano invisibili e lessi il terrore nei suoi occhi quando tentò di colpirla ancora.

Niente. Alex non riusciva a toccarla. Il suo corpo era aria, non poteva farle niente.

«Credevi che non avessimo pensato a questa possibilità?» ridacchiò Anna. Lui si guardò le mani senza capire cosa stesse succedendo. «Ci hai sottovalutate, Alex.»

«Cosa mi avete fatto?!»

Sentii una fitta allo stomaco come se mi avessero trapassato con una spada. Era un dolore terribile. Pensai di scappare ma Rosie bloccava l'unica via di fuga.

«Abbiamo fatto quello che avremmo dovuto fare da tempo.» A quel punto Anna lo attraversò mentre Alex cercava invano di fermarla. La pioggia aveva smesso di cadere.

«Sogni d'oro, Hannah.» Anna mi afferrò i polsi con una forza innaturale e mi obbligò a metterli dietro la schiena, mentre Rosie si avvicinava con la siringa. Urlai.

«No! No! Lasciami!» Cercai di divincolarmi ma quello che stava succedendo ad Alex mi aveva preso alla sprovvista. Rosie era sempre più vicina, Alex disse qualcosa che non riuscii a capire. Un brivido freddo mi fece tremare.

«Smettila di agitarti. Non servirà a niente! Non hai via di scampo!» urlò Anna. La sua voce sembrava tornata quella di una bambina innocente...

«Adesso basta con queste urla!» disse Rosie con assoluta calma dopo aver guardato Alex con insolenza.

«Ti giuro che se le fai del male...» disse Alex con tutto il disprezzo del mondo. Aveva l'espressione più infuriata che gli avessi mai visto. Non poter fare niente l'uno per l'altra mi spezzava il cuore.

«È solo un sedativo. Il meglio deve ancora venire. Questo è solo l'inizio, tesoro» disse senza togliermi gli occhi di dosso mentre sorrideva isterica.

«Lasciami!» mollai una ginocchiata ad Anna. Sentii un grido acutissimo e cercai di liberami con tutte le mie forze, ma ero troppo debole.

«Adesso basta.» Rosie mi afferrò le braccia. Il contatto con le sue dita mi fece rabbrividire. Urlai ancora con quanto fiato avevo in gola e lei strinse la presa facendomi stare zitta e immobilizzandomi allo stesso tempo. Mi faceva male tutto.

«Rosie non farlo. Stai distruggendo un'intera famiglia» sussurrai.

Mi stringeva così forte che le sue unghie mi si conficcarono nella pelle. Gemetti. Non mi aveva ancora infilato l'ago. Alex fece un gesto pieno di dolore e di impotenza. Senza che Rosie se ne accorgesse si allungò verso una lattina appoggiata sullo stesso mobiletto su cui prima si trovava la siringa, ma non ci riuscì.

«È inutile. Non puoi fare niente.»

«Sì che posso.»

Inspirai a fondo e le sputai in faccia. Anna mi insultò e mi strinse i polsi ancora più forte. Rosie lasciò la presa e si pulì con una mano. Si passò la siringa alla mano destra e capii allora che cosa avrebbe fatto subito dopo. Chiusi gli occhi e strinsi i denti. Il ceffone che mi mollò fu rumoroso e doloroso, tanto da farmi piegare la testa, ma aprii subito gli occhi nella speranza di poter sfidare i suoi.

«Come ti permetti?» La sua voce era piena di rabbia. «Ma me la pagherai, Hannah Reeve.»

Prima che potessi rispondere mi conficcò la siringa nel braccio, il liquido entrò subito in circolazione e dieci secondi dopo cominciai a perdere le forze. Vidi il viso triste di Alex e inspirai cercando di incamerare tutto l'ossigeno che potevo, come per prepararmi a una lunghissima apnea. Lo guardai intensamente prima di chiudere gli occhi, terrorizzata da quello che avrebbero potuto farmi Rosie e Anna. Le mie palpebre si fecero pesanti, sbirciai ancora una volta gli occhi caramello di Alex e solo allora mi diedi per vinta. L'oscurità cominciò a vincere sulla luce e tutto si fece sfuocato. Le ginocchia mi si piegarono e caddi picchiando la testa.

«Mamma» sentii una voce delicata prima di sprofondare in un sonno profondo. «Alex è andato via, non c'è più.»

La voce era lontana, diventò un ronzio e all'improvviso restò solo il silenzio.

Capitolo venti

«Che succede? Va tutto bene?»

Il motore girò a vuoto e la macchina cominciò a muoversi a scossoni, sbalzandomi avanti e indietro sui sedili.

«Sarà il motore freddo... Non preoccuparti.»

L'auto riprese a viaggiare normalmente, ma io non ero tranquilla: avevo il presentimento che qualcosa non andasse. Viaggiavamo piuttosto forte e non c'erano altre macchine in giro.

«È successo altre volte?» chiesi cercando di distrarmi, ma ero troppo tesa per rilassarmi.

«No» rispose perplesso: sembrava preoccupato tanto quanto me, «non mi era mai capitato. Non capisco cosa stia succedendo. Vuoi che ci fermiamo?»

Mi lanciò un'occhiata. Aveva un'espressione inquieta e mi guardava con gli occhi spalancati. Forse anche lui aveva un brutto presentimento.

«Sì.» Non volevo arrivare tardi, ma era meglio controllare se l'auto aveva qualcosa, per evitare di avere un incidente.

Il motore ruggì di nuovo e il fumo cominciò a fuoriuscire dal cofano. La macchina diede un altro scossone e io picchiai la testa sul vetro del parabrezza, rimbalzando indietro sul sedile e battendo la schiena.

«Hannah?» Aprii gli occhi. «Stai bene?»

«Sì» risposi portandomi una mano alla testa. «Ho sbattuto, ma va tutto bene.»

«Fammi vedere...» Si slacciò la cintura, si chinò su di me e mi spostò i capelli con delicatezza. Mi tastò la testa, centimetro dopo centimetro. Averlo così vicino mi rendeva nervosa. Gemetti senza volere non appena le sue dita premettero contro la parte dolente. Mi scostai da lui facendogli capire con lo sguardo che non avrebbe più dovuto toccarmi lì.

«Ti fa male?» il suo alito profumava di menta e il suo odore era ancora più inebriante. Lo guardai e mi persi nei suoi occhi color caramello. «Ti fa male?»

Mi raddrizzai sul sedile. Ero una scema a essermi imbambolata in quel modo. «Solo un po'. Non è niente» mormorai.

Lui mi sorrise dolcemente e annuì. «Non perdi sangue, ma andremo lo stesso all'ospedale perché ti diano un'occhiata.» Era evidente che la mia risposta non l'aveva convinto, si stava preoccupando troppo.

«Alex, sto bene. Non c'è bisogno di andare all'ospedale, davvero.» Mi guardò dubbioso e cercai allora di sembrare più convincente. «Mi è già passato.»

In realtà mi faceva un male cane, ma non avevo intenzione di perdere del tempo al pronto soccorso: erano giorni che non pensavo ad altro che a questo appuntamento con Alex. Avevo solo voglia di stare con lui e di arrivare al ristorante.

«Mi dispiace, le cose non stanno andando per il verso giusto...» si scusò buttando indietro la testa e passandosi una mano tra i capelli.

«Va tutto bene» dissi accennando un sorriso. «La tua macchina è solo un po' gelosa e mi ha fatto sbattere la testa... Domani al massimo mi sveglierò con un livido. Abbiamo tutta la giornata per noi, e non potrà peggiorare, no?»

Sorrise. «No. Certo che no...», ma prima che potesse terminare, cominciò a tossire.

A quel punto mi tolsi la cintura e fui io a piegarmi su di lui: la sua pelle stava diventando giallastra e non riusciva a smettere di tossire. Ero molto preoccupata. «Alex?!»

Mentre continuava a tossire si piegò in due stringendosi lo stomaco, poi sbiancò. Saltai giù dalla macchina senza chiudere lo sportello e corsi ad aprire quello di guida: Alex si contorceva sul sedile e non la smetteva di stringersi lo stomaco.

«Vieni qui, Alex...» Lo presi per le braccia e lo sollevai con tutta la forza che avevo. «Hai bisogno di prendere aria, devi uscire di qui... Ce la fai?» Lui si sforzò di tirarsi in piedi, ma crollammo tutti e due a terra. Mi sporcai di fango e mi graffiai le braccia nude con la ghiaia ai bordi della strada.

Mi rialzai ma Alex era troppo pesante per me. Mi accucciai al suo fianco e cercai di farlo riprendere con degli schiaffetti.

«Alex, per favore, dì qualcosa!» Mi stavo spaventando. Lui non reagiva, era debole e inerme. Cominciò ad avere delle convulsioni, il suo corpo si scuoteva freneticamente. Mi accorsi che si stava avvicinando una macchina, allora mi alzai in piedi e corsi al centro della strada agitando le braccia per farmi vedere, la macchina si fermò.

«Per favore aiutatemi!» gridai mentre mi avvicinavo. La donna bionda che scese dall'auto mi osservava con sorpresa e preoccupata. Mi guardai i pantaloni e mi accorsi che erano tutti sporchi di terra.

«Cosa ti è successo?» chiese aggrottando la fronte.

«Il mio amico sta male, per favore ci aiuti!» Tremavo così tanto che quasi non riuscivo a parlare. Dovevamo fare il più in fretta possibile.

«Che cosa è successo?» Alex aveva smesso di tremare e giaceva a terra immobile e incosciente, con gli occhi chiusi. La donna si inginocchiò al suo fianco senza preoccuparsi di sporcare i pantaloni eleganti che indossava. Aveva le labbra rosse e gli occhi più azzurri che avessi mai visto in vita mia.

Mi lascai cadere accanto ad Alex e mi chinai su di lui, sperando che aprisse gli occhi. Ma non lo fece. «La macchina non funzionava bene e ci siamo fermati per controllare e allora... allora ha cominciato a tossire forte... non lo so, non so che cosa gli sta succedendo...» Mi tremava la voce. Iniziai a piangere senza accorgermene fino a che non mi si bagnarono le guance. Lo toccai. Era troppo pallido. La donna mise due dita sul collo di Alex.

«Cosa fa?» chiesi d'istinto conoscendo già la risposta.

«Cerco di sentire i battiti, non vorrei che...»

«Che cosa?!» Lei mi ignorò e gli prese il polso. La sua faccia era priva di espressione.

«Quindi...» Non riuscivo a staccare gli occhi da quella donna con la pelle bianchissima. I raggi del sole le illuminavano i capelli e le labbra, che si facevano più rosse. Dopo qualche secondo alzò lo sguardo e allontanò la mano.

«Io... mi dispiace...» disse in tono triste e stanco.

«Cosa?!»

«Se n'è andato... È morto, Hannah...»

«Cosa...?! Ma... Alex... come fa a sapere il mio nome?!» Non avevo idea di chi fosse e mi allontanai da lei.

«Me lo hai detto tu.»

«Non è vero! Chi è lei?! Come fa a sapere chi sono?!»

«Me lo hai appena detto. Forse non ti ricordi.» Parlava con calma e sicurezza, ma aveva una strana espressione negli occhi.

«Adesso chiamo la polizia...» le dissi. Ma non appena presi il telefono in mano qualcuno mi afferrò per i capelli e mi sbatté a terra. Nell'impatto percepii le mie ossa scricchiolare. La donna bionda si lanciò allora su di me e mi immobilizzò con il peso del proprio corpo.

«Lasciami! Lasciami!» Cominciai a tirare calci, ma senza successo. La ghiaia mi si conficcava nella schiena, graffiandomi e pungendomi attraverso i vestiti. La donna mi lasciò libera una mano e frugò nella borsa. Senza pensarci due volte le mollai un ceffone in faccia, ma lei me lo restituì furibonda, con tanta forza da togliermi l'energia per oppormi. In un attimo avevo perso tutta la voglia di lottare.

«Che cosa vuoi? Perché mi stai facendo questo?»

«Stai zitta» grugnì.

Vedevo tutto sfocato, mi bruciava la guancia e la luce mi trafiggeva gli occhi dandomi la nausea. Osservavo quella donna con le pupille troppo dilatate e di sicuro fuori di sé.

«Lasciami stare! Non ti ho fatto niente!» la mia voce rimbombò forte e chiara. All'improvviso sentimmo l'eco di una sirena.

«Merda! Sogni d'oro, Hannah, ci vediamo presto.» Mi ficcò in gola una pastiglia bianca con tanta forza che non riuscii a sputarla. Era amara.

«Chi sei...?» chiesi mentre mi avvolgeva l'oscurità. Scoppiò a ridere.

«Sono Rosie... E tu cos'hai lì?» domandò premendo sul punto in cui ero andata a sbattere. «Perfetto, sarà più facile far credere a tutti che non ricordi niente. Non poteva andare meglio.»

La sirena suonava sempre più vicina, ma non sarebbe arrivata in tempo, la pastiglia stava già facendo effetto. Avrei voluto alzarmi e prenderla a pugni, ma avevo la gola secca ed ero senza forze. Mi sentivo così stanca che volevo solo dormire. Mi obbligai a tenere aperti ancora un po' gli occhi, inclinai la testa verso Alex.

Non può essere morto.

A quel punto il tempo si fermò e la donna sparì. Il mio corpo non rispondeva agli stimoli e il mio cervello non mandava più segnali. Sprofondai nell'oscurità. La pastiglia cancellò ogni ricordo.

Capitolo ventuno

Mi sentivo intontita. Mi pesavano le palpebre e mi facevano male gli occhi e quando cercai di aprirli non ci riuscii. Qualcosa me lo impediva. Provai allora a gridare ma avevo la bocca tappata da della stoffa. Mi concentrai su mani e piedi ed entrai nel panico: ero legata. Non riuscivo a muovermi.

«Credevo che non ti saresti più svegliata. Sei stata l'ultima.» Sentii dei grugniti in sottofondo, ero certa di avere altre persone intorno a me: l'angoscia e il calore dei loro corpi erano palpabili, ma non riuscivo a vedere nessuno.

«Finalmente ho riunito tutta la famiglia dopo tanto tempo. Non dovete ringraziarmi...»

I muscoli erano indolenziti, avevo le gambe mezze addormentate e muovere le braccia mi procurava un dolore lancinante: la corda ruvida con cui mi avevano legato mi aveva provocato delle lacerazioni profonde. Non potevo essere più spaventata.

Cercai di ricordare come fossi finita in quel posto, ma faticavo a concentrarmi, poi in una serie di flash rividi quello che era successo. Una goccia di sudore mi scivolò sul petto. I vestiti umidi e appiccicati addosso mi facevano sentire ancora più a disagio e con quella benda sulla bocca non riuscivo a respirare bene. Mi sentivo intrappolata, ero terrorizzata.

«Stai soffocando?» chiese una voce angelica che mi sembrò quella del diavolo in persona. «Devi avere ancora un po' di pazienza, devi goderti lo spettacolo.» Anna. Era lei a sussurrarmi nell'orecchio, per cui doveva esserci anche Rosie. Dovevano esserci tutti. Trattenni il fiato.

«Per favore Anna» la voce inconfondibile di Rosie fu preceduta dal rumore dei suoi passi, «aiutami a toglierle la benda dagli occhi.» Il sarcasmo con cui parlava mi spaventò ancor di più. Anna slacciò rapidamente il nodo della stoffa e la benda mi scivolò sul collo. La luce abbagliante mi obbligò a strizzare gli occhi, sbattei le ciglia un paio di volte e poi le aprii cercando di abituarmi al riverbero.

Al contrario della mia prima sensazione, mi accorsi che la stanza non era molto illuminata, anzi era piuttosto buia, rischiarata solo da una lampada al centro. Mi guardai intorno, ma non vidi niente. Era una stanza completamente vuota, forse una cantina. Voltandomi a destra vidi che c'erano altre persone, con le braccia legate dietro la schiena e le caviglie bloccate alle gambe di legno della sedia. Riconobbi mia madre, George ed Eric. E anche Rebecca e Caroline. Anna tolse a tutti la benda che avevano sugli occhi. Con la bocca ancora tappata lanciai a Rosie uno sguardo carico di rancore.

«Non guardarmi così, è prematuro» disse ironica. «Prima di iniziare vorrei spiegarvi un paio di cose, e per questo ho bisogno della vostra attenzione.»

Anna tolse per ultima la benda a Caroline, che la guardò sorpresa. Rebecca sembrava la più spaventata: aveva una ferita in testa e i capelli pieni di sangue.

Eric si tirò su e si guardò intorno. Quando i nostri occhi si incrociarono cercò di tranquillizzarmi, come a dirmi che tutto sarebbe andato per il meglio, anche se, francamente, non riuscivo a credergli. Eravamo indifesi e Alex non poteva fare niente. Nemmeno entrare nei nostri corpi.

Mia madre gemette. Aveva gli occhi rossi, doveva aver pianto molto. Mi sentii terribilmente male per averla sospettata. Rosie era stata davvero brava a mettermi contro di lei.

«Vi starete domandando perché siete qui e, ovviamente, io ho la risposta» disse con un sorriso trionfante spostando lo sguardo su ognuno di noi. «Tutto questo è colpa vostra. Soprattutto tua, Margaret. Tu sei la responsabile di tutte le mie disgrazie, del fatto che io ed Eric non abbiamo potuto crescere nostra figlia insieme. E tu, George, non sei stato che un problema, ma devo ammettere che i tuoi soldi mi hanno aiutata.»

Anna si avvicinò a sua madre tenendo in mano una tanica di plastica rossa. Mostrò l'etichetta: era benzina.

«È tutto pronto mamma» disse con un sorrisetto incerto.

«Toglile le bende dalla bocca, poi agli altri» le ordinò Rosie. Anna annuì e si avvicinò a me. Le tremavano le dita e aveva una luce strana negli occhi. Non appena riuscii a parlare le sussurrai: «Per favore, non farlo». Con il suo corpo mi copriva dallo sguardo di Rosie. «Non farlo. Finirai in prigione. Stai per uccidere degli innocenti.»

«Mi dispiace, non posso aiutarti.»

«Che succede lì?» ci interruppe Rosie spazientita.

«Niente» disse Anna allontanandosi. Si spostò nervosa verso la sedia alla mia destra, sulla quale era seduto Eric, che la guardava stupefatto, come se non riuscisse a credere di avere di fronte sua figlia.

«Rosie, fermati!» gridai. La mia voce rimbombò. «Andrai in prigione! Non ti crederà nessuno!»

«Certo che mi crederanno. Tu lo hai fatto. Tutti voi lo avete fatto. Lo farà anche la polizia» esclamò.

«Non è vero» dissi fuori di me. «Prima o poi scopriranno la verità!» Lei scoppiò a ridere e mi guardò sorridendo. Strinsi i pugni ma riuscii solo a farmi più male ai polsi. Mi morsi la lingua cercando di nascondere il dolore, ma Rosie se ne accorse e mi ignorò, girandosi verso mia madre.

«Tutti questi anni ad aspettare questo momento e adesso mi fate pena. Devo ammettere che siete proprio una bella famigliola. Ma siamo sinceri, alla fine tutte le famiglie si separano.»

«Non farlo Rosie» disse George. «Se vuoi i soldi, è tutto tuo, ma non ucciderci. Ti darò tutto, tutte le proprietà. Sarà tutto a tuo nome. Ti darò tutto quello che vuoi.»

«Ancora non capite. Non voglio solo i soldi. Voglio distruggervi, farvi sparire dalla faccia della terra. E voglio essere io a farlo...»

«Sei fuori di testa!» gridò mia madre dimenandosi sulla sedia. «Sei pazza!»

«Sì, forse sono pazza. Ma farò quello che mi pare, non mi importa delle conseguenze. Come si dice... la vendetta è un piatto che va servito freddo.»

«Adesso basta Rosie!» la interruppe Eric terrorizzato. «È tutto inutile, io continuerò ad amare Margaret, non potremo mai stare insieme!»

«Proprio per questo lei deve soffrire! Non io! Avremmo dovuto sposarci!»

Smisi di ascoltarla perché Anna aveva iniziato a gettarci addosso la benzina, cominciando da me.

«Che fai Anna?!» Le mie gambe ripresero vita e cominciarono a tremare. «No!» I vestiti si inzupparono di benzina in un attimo e l'odore invase la stanza. Urlai a squarciagola anche se sapevo che non ci avrebbe sentito nessuno.

«Non scherzavo quando dicevo che avreste visto un bello spettacolo. Vedremo i fuochi d'artificio. Vi immagino già all'inferno... Già, perché dare fuoco ai demoni è l'unico modo per mandarli all'inferno.»

«Sei una pazza!» gridò mia madre terrorizzata. A Rosie piaceva vederla in quello stato, completamente in suo potere.

Anna si avvicinò a lei, ma Rosie la fermò. Le sedie erano sistemate una accanto all'altra, io e mia madre eravamo agli estremi.

«Lascia, faccio io.» Prese la tanica dalle mani di Anna e cominciò a versare la benzina addosso a mia madre fino a che non era fradicia. Distolsi lo sguardo spaventata e mi accorsi che dall'altra parte della porta c'era qualcuno, un'ombra che s'intravedeva appena sul pavimento della stanza. Anna, che non si era accorta di nulla, tirò fuori un scatola di fiammiferi.

«Adesso puoi andare Anna...» disse Rosie. Lei annuì con i fiammiferi in mano, ma invece di uscire si avvicinò a sua madre fermandosi davanti a lei. Rosie le accarezzò dolcemente una guancia. Non capivo. E improvvisamente le mollò un ceffone facendole girare la testa. I suoi capelli biondi si sollevarono per aria. Anna alzò gli occhi e fissò sua madre. Rosie non voleva testimoni. Mia madre, Caroline e Rebecca cominciarono a urlare.

Sulla bocca di Anna si formò una macchia scura, mentre un rivolo di sangue cominciava a uscirle dal labbro inferiore. Rosie la colpì di nuovo sull'altra guancia. Trattenni il fiato e sentii un dolore tremendo, mentre la puzza di benzina si faceva più penetrante. Con il secondo colpo Anna era caduta a terra sbattendo la testa e non si muoveva. Rosie spalancò gli occhi, sembrava spaventata e sorpresa al tempo stesso. Anna non aveva sopportato il colpo né il dolore: era svenuta. Ma non appena Rosie si chinò su sua figlia, la porta si spalancò e nella stanza entrarono Seth e Cara.

Cara mi guardò sorpresa e si tappò la bocca con le mani per non gridare. Seth l'allontanò e si fece avanti. Che ci facevano lì? Come sapevano dove eravamo?

Rosie sobbalzò, poi si portò una mano alla cintura ed estrasse una pistola. Vedendo l'arma, Cara e Seth si bloccarono.

«Fate un passo e sparo.» Puntò la pistola su mia madre, la più vicina.

«Sta arrivando la polizia, Rosie. Non puoi fare più niente. È finita.»

I suoi occhi azzurri si agitarono alla ricerca di una via d'uscita. Ma l'unico modo per scappare da lì era la porta alle spalle di Seth e Cara. Rosie guardò con la coda dell'occhio Anna e fece fuoco. Il boato dello sparo non fu l'unico rumore che si sentì. Ci furono anche delle grida. Una in particolare: «Margaret! Che hai fatto Rosie?!» ruggì Eric dimenandosi sulla sedia. «L'hai ammazzata!»

«No! Mamma! No!...» Le lacrime si mischiarono alla benzina. Mi bruciava la pelle. Mia madre stava perdendo molto sangue. Il cuore mi andò in mille pezzi. Non avevo nemmeno potuto scusarmi, dirle quanto ero dispiaciuta per averla tradita.

«L'hai uccisa!» Mi faceva male respirare.

«Toglietevi dai piedi o farete la stessa fine!» avvertì Seth e Cara, che si fecero da parte senza proteste. Poi mi guardò un'ultima volta.

«Ti troverò! E giuro che ti ammazzerò con le mie stesse mani!» Ero fuori di me, mi sentivo morire dentro. A quel punto Rosie fuggì.

«Cara! Cara! Liberami!» Cara annuì, ancora sotto

shock. Le tremavano le mani mentre scioglieva i nodi delle corde. Seth fece lo stesso e cominciò a slegare Eric, che gridava e piangeva, poi passò a George. Non appena fui libera corsi da mia madre e con Eric cercai di sdraiarla per terra, mentre Cara liberava Caroline.

«È colpa mia... è stata tutta colpa mia...» dissi mentre accarezzavo il viso di mia madre.

«No. Non è colpa di nessuno. Solo di Rosie» disse lui.

Il buco della pallottola nella spalla continuava a sanguinare. Mi accucciai su di lei macchiandomi di sangue e benzina, in un miscuglio di odori pungenti.

«Vado a vedere dov'è finita Rosie» dissi decisa alzandomi.

«No. Tu resti qui. Dobbiamo portarla in ospedale.»

Non potevo restare con le mani in mano mentre mia madre si dissanguava tra le braccia di mio padre, ero piena d'odio. Mi alzai di scatto e mi asciugai le lacrime con l'avambraccio. Rosie aveva fatto del male alle persone che amavo di più al mondo.

«Hannah! No!» gridò Eric cercando di fermarmi, ma era troppo tardi. Uscii di corsa dalla stanza. Dovevo trovare Rosie e fargliela pagare.

Ripensai al sogno che avevo fatto quando ero svenuta, in cui Alex era morto. Ormai non c'erano dubbi, era stata Rosie, lo aveva avvelenato.

«Ehi!» qualcuno mi stava chiamando. «Ehi, Hannah!»

Mi voltai e vidi una ragazza con i capelli rossi che conoscevo alla perfezione. «Che ci fai qui?» chiesi allontanandomi quanto potevo. Doveva essere in prigione, che ci faceva fuori? Com'era riuscita a scappare?

«So dov'è Rosie. Posso portarti da lei.»

«No» dissi facendo un passo indietro.

«Perché no?» mormorò.

«Perché non mi fido di te.»

«Ti sto dando l'opportunità di trovare Rosie e di fargliela pagare e tu... non vuoi? Hannah... io posso aiutarti.»

Non mi sarei fidata di lei nemmeno sotto tortura: Sarah era complice di Rosie. Seguirla sarebbe stato folle.

«Che ci fai qui, Sarah?» Scoppiò a ridere.

«Va bene. Va bene. Vedo che hai imparato la lezione...»

«Te lo ripeto: che ci fai qui?»

«Ricordi? Ti avevo promesso che ti avrei uccisa...» Feci ancora un passo indietro ma mi trovai con la schiena al muro.

«Perché hai aiutato Rosie?»

«Rosie è stata come una madre per me, Hannah. Le devo tutto e l'unico modo per restituirle il favore era ucciderti. Tra l'altro, che peccato per tua madre...»

«Stai zitta! Non azzardarti a parlare di mia madre!» esclamai furiosa. Sarah infilò una mano in tasca e tirò fuori una pistola. Me la puntò addosso con sicurezza, pronta a premere il grilletto.

«Quali sono le tue ultime parole, Hannah?»

«Kate.»

«Kate?» chiese confusa. Guardai dietro di lei, e Sarah si voltò.

«Sì, Kate» rispose Kate prima di tirarle un cazzotto. Sarah cadde a terra e la pistola scivolò sul pavimento andando a sbattere contro la parete. Con un calcio la allontanai da lei. La osservai per qualche secondo e non appena fui sicura che non si sarebbe rialzata mi lanciai verso la ragazza bionda che avevo odiato fino a pochi mesi prima.

«Oh, Kate!» esclamai mentre l'abbracciavo. Lei aprì le braccia e mi strinse a sé. «Mi hai salvata! Dio mio... Che ci fai qui? Come sapevi dove eravamo?» Mi scostai un po' senza smettere di stringerla.

«Abbiamo ricevuto un biglietto...»

«Un biglietto?»

«Sì, non so di chi fosse. Ma ci diceva molto chiaramente che eri in pericolo e che se volevamo proteggerti... avremmo dovuto...»

«Avreste dovuto...?»

«Promettimi che non ti arrabbierai.» Mi guardò colpevole.

Io deglutii ancora sotto shock. «Come faccio ad arrabbiarmi? Mi hai appena salvato la vita.» Intanto ogni minuto che passava Rosie si faceva più lontana.

«Ok, noi ti...» fece una pausa e abbassò lo sguardo, «ti abbiamo messo addosso un GPS» disse.

«Cosa?! Un GPS?! Quando?!»

«Quando eri all'ospedale. Tua madre non sa niente. Non glielo abbiamo detto perché non sapevamo chi ci fosse dietro questa storia. Volevamo sapere sempre dov'eri.»

«Mi sembra... mi sembra incredibile...» Mi allontanai e inspirai a fondo chiudendo gli occhi.

«Lo abbiamo fatto per proteggerti.»

«E dov'è?»

«Nel telefono. Sapevamo che lo avresti portato sempre con te.» Ma l'ultima volta che ricordavo di averlo usato era stato per rispondere alla chiamata di Rosie al cimitero.

«Ma io ho perso il telefono qualche ora fa...»

«Che? Il GPS dice che sei qui» Kate si infilò una mano nella tasca posteriore dei pantaloni e tirò fuori un cellulare argentato. Fece scivolare le dita sullo schermo un paio di volte e la luce illuminò il suo viso nell'oscurità. Aveva i capelli raccolti in una coda di cavallo ed era senza un filo di trucco. Guardai con la coda dell'occhio il corpo di Sarah e rabbrividii.

«Guarda. Indica esattamente la tua posizione.» Mi

fece vedere lo schermo: era vero, un puntino rosso indicava la mia posizione, mentre uno azzurro indicava quella di Kate accanto a me. Ma il mio era finito nel fango al cimitero.

«E il biglietto? Chi lo ha scritto?» chiesi allontanandomi un po' da lei.

«Non lo sappiamo ancora.» Spense il telefono e lo rimise in tasca. Sembrava che dicesse la verità. In qualche modo pensavo che fosse stata opera di Alex: per questo forse al cimitero mi aveva detto di non preoccuparmi, perché non ero sola. E aveva ragione: Seth, Cara e Kate mi tenevano sotto controllo.

«Kate, io devo andare.»

«No, non puoi. È troppo pericoloso» disse bloccandomi la strada.

Scossi la testa. «Se resto qui perderò le tracce di Rosie.»

«E cosa dico agli altri?»

«Non dire niente. Tu non mi hai mai vista» risposi con dolcezza. «Portali via di qui. La polizia arriverà a momenti. Starò bene.»

«Sei sicura?»

Deglutii. «Sì.»

Kate si morse il labbro inferiore, ci pensò su un attimo e annuì. «Va bene. Ma fai attenzione, ok? Io aiuterò gli altri.»

«Grazie. Di tutto. E scusami se non mi sono fidata di te e di tutti gli altri in passato... sono stata un'idiota.»

«Non fa niente, al posto tuo avremmo reagito allo stesso modo!»

La abbracciai stretta «Grazie Kate.»

«Ora vai.» Mi allontanò da sé con una spinta delicata e mi offrì un sorriso timido. Poi si voltò e si diresse verso il seminterrato. La sua figura si fece sempre più piccola, fino a sparire del tutto. Rimasta sola nel corridoio, mi chinai e presi la pistola di Sarah.

«Che hai intenzione di fare, Hannah?» Una voce alle mie spalle mi fece sobbalzare e d'istinto puntai la pistola in quella direzione. Non appena vidi gli occhi terrorizzati di Alex abbassai l'arma e allentai la pressione sul grilletto.

«Ehi! Sono io!»

«Cazzo» dissi con il cuore che mi batteva. «Scusami, non pensavo fossi tu, io...» Non avevo più aria nei polmoni, ero indolenzita e puzzavo di benzina.

«Sei pallida. Che cosa è successo? Stai bene?»

«No» risposi in tutta sincerità. «Rosie se n'è andata e non so dov'è.»

«Rosie?» chiese abbassando lo sguardo lentamente verso la pistola. «Perché hai una pistola?»

Deglutii prima di dirgli: «Ha sparato a mia madre, Alex».

«Cosa?!» spalancò gli occhi.

«Le ha sparato» risposi in un sussurro appena percettibile. Irrigidii i muscoli della schiena e lo fissai negli occhi. «Le ha sparato a una spalla. Sta perdendo molto sangue. Ma non so se...» dissi angosciata, «non so se ce la farà.»

«Vieni qui» disse tendendomi le braccia.

Mi lasciai abbracciare senza pensarci due volte. Affondai la testa nel suo petto e lui mi avvolse. Ero sconvolta.

«Stai tremando» mi sussurrò all'orecchio.

Il suo odore mi invase, inspirai a fondo cercando di trattenerlo il più possibile. Mi strinsi a lui ma la puzza di sangue e benzina prese di nuovo il sopravvento. «Dovresti aspettare la polizia, arriveranno a momenti e ormai sappiamo la verità. Rosie non potrà fuggire, tu hai già fatto abbastanza.»

Aveva ragione, ma non volevo che fosse la giustizia a farle pagare per il male che ci aveva fatto. Avevo un sacco di cose da dirle e volevo farlo adesso. Non era giusto che finisse solo in carcere, a volte la giustizia si può ottenere solo con la vendetta. Non volevo farle del male, volevo solo che il senso di colpa la tormentasse per sempre come la peggiore delle punizioni.

«Alex...» chiesi allontanandomi di qualche centimetro. «Perché adesso riesco a toccarti, mentre prima non potevi afferrare niente? Che succede?»

«Tu hai un potere su di me, Hannah. Non te ne sei accorta?» Le lacrime mi riempirono gli occhi.

«Tu la perdoneresti?» I nostri corpi restarono uniti e alzai il mento per guardarlo negli occhi. Volevo sentire la sua risposta più di ogni altra cosa al mondo.

«A volte è giusto perdonare. Perdonare e dimenticare, per smettere di soffrire... L'odio con il tempo potrebbe trasformarti nella persona che ti ha fatto del male. Dimostra che sei diversa da lei... sono certo che riuscirai a perdonarla.»

«Non posso. Deve pagare per tutto il male che ci ha fatto. Deve pagare per quello che ti ha fatto, Alex.»

Alex sospirò. «Quello che vuoi fare è molto pericoloso, lo sai?»

Mi sfregai il viso e le lacrime si mescolarono al sudore. Il metallo della pistola mi sfiorò la guancia e la abbassai immediatamente. Non ricordavo nemmeno di averla in mano, e questo non andava bene: dovevo concentrarmi.

«Alex, ti rendi conto? Forse sei vivo e lei sa dov'è il tuo corpo, ma non lo dirà mai alla polizia, perché vuole solo continuare a farci del male...»

«Forse hai ragione... ma che succede se scopriamo che sono morto davvero?» era disilluso.

«No. Mi hai fatto vedere la tua urna vuota. Tu non sei morto. Me lo sento.»

Alex ci pensò su un po' poi disse: «Ok, vengo con te».

Capitolo ventidue

«Dov'è Hannah?» chiese Eric preoccupato. Io e Alex eravamo nascosti dietro una porta e stavamo ascoltando quello che succedeva dall'altra parte, nel grande salone della villa dove si erano riuniti tutti. Finalmente era arrivata la polizia, mentre fuori aveva ricominciato a piovere con un rumore scrosciante che ci impediva di sentire bene i loro discorsi. Mia madre e Rebecca, che aveva una profonda ferita alla testa, erano state portate via in ambulanza.

«È andata con Margaret» disse subito Kate per coprirmi.

Rosie doveva essere dentro la villa: Anna non era ancora stata portata fuori dalla cantina e non era possibile che Rosie l'avesse abbandonata. Il rischio che venisse incriminata era troppo alto... Rosie aveva certamente un piano per portarla via con sé.

«Non l'ho vista salire sull'ambulanza» insistette Eric, ma un poliziotto si avvicinò a loro prima che potesse continuare.

«Scusate ma dobbiamo fare il nostro lavoro, liberare la zona per le indagini e registrare le vostre dichiarazioni.»

«Iniziate da me» disse Eric.

«Perfetto signor Crowell. Il mio collega l'accompagnerà nei nostri uffici. È sicuro di non avere bisogno di un medico?» chiese guardando i polsi di Eric.

«No, grazie. Sto bene.» Sembrava immune al dolore.

L'ufficiale annuì e fece un gesto a un agente in uniforme, che aveva già cominciato a scrivere su un taccuino. Stava parlando con Caroline, avvolta in una coperta.

«Come sta Anna? La ragazza che era per terra svenuta» chiese Eric.

«Come scusi? Non c'era nessuna ragazza» rispose il poliziotto confuso.

«Che vuol dire che non c'era nessuna ragazza? Non l'hanno portata via con l'ambulanza?»

«Immagino di sì. Lasci che chieda alla mia collega.» Eric non riusciva a credere che non l'avessero trovata. Ma Rosie l'aveva detto: Anna era l'unica cosa importante della sua vita. Forse era riuscita a portarla via da lì prima che gli agenti arrivassero.

Il poliziotto prese la ricetrasmittente che aveva appesa al giubbotto antiproiettile. Si muoveva sicuro, padrone della situazione.

«Che cosa succederà a Rosie?» gli chiese Kate. Lui si voltò verso di lei, che lo guardava interrogativa. Era tesa, ma ben salda, con le braccia incrociate sul petto.

«La cercheremo, non preoccupatevi. Vi assicuro che passerà un bel po' di anni in carcere. Per il momento abbiamo bisogno che ci forniate delle sue foto.»

«Certo» rispose Eric.

«Tutto qui?» si intromise Kate indignata. «Con tutto il rispetto, credo che questa sia un'emergenza, che sia necessario stringere i tempi delle indagini il più possibile. Quella donna è molto pericolosa. A quest'ora può essere già fuori città o persino aver lasciato il paese. È una psicopatica.»

Il poliziotto la guardò a bocca aperta aspettando le sue scuse, che non arrivarono. «Signorina...» disse infastidito... «ci lasci fare il nostro lavoro.»

«Sono certa che il signor Crowell è d'accordo con me nel chiedervi di mobilitarvi subito e cercarla prima che sia troppo tardi» disse Kate, guardando Eric.

Ero certa che stesse facendo così perché se ne andassero tutti da lì al più presto. Mio padre la guardò confuso e annuì. Sembrava d'accordo. Sapeva che Rosie era molto pericolosa e aveva abbastanza potere per chiedere alla polizia di fare quello che diceva Kate.

«La signorina ha ragione» guardò il poliziotto, poi fissò sua sorella Caroline con espressione severa. «Dovreste chiedere rinforzi e cercarla. Non è passato tanto tempo, sarà ancora in zona. La mia famiglia è in pericolo. Dovete trovarla.»

Il poliziotto annuì. «Va bene, ma lei verrà con noi. Mi dia un minuto.» Si diresse verso un ragazzo biondo e gli ordinò di seguirlo da Eric e Kate.

Guardai Alex in attesa che dicesse qualcosa, ma lui si strinse nelle spalle. Ero immobile da diversi minuti e mi cominciavano a formicolare le gambe e i piedi, ma restai ferma per evitare che qualcuno mi vedesse.

«Questo è il mio collega Moses, vi aiuterà a organizzare la ricerca. Lui e Oscar sono tra i nostri migliori uomini. Io verrò con voi, ma lasciatemi prima organizzare le squadre e recintare la villa.»

«Per favore, seguitemi» disse uno degli agenti mentre li conduceva a una macchina.

Kate si irrigidì e si voltò per un attimo verso di noi. Mi sembrò di vederla attraverso la fessura della porta mentre annuiva nella nostra direzione. Due minuti dopo le mie gambe erano completamente addormentate. Il primo poliziotto recintò la zona con un nastro giallo e credendo che all'interno non ci fosse più nessuno si allontanò. Poco dopo sentimmo le sirene che si allontanavano. A quel punto uscimmo dal nostro nascondiglio.

Buttai fuori tutta l'aria che avevo trattenuto e chiesi: «Rosie è ancora qui, vero?».

«Sì» rispose Alex. «Nessun altro poteva aiutare Anna.»

Mi schiarii la voce: «Ne sai qualcosa del GPS?»

Si irrigidì. «Non sapevo niente del ciondolo di Anna...»

«Dico il GPS del telefono... Sei stato tu ad avvertire i ragazzi?»

«Sì» disse abbassando la testa imbarazzato. «Ma l'ho fatto per il tuo bene. E Kate... di lei potevo fidarmi» disse alzando lo sguardo.

Per un attimo sentii un fitta di gelosia: Kate e Alex erano stati insieme e, anche se adesso Kate usciva con Ryan, l'idea di loro due vicini mi fece venire un tuffo al cuore.

«Avresti dovuto dirmelo.»

«Lo so. Mi dispiace.»

«Accidenti. Siete davvero coraggiosi...» ci interruppe una voce. Puntai la pistola verso Rosie, che indietreggiò facendo finta di essere spaventata, salvo poi scoppiare a ridere.

«Vuoi spararmi?»

Strinsi le dita attorno all'impugnatura. «Sì» dissi premendo leggermente sul grilletto. Mi sudavano le mani e la pistola era scivolosa, ma riuscivo comunque a tenerla ben ferma, puntata contro di lei.

«Allora, che aspetti? Spara» disse con un sorrisetto strafottente.

«No. Prima devi chiedere scusa ad Alex.»

«Sul serio credi che gli chiederò scusa?» sghignazzò sonoramente.

«Sì. Fallo.» Tolsi la sicura alla pistola e Rosie spalancò gli occhi, senza però indietreggiare. A quel punto premetti il grilletto e sparai per terra, a un passo dalle sue scarpe nere.

«Fallo! Chiedi scusa o ti ammazzo! Giuro che ti ammazzo!» La voglia di vederla soffrire mi toglieva il respiro. Il sangue mi ribolliva nelle vene e la furia si stava impossessando di me, ma non le avrei mai fatto del male: avevo un cuore, a differenza sua.

«Non mi pentirò mai» disse digrignando i denti. I suoi occhi erano un pozzo profondo e scuro. «Non vi dirò mai dove si trova il suo corpo. Mi porterò il segreto nella tomba.»

A quel punto uscì dal salone e si mise a correre come se da quello dipendesse la sua vita. La scarpe risuonavano veloci sul pavimento. Strinsi la pistola e le andai dietro. Quando entrò nel seminterrato, mi fermai: non sapevo se seguirla fin lì, temevo fosse una trappola.

Decisi comunque di seguirla e non appena entrai notai il pavimento molto bagnato su cui il fango delle mie scarpe si scioglieva. La puzza era tremenda e mi faceva prudere il naso. Tutta la cantina era cosparsa di benzina, sarebbe bastata una scintilla.

«Tu e Alex morirete!»

«Dimmi dov'è il corpo!» le ordinai. Avevo le lacrime agli occhi.

«Per favore, Rosie...» disse Alex dietro di me. «Hai già fatto del male a un sacco di persone. Dimmi solo dov'è il mio corpo.»

«No! Non lo saprete mai! Sarà la vostra condanna e la mia vendetta!»

«Finirai in prigione» disse Alex. «Sei sicura di volerci passare il resto della tua vita? Che cosa faresti se al mio posto ci fosse Anna? Sei sicura di quello che stai facendo?»

«Assolutamente...» rispose con il sorriso piantato in faccia.

Alex si irrigidì e mi guardò con la coda dell'occhio.

«Dov'è Anna?» chiesi.

«Non te lo dirò mai» rispose senza smettere di sorridere. Non riuscivo più a contenermi, volevo... volevo spararle, mentre stringevo la pistola sempre più forte con le mani sudate.

«Che succede?» riconobbi subito quella voce alle mie spalle. D'istinto mi voltai e afferrai Anna. Lei cercò di liberarsi ma riuscii a bloccarla. La benzina mi bruciava sulle ferite, ma ignorai il dolore e non la mollai. Alex mi guardava stupefatto.

«Lasciami! Non toccarmi!»

Non volevo farle del male, volevo solo che Rosie vuotasse il sacco. «Ferma o sparo! Dico sul serio Anna!» gridai mentre le immobilizzavo le braccia. Lei cercò di allontanarsi ma io l'anticipai e, prima che potesse darmi un calcio, le puntai la pistola alla testa. Il metallo sfiorò i suoi capelli biondi e lei trasalì e restò ferma tra le mie braccia. Rosie mi osservava.

«Che cosa pensi di fare? Di sparare ad Anna? Non penso proprio...»

«Fossi in te non ne sarei così sicura...»

Premetti la pistola contro la tempia della ragazza, lei emise un gemito.

«Hannah, tu non sei un'assassina.»

«Posso sempre diventarlo.»

«Davvero? Dimostralo, allora...» Mi sfidò con lo sguardo e io guardai Anna con la coda dell'occhio premendo ancora di più la pistola contro la sua testa. Rosie non avrebbe mai ceduto, non ci avrebbe mai detto dove si trovava il corpo di Alex. Sapeva che non avrei mai avuto il coraggio di premere il grilletto. Anna cominciò a urlare. Mi tremavano le dita, la pistola le vibrava sulla tempia. All'improvviso lanciò un grido che impressionò perfino Rosie, che però tacque. Poi, per un attimo, mi sentii pronta: avrei dovuto solo muovere le dita e Anna sarebbe morta. Ma se lo avessi fatto sarei diventata come Rosie, Alex aveva ragione: sarei diventata un mostro che ammazza la gente per sete di vendetta. Non sarei mai stata un'assassina.

«Dimmi dov'è il corpo e la lascio andare!»

«No.»

«Va bene. Lo hai voluto tu.» Gettai Anna per terra davanti a sua madre, ma a una distanza da cui non avrebbe potuto toccarla.

«Hannah, non farlo» sussurrò Alex con gli occhi socchiusi. Non sapevo più cosa fare, il desiderio di sparare era troppo forte. Nella mia testa vedevo solo i corpi insanguinati di Alex e di mia madre. Vedevo tutte le persone che Rosie aveva fatto soffrire. Ricordai quando avevo sospettato di mia madre, di Seth e di Cara. Avevo davanti la vera assassina e avevo la possibilità di vendicarmi.

«Forza! Spara!» Alzai le braccia e puntai la pistola contro Anna, ancora stordita dai colpi di sua madre. Anche i suoi vestiti erano tutti bagnati di benzina.

«Hannah, abbassa la pistola. Tu non sei come lei» mi ordinò Alex. La sua voce però suonava lontana.

Vidi la faccia terrorizzata di Anna e mi si irrigidirono le spalle. Per poco non mi cedettero le gambe.

«Spara Hannah!» gridò Rosie incitandomi a premere il grilletto. «Spara!»

Ma anche la mia coscienza cominciò a urlare attraversandomi la testa con una fitta. Non l'avrei fatto. Alex aveva ragione. Io non ero come lei. Misi giù la pistola e abbassai la testa, mi sentivo impotente.

«Lo sapevo che non ne avresti mai avuto il coraggio...» disse Rosie aiutando Anna ad alzarsi. «Sei una codarda...»

«Mamma...?» biascicò Anna.

«Sono qui, tesoro» disse accarezzandole la testa. «Adesso ce ne andiamo, aspetta solo...» A quel punto Alex mi sussurrò all'orecchio di alzare la testa e mi indicò la pistola.

«Devi dirgli dov'è...» gemette Anna, «Alex non sopravviverà...»

«No. Tu e io adesso dobbiamo andare.»

«Per favore, mamma» insistette con la voce rotta. «Devi...»

«Ti ho detto di no! Adesso alzati!» urlò Rosie facendoci trasalire. Poi tirò su Anna e lasciò che si appoggiasse alla parete, mentre estraeva una scatola di fiammiferi dalla tacca dei pantaloni. Le tremava la mano.

«Morirai» disse indicandomi. «E lui dovrà stare a guardare... Ucciderti è la vendetta perfetta.»

«Adesso basta!» rispose Alex fuori di sé. «Ti prometto che tutto quello che stai facendo prima o poi ti si ritorcerà contro. Tutto il male che fai agli altri ti tornerà indietro, prima o poi!»

«Vi va di vedere come si illumina questo posto?» Rosie accese un fiammifero e una lacrima le rigò il viso, così piccola da essere quasi invisibile. «Io ho bisogno di vederci meglio...»

«Non farlo...» disse Alex.

Rosie camminò verso la porta e io le puntai addosso la pistola. Una sola scintilla, e quel posto sarebbe andato a fuoco. Nella penombra del seminterrato riuscivo a intravvedere il suo volto livido e terrificante, appena illuminato da un sorriso sinistro. Il fiammifero si spense nelle sue mani e io sospirai sollevata. Alex si mise davanti a me per proteggermi, anche se non avrebbe potuto fare niente. Rosie accese un altro fiammifero e lo lasciò cadere vicino alla porta, che avvampò immediatamente. La stanza si illuminò d'improvviso di fiamme che lambivano il volto di Rosie. Presto il fuoco avrebbe bruciato l'intero locale e noi con esso.

«Che hai fatto?! Moriremo tutti!» urlai con tutto il fiato che avevo in gola. Il calore mi bruciava la pelle insieme alla rabbia e alla disperazione che mi divampavano dentro. Presto le fiamme mi avrebbero avvolta, la porta era già mezza carbonizzata e sarebbe crollata a breve.

Rosie si avvicinò ad Anna, ma era troppo tardi: il fuoco si era esteso per terra e a tutta la stanza. Indietreggiai verso una delle pareti finendo miracolosamente in un fazzoletto di pavimento rimasto asciutto.

«Non guardare, ok?» mi disse Alex cercando di calmarmi. «Va tutto bene. Non guardare. Ti porterò fuori di qui.» Faceva sempre più caldo e mi bruciava la pelle dentro e fuori, un dolore insopportabile. Ero zuppa di benzina e cercare di attraversare le fiamme sarebbe stato impossibile. Alex si alzò.

«Sono piena di benzina...» dissi terrorizzata. «Morirò, non possiamo fare niente.»

«Non arrenderti Hannah, usciremo di qui.» Un lampo attraversò i suoi occhi: Alex era veramente spaventato, ma cercò di sorridere per tranquillizzarmi. Le fiamme però mi impedivano di credergli. Non avevamo speranza.

Una nube di fumo invase la stanza e cominciai a tossire. Non vedevo né Rosie né Anna. Alex allora mi indicò la giacca e io me la tolsi per respirarci attraverso. Mi alzai lentamente premendo contro le bruciature che avevo sul braccio. Poi cominciai a camminare tra le fiamme guidata da Alex. Sentivo gridare in lontananza, non capivo se da fuori o dentro la stanza. Non riuscivo a concentrarmi su nient'altro che non fosse uscire da lì.

«Vieni, usciamo dalla finestra!» Ma a quel punto mi cadde addosso una tenda.

«Alex!» Con tutto quel fumo non potevo respirare. Ero nel panico, ma riuscii a scuotermi e a togliermi la stoffa di dosso. Lottavo per restare in piedi, ma le mie gambe a ogni passo si facevano più pesanti.

«Tutto bene?» Alex si avvicinò guardandomi terrorizzato.

«Sì, sto bene... Tirami fuori di qui.» Non avevo più voce.

I nostri sguardi si incrociarono. «Ti tirerò fuori di qui. Te lo giuro, amore mio.» Un brivido mi percorse dalla testa ai piedi. Alex non mi aveva mai chiamata amore. Mi venne la pelle d'oca. Non ce la feci più e cominciai a piangere a dirotto.

«Vieni. Usciamo da questo posto» disse senza toccarmi. Lo seguii con gli occhi pieni di lacrime, trattenendo il fiato per non disperdere ossigeno. Schivai un mobile e continuai a camminare sperando di riuscire a farcela. Quando vidi la finestra ricominciai a sperare.

«Vieni, da questa parte.» Trovai la tanica di benzina, la misi sotto la finestra e ci salii sopra. Avevo le gambe come gelatina. Ruppi il vetro con un pugno e le schegge scricchiolarono sotto i miei piedi. Le fiamme avevano appena raggiunto la tanica.

«Forza, Hannah. Devi fare in fretta» mi disse Alex vedendo che il calore aveva cominciato a sciogliere la plastica.

Mi faceva malissimo il braccio e le mie gambe non mi reggevano più, ma feci di tutto per convincerle che non era il momento di abbandonarmi. Mi appoggiai sul davanzale e mi spinsi fuori. La tanica prese fuoco come una torcia e le fiamme mi ustionarono il polpaccio. Urlai per il dolore, ma riuscii a uscire.

Rotolai sulla ghiaia che mi graffiò le gambe, proprio come la prima volta che uscii con Alex. Mi distesi e rimasi ferma a osservare l'oscuro cielo stellato.

«Per favore, Hannah, dimmi qualcosa! Stai bene?» Alex mi si era inginocchiato vicino, mentre cercavo di recuperare aria. «Per favore Hannah...!»

«Sono viva?» chiesi. Mi bruciava la gola ma non volevo tossire. Volevo solo respirare.

«Sì» rispose, «sei viva!» Quelle parole mi rasserenarono.

«Dove sono Rosie e Anna? Sono riuscite a uscire?» sussurrai. Parlare era un supplizio, avevo la gola troppo secca e i polmoni ancora pieni di fumo. Tossii un paio di volte.

«Non lo so... non so che cosa sia successo.» Alex si irrigidì. Era spaventato.

«Dobbiamo salvarle...» dissi mentre mi tiravo su a sedere, ma il polpaccio mi obbligò a stendermi di nuovo.

«Non credo che siano riuscite a fuggire...»

«Ho sentito delle grida! Deve esserci ancora qualcuno dentro!»

«Non puoi entrare, le fiamme hanno invaso tutto. Se entri, morirai.»

«Ma c'è ancora qualcuno dentro, Alex!» ripetei esausta. «Non possiamo lasciarle morire così.»

«Aiuto! Aiuto!» si udì dall'interno. Le grida erano terribili. Senza pensarci due volte mi misi in piedi, nonostante il dolore lancinante.

«Dobbiamo entrare, Alex, dobbiamo salvarle!» urlai disperata. Sentimmo un altro grido.

«No, non voglio rischiare di perderti. Se entri adesso non uscirai mai più.» Alex aveva ragione. Bastava guardare quel posto per capire che se fossi entrata di nuovo sarei morta. Sembravano le porte dell'inferno, il fuoco aveva bruciato tutto. Ero viva per miracolo.

«Dov'è Anna?» gridò qualcuno alle nostre spalle. Io e Alex ci voltammo. Rosie aveva una bruciatura tremenda sul viso e i capelli completamente bruciati. Dei ricci biondi non era rimasta nemmeno l'ombra e i suoi vestiti erano carbonizzati. «Dov'è Anna?!»

A quel punto ebbi la certezza: le grida erano di Anna. Le lacrime mi riempirono gli occhi. «Non ce l'ha fatta...» risposi con rabbia. «L'hai uccisa!»

«No! La mia bambina non può essere morta!» Rosie si avvicinò con passo incerto alla finestra da cui eravamo usciti e si accucciò. «La mia Anna! No!»

«Rosie, che fai?!» urlai non appena vidi che metteva una gamba dentro. «Non puoi entrare! Non puoi fare più niente! Anna è morta!» La tirai via di lì. Aveva gli occhi rossi e gonfi di lacrime. Il suo dolore era sincero.

«No! Non può morire! Lei è ancora viva!» urlò.

A quel punto mi resi conto che le ustioni di Rosie erano molto estese e la sua pelle era ricoperta da vesciche giallastre.

«Devo andare da lei! Devo salvarla!» gridò. Si liberò dalla mia presa e si gettò di nuovo verso la finestra.

«Rosie no! Lì dentro ormai c'è solo cenere!»

«No! Anna, no!» gridò ancora prima di abbandonarsi nelle mie braccia. «È ancora viva! La mia bambina è viva!» Continuava a piangere disperata, le lacrime erano incessanti.

«Cerca di calmarti, Rosie. Non puoi fare più niente...»

«Ho ucciso mia figlia...» sussurrò appoggiata al mio petto. Le lacrime mi bagnarono la camicia. «Ho ucciso mia figlia... Ho ucciso Anna.» In lontananza cominciai a sentire delle sirene.

«Rosie...» dissi prendendola per le spalle. «Devi dirmi dov'è il corpo di Alex.» Ma lei sembrava persa nel suo mondo, non mi ascoltava.

«Anna... Anna... mia figlia... la mia piccolina. Sono certa che sta bene. Che è viva... vero? La mia bambina...»

«Rosie...» sussurrai alzandole il mento con delicatezza. «Dov'è il corpo di Alex? Devi dircelo, Rosie...»

Allora mi guardò negli occhi e all'improvviso smise di piangere. Il suo sguardo perso si muoveva inquieto, come se stesse cercando qualcosa. Scosse le spalle, si allontanò da me e cercò di mettersi in piedi, senza riuscirci. Si asciugò le lacrime, sfregandosi la pelle ustionata, ma non sembrò sentire nulla. Era sconvolta. Poi iniziò a rigirarsi nella ghiaia in cerca di qualcosa. «Dov'è Anna? Era qui con me fino a un attimo fa... Dove si è cacciata?» chiese con dolcezza.

Il primo ad arrivare fu un camion dei pompieri: si fermò in mezzo alla strada e un gruppo di uomini scese veloce srotolando una manichetta. Uno di loro ci vide e fece cenno all'ambulanza appena giunta di avvicinarsi. Rosie era fuori di sé, aveva perso la testa.

«Rosie, per favore rispondimi...»

«Anna verrà presto a trovarmi, sai?» sorrise e mi guardò con gentilezza. «Tu la conosci? È proprio una brava bambina. Si comporta sempre bene.»

Un pompiere si avvicinò. «State bene? Che cosa è successo?» ci chiese mentre i suoi colleghi erano impegnati a spegnere le fiamme. L'acqua vaporizzata mi punteggiò il viso rinfrescandomi la pelle. Avevo una sete tremenda. «I paramedici arriveranno in un attimo. Per favore non avvicinatevi alle fiamme è molto pericoloso. Resterò con voi, ok?»

«Mia figlia, signore. Dov'è la mia Anna?»

Rosie aveva gli occhi rossi e gonfi e il pompiere mi guardò interrogativo. Io scossi la testa per rispondere alla sua domanda senza parlare. Abbassai la testa e guardai la ghiaia.

Capitolo ventitré

«Che cosa ti fa pensare che Alex sia vivo?» chiese Eric scettico. «Siamo stati al suo funerale e il suo corpo è stato cremato da diversi mesi, giusto George? Hannah, scusami, ma è impossibile.»

Erano passate due settimane dall'incendio in cui era morta Anna, anche se i pompieri non avevano mai trovato il corpo. Eravamo tutti riuniti nella villa, che avevano iniziato a rimettere in sesto. La casa era sorvegliata dalla polizia, perché ancora non era stato chiarito se Rosie avesse agito con dei complici, a parte Sarah e Anna.

Il padre di Sarah aveva confessato di essere stato minacciato, e per questo aveva aiutato sua figlia a fuggire dall'ospedale.

Rosie e Sarah erano state accusate della morte di Alex e di Anna e denunciate per aver minacciato Cara, Seth, Kate e il padre di Sarah. Entrambe avevano anche aggredito George a casa sua e avevano accusato mia madre di qualcosa che non aveva commesso. La lista dei crimini era interminabile. Ma i cattivi pagavano sempre per le loro azioni. In terra o nell'aldilà. Non avevano via di scampo.

Sarah avrebbe compiuto diciotto anni a breve e rischiava di passarne almeno dieci in carcere. Mentre Rosie era rinchiusa in una struttura detentiva psichiatrica. E quel giorno io avevo intenzione di farle visita. Ci eravamo riuniti per quello.

Non potevo dire quasi niente di quanto era successo con Alex in quei mesi. Dovevo omettere molti dettagli e fare in modo che la storia suonasse logica e congruente.

«Nessuno di voi sa dove sono le ceneri di Alex?» Si scambiarono tutti uno sguardo perplesso.

«No, ma Alex non può essere vivo» disse mia madre. Eric era accanto a lei. A quanto pareva, si erano riconciliati, ma niente più: si stavano riavvicinando a poco a poco, con calma. Eric avrebbe dato a mia madre tutto il tempo di cui aveva bisogno. «Sono passati mesi. È impossibile che sia vivo.»

Non mi sarei data per vinta. Dovevo convincerli ad andare alla polizia perché denunciassero la scomparsa del corpo prima che fosse troppo tardi. Anna aveva supplicato sua madre perché ci dicesse dove si trovava, per cui doveva essere ancora vivo.

«Sì, mamma» dissi alzandomi in piedi. «Ma se Rosie si fosse presa cura di lui in tutto questo tempo e non l'avesse ucciso? Se lo avesse solo sequestrato?»

«Non credo che Alex possa essere ancora vivo se è stato sotto sequestro per tutto questo tempo» disse George buttando giù un bicchiere di vino rosso, che gli macchiò le labbra.

«È quello che sto cercando di dire. Rosie è stata arrestata due settimane fa» ribattei. Cominciavo a stancarmi. «Potrebbe averlo visto il giorno stesso dell'incendio o il giorno prima. Magari lo ha tenuto in vita fino ad allora.»

«Hannah... capisco che tu voglia trovare Alex a tutti i costi, ma devi capire che le probabilità che sia ancora vivo sono minime.»

Alzai gli occhi al cielo esasperata: non volevano capire

che più tempo perdevamo, più sarebbe stato difficile trovare Alex. Speravo che Rosie avesse qualche altro complice che si stesse prendendo cura di lui.

«Io credo che Hannah abbia ragione» sbottò Kate. «Ho lo stesso presentimento.» Si scambiò un'occhiata con Seth, che annuì.

«Anch'io sono d'accordo. Almeno proviamo a cercarlo. Qualcuno dovrà pur aver visto qualcosa.»

«Potremmo fare un annuncio in televisione, al notiziario...» disse Cara con un mezzo sorriso per sostenere il mio piano. «Qualcuno saprà qualcosa, anche un semplice dettaglio. Qualsiasi informazione ci può essere utile.»

Tutti guardammo Eric e George aspettando che acconsentissero. Eric fissò suo fratello, sapeva che era lui a prendere le decisioni, e poi Alex era suo figlio, nonostante tutto.

«Va bene» sbuffò George appoggiando il bicchiere su un tavolino. «Dirò al capo della polizia che avvisi i suoi uomini e che ne dia notizia in televisione. Ci penserò io.»

«Dio mio! Grazie George!» corsi da lui ad abbracciarlo.

«Non c'è di che» rispose ricambiando il mio abbraccio. Poi si allontanò e mi guardò. «Se credi che sia vivo, allora dobbiamo cercarlo.»

Kate aveva i capelli sciolti e gli occhi azzurri nascosti da un paio di occhiali scuri. Era ancora la ragazza più popolare della scuola, anche se da quando usciva con Ryan era molto cambiata. Cara e Seth erano seduti davanti a lei e si tenevano per mano. Gli occhi di Cara avevano una luce speciale, i suoi capelli neri le arrivavano alla vita, sembravano una cascata. Erano molto curati, non come i miei, quasi altrettanto lunghi ma non così lucidi e belli. A Seth piacevano tantissimo e di tanto in tanto la guardava con la coda dell'occhio. Quando nessuno li vedeva si sorridevano complici. Ero l'unica testimone dei loro sguardi innamorati.

Il lucidalabbra di Cara mi ricordò improvvisamente Rosie, che non avrebbe più potuto truccarsi metà della faccia. Le ustioni erano troppo gravi e non era stato possibile fare granché. Non avrebbe più potuto sorridere. Da quel momento in poi sarebbe esistita solo una Rosie spenta e depressa.

George sembrava ancora non rendersi conto dell'accaduto: tutte le volte che qualcuno nominava Rosie guardava davanti a sé con lo sguardo perso. Nessuno riusciva a credere che lo avesse fatto davvero. Prima delle udienze lo misi in guardia sul comportamento di Rosie: davanti a lui sarebbe stata dolce e amorevole, per questo avrebbe dovuto essere inflessibile. Non poteva più crederle. Mi vidi obbligata a confessargli quello che aveva fatto alla sua fidanzata, anche se lui non volle denunciarla. Pensava che quanto successo ad Anna fosse un castigo più che sufficiente e io ero d'accordo con lui.

A essere sinceri, Anna mi mancava molto. Non potevo dimenticare la ragazzina fissata con il viola. Le volevo bene e nonostante i suoi errori e i suoi tradimenti sarebbe rimasta nel mio cuore.

* * *

Con il permesso di George, dunque, quel giorno feci visita a Rosie.

«Vada dritto e giri a destra. Secondo corridoio, stanza 233.»

«Grazie» risposi rimettendo la carta d'identità nello zaino.

L'infermiera terminò di registrare i miei dati e mi sorrise. «Se dovesse avere bisogno, ricordi che vicino alla porta c'è un bottone rosso. Lo schiacci e arriverà un medico.» Annuii. «Faccia attenzione, la paziente si agita molto e non si è ancora abituata a stare qui» mi offrì un timido sorriso e si rimise a digitare al computer.

M'incamminai lungo il corridoio: le stanze erano bianche, alcuni pazienti si affacciavano alla finestrella sulla parte superiore delle porte. Era l'unica vista che avevano sull'esterno. Alcuni avevano gli occhi spalancati e gridavano cose senza senso.

Non appena vidi la porta della stanza di Rosie iniziarono a formicolarmi le mani. Digitai il numero che mi aveva dato l'infermiera e la porta si aprì.

«Rosie?» Quella che un tempo era stata una donna bella e dolce ora sedeva a terra, rannicchiata in un angolo della stanza con le pareti imbottite abbracciandosi le ginocchia. Aveva la testa completamente rasata. Le cicatrici sul viso e sul capo erano impossibili da nascondere. La pelle gonfia per le ferite era diventata scura, quasi marrone. Le bende si trovavano sul pavimento, imbottito come le pareti. Feci un passo e i miei piedi affondarono di poco.

«Che ci fai qui?» chiese a testa bassa senza che potessi vederle gli occhi.

«Sono venuta per...»

«Per sapere dov'è Alex» mi interruppe. Alzò la testa e incontrai il suo sguardo rabbioso, così oscuro da spaventarmi. «Non te lo dirò mai. Non lo hai ancora capito?» Feci un passo indietro. «C'è anche Anna con te?»

«Anna?» chiesi confusa. Sperai che stesse scherzando, ma quando annuì capii che stava dicendo sul serio. Rosie credeva che Anna fosse ancora viva.

«C'è anche Anna o no?» gli occhi le si riempirono di

lacrime. «Voglio chiederle scusa, devo scusarmi. Sono stata una cattiva madre...»

«Rosie...»

«Dov'è Anna?! Non è venuta con te?» chiese spalancando gli occhi all'improvviso. «Che c'è? Non vuole più vedermi?»

«No, Rosie...» mi venne un tuffo al cuore e sentii una pena infinita per lei. «Anna... Non ti ricordi?»

«Cosa?» Rosie si alzò di scatto. «Cosa devo ricordare?! L'ho appena vista! È venuta a trovarmi ieri sera e l'ho vista anche oggi! È venuta di notte! Tu...» disse mentre si avvicinava indicandomi. «Tu la stai nascondendo! È colpa tua se lei non è qui! Io cercavo solo di proteggerla dai cattivi e tu me l'hai portata via!»

«Non ti ricordi, Rosie...»

«Non mi ricordo cosa?»

«Tu...» mi bloccai: se le avessi detto che Anna era morta avrebbe avuto una reazione violenta, sarebbe andata letteralmente fuori di testa.

«Avevi detto che Anna oggi poteva andare al parco. Verrà domani.»

«Cosa?!» spalancò di nuovo gli occhi. «Io non...» Smise di parlare e fissò la parete. Poi si buttò a terra e cominciò a sfregarsi il viso come se le prudesse e scoppiò a piangere.

«Rosie, calmati...» Mi avvicinai a lei, ma mi spinse via. Le cicatrici cominciarono a sanguinare, era uno spettacolo terrificante.

«Non mi toccare!» Mi spinse di nuovo verso la parete e rimbalzai. «Vattene via! Lasciami sola! Oh, Anna! La mia bambina! Vattene! Vattene!» gridò disperata.

«Voglio solo sapere dov'è Alex! Anna vuole che tu me lo dica!» mentii di nuovo.

«Non lo farò mai! Fuori di qui! Fuori!»

Le lacrime le riempivano gli occhi, così rossi che sembravano sul punto di esplodere da un momento all'altro.

«Rosie, per favore...» la supplicai con un filo di voce.

«Vai via! Fuori!» mi spinse di nuovo. «Vattene! Non voglio vederti mai più!»

Il medico che ci osservava dalla porta mi fece cenno di uscire. La situazione era fuori controllo, Rosie era fuori controllo.

«Puoi giurarci, Rosie» dissi mentre uscivo. «La vendetta non serve a niente. È questo il tuo peggior castigo.»

«Anna, dove sei? Mi dispiace, mi dispiace!» gridò singhiozzando, quasi soffocandosi con le sue stesse lacrime. Poi cominciò a girare per la stanza sbattendo contro le pareti... Era ricaduta nella sua follia e probabilmente non si sarebbe mai più ripresa.

«Ciao, Rosie» mormorai aprendo la porta. Lei percorse con lo sguardo ogni angolo della stanza senza neanche accorgersi che la porta era aperta. Era assorta nei suoi pensieri, gridava e correva. Continuava a sbattere contro le pareti. Cominciai a piangere e sentii una fitta allo stomaco che mi fece gemere. «Addio.»

Poi me ne andai, lasciando da sola la donna che finalmente stava pagando per il male che ci aveva fatto.

Capitolo ventiquattro

Non potevo prendere sonno. Avevo tanta confusione in testa che il mio cervello non riusciva a rilassarsi. Chiudevo gli occhi e l'unica cosa che riuscivo a vedere era il viso di Alex. Dal giorno dell'incendio non l'avevo più visto ed era convinta che fosse tornato nel suo corpo. Non dovevamo fare altro che trovarlo.

Vedevo di continuo i suoi occhi caramello che mi fissavano, i suoi capelli scuri spettinati, le ciglia folte e le sue labbra carnose erano sempre con me. Ricordavo il suo sorriso, e tutte le volte che ero io a sorridere per le sue battute. Il suo volto mi rassicurava e mi piaceva perdermi nel ricordo della sua immagine, rivivere tutti i momenti che avevamo passato insieme.

Non ero tranquilla, mi sentivo a disagio nel mio stesso letto e non la smettevo di agitarmi sotto le coperte. Mi misi a sedere con le mani appoggiate sul materasso. Per un paio di secondi fissai il vuoto. Come potevo trovarlo? Come potevo scoprire dov'era il suo corpo? Era evidente, quella notte non avrei chiuso occhio.

Infilai le pantofole rosse che avevo lasciato accanto al letto e cominciai a camminare avanti e indietro. George ci aveva chiesto di restare alla villa, ma mia madre non aveva voluto, e aveva fatto bene: non ci potevamo fidare di nessuno. Rosie poteva aver avuto altri complici.

Mi sedetti davanti al computer, lo accesi, e quando la luce del monitor illuminò gran parte della stanza vidi che l'orologio segnava le tre.

Volevo controllare il mio profilo su Facebook: non lo facevo da un sacco di tempo, avevo centinaia di notifiche e messaggi. Cercai il profilo di Alex e, nonostante fossero passati più di sei mesi, qualcuno scriveva ancora sulla sua bacheca. Tra i messaggi c'erano anche la foto con il testo che avevamo deciso di diffondere, che a quanto pareva aveva emozionato i suoi contatti:

> Se hai visto Alex per favore chiama questo numero. Pensiamo che possa essere ancora vivo. Se dovessi avere qualsiasi tipo di informazione, mettiti in contatto con noi.

C'era una quantità enorme di commenti, quasi tutti di compagni di scuola che raccontavano dove lo avevano visto per l'ultima volta. Nessuno di loro però sembrava avere informazioni su dove proteva trovarsi adesso. Aprii un'altra pagina e cercai un sito di persone scomparse: la sua foto era anche lì. La guardai assorta per qualche secondo.

Dove sei Alex?

Chiusi la finestra e tornai su Facebook. Dopo mezz'ora mi sentivo stanca e mi alzai nella penombra per spegnere il computer. Ma il trillo di una notifica mi fece fermare: qualcuno mi aveva scritto un messaggio. Il mittente lo conoscevo benissimo: era Alex Crowell.

Capitolo venticinque

La finestra della chat era vuota. Nessun testo, nessuna parola, nessun messaggio, come se le lettere fossero invisibili. Avevo ricevuto una notifica, non capivo, ma lì non c'era scritto niente.

Cominciai a digitare un messaggio con dita tremanti e lo inviai. Il tempo per me si era fermato, la terra continuava a girare ma io non ne facevo più parte, prigioniera in una bolla che mi impediva di percepire i secondi e i minuti che scorrevano. Ero così sconvolta da quel messaggio in bianco che non sapevo cosa pensare.

Il silenzio regnava nella stanza e a un certo punto sentii un leggero brivido sulla nuca, come se qualcuno mi stesso soffiando delicatamente sulla testa. Una goccia di sudore mi scivolò lungo la schiena, rabbrividii. Non avevo il coraggio di voltarmi. Il cuore cominciò a battermi all'impazzata, da un momento all'altro mi sarebbe uscito dal petto. Tutto esattamente come quando avevo ricevuto il primo messaggio di Alex.

Avevo una voglia matta di aprire la finestra della stanza per lasciare entrare l'aria pura della notte a sciogliere tutta quella tensione, ma il mio corpo pesava il doppio del normale, riuscivo appena a muovere le dita e a battere le ciglia. Il mio istinto mi diceva che stava per succedere qualcosa.

Continuai a fissare lo schermo, in attesa di una sua risposta. E se non fosse stato Alex? E se qualcuno fosse entrato nel suo profilo?

Poi all'improvviso la tensione nei muscoli si sciolse lasciandomi senza forze: dopo settimane di insonnia il mio corpo stava cedendo. Mi lasciai andare sulla scrivania e picchiai con la testa sulla tastiera. Avevo bisogno di dormire e sognare, o forse volevo rivivere un ricordo.

Era così vero da non sembrare un sogno. Sapevo che stavo dormendo, ma non potevo svegliarmi.

Vidi Anna con il giubbetto di esplosivo. Sudavo freddo, il tempo scorreva a rallentatore. Sentii il rumore del fango sotto i piedi che schizzava, il mio cellulare era caduto a terra, lo schermo illuminato... Fissavo Anna, la ragazzina infreddolita con una bomba addosso. Avrei voluto fare un passo indietro e allontanarmi da lei, ma non avevo il controllo del mio corpo e la mia forza di volontà non bastava. Le mie gambe si muovevano da sole e corsi da lei. Mi bruciavano gli occhi e riuscivo a sentire le lacrime calde rigarmi il viso. Ogni cosa accadeva lentamente e mi ritrovai ad abbracciarla.

Volevo parlarle, ma dalla mia bocca non uscì nessun suono. Anna aveva la pelle fredda, dalle sue labbra tremolanti non usciva alcun suono, eppure sapevo che stava cercando di dirmi qualcosa. Mi voltai e vidi Alex che si chinava. Era teso e attraverso la maglietta si distinguevano le scapole e i muscoli contratti. Si sporse in avanti e piegò le ginocchia. Allungò il braccio verso il fango e prima che potessi rendermi conto di cosa stesse facendo il tempo riprese a correre. Fui accecata da un lampo color arancio e la mia pelle bruciò. La bomba era esplosa.

Mi svegliai di soprassalto tutta sudata. Riconobbi il letto soffice sotto di me. Mi alzai di scatto e mi misi a sedere sul bordo. Cosa ci facevo sul letto?! Chiusi gli occhi cercando di calmarmi e di respirare normalmente. La mia gola era come un deserto e mi bruciava.

Sentii dei passi e riconobbi subito il ticchettio delle scarpe di mia madre, che bussò alla porta con insistenza.

«Hannah?!» chiese trafelata. «Tutto bene?! Ti ho sentita gridare! Per favore, aprimi!»

Aprii gli occhi. Non volevo che mi vedesse così spaventata. Sentivo ancora le fiamme sulla pelle, quel sogno era stato troppo reale. Poi lei smise di picchiare alla porta e tutto tornò ad essere silenzioso.

«Sto bene» sussurrai, e presi aria cercando di schiarirmi la voce e suonare più convincente. «Va tutto bene.»

«Sicura?» Mi sentii immediatamente in colpa, avevo fatto proprio quello che non sopportavo facessero a me: mentire. Ma ero ancora molto confusa, avevo un sacco di buchi neri da riempire e facevo fatica a fidarmi come prima delle persone.

«Hai avuto un incubo?»

«No!» Saltai in piedi e una folata di aria gelida sulla schiena mi fece rabbrividire. «Sto bene.»

«Sono in camera mia se hai bisogno di qualcosa, va bene?»

«Sì, mamma.» Cercai di sembrare il più tranquilla possibile. Avevo la faccia quasi appoggiata alla porta e il legno mi scaldava. Mia madre si allontanò non appena le risposi, ma non si spostò in direzione della sua stanza, passò oltre come se stesse andando al piano di sotto. Attaccai l'orecchio alla porta e sentii il rumore dei suoi passi sulle scale.

Avevo pensato che vivere nella nostra vecchia casa l'avrebbe fatta tornare più facilmente alla normalità, ma non era stato così: mi stava perennemente addosso ed era sempre all'erta. D'altra parte, vivere nella casa dei Crowell non sarebbe stato possibile, e comunque George l'avrebbe venduta molto presto, era troppo grande per viverci da solo.

Mi lasciai scivolare a terra con la schiena contro la porta e mi sedetti. Ero ancora confusa da quel sogno, ma volevo riviverne ogni scena, c'era qualcosa che mi sfuggiva.

Il cellulare caduto per terra.

Anna.

Mi ero girata verso Alex che si era piegato nel fango.

Tutto aveva ripreso a scorrere normalmente.

La bomba era esplosa.

Avevo aperto gli occhi.

Stavo sudando di nuovo, ma avevo capito: Kate. La risposta era Kate.

Mi alzai di scatto e accesi la lampada sul comodino. Digitai il suo numero, che ormai avevo imparato a memoria. Sentii un primo squillo e poi un ronzio, poi un altro squillo. Kate non rispondeva. Molto probabilmente stava dormendo, erano da poco passate le quattro del mattino.

Cominciai a battere nervosamente il piede per terra e concentrai tutta la mia attenzione su uno dei cuscini del letto. Non sapevo nemmeno perché lo stessi guardando, ma in quel momento sembrava la cosa più interessante del mondo.

Terzo squillo...

«Pronto...» rispose Kate. Era così assonnata che mi strappò un sorriso.

«Kate?» le chiesi emozionata, nonostante sapessi perfettamente che era lei. «Senti. Mi dispiace disturbarti a quest'ora, so che è prestissimo, ma insomma... volevo... volevo solo sapere se il GPS di cui mi hai parlato il giorno dell'incendio è ancora collegato al mio cellulare. E se tu puoi ancora controllarlo...» dissi così rapidamente da essere quasi incomprensibile.

«Hannah... sono le quattro. Che succede? Stai bene?» chiese con voce roca.

«Sì, sì, sto bene, solo che... Ho bisogno che mi aiuti con il tuo cellulare per una cosa urgente, per...»

«Mi hai chiamato per questo?» mi interruppe. Sentii cigolare il letto, poi un ronzio e un lamento.

«Kate, è per Alex» dissi in un fiato. Non potevo spiegarle tutto in quel momento. «Per favore, mi devi solo fare un piacere...»

«Hannah» mi disse seria. Sembrava che si stesse svegliando. «Sono d'accordo con George, sai? Non devi prendertela o rimanerci male, ok? Ma non credo che Alex sia ancora vivo... È passato un sacco di tempo... ed è impossibile che...»

«Non mi aiuterai, quindi?»

«Hannah, credimi mi piacerebbe ma...»

Dovevo pensare a qualcosa e rapidamente. Kate avrebbe messo giù in meno di cinque secondi.

«Ok. Ma ho bisogno che tu faccia qualcosa per me, va bene?»

Kate sospirò rassegnata. «Va bene. Cosa devo fare?»

Avevo i nervi a fior di pelle. «Grazie Kate!» dissi con un mezzo sorriso. Poi inspirai a fondo. «Ho solo bisogno che tu accenda il GPS per trovare il mio telefono.»

«Mi hai chiamato a quest'ora per cercare il cellulare?!» Era irritata.

«Per favore, ne ho bisogno. Se mi dici dov'è ti lascerò in pace.»

«Ok. Dammi un secondo.» Sentii uno scricchiolio, mentre si alzava dal letto e per qualche attimo ci fu silenzio e una canzone in sottofondo. Kate imprecò a bassa voce e un istante dopo riprese il telefono.

«Aspetta un minuto, ok? Lo sto cercando.»

«Grazie Kate, davvero» dissi gentile, anche se ero tesissima.

«Non c'è di che. Anche se questo favore ti costerà caro.»

«Ti ripagherò» risposi con una risatina nervosa. Se ci avevo visto giusto significava che Alex era vivo. Alex poteva essere vivo.

«Hannah, ci sei ancora? Ho l'indirizzo, ma è strano...»

«Che vuoi dire...?»

«Hai perso il telefono?» chiese confusa.

«Sì» mentii. «L'ho perso qualche giorno fa... non ricordo dove l'ho lasciato.»

«Be', è a casa tua.»

«Sul serio Kate, non ho tempo per gli scherzi...» risposi infastidita.

«Non sto scherzando! È a casa tua!» ripeté. A quel punto sentii la gola ancora più secca. Mi pareva di essere una statua pesante, ferma, piantata per terra. Com'era possibile che il mio cellulare fosse in casa, se lo avevo perso al cimitero, dove eravamo stati solo io, Alex e Anna?

«Puoi...» balbettai. «Puoi vedere in che parte della casa è?»

«Sì, fammi guardare... È in cantina! Puoi spiegarmi che ci fa il tuo cellulare in cantina? Sei bella strana, eh...» disse Kate con una risatina acuta.

Alex era nella cantina di casa mia? Che cosa stava succedendo? Poi capii.

Rosie era molto intelligente. Sapeva che avrebbe dovuto nasconderlo in un luogo in cui né la polizia né chiunque altro lo avrebbe mai cercato. E quale posto migliore della mia cantina? A casa mia! Dove nemmeno io lo avrei mai cercato! A nessuno sarebbe mai venuto in mente che potesse essere lì... Ma da quanto tempo?

«Mi spiace... ehi, ci sei ancora?» chiese Kate cercando di controllarsi. Aveva ancora la voce mezza assonnata.

Odiavo Rosie.

Mollai la cornetta, che rimbalzò sul pavimento. Sentii Kate dire qualcosa, ma la ignorai e corsi fuori dalla stanza. Inciampai nei miei piedi, ma riuscii a non cadere e continuai a correre giù per le scale.

Mia madre era seduta su uno dei divani e non appena mi vide si alzò di scatto preoccupata. «Hannah, che succede?» chiese. La tazza che aveva in mano cadde per terra e andò in mille pezzi spandendo caffè sul pavimento.

«Dove sono le chiavi della cantina?»

«Perché...?»

«Dimmelo!»

«In cucina, dove stanno sempre...» rispose confusa continuando a fissarmi mentre mi precipitavo in cucina. «Vuoi dirmi che succede?»

«Io...»

«Hannah!» urlò. Mi seguì in cantina. L'eco dei miei passi risuonava in tutta la casa. Cercai la chiave giusta, ma mi sudavano le mani e il mazzo mi cadde per terra.

«Fai fare a me.» Mia madre si chinò per raccogliere il mazzo con calma e trovò subito la chiave. Poi mi guardò in faccia e capì che qualcosa non andava. Aprì in fretta la porta e non appena feci un passo dentro mi fermò. «Vado prima io.» Mi prese per un braccio e mi trattenne. Appena entrata si coprì la bocca con le mani e spalancò gli occhi terrorizzata. Si lasciò sfuggire un grido soffocato. Non aspettai oltre e mi fiondai dentro.

Nonostante fosse buio e fossi spaventatissima, lo vidi. Alex era lì. Ed era vivo.

«Alex!» urlai gettandomi su di lui. Era disteso sul pavimento, immobile. Sembrava morto. Mia madre accese l'unica lampada presente. Alex aveva un aspetto tremendo, sul viso e sulle braccia era pieno di lividi.

«Chiama un'ambulanza!» gridai mentre mi inginocchiavo al suo fianco senza avere il coraggio di toccarlo. Lei corse fuori e sentii le sue grida non appena raggiunse il telefono.

«Alex?» chiesi con le lacrime agli occhi. «Mi senti?» Non rispose. Osservai il suo volto pallido: aveva delle ferite cicatrizzate, i capelli così sporchi da sembrare bagnati e c'era troppa polvere tra i suoi ricci castani. Lo avevo trovato, e ora stava morendo tra le mie braccia.

«Dov'è l'ambulanza?!» urlai sperando che mia madre tornasse lì da me.

Avevo la nausea, ma dovevo stare con lui. Non potevo lasciare che morisse. Gli appoggiai due dita sul collo e trattenni il fiato, mentre una scarica elettrica mi percorse da capo a piedi a contatto con la sua pelle. Non riuscii a trattenermi e le lacrime mi bagnarono le guance come una cascata. Era la prima volta che potevo toccarlo davvero.

Il cuore di Alex batteva ancora.

«Sta arrivando!» gridò mia madre correndo di nuovo verso la cantina. La sua vestaglia bianca ondeggiava a ogni passo. «Hannah, vieni via di lì. Stiamo alterando la scena di un delitto. Non puoi fare niente per lui adesso.»

Mi allontanò da lui. Sembrava tutto irreale. I minuti si fecero eterni mentre continuavo a piangere a dirotto sulla spalla di mia madre, che mi stringeva forte.

Alex. Il suo nome mi risuonava in testa. Non potevo né toccarlo né baciarlo... Finalmente lo avevo trovato, ma non potevo stare con lui. La sirena dell'ambulanza iniziava a sentirsi in lontananza. Cercai di liberarmi dall'abbraccio di mia madre, ma lei mi fermò.

«No» disse stringendomi ancora più forte. Aveva gli occhi rossi. «Non puoi toccarlo, rischi di peggiorare la situazione. Arriveranno a momenti, devi aspettare, tesoro. Vedrai che andrà tutto bene, ma tu devi aspettare.» Annuii controvoglia. Morivo dalla voglia di avvicinarmi a lui.

Non appena arrivarono, il paramedico e l'infermiere controllarono le pulsazioni e lo sistemarono sulla barella.

Capitolo ventisei

Due settimane dopo, Alex non si era ancora svegliato. Ero molto triste e in ansia, non riuscivo a mangiare, a dormire, non mi facevo una doccia da giorni e non mi ero staccata da lui nonostante l'insistenza di tutti. Non volevo lasciarlo, e loro non capivano. Non capivano che lo amavo.

Le prove contro Rosie avevano riaperto il caso e, secondo la polizia, avrebbe passato il resto dei suoi giorni in carcere. Anche Sarah sarebbe stata rinchiusa a lungo, anche se con una condanna inferiore per complicità.

Forse Rosie non meritava di vivere, come pensavano in molti. Ma cosa poteva esserci di peggio per lei che scontare la sua pena sulla Terra, dove non avrebbe mai più visto Anna, circondata da tutti i suoi demoni?

Aveva torturato Alex la notte prima che si scoprisse la verità. La cantina era piena delle sue impronte digitali. Per questo lui quella sera non aveva la forza per difenderci: era disidratato e anemico, oltre ad avere diverse costole rotte e ferite su tutto il corpo.

Ma quella scoperta continuava a essere molto strana: Alex era rimasto nella nostra cantina senza che né io né mia madre ce ne accorgessimo? La cosa più incredibile era che, apparentemente, Rosie gli aveva dato da mangiare durante il sequestro. Ce lo aveva detto il medico. Pensai immediatamente che fosse stata Anna a obbligare sua madre a nutrirlo.

Alex era disteso sul letto, alimentato con un tubo di plastica. Era attaccato a una flebo e a un sacco di macchinari, tra cui un elettrocardiografo, che faceva parlare i suoi battiti, accelerati quando gli toccavo una mano e gliela stringevo. Ma non si svegliava. Molte volte avrei voluto baciarlo, ma non volevo toccare le sue labbra prima che si fosse svegliato del tutto. Prima che mi avesse guardata negli occhi.

«Come sta?» chiese Kate entrando. I suoi occhi azzurri mi cercarono nella grande stanza.

«Meglio, il dottore dice che ci vorrà un po', ma dobbiamo avere pazienza.»

«Sono già passate due settimane...» disse avvicinandosi. Aveva i capelli raccolti in uno chignon e si era rimessa gli occhiali.

«Lo so. Sono molto preoccupata. Ho paura che non si svegli più...» mi si fermò il respiro e non riuscii a continuare. Kate se ne accorse.

«Andrà tutto bene, Hannah» rispose sistemandosi al mio fianco. Poi mi prese le mani. In confronto alle mie erano molto calde. «Devi crederci più di chiunque altro. Eri l'unica a pensare che Alex fosse vivo, e guarda...» Mi sorrise sincera. Non avrei mai pensato che mi avrebbe sorriso così.

«Non lo so...» dissi incerta. «E se non mi riconoscesse, dopo...?» Mi fermai. Guardai Kate, sperando che non mi chiedesse a cosa mi riferivo.

«Dopo cosa?» Allentò la presa e il freddo tornò a consumarmi.

«Niente» risposi scuotendo la testa. «Niente... stavo pensando a voce alta. Non è niente...»

«Hannah, so che questa esperienza è stata molto dura per te e che non riesci ancora a fidarti di nessuno.» Mi guardò e i suoi brillanti occhi azzurri mi assorbirono completamente. «Ma voglio che tu sappia che qui hai un'amica... Voglio essere tua amica. Ti chiedo di dirmi solo di che cosa hai bisogno e di lasciare che io ti aiuti. Non importa cosa sia o quanto sembri stupido. Ti aiuterò.»

Non mi rimanevano più lacrime, ma quelle parole mi commossero. «Oh, Kate, grazie, grazie davvero!» Senza aspettare un secondo la abbracciai. Lei mi abbracciò a sua volta e mi fece un largo sorriso.

«Non devi ringraziarmi.» Si scostò. «Ti ho detto che Ryan è diventato capitano della squadra di football?» chiese, emozionata.

«Quindi sarete sempre insieme per tutto il campionato!» Cercavo di sembrare interessata, ma in realtà pensavo solo ad Alex.

«Sì, e ho qualcosa da raccontarti» aggiunse, in tono dispiaciuto. «Ryan e io organizzeremo una festa a sorpresa per Cara: il suo compleanno sarà tra poco e abbiamo bisogno di un posto abbastanza grande. So che non è il momento migliore, ma dopo tutto quello che ci è successo ci meritiamo una festa, no? Soprattutto tu. Devi distrarti, Hannah.»

Sospirai. «Non preoccuparti: George ci lascerà la villa di sicuro. Casa mia è troppo piccola. Visto che siete le cheerleader, verrà un sacco di gente» risposi con gentilezza. «Io però non credo di poter venire, non se Alex sta ancora così...»

«Ma Hannah, è solo una festa. Ti prometto che ti divertirai!»

«Non lo so... Io...» All'improvviso sentimmo una specie di grugnito.

«Hai sentito?» chiesi.

«Sì...» confermò. Era stato Alex! Balzai in piedi e anche Kate si avvicinò. «Alex?» chiese lei. «Mio Dio... si sta svegliando, Hannah! Alex si sta svegliando!» esclamò saltando di gioia.

«Cosa?» balbettai inciampando prima di arrivare al letto. Quasi subito, George, Eric e mia madre entrarono nella stanza sentendo le grida di Kate.

«Che succede? Perché gridate?» chiese George, spaventato, mentre mia madre ci guardava con circospezione. Non potevo muovermi, né parlare.

Kate indicò il letto con aria trionfante: «Alex si sta svegliando!».

Eric e mia madre si avvicinarono, George rimase immobile alcuni secondi, emozionato. Poi si ricompose e una lacrima gli rigò il viso. Avanzò mettendosi davanti a me, poi tutti e quattro si piazzarono accanto al letto e mi impedirono di vedere Alex. Era come se non esistessi.

«Alex! Come stai, tesoro?» chiese mia madre con dolcezza.

«Dove sono?» chiese con voce roca, come se fosse drogato. «Cos'è successo?» Stavo cercando di controllarmi ma la voce di Alex per poco non mi fece svenire. Tremavo come una foglia. Era poco più di un sussurro, ma lo sentii perfettamente.

«Non muoverti, va bene? Chiamo un'infermiera.» Mia madre si allontanò dal letto e, urtandomi una spalla, uscì dalla camera con gli occhi pieni di lacrime. Non mi guardò neanche. Mi sentivo un'intrusa.

«Kate... Dimmi che non ho fatto un incidente in macchina...»

«No, Alex» rispose lei sorridendo. Pronunciò il suo nome in un modo che non mi era piaciuto, e poi, perché

Alex si rivolgeva a lei? Riuscivo a vederlo un po' di più, ma non ancora a guardarlo negli occhi e cercai di farmi spazio.

Alex sorrise e tossì.

«Alex...» finalmente ero riuscita ad arrivare accanto a lui. Aveva gli occhi appannati ma con la stessa luce di sempre. Si girò subito verso di me. I suoi capelli castani riflettevano i raggi che entravano nella stanza. Morivo dalla voglia di accarezzare il suo viso pallido e liscio.

«Dove è finita l'infermiera?» disse Eric seccato, prima di allontanarsi da lì come una furia. Come mia madre mi centrò in pieno e mi fece quasi cadere. Era fuori di sé dalla felicità.

«Chi...?» chiese confuso.

«Sono Hannah, ti ricordi di me?» Alex strinse gli occhi e mi guardò cercando di ricordare chi diavolo fossi.

Volevo piangere. Volevo scappare via correndo, ma avevo i piedi inchiodati per terra e il corpo mi pesava troppo perché potessi muoverlo. Stavo rimanendo senza ossigeno.

Finalmente Alex annuì. Aprì la bocca. Avevo voglia di baciarlo, ma non mi mossi. I suoi occhi mi avevano ipnotizzata.

«La figlia della preside, vero?» Annuii mentre il cuore mi andava in mille pezzi: Alex non ricordava nulla.

«Sì» risposi con un filo di voce. «La figlia della preside.» Mi sforzai di sorridere.

«Vado ad avvisare tutti. Devono sapere che sei sveglio! Dio mio! È meraviglioso!» esclamò Kate con un sorriso a trentadue denti. A quel punto la vidi tirare fuori il cellulare dalla tasca dei pantaloni e, allontanandosi dal letto, mi sorrise timida. «Ti avevo detto che si sarebbe svegliato» sussurrò.

Annuii. Non riuscivo a pronunciare nemmeno una sillaba, ma non potevo lasciarmi andare davanti ad Alex e George. Dovevo sorridere.

«Bentornato, Alex» disse George con un debole sorriso.

Alex non si ricordava nulla. Nulla di quello che era successo tra noi.

«Tutto bene?» chiese George, vedendomi strana. Annuii senza rispondere, mi infilai le mani in tasca, sperando che non si accorgesse che stavo tremando. Era come se un'onda gigantesca mi avesse colpita, trascinandomi verso il fondo del mare, dov'era più buio, dove non si poteva respirare. Dove il mio cuore si sarebbe riempito d'acqua per poi fermarsi. Stavo affogando in una lacrima. Mi faceva male tutto e volevo scappare via di lì.

«Hannah? Stai piangendo?» George si avvicinò perché non rispondevo. Sentii un sapore metallico in bocca: dalla disperazione mi stavo mordendo a sangue un labbro. Mi asciugò la lacrima poi spalancò gli occhi, preoccupato.

«Dio mio, Hannah! Sei bollente! Chiamo un'infermiera.»

Non aspettò la mia risposta e uscì di corsa dalla stanza che, all'improvviso, sembrò più grande. Era più facile respirare senza tanta gente dentro.

«Puoi darmi un goccio d'acqua?» chiese Alex con gli occhi chiusi. Aveva le braccia nude e sentivo il battito accelerato del suo cuore. Presi un bicchiere e lo riempii. Gli tolsi con attenzione la mascherina che gli copriva il naso e gli toccai i capelli, appoggiandogli una mano sulla nuca.

Dovevo toccarlo. Funzionava sempre. Forse era ridicolo, ma dovevo credere che un tocco, o un bacio avrebbe fatto riaffiorare la nostra storia. Doveva funzionare.

Gli sollevai la testa e gli avvicinai il bicchiere di plastica alla bocca. Lui bevve lentamente, come un bambino. Lo guardavo. E fu tutto. Mi persi nei suoi occhi, nel suo dolce volto, nelle sue labbra che stavano tornando rosse. Stava riprendo il suo colorito abituale. Era perfetto.

Alex.

Ti devi ricordare di cosa abbiamo passato.

Ti devi ricordare di me.

Ti prego.

«Grazie, Hannah» disse quando finì di bere. Sentirgli pronunciare il mio nome era una sensazione dolcissima. Volevo baciarlo. Volevo che pronunciasse ancora il mio nome, ma mi limitai ad annuire e a girarmi.

«Di nulla, Alex.» Feci un passo indietro, ma qualcosa mi fermò. Alex mi aveva preso il polso. Mi sentivo così sopraffatta che continuavo a piangere, non riuscivo a trattenermi.

«Hannah...» Mi girai verso di lui. Le sue dita non mi lasciavano e non potevo asciugarmi le lacrime. Alex mi stava fissando. Mi sentii diversa. All'improvviso nei suoi occhi apparve quella scintilla che mi piaceva tanto.

«Alex...»

«Chi è l'idiota che ti sta facendo piangere così?» I suoi occhi si oscurarono per un secondo.

Se sapessi...

Se ricordassi...

Deglutii.

«Io...» risposi con la voce acuta e rotta. Non sapevo cosa rispondere. A quel punto intrecciò le sue dita con le mie.

«Chi sei?» chiese.

«Non lo so... non so neppure cosa ci faccio qui... non so cosa sta succedendo, Alex.» Lui sospirò e mi sorrise. Poi mi baciò sulle nocche senza che le nostre dita si separassero.

«Hannah...» disse dolce. «Hannah Reeve, l'amore della mia vita, vero?» chiese con un sorriso stanco.

Aprii gli occhi stupita. «Tu...?» Non mi importava che

la mia voce suonasse stridula, quasi isterica, né che stessi affogando nelle mie stesse lacrime... «Ti ricordi di me, Alex?!»

«Come dimenticare la ragazza che mi ha aiutato quando ero un fantasma?» sussurrò.

Poi mi tirò a sé e dischiuse le labbra. Quello sarebbe stato il primo bacio che avrei dato ad Alex da vivo. Sapeva di menta, il suo sapore non era cambiato. Quando piegò la testa sentii il suo cuore battere forte. Le sue labbra si muovevano in simbiosi con le mie, e un calore improvviso salì dalle guance. Non mi aveva mai baciata con così tanta passione. Mi fece sospirare cento volte. Avevo sognato così tanto quel bacio: il nostro primo, vero, bacio.

Eravamo una cosa sola. Finalmente sapevo come ci si sentiva a baciare una persona speciale per la prima volta. Un turbine di emozioni e di sentimenti mi travolse. Ricordai tutto quello che avevamo sofferto insieme, tutti i momenti che avevo passato con lui. E sapevo che anche Alex non aveva dimenticato. Era come se fossi sotto il suo incantesimo e lui mi avesse trasportato ancora nella sua camera, dove ci eravamo baciati, guardati, dove ci eravamo conosciuti. Le sue labbra erano così morbide che non volevo staccarmi, non avrei mai smesso di gustarmi il suo sapore.

«Ti amo, Hannah.» Mi si fermò il cuore.

«Ti amo, Alex» risposi.

* * *

Era tutto finito. Rosie era stata condannata all'ergastolo. Mia madre ed Eric stavano insieme. Dopo tutto, l'amore trionfa, quasi sempre: una parte di George era ancora legata a Rosie, anche se ultimamente non disdegnava la compagnia della madre biologica di Alex, Lisa White. Aveva raccontato ad Alex quello che era successo durante la sua assenza, anche se io e lui sapevamo molto più di tutti loro. Alex aveva poi parlato con George e Lisa della sua adozione. Era confuso, ma a poco a poco si era abituato all'idea. Lisa sembrava una brava persona. Si sarebbero dati a vicenda una possibilità. Entrambi la meritavano.

Ryan e Kate erano innamorati, e Cara era felice del suo ruolo di capitano delle cheerleader. Seth era profondamente innamorato di lei e io speravo che avrebbe continuato a esserlo, perché non volevo che spezzasse il cuore della mia migliore amica. Anche se non aveva intenzione di farlo, io e Kate lo tenevamo d'occhio.

Tom si era innamorato di Karen, la migliore amica di Kate. Ma a lei lui non interessava per nulla, o almeno così voleva far credere.

Io e Alex eravamo felicissimi. All'inizio la nostra relazione non fece piacere a nessuno, specialmente ai nostri genitori, anche se biologicamente non eravamo parenti.

Dovetti mentire su come mi ero resa conto che Alex fosse stato adottato, perché nessuno sapeva del suo certificato di nascita ufficiale, nascosto nella bottiglia di vino in camera di Eric.

Avevamo scoperto chi aveva cercato di uccidere Alex, ma tutti continuavano a farsi comunque mille domande: perché Rosie lo aveva fatto? Perché aveva nascosto al mondo la sua unica figlia? Di cosa voleva vendicarsi? Qual era il segreto dei Crowell?

Ma la domanda più difficile e importante aveva infine trovato risposta.

Chi ha ucciso Alex?

Nessuno, Alex non è mai morto.

Epilogo

Non avevo mai visto la villa così addobbata, nemmeno per Natale. Casa Crowell era di nuovo piena di colori e di vita. C'erano centinaia di lampade colorate sparse in ogni angolo e festoni appesi al soffitto. Cara era rimasta senza parole. Senza dubbio, era una festa di compleanno incredibile.

Il salone principale si era trasformato in una rumorosa discoteca. Kate aveva anche affittato una lampada stroboscopica che campeggiava al centro della stanza. C'era un sacco di gente, com'era prevedibile: dopotutto, Cara era ancora una delle ragazze più popolari della scuola. George aveva comprato un sacco di bibite e alcuni invitati avevano portato bottiglie di vino e di birra... rigorosamente per i maggiorenni!

Continuava ad arrivare gente e mi preoccupavo che la folla fosse troppo opprimente per Alex, ma lui mi rassicurò: gli piaceva vedere la casa così piena di vita. Le guardie di sicurezza controllavano che nessuno entrasse con qualcosa di pericoloso, ma l'atmosfera era rilassata e allegra e tutti si stavano divertendo.

Cara era con Seth e un altro gruppo di amici. Lui non la lasciava sola nemmeno un momento e continuavano a sbaciucchiarsi spudoratamente davanti a tutti... erano francamente imbarazzanti.

Alex non si era staccato da me per tutta la serata. Avevamo ballato e riso, ci eravamo abbracciati e ci eravamo baciati. Averlo al mio fianco, vivo, era fantastico. Mi sentivo rinata. Non potevo amarlo di più. Lo lasciai con George e Lisa solo un momento, per andare a prendere da bere.

«Puoi darmi un bicchiere d'acqua?» chiesi gentilmente al cameriere assunto per la serata.

«Certamente... Hannah, vero?»

«Sì, ci conosciamo?» chiesi stupita, senza sembrare scortese. Era un ragazzo più giovane di me, biondo, di statura media. Gli occhi erano di uno strano grigio brillante. Indossava dei jeans slavati e una maglietta bianca che faceva risaltare i muscoli delle braccia.

«Non credo, non vivo da queste parti. Non sono di qui.» Mi sorrise e si girò per riempirmi un bicchiere. Lo presi, ringraziando, e lo bevvi tutto d'un sorso. Non mi ero accorta di avere così tanta sete.

«E che fai qui? Perché non vai a ballare? Sono sicura che nessuno direbbe niente.»

Lui arrossì. «Non so ballare» ammise, a testa bassa.

«Credimi, non se ne accorgerà nessuno!» risposi per fargli coraggio.

Scosse la testa. «Non importa, preferisco stare qui.»

Poi girò lo sguardo verso un punto lontano e vidi un guizzo nei suoi occhi. Sapevo a cosa stava pensando.

«Si tratta di una ragazza?» chiesi con un sorrisetto impertinente: avevo voglia di fare Cupido. «Per questo non vuoi ballare...»

Mi guardò sorpreso. «Come fai a saperlo?»

Alzai gli occhi al cielo: «Sono una ragazza, queste cose le capisco al volo...».

«Sì, è per via di... guarda, è lei.» Indicò il gruppo delle cheerleader in cui c'erano anche Kate e Cara.

«Mmm, non starai parlando di Cara o di Kate, vero?»

«No, è la ragazza bionda con gli occhi azzurri, la vedi?»

«No.» Per un momento pensai che fosse dietro una colonna o persa tra la folla.

«Sta scendendo le scale. La vedi, adesso?»

«No.» Strizzai gli occhi, ma non c'era nessuna ragazza bionda con gli occhi azzurri. Ne ero quasi sicura. «Di che colore è il suo vestito?» chiesi accigliata dandogli le spalle.

«Viola. Indossa un vestito viola.»

All'improvviso, rabbrividii. «Non la vedo. Per caso sai come si chiama?» Mi girai verso di lui, che annuì con un sorriso di sfida e rispose: «Anna. Si chiama Anna Crowell».

Finito di stampare nel mese di aprile 2018 presso
Stampa Rotolito S.p.A. - Seggiano di Pioltello (MI)
Printed in Italy